魅丽文化　花火工作室

明明赖上你

ming ming lai shang ni

庄妮 著

贵州出版集团

贵州人民出版社

图书在版编目（CIP）数据

明明赖上你 / 庄妮著. -- 贵阳 ： 贵州人民出版社，
2019.8

ISBN 978-7-221-15526-9

Ⅰ．①明… Ⅱ．①庄… Ⅲ．①言情小说－中国－当代
Ⅳ．①I247.5

中国版本图书馆CIP数据核字(2019)第192619号

明明赖上你

庄妮　著

出版统筹	陈继光
选题策划	丏小亥
责任编辑	潘　媛
特约编辑	八　柚
封面设计	刘芳英
出版发行	贵州人民出版社
	（贵阳市观山湖区中天会展城SOHO办公区A座贵州出版集团　　邮编550081）
印　　刷	湖南关山美印有限公司
开　　本	32开（880mm×1230mm）
字　　数	323千
印　　张	10.5
版　　次	2019年8月第1版　2019年8月第1次印刷
书　　号	ISBN 978-7-221-15526-9
定　　价	38.00元

目录

CONTENTS

目录

CONTENTS

01

列车驶进江城站时，是晚上七点十分。初春时节夜晚来得早，何况又是阴雨绵绵的天气，杜若茗拖着行李下车，车外灯火已点亮，细雨淅沥。K012列车从两千公里外的大寒山驶到江城，已经接近终点站，在江城北站下车的旅客并不是很多。

杜若茗把风衣的帽子戴到头上，遮住淅沥的雨水，拉着那只已经磨损得很严重的行李箱随着人群往出站口走。

一个拖着红色拉杆箱，穿白色上衣、浅蓝色牛仔裤的女孩走在她的前面。女孩身材高挑，一蓬黑亮的马尾随着脚步的节奏一甩一甩的，走在倦容满面、脚步拖沓的旅客当中，那份洋溢的青春气息分外惹眼。

快到出站口时，女孩的脚步突然加快，一边喊着："叶晋明！叶晋明！我在这儿呢！"一边往出站口跑去。

这一声清脆甜美的呼唤，瞬间就把杜若茗的脚步钉在了原地。

叶晋明？在她心里埋葬了四年的名字，毫无防备地从一个陌生女孩的嘴里喊出来，她的心里悲哀而又寒冷，一如这个落雨的春夜。虽然当年离婚是她提出来的，可那不是一次平静包容的好聚好散。拆散了筋骨再组合起来的记忆太过深刻，她无法释怀。

她的眼睛随着女孩的背影向出站口望过去，穿深色风衣的男人，手里擎着一把同样色系的大伞，站在出站口的雨里，挺拔如一株青松。

女孩像一只欢乐的百灵鸟，丢掉手里的行李箱，张开手臂扑进他的怀里，挂在他的脖子上，开心地亲了亲他的脸颊。而他，曾经温暖过她生命的目光，正同样温暖地落在女孩的脸上。

上天很多时候确实是不公的，四年前，分开时的那个夜晚，她失去了肚子里的孩子，也失去了跟他继续下去的最后一丝气力；四年后，她刚回江城，雨落了一地，满世界的寒冷里，却让她目睹他跟别人热情似火的相遇。

鸵鸟遇到危险会把头埋进沙子里，以前的杜若茗则会把沙子扬进敌人的眼睛里，而这一次，她选择逃避。杜若茗在男人抬头向这边望过来时，拉紧风衣的帽子，躲进大厅石柱的阴影里。她靠在冰冷的石柱上，看着身边出站的旅客渐少。再出来，出站口寂寂的灯光里，已经不见了那一道熟悉的身影。

车站外，细雨迷蒙，满世界的霓虹都被晕湿了，斑斓模糊的一片。风雨愈急，公交车却迟迟不来，出租车也没打到。

杜若茗站在公交车站牌下等车，雨势被挡在外面，风却从四面灌进来，吹着她被雨打湿的衣服，手指冷到几乎握不住行李箱的拉杆。

天气不好，路况就很糟，马路中间的车已经排成了一条长龙。正前方的马路上，一辆黑色的奔驰越野被堵在那里，车窗开着，刚才在出站口看见的那个漂亮的白衣女孩正调皮地伸出手去接着外面的雨水。

杜若茗清淡一笑，曾经，她也做过这样的事，掌心的雨水沿着手臂流进去，湿了整只袖子，被某人骂得很惨。

像是受到了身旁人温柔的劝阻，女孩笑着回头看了一眼，就要把车窗升上去。车窗升到一半却又停止，驾驶位的人把女孩的肩一拨，突然往副驾驶座这边的窗子探过身来。

杜若茗一惊，拖着行李箱往后一躲，瞬间就淹没进人群里。

公交车站牌下那道身影孤独纤弱，风衣帽子的阴影遮住她的半张脸，又隔着一层雨雾，她的面容只是白白的小小的一团模糊。叶晋明看不清楚，所以看得尤其急切。

后面的车喇叭已经响成一片，莫晓蕾往回推着他："叶晋明！叶晋明？走啊，后面催了！"叶晋明的脑子有些乱，车子驶过路口，右转向灯一打，再一转方向，车子就向路边靠了过去。

杜若茗等来了40路公交车，却因为携带的行李箱太碍事，导致她没能挤上去。她懊恼地看着沙丁鱼罐头一般的公交车摇摇晃晃地离去，只好重新回到站牌下继续等下一辆。

"喂，小姑娘，下一趟公交要半个小时以后了。"

杜若茗身边，一辆电动小汽车停下，一个四十岁左右、满脸胡楂的男人探出头来："坐我的车吧，绝对比出租车便宜。"

杜若茗一看就知道，这是一辆黑出租，她摇了摇头，说："谢谢了！我等下一趟。"

"雨越下越大了，公交很慢的，我给你算便宜点，上来吧！"

"真的不用，谢谢了！"

她拉起行李箱就要走开，却看见马路的另一边一个人正穿过车流，向她这边跑过来。没时间再做其他选择，杜若茗一只手抱起行李箱，一只手拉开电动小汽车的车门就坐了进去。

"麻烦师傅了！湘江街朗悦酒店。"

"好咧！"

小巧的电动四轮车在马路中见缝插针地各种穿插，很快就驶离了站前街。江城北站向来不好乘车，公交车挤，出租车难打，尤其是市内的短途，一般出租车司机总会找各种理由拒载。杜若茗读大学那会儿，每次放假回来，都是叶晋明来接她。那么高大帅气的他站在人群里总是很显眼。她一看见他，就会直接丢下行李箱跑过去，扑进他的怀里，挂在他的脖子上，旁若无人地跟他接吻……

四年前，她从来没想过会跟他分开，就像她从小就认定了要嫁给他一样，都是那么坚定。信念太过强烈，神像一旦崩塌，那个虔诚的信仰者就一定会肝胆俱裂，实在很难再全须全尾地活下去。

所以，到后来他们离了婚，她才知道，她恨他跟她爱他一样，都是深得能溺死人。

四年没有回来了，又值老城区改造，再加上雨雾蒙蒙，车窗外的街景只是一团团湿漉漉的灯光，并不知道具体走到了哪里。

等杜若茗发现不对劲时，车子已经是向着城外驶去了。她突然警觉，小心地问司机："师傅？这不是去朗悦酒店的路吧？"

"怎么不是呢？我抄的小路，小路好走，红绿灯也少，就快到了。"

杜若茗降下窗子向外面望去，路边灯光稀少昏黄，不知名的植物黑黢黢裹成一团，少有行人。

她越看越感觉不对劲，立刻对司机说："师傅，麻烦您停一下车。我有同学就住这边，我去找她。"

胡楂脸冷冷一笑，阴冷的目光投射在他头顶的后视镜里："找同学？下次吧！今晚，先找我！"

02

杜若茗心里一紧，完了，这是遇到色狼了。她抱紧行李箱试图打开车门，跳车逃跑。胡楂脸见状，迅速一打方向，巨大的惯性使得杜若茗向车厢壁上撞去。

她爬起来，顾不上脑袋疼，一边大声喊着救命，一边再次伸手去开车门。悲催的是，又没有成功。

"救命啊！救命啊！抢劫，杀人啦……"

车子一个急刹就停在了路边，胡楂脸跳下车，拉开车后座的门，举着一把明晃晃的匕首，伸出脏爪子就来拖她。

"叫什么？这样的地方，就是叫破喉咙也没人来救你，你就死心吧！"他阴笑道。

杜若茗手撑在车座上，抬脚冲着胡楂脸的面门就是一脚，姑奶奶当年可是被老爸逼着学过两年跆拳道的，再多学两年，这一脚就能踹死你！

趁着对方倒地，她抓住车门一纵，就从车里跳了下来。

"哎哟！小娘们儿还挺厉害……"

胡楂脸从地上爬起来，提着刀又追上来。

"救命啊！杀人啦！"

杜若茗边跑边叫，眼看就要被追上了，迎面突然驶来一辆汽车，耀眼的车灯照得她睁不开眼睛。她刚抬起胳膊挡住眼睛，那车子已经一打方向几乎擦着她的背停了下来，一下就把她和举着刀追来的胡楂脸隔开了。

胡楂脸转身就要逃，叶晋明从车上跳下来，拔腿追了上去。等杜若茗从车侧绕过来，叶晋明已经追上了胡楂脸，一脚踩在对方的膝后关节上，胡楂脸闷哼一声，"扑通"跪在了地上。叶晋明擒住他的手腕，一拧一磕，就打落了他手里的刀。再一踢，一脚直中胡楂脸心窝。只听胡楂脸哀号一声，身子一下子扑倒在地上。叶晋明一言不发，对着胡楂脸就是一顿暴踹。

莫晓蕾也从车里跳了下来，兴奋得又是跳又是叫："叶晋明，使劲儿揍！揍死他！最恨这种欺负女生的人渣了！"

杜若茗走过去，看见胡楂脸满脸是血，躺在地上几乎已经不能动弹。叶晋明的拳头有多硬，她绝对知道，当年他以一敌三，还得护着她，赤手空拳愣是打得三个小混混跪地求饶。

她叫住了叶晋明，冷冷地说："行了，他虽然可恨，但被你打死了你也麻烦。"

叶晋明的怒气还没有发泄完，一听她劝阻，丢开痛苦呻吟的胡楂脸，几步跨到了她的面前，指着她就开始吼："你没脑子吗？多少血淋淋的现实还不能让你警醒？这是黑车，黑车！"

杜若茗的心情本来就糟透了，被他这样一吼，暴脾气立时点燃，伸手便推了他一把："吃饱了撑的吧你！"

四年没见，刚一见面还是争吵。断了线的时间好像瞬间就跟四年前那满地鸡毛的生活连接上了，噼里啪啦，火花四溅。

莫晓蕾小心地凑上来，指了指远处，小声提醒："喂，你们还吵啊！色狼都跑了。"

两个人一听，拔腿就追。色狼吓得连滚带爬，还是被追上了。一个提衣领，一个揪胳膊，一把又拽了回来，按在地上就是一顿男女混合双打，打得那色狼哭爹喊娘地直求饶："我错了，我再也不敢了，求求你们，放了我吧！"

杜若茗和叶晋明的气都没有出完，那个色狼躺在地上已经被揍得泥猪土狗一般，要不是警察来得及时，恐怕他就已经狗命不保了。

警车一到，色狼突然从地上爬起来，连哭带叫地往警车上爬："警察同志，我认罪，我认罪，你们快点儿把我抓走吧……"

警察瞧着这人有些面熟，借着灯光再仔细一瞧，这不就是那个他们追了很久的强奸犯吗？竟然这么不费吹灰之力地送上门来了。

杜若茗找回被丢下的行李箱，拉杆已经摔坏了。箱子太重，一名帅气的警察小哥哥一边帮她往警车上搬，一边跟她说话："以后可不能坐黑出租了，多危险啊！"

"谢谢帅哥提醒！"

杜若茗微微一笑，腮边的小梨涡在灯影里隐约可见。叶晋明看得心里直冒火，他刚才救了她，都没见她这样对他笑一下。警察小哥哥又问杜若茗："多晚都应该等家人或者朋友来接你啊！你家人或者朋友不在江城吗？"

杜若茗说："我老公死了，没人接我。"

站在车边吸烟的叶晋明突然就被烟灰烫了手。他冷冷地看向她，四年不见，她清瘦了许多，嘴巴的毒辣却一点儿没减。

警察小哥哥突然神色莫名，却还是礼貌地说："上车吧，先到派出所录口供，到时我们安排人送你回家。"

莫晓蕾看了同样神色莫名的叶晋明一眼，不等杜若茗答应，立刻跑过去把她拉了过来："坐我们的车吧！我们送你回去。"

杜若茗推开莫晓蕾的手，说："谢谢。还是警车比较安全。"

说完，她弯腰就上了警车，跟那位小帅哥坐在了一起。

莫晓蕾走到叶晋明身边，无奈地冲他摊了摊手。

叶晋明丢了烟，转身上车，发动车子跟着警车去了派出所。他本来对警察说的那个什么见义勇为奖没兴趣，可是警车里的那个毒嘴巴小辣椒跟他有些旧账没算清，这次，他得跟她好好算算。

录完口供从派出所出来，已经晚上九点多了，杜若茗连搬带抱地把自己那只摔坏了的行李箱往派出所门口的台阶下搬。早一步出来的叶晋明还没走，站在台阶下，嘴角衔着一支烟，就那么看着瘦弱的她小蚂蚁搬家一般搬着那只硕大的箱子一步步挨下台阶。

她的长发剪去了，齐耳短发下，一张小脸白得几乎透明。灯影落进她的眼睛里，沉沉的，再不是当年笑起来时的流光溢彩。

杜若茗终于把那只大箱子弄下来，蹲在地上费力地扭那根拉杆。叶晋明走了过去，在她身边蹲下，拿下嘴角的烟，吐出一团烟气，问她："你说我死了？"

杜若茗瞟他一眼："我说我老公死了。说你了吗？"

叶晋明一笑，回："对，我是你前夫。那好，这位前妻同志，我问你，怎么就舍得回来了呢？"

杜若茗不理他。

男人咬牙："你还回来干吗？"

杜若茗仍不理他。

"咔"的一声轻响，摔弯的拉杆终于扭正。杜若茗拖起箱子就走，叶晋明伸手便拉住了箱子的拉杆，脸色臭，语气冲："聋了还是哑了？问你话呢？"

杜若茗停下脚步，都不看他，眼睛落在他握着拉杆的手上，不急不缓地说："刚才那个色狼的门牙被我踹掉了一颗，您也想免费拔牙？"

叶晋明突然笑起来，把她的箱子一甩，转过身去把剩下的烟一口气吸完，丢掉烟头，再转身，几步追上来，拉住她的箱子用力一扯，顺带着连她也向他怀里撞了去。

"叶晋明！你个流氓！"

杜若茗伸手去推，却被他紧紧箍住了腰。

他一低头，一口烟全喷她脸上："杜若茗，我拉你一下就是流氓了？我现在还抱你呢？以前我还天天睡你呢！"

杜若茗气急，膝盖一抬，冲着他的胯下顶了过去。叶晋明骂了一句，向后一躲，不由得松开了手。

杜若茗抖一抖行李箱，擦着刚才被他握过的地方，说："叶晋明，看在你刚才吃饱撑的多管闲事的分上，我不告你性骚扰，但是，请你保持陌生人的距离，别离我太近，恶心！"

叶晋明被气得在原地直转圈，他指着自己的鼻子问她："杜若茗，你敢说我是陌生人？我还想着这辈子如果没有遇见你，世界该有多美好呢！"

杜若茗不想跟疯子多说话，拖起箱子就走。

"行！杜若茗，你够狠！你有种！"叶晋明气极，"你给老子记住了，咱俩可是陌生人，压根谁也不认识谁，别哪天再哭着来求我！"

杜若茗面色平静如水，不气也不恼，拖着箱子继续往外走。行李箱的万向轮滑在地上的声音刺激着叶晋明的神经，他的太阳穴一跳一跳地疼。他终是忍不住，回头再看，她已经出了派出所门口，连个影子都不稀罕留给他。

她比他狠，一直都是。

叶晋明暴怒地一脚把一只空的矿泉水瓶子踢飞，这股子邪火，恐怕是打两个小时的沙袋也缓解不了。

莫晓蕾扒在车窗上完整地旁观了一出愤怒版的久别重逢，等叶晋明上了车，她小心翼翼地说："我是觉得，你们之间，还可以抢救一下……"

叶晋明没好气："小孩子少说话！"

莫晓蕾吐吐舌头，不敢再言语。

高大的越野车从派出所出来，车子很快追上了拖着箱子走在人行道上的杜若茗。叶晋明脸冷脾气臭，车子开得像要飞起，疾驰的车轮碾过积水的路面，脏污的泥水溅了杜若茗一身。

"啊！"

莫晓蕾吓得一下缩进车里。过了一会儿她才敢回头，看见杜若茗停下脚步很淡定地站在那里擦着身上的泥水，并没有被气到跳脚大骂，更没有丢过鞋子之类来砸叶晋明的车窗，甚至没往这边多看一眼。

莫晓蕾瞬间石化，脑子有些转不过弯来，这还是杜若茗吗？从前那个一旦被叶晋明惹到，就是撵到天涯海角也要捞回来的小辣椒很神奇地消失了！

莫晓蕾说："她的名言你还记得吗？'能动手绝对不动口'。刚才，你溅了她一身泥水，她没说话……叶晋明，我觉得你的死期可能是快到了！"

叶晋明心中冷笑，他一个都死了几年的人了，还会怕死？

03

初春夜雨里，杜若茗拖着笨重的行李箱走了几站地，终于找到了那家比较了许久才最终定下来的朗悦酒店。反复比较的标准其实只有一个，那就是要绝对的便宜。

这几年，她为了大寒山里的学校，一分钱掰成两半花，节约的概念早就融进血液里了。重新回到江城，她已经不是那个花钱一向任性的杜家千金，也不是被叶晋明捧在手心里的叶太太，她只是大寒山里一个为几毛钱斤斤计较的贫穷女教师。

一切都安顿好，她先给好朋友闻晓发了信息。来之前跟闻晓联系过，因为自己闭经半年，她在寒山县医院做了一项性激素六项检查，情况不太好，所以想趁着这次回江城的机会，找闻大夫看看。

闻晓出身中医世家，她祖爷爷就是出了名的妇科中医，到她爸爸这辈，开了一家闻氏中医女科，在江城一带很是有名。

闻晓很快就把位置发了过来，杜若茗点开一看，调调酒吧，一个名字很不正经，骨子里却极清水的小酒吧。也是她和叶晋明以前经常去的地儿。

闻晓的电话打进来："杜大美女，过来吧。"

杜若茗打个哈欠："不啦，我要累死了，现在只想睡觉。"

闻晓不同意："别介啊，不见到你，姐姐我睡不着啊！你地址告诉我，我和女人一起去找你。"

杜若茗一听，有些意外："宁宁也在？"

闻晓叹了口气，压低声音，说："悄悄告诉你啊，张宇出轨了，宁宁正在这里要死要活呢。不说了，女人又发疯了。"

杜若茗立刻就不困了，庞宁宁跟她家张宇可是穿开裆裤一起长大的，真正青梅竹马配啊！他们之间都能出问题……

果然，男人都是大猪蹄子。

打上车，二十几分钟后，杜若茗到达调调酒吧。庞宁宁的面前已经摆了一溜空酒瓶。一看见杜若茗，已经醉得迷迷糊糊的女人先是愣怔了一会儿，接着摇晃着站起来，扑过来一抱，眼泪鼻涕蹭了杜若茗一身。

"老杜啊！你说咱们怎么就这么命苦哇？二十多年的感情也白搭，都禁不住小狐狸的勾搭啊……"

庞宁宁醉得厉害，哭闹了一阵，捂着嘴就往卫生间跑。杜若茗不放心，跟着一起过去。从卫生间出来时，一个化着浓妆的女孩子跟她们擦身而过，吐到头晕眼花的庞宁宁，突然就拉住了女孩的胳膊。

"狐狸精！狐狸精！勾引我老公……""啪"的一声，一记耳光响亮地甩在了女孩脸上。打完之后才发现，妈呀，认错人了！

女孩杀猪一般尖叫起来，她的几个同伴一下子就都从包房里涌了出来，咋咋呼呼地围了过来。

杜若茗连忙道歉："不好意思，我同学喝醉酒认错人了，实在不好意思。"

杜若茗正道着歉，却被一个理着短头发的女孩子用力一推，只听对方骂道："道歉管用的话，要拳头有个屁用？"

杜若茗一面护住庞宁宁，一面向外面叫着闻晓。两边正在交涉，一个浓妆艳抹、喝得醉醺醺的女孩子突然从旁边包房里跑出去，不问青红皂白，拎起一把椅子，冲着庞宁宁扔了过来。杜若茗伸手一挡，小臂上结结实实地挨了一下。

扔椅子的女孩开始有些醉意，此时迎着杜若茗狠厉的目光一看，像吞了一大口青芥末，天灵盖一激灵，"嗖"地一下又缩回房间里。双方都有人挨了打，杜若茗本想就这么算了，闻晓拎起杜若茗的胳膊一看，骂了一句，抓起一只酒瓶子便冲进房间里。

"闻晓！别！"

两个小时后，杜若茗又跟分别不久的那位帅哥小警察见面了。这一次，气氛就有些尴尬，刚才还是勇斗色狼的女英雄，才一会儿工夫已经成酒吧群殴的当事人了。

杜若茗录完口供出来，坐在先一步出来的闻晓旁边。闻晓拿出一瓶碘伏和一卷纱布递给她。杜若茗惊呆了："这你都随身携带？"闻晓白了她一眼："杜大美女，拜托说话动动脑子。我刚跑出去，在药店买的。"杜若茗吐吐舌头，专心抹完碘伏，拿纱布缠起手臂来。她们二人沉默地等着庞宁宁。

派出所的门突然被推开，一个人携裹着夜风，急匆匆地走进来。杜若茗低着头，注意力都在自己的手臂上，只看见那人深色的裤脚一闪。她觉得自己的眼睛简直是钉子，经她这么一看，那人的脚步突然就被钉在了地上。

她抬头……哎哟，我去，头疼。杜若茗抚着额头，又低下头去。

古语曰："十髪为程，一程为分，十分为寸。"杜若茗跟叶晋明，十分赶巧，就这么寸！

杜若茗低着头继续不紧不慢地缠着她的纱布。叶晋明目光如灼，恨不能把那白色的纱布烧出个洞来。

闻晓看看杜若茗，再看叶晋明，直感觉两军对垒，杀气森森，她就是那迎风而立的草，一时不知道该向哪个方向倒。闻晓冲叶晋明尴尬笑笑，手肘碰碰杜若茗，说："不认识了？要不，我给你们介绍介绍？"

双方当事人却都没说话，杜若茗继续缠她的纱布，叶晋明则迈步走进了里面的办公室。闻晓扭头看向杜若茗："你的二哈扑呢？"

杜若茗语气淡淡："扑你啊？"

闻晓夸张地抱着肩往后一倒："还是留给叶晋明吧。除了他，没人受得了。"

二哈扑，是闻晓给杜若茗扑倒叶晋明时的经典动作命的名。此动作要领如下：一扑，二跳，三抱，四亲。具体请脑补纯种哈士奇扑倒主人时的精彩瞬间。那个时候啊，别说四年，就是叶晋明出差两天，杜若茗都能在接机时上演一出暴力型二哈扑。老祖宗说什么来着，一日不见如隔三秋啊，那简直就是为他俩量身定做的形容词儿。

现在呢？闻晓在心里叹了口气，要说时间可真是个好东西，淡得了情，减得了恨，红得了眼睛，断得了恩怨。再来电的曾经，都能生生给你剪断那根导线。

老杜和大明，明显已经是老死不愿相见了。

叶晋明把人领出来，直接把杜若茗她们当了空气，冷着脸往外走。跟在他身后的小丫头倒是很有礼貌，竟然还能冲她们笑。刚才在酒吧，闻晓冲进包房时被杜若茗拉住了，并没有砸着那孩子，只是瓶子里的果汁洒出来，溅了小丫头一脸，看着有些狼狈。

到了派出所，小丫头拿纸巾擦了脸，惨不忍睹的妆容擦掉，杜若茗才认出，她就是叶晋明在火车站接的那个丫头，只不过妆化得太浓，又换了一身清凉的衣裙，她一时没认出来。

庞宁宁也出来了，杜若茗她们一起往外走，两拨人不巧又在派出所门口相遇。还没完全清醒的庞宁宁一眼便看见了正要上车的叶晋明，跟跟跄跄地跑过去，拉住他就开始诉说。

庞宁宁这家伙，以前也是爽朗洒脱一妞，自从跟张宇结婚后做了几年全职太太，就变得唠唠叨叨起来。这会儿又刚被张宇打击到，好不容易逮住张宇的好朋友叶晋明，还不得好好诉说诉说。

杜若茗和闻晓坐在马路牙子上说着话等庞宁宁，叶晋明捞的那女孩笑嘻嘻地走过来，声音甜润地叫着："两位姐姐好！"

闻晓哼了一声，头歪向杜若茗，话从牙缝里挤出来："这小姑娘谁啊？挺懂事啊！"

杜若茗说："叶晋明的女朋友。"

闻晓一扭头："当我没问。"

杜若茗却无所谓地一笑。

女孩走到两人面前，拿出两支烟递了过来。闻晓摆手拒绝，闻家世代行医，烟害命，酒误事，这两样，从她祖爷爷那辈开始在闻家就是明令禁止的。

杜若茗以前不吸烟，去了大寒山后，她去家访，脸皱得像核桃皮的老阿婆举着水烟筒给她，说着她听不懂的土语。学生翻译给她，说是让她尝尝，尝了就不会总是那么皱着眉头了。她便那样学会了吸当地的水烟，没什么瘾，就是听着"咕噜噜"的水声觉得很有趣。

杜若茗本不想接，一抬头，正看见叶晋明向这边看过来。夜里光线昏暗，却分明感觉那双眼睛气势逼人，像极了以前她犯蠢时，他瞧着她的样子。

杜若茗心里突然感觉不好，伸手就把烟接了过来。

女孩靠着杜若茗坐下，给她点着，再给自己点着，吸了一口，熟练地吐出一个烟圈，说："不好意思啊姐姐，我刚才没看清楚是您。"

杜若茗看着那支烟在指间徐徐燃烧，突然就问了一句："你跟叶晋明什么关系？"

女孩被问得一愣，再吸一口烟，吐出一口烟气，迷离烟气中，如丝媚眼望向叶晋明，娇羞一笑，把脸埋进臂膀里，含混不清地说了声："男朋友。"

杜若茗恨不得抽自己大嘴巴子，嘴欠！早知道会是这样，偏偏不死心地还要问，活该心里硌硬！

正在这时，叶晋明突然走了过来，女孩吓得往后一背手，把烟丢进了身后的冬青丛里。虽然烟丢掉了却也知道瞒不住，她立刻指着杜若茗说："她给我的！"

04

被这么个小丫头平白诬陷，杜若茗没忍住"噗"地笑出来，举着烟就要往嘴边送，却被叶晋明一下夺了去，丢在地上踩灭了。

"神经病！"

杜若茗霍地站了起来，冲上来推了叶晋明一把："怎么哪儿都有你啊？江城是你家开的吗？"

　　杜若茗冲，叶晋明更冲："你以为我想看见你吗？一会儿坐黑车一会儿又打架，你回来就是给江城人民的和谐生活添堵的吗？"

　　"姓叶的，你给我听好了，我就是来给你们添堵的，能拿我怎么办吧？"杜若茗吼道。

　　火花噼里啪啦，眼看就要伤及无辜，惹事的丫头立刻站到一边不敢言语，闻晓则抱臂而立，一副看好戏的样子，更不会去劝。

　　叶晋明一瞬头大，能怎么的啊？骂不过，又不能打。男女吵架，女人一旦启动不讲理模式，男人要想尽快息事宁人，要么"扑通"跪下认错，要么潇洒甩出工资卡。时至今日，这两种方式都不大合适，所以，杜若茗，你不是不讲理吗？好，我比你更不讲理。

　　叶晋明二话不说，大步走过去，一把抱起杜若茗扛在了肩上。

　　杜若茗没一点儿防备，气得大叫："啊！叶晋明！叶晋明！浑蛋，放开我！放开我！"

　　晕晕乎乎的庞宁宁打算过去拉架："晋明，老杜，怎么一见面就掐啊？"

　　闻晓拉住庞宁宁："行了，一边待着醒酒去吧，自己事儿还闹不明白呢！"

　　闻晓拉走了庞宁宁，那个惹事的小丫头也追着跑过去："姐姐，姐姐，你们等等我啊。"

　　任凭杜若茗又踢又打，连喊带骂，叶晋明就是不松手，拉开车门便把杜若茗塞了进去。一个一米八五的汉子，一个一米六的女子，力量的悬殊可不是一星半点。论蛮力，他是头牤牛，她就是个弱鸡。

　　眼看着叶晋明也钻进车里，"嘭"的一声关上了车门。莫晓蕾看看闻晓，再看看叶晋明那辆摇晃得很厉害的车子，后知后觉地说："我是不是闯祸了？"

　　闻晓赞许地拍了拍她的肩："小姑娘，干得漂亮！住哪里啊？姐姐送你回家。"

　　杜若茗被叶晋明摔进车里来，哪里肯束手就擒，她就像一条刚从湖里捞起来的小鲤鱼，打挺跳起，扒着车窗便要往下跳。

叶晋明眼疾手快，一把将她拉回来，升起车窗，锁紧车门，再往前一扑，结结实实压住了。杜若茗身体不能动，一双手就没有章法地去挠。叶晋明稍不注意，眼角便被她挠了一道。

叶晋明吃痛，心里的火球"腾"地一下炸开，满地火团，直要烧个毁天灭地。他单掌擒住她的两只手腕，一把按在她的头顶上，沉声威胁："再闹，信不信我现在就办了你？"

车窗外，闻晓的车子掉个头已经悠悠然地开走了。危险时刻那两个没良心的竟然丢下她不管了。

他不跟她吵，她又打不过，势单力薄，她绝对知道他发起狠来时有多可怕。杜若茗不敢再动，侧着脸不看他，一双沉沉的黑眼睛里掺了泪光，映着车窗外的灯光，像是星星被揉碎了洒进湖泊里。

以前，对于杜若茗乱发脾气时的不讲道理，叶晋明惩治她的最有效方法就是抱起她好好做一场夫妻。现在，时间隔了四年，两个人之间的所有平衡都被击碎，碎片在旧时光里闪着粼粼的光，再妄想用往日温柔的手去触摸，只能是被割得鲜血淋漓。

叶晋明一时有些不知所措，心里一乱，握着她手腕的手不由得松开了。杜若茗手一自由就来推他："你起来，压疼我了。"

软糯的声音一落进耳朵里，叶晋明的一颗心立刻融化，虽然贪恋着她身上这久违的柔软，但还是起了身。

杜若茗连忙向车窗边靠过去，扯一扯衣服，握着被他捏痛的手腕，声音又恢复了刚才的冷硬："有话快说，我困了，想回去睡觉。"

叶晋明看着她拒他千里的一张小脸，心里刚被压下的火瞬间又烧了起来。他强压怒火，问："你回江城干什么？"

"跟你没关系！"

"是回来就不走了，还是又玩突然的不辞而别？"

杜若茗脸上露出一个好笑的神情，白了他一眼，把脸扭向窗外，冷冷地说："你以为自己是谁啊？我跟你辞得着吗？"

叶晋明一肚子要诉说的话被一口先腾起来的怒气生生压下，是啊，他是谁啊？她的故人，在她心里早已经该作古的人。

叶晋明清冷一笑："你是不是为你家的房子来的？"

"跟你什么关系？"

"好，跟我没关系。"

杜若茗白他一眼："说完了吗？我要下车……"

叶晋明伸手又把她扯回来："老实坐着别动，我送你回去。"

叶晋明七扭八拐才找到那家名字叫得挺好听，却极其简陋的朗悦酒店。他望着酒店门口瞎了几颗灯珠的店面招牌，再看看刚才驶来的那条小巷子，不放心地问："你就住这儿？"

杜若茗伸手去解安全带，低着头闷闷地问："有什么不对吗？"

没有任何铺垫，他突然问她："你是不是没钱了？"

杜若茗被他问得心里一塞，不想回答，推开车门就下了车。

叶晋明跟下来，继续问："你这几年去了哪里？在做什么？"

杜若茗回头看他一眼，嘴角一挑，笑得颇有几分嘲弄："叶晋明，没想这么多年没见，您这燃烧自己温暖众异性的性格一点儿没变嘛！看见落拓的女人就想来拉一把吗？你以为谁都是梁馨梅吗？"

叶晋明没有忍到她说完，握住她的胳膊往前一拉，攥住她的手，就把她压在车身上。

"叶……"

他低下头，噙住她的唇，吞没她的声音，霸道的舌撬开她的齿关，凶狠地掠夺着这么多年思念成魔的独属于她的味道。

他的气息织成了一张网，密不透风，只牢牢网住了她。一时间，天旋地转，四年的时光迅速倒退，刹那之间又回到了那些个肢体纠缠、情潮汹涌的日子里。她的手不由得攀上了他的肩……很可耻，他给予的那些感觉，她竟然还记着！

恨意陡然升起，不仅仅是因为他的冒犯，更是因为自己的没出息。杜若茗的牙齿一磕，向着他的舌头就咬下去。

叶晋明粗野的动作瞬间停止，他退后寸许，气息不稳，灼热的目光盯住她，声音暗哑："你没忘，你还记得我，对不对？"

杜若茗冷笑出声："少自作多情！"

叶晋明被气到，一下甩开她："滚！"

杜若茗整整衣服，还没踏进酒店的门，身后尖厉的汽车声响起，那辆黑色的车子一个急转弯，就消失在黑夜里。

01

第二天一早，杜若茗去闻氏中医女科找闻晓。穿着改良中式白大褂的闻大夫往诊桌后面一坐，睿智端庄又慈悯，跟昨晚拿瓶子砸人的闻晓简直判若两人。

闻大夫和颜悦色地送走一位病人，喝口水，手指敲敲脉枕，杜若茗就把手腕放了上去。闻晓认真切了一会儿脉，不无失望地摇摇头说："我是多么希望你是怀孕啊！可惜不是，是早更。"

"早更？"

杜若茗收回手，不能相信。

闻晓拿笔在病历本上"唰唰"地写着诊断结果，说："根据脉象再结合你之前发过来的诊断报告，早更无疑。"

"不会吧？我身体挺好的。"

闻晓微微一笑："你所说的身体好，无非是吃得下睡得着，你可有注意过你的心理健康？三十岁到四十岁的现代职业女性当中，由于各方面压力过大等原因，大概有三成人会有不同程度的早更现象。"

"可是，我还没三十岁啊！"

闻晓无奈地撇撇嘴："所以，你这是早早更。"

"早早更？你不要说得这么恐怖好不好？"

闻晓从病历本上抬起头来："这病嘛，"她冲杜若茗神秘一笑，说，

"药疗不如食疗，食疗不如颜疗，古人云，食色，性也。去找个男人，比如叶……"

闻晓还没说完，就被杜若茗拿起药单敲了下头："这偏方还是留给你自己吧！我去拿药了。"

"喂，那么着急干吗？中午一块儿吃饭吧！我再叫上咱们的怨妇宁宁。"

"明天吧！今天我有事。办完事我约你们。"

闻晓又问："这次回来，是为你家房子的事吗？"

杜若茗说："是。才听我姐说的，我再不回来，就要成为江城的罪人了。再说，我也正缺这笔钱。"

闻晓点点头："还真是，你'江城最牛钉子户'的大名早就传遍大江南北了。如果不是……哦，对了，你还回南平吗？"

杜若茗神色一黯："回。"

闻晓叹气："回去看看吧！上次去南平开会遇到杜伯伯了，他老了很多……"

杜若茗微微一笑，转身出了诊室去拿药，心里却突然沉甸甸的，像是压上了一块秤砣。离开四年，她跟爸爸通电话的次数寥寥无几，每次也都是不欢而散。从别人嘴里听到他的近况，心里却还是会莫名发酸。

从闻晓那里出来，杜若茗打车先去了湾儿里巷。原来的那个狭长分散的城中村已经拆完了，如今是一片正在紧张施工的工地。

因为没有出入证，工地门口的保安说什么也不肯让她进去。杜若茗失望地转身要走，却突然听到有人在叫她。

"杜若茗？杜若茗！"

她回头望过去，看见一个身材瘦高，背微微有些驼的男人正惊喜地望着她。杜若茗蹙眉一想，突然也兴奋起来："李士侠？是你吗？"

李士侠笑着迎了过来："哎呀，老同学，真是好久不见，好久不见了呀！"

李士侠是杜若茗的小学同学，两个人都毕业于湾儿里巷小学。虽然那时候不算是很投缘的同学，却因为有五六年没见，这样突然遇到，着实让人惊喜。

聊着天，自然就聊到了围挡里正在进行的湾儿里巷改造工程。

李士侠感慨地说："你还记得咱们小学门口的那棵百年苦楝树吗？那可是载入县志的古树啊！可是，开发商非要直接锯掉。我和咱们小学几位同学想联合起来，组织一次护树行动。你要不要参加？"

杜若茗记得湾儿里巷小学门口的那棵苦楝树，很高很粗。春天时，花开满树，芳香扑鼻。杜若茗小时候淘气得厉害，那一次，因为往数学老师茶杯里撒粉笔末，被罚站在苦楝树下晒太阳。树上开了满满的花，花香被太阳一晒，又香又暖，熏得人脑袋晕晕乎乎的。杜若茗正在晕乎，叶晋明趁着下课悄悄凑过来，往她手里塞了一袋橙子味的冰砖。

不巧，小动作被数学老师看见了，指着叶晋明大喊："你来干什么？你心疼啊？"

叶晋明很认真地点了点头，说："嗯。"

那位小老头简直要被气炸了，拿教鞭的手都在抖，叶晋明可是他心目中将来要读清华北大的好学生啊，怎么能成天跟个渣渣混在一起？

"好，你心疼！你心疼你就跟她一起站吧！"

于是，她和叶晋明，苦楝树下，一边一个，一起站了一个多小时，到最后，那袋冰砖都化成水了。要不是被他悄悄拉着小手，估计她都坚持不下来。

杜若茗神游天外，李士侠继续说："若茗，你是不知道啊！那些开发商都是吸血鬼，除了钱什么都不认。什么同学情谊，什么美好记忆，什么历史文化，只要是碍着他们赚钱，统统可以推倒。你就说那棵苦楝树，不就是费事儿挪个地方吗？开发商那么有钱，拿点出来做保护经费怎么了？他们倒好，不仅不出钱，还非要直接砍掉。"

杜若茗听得心中气愤，问："事情进行得怎么样了？"

李士侠连忙拿出一份文件给她看："村委会的负责人说了，只要凑够五十个人的签名，他们就出钱把树挪到江城植物园保护起来。"

杜若茗仔细读了那份文件，写得有理有据又有人文情怀。时至今日，能像李士侠这样为了一棵树这么执着的人，已经不多了。

杜若茗说："算我一个，我也签个字。"

说着，她从包里拿出签字笔，在上面签下了自己的名字。杜若茗跟李士侠在湾儿里巷工程门口分开，李士侠继续去凑签名，杜若茗则打车去了湾儿里巷开发商景程公司的办公大楼。

漂亮热情的前台小妹一听说杜若茗是来谈拆迁协议的，脸上的笑容立刻就有些飘忽。

"杜小姐，您这边稍等，我马上通知我们主管！"

这边小妹先把杜若茗稳住，那边电话立刻就拨了过去。杜若茗坐在挂着素雅风景画的一尘不染的接待室里，一杯冰糖菊花茶还没端起来，身后小声的议论就已经潮水般隐隐传来了。

"她就是那个钉子户吗？"

"应该是吧！"

"看着这么年轻，怎么那么贪心呢？"

"嘘，小点声，让人听见不好。"

"哼，有什么不好？敢做还不敢让人说？也就是咱们老总，换作别人，早就……"

杜若茗端着茶杯轻轻吹着菊花瓣，想一想，耽误了人家这么久的工期，一句"钉子户"已经算是很客气的称呼了，所以，自己真没必要生气。

宽敞气派的会议室里座无虚席，叶晋明靠在椅背上，一边用骨节分明、修长好看的手指利落地转着一支签字笔，一边看着工程部刘部长的PPT演示。

徐海挂断前台的电话，连门都没来得及敲，直接就闯了进来，快步走到叶晋明身边，俯下身子在他耳边说了句："若茗来了，来谈杜家老宅拆迁。"

叶晋明手里的签字笔"啪"的一声脆响，生生断成两截。会场气氛陡然紧张，连刘部长都停下演示，回头望着叶晋明。

叶晋明向刘部长点点头，示意他继续。站在一旁的徐海捡走断掉的签字笔，又换了一支新笔放在叶晋明手边。

徐海正在等叶晋明的示下，又低声补充道："她就在楼下。要不要让她现在就上来？"

"不。"

叶晋明拿起签字笔，继续玩着他的转笔游戏，淡然回道："让她在楼下等，我现在没空见她。"

"晋明？"

徐海看看在座各位股东，压低声音又劝："晋明，事情总这样拖着也不好……"

叶晋明冷冷一笑："有什么不好？他们杜家人不是都喜欢让别人等吗？我们都等了他们一年了，让她等我半天，不过分。"

"可是，晋明……"

叶晋明不再说话，摆摆手，面沉如水，平静地望着前方的大屏幕，好像楼下根本就没有那个让他等得七窍冒烟儿的人在等他。

已经喝了三杯菊花茶，洗手间都去了两趟，报架上的那几份报纸从政治到财经，从娱乐到文学，每个版面都读了一遍，却还是不见有人来叫她上去。

腹部隐隐的疼痛渐渐清晰起来。杜若茗想，春寒料峭，菊花寒凉，喝了一下午的冰糖菊花，估计是受凉了。

眼看着大楼里的员工都陆陆续续开始下班回家，她坐不住了，再次走到前台去询问。

"不好意思杜小姐，我们老总正在参加一个重要会议，会议还没有结束，所以他暂时还不能见您！请您再等一等，很快就要结束了。"

杜若茗又等了一个小时，抬腕看看时间，晚上七点，她足足等了五个小时。想来好笑，以前视金钱如粪土的杜家小姐叶家太太，如今却为了那区区不到百万的拆迁款在这里毫无希望地等了一下午！

腹部的疼痛一阵紧似一阵，再等不下去了，杜若茗走到前台，说："我还有事，今天就先到这里吧！麻烦转告你们老总，他如果还有诚意，请他明天约我。我可以再等他一天。"

被放鸽子的感觉真的不好。以前，仗着叶晋明对自己的耐心，她经常放他的鸽子。那次两个人闹别扭，她骗他在公园等了一下午，她却关了手机跟同学出去蹦极。

他以为她失踪了，疯了似的满世界找她。当他在校门口看见她跟同学嘻嘻哈哈地往学校走时，那眼神，像是要掐死她。

她以为会挨骂，他却一下把她抱住，难受到想哭："茗茗，赌气时不要不接我电话好不好？找不到你，我会死的。"

年轻时不知道生死的轻重，遇事喜欢拿生死做赌注。年岁渐长，经历增多，那两个字珍重到不敢提起，才发现青春是极其懵懂的。这么多年，就那么莽莽撞撞地过来了，这一次，她终于也尝到了被人放了一下午鸽子的味道。真的不好受，闷闷的想揍人的感觉一跳一跳的。

正是交通高峰期，出租车很不好打，杜若茗已经在路边站了二十多分钟。初春的风还是很冷的，腹部寒凉的疼痛更加一阵紧似一阵，连带着腰胯部也是酸胀的。胃就是个情绪精，身体一不舒服，它就跟着闹脾气。肚子疼，胃也跟着纠结，疼得杜若茗一阵阵地出冷汗。

杜若茗心性坦荡，此时竟然也有些怀疑是不是景程的人恨足了她这个钉子户，在她的茶水里下了毒。

02

微信的消息提示响起来，杜若茗拿出手机，点开来，是郑祥安老师的视频请求。郑祥安跟她一样，也是一名支教老师，除此之外，他还是一位新锐画家，专画具有浓郁西南少数民族风情的油画。他是她的前辈、同事、引路者。是他带她去的大寒山，在她初到大山不能适应的那一年，也是他带着她一点一点慢慢适应。

两个人的相遇却是在江城。

那年，她跟叶晋明离婚，紧接着，奶奶去世……心灰意冷、了无牵挂的她想从阳江大桥上跳下去。在她爬上桥栏，就要松手时，身后突然传来一句："你连死都不怕，怕不怕半夜跳到院子里来的山猫？"

她回头，看见他穿一件连帽卫衣，脸隐进帽子阴影里，身后是阳江上的点点渔火。她突然就有一些恍惚，感觉他像是来自某个未知世界的使者。

她问："你刚才说什么？"

就是这一点儿临死前的好奇，救了杜若茗。

郑祥安走过来，并不去伸手拉她，而是靠着桥栏坐下来，徐徐地跟她讲了一个故事。

他说，在距离江城两千公里外的一座大山里，有一所很破败的学校，教室的房顶是蒲苇搭起来的，下雨的时候，漏进来的雨水都带着蒲草味儿。学校临山而建，一到晚上，会有硕大的山猫突然跳进院子里来，发出"咚"的一声响。

"山猫为什么会跳进院子里来？"

杜若茗脚垂在桥栏上，听他讲故事。

"因为山猫的皮很值钱，它想用自己的皮为孩子们再换一套课桌椅……"

他低着头，眉毛、眼睛、嘴巴……一切可以表露他情绪的元素都被他藏起来。杜若茗却突然感觉到他莫名的悲伤，和悲伤后面强大的力量。

她想了想，从桥栏上下来。后来，她就随着他一起去了那座大山，建了几所学校，看见了晚上会跳进院子里来的山之精灵：皎洁月光下，披一身水亮油黑的毛皮，在院子里一圈圈地游走，天亮之前又用力一纵，蹿上围墙，遁进深山……

在大山里，网络信号是极其难得的，杜若茗不敢耽误，连忙把视频请求接了起来。

"杜老师，我们想你！"

一排整齐响亮的声音响起来，杜若茗一下子就哽咽了。

郑祥安凑过来插话："若茗，你可要珍惜啊，我可是用手机流量跟你视频的啊！没办法，你的这些小妖精太能磨人了……"

他还没说完，就被学生们挤开了，视频里，一群小家伙叽叽喳喳地说个不停。

"杜老师，你什么时候回来啊？"

"杜老师，我们很听郑老师的话。郑老师说只要我们听话，你很快就会回来。"

"杜老师，你到底什么时候回来呀？我们都想你了。"

"杜老师，你不会是不要我们了吧？"

手机信号很卡，画面也是断断续续的。他们学校的学生从二年级到五年级，从八岁到十五岁，总共就只有三十七名。今天，几乎每一个学生都到齐了，有几个已经哭得说不出话来，躲在角落里怎么也不肯露面。

他们那样的学校，支教老师来得频繁，能留下的却没有几个，经常是跟孩子们刚混熟就已经准备离开了，所以孩子们对于她的突然离开很是敏感。

杜若茗嘱咐嘱咐这个，又安慰安慰那个，到最后，自己竟然忍不住也别过头去悄悄擦眼睛。手机信号突然就断了，正好卡在孩子们凑在一起的一张画面上。看着那一张张淳朴可爱的小脸，对孩子们的思念加上这一下午所受的委屈，杜若茗的心情一下子糟到极点。

她在路边的一个花池边坐下来，手里握着手机，望着路上穿梭的车流发呆。于她来说，大山深处的那所小学校，简直就是天堂一般的避难所。在那里，她每天都很忙，忙到可以忘掉曾经在江城经历的一切。可是，她偏偏又回来了！一路上这片熟悉的土地，麻烦就团团而至，躲不开，也不能躲。

叶晋明的车子就停在马路对面。穿过路上流水一般的车流，透过路边清冷的黄色灯光，他就那么冷冷地看着她。他不知道自己这是怎么了，推掉那么重要的一个饭局，就是为了在这里看她哭哭笑笑地发呆吗？

手机响起，徐海的电话打进来。

"晋明，工程部那边刚打来电话，他们说，如果再联系不上杜家人，就要强拆了。"

叶晋明吐出一口烟："你告诉他们，我借他们十个胆。"

徐海叹了一口气："总这样也不是办法啊。要我说，趁着若茗回来了，你们开诚布公地谈一谈，求她降降价……"

叶晋明不耐烦地说："徐海，我说过了，这件事，你们不用管。"

徐海无奈："我真是搞不懂了，人不回来，你望眼欲穿；人回来了，你又避而不见。你啊，真让人想不明白。"

挂了徐海的电话，叶晋明的心情越发烦躁，想发火的感觉像胀满的气球，压也压不住。他直觉这种状态不适合跟前妻谈判，不如离开的好。

他发动车子刚要走，那边杜若茗也站了起来。

叶晋明驾车驶过，后视镜里，玻璃清朗，路灯辉煌，就在这辉煌的背景里，杜若茗像是一片纸被风吹过，晃了晃，突然往地上栽去……

杜若茗醒过来时，满眼皆是白色。白色的灯光，白色的天花板，白的墙壁，白色的床单。她的腰背有些僵，像是躺得太久血脉流通不好。她想翻一下身，却突然发觉身体下面有些不对。她用没有扎针的那只手慢慢探了下去，底裤里，竟然，垫着，卫生巾！

我的那个天哪！

杜若茗一下就坐了起来。

头重脚轻，脑袋跟不上节奏，晃一下，一个立刻变作两个大。

她使劲儿掐着两边的太阳穴，唯一能厘清的只有：她来例假了！有好心人帮她垫上了卫生巾！

苍天啊大地啊，这到底是哪位天使大姐搞的恶作剧啊？等会儿，万一是大哥呢？

有脚步声走进病房，杜若茗拉起被子盖住脸装睡。接着，她听到两个，嗯，两个男人的轻声交谈。

"问题不大，您不要太担心。病人属于轻度贫血，输三天液，再吃上我给她开的药，这么年轻，很快就能调理过来的。放心吧！"

以上这位，应该是医生了，听着声音很年轻，却是个男的，他不会是给自己垫卫生巾的人吧？

"谢谢陆医生了！"

以上这位……

叶晋明！

没错，是他的声音。好听到能让耳朵怀孕的声线，曾经在她耳边说过那么多没羞没臊的话，她这辈子都不可能忘得掉。

"叶总客气了！有事随时给我打电话。"

"好的，谢谢！"

脚步声出了病房。杜若茗悄悄睁开眼睛望向床头挂的那瓶药水，想着自己闭经半年，怎么会突然就来了例假，来就来呗，怎么会突然被她前夫垫了卫生巾？

没提防，那人已经进来了，两双眼睛就这么直直撞在了一起……

四年了，怀恨在心，只求此生老死不相见，没想到刚到江城才两天，这已经是第三次大眼瞪小眼了。尤其是此时此刻此地，面对这么一位活雷锋，好尴尬啊，骂他都觉得有那么点不合时宜。

他嘴角一勾："又不认识了？"

她眼皮一垂，例行公事般说了一句："谢谢你送我来医院。"

先就事论事吧，毕竟，是他从寒意料峭的街头把她捡回来的，而且，还……

嗯，帮忙贴姨妈巾这事儿，她没打算谢他。

那人脸色并没有因为这句"谢谢"而有多少缓和，他没搭理她，倒了一杯热水，把床头的一盒药打开，取出一只小量杯，倒了将近二十毫升的黑色液体，把量杯小心翼翼地放进热水里温着。

"我怎么了？"她问。

"你怎么了？"他冷笑，"你应该问问你自己！多大个人了，还跟个白痴一样！自己什么时候来例假都不知道吗？一点儿都不知道保养，你以为自己还是十几岁的小女生吗？"

还是看在他送她来医院的分上，她把他的这些话暂且忍下了，而且，半年不来的大姨妈一来就太过热情，已经折腾得她浑身像是散了架，她没有力气跟他吵。

"我得回去了……"

杜若茗挣扎着要起来，他把那一小杯温好的药递过来，凑到她的唇边："喝了。"

"我自己来。"

杜若茗伸手要接，被他一把按住。他脸黑，话语也冷得像大冰碴子："你以为我愿意伺候你？输着液呢，跑了针还得给我添麻烦。"

他的大手按在她的胳膊上，虽然隔着一层衣料，却还是感觉灼灼烫人。杜若茗不自在地扭着胳膊，男人目光笃定，手没动，那意思很明确，不喝，就别想他放过。

"这是什么？"她问。

"毒药！"他说。

她咧咧嘴，笑了一下，他这个笑话简直冷死。她抬头，只喝了一口，就再不想喝，一股子铁锈味儿，引得胃里的什么东西再次往上撞。

"很难喝？"他问。

她点点头。

他低头也抿了一小口，眉头一皱，说："嗯，确实很难喝。"

亲口尝药？还做得这么自然？杜若茗一下扭过头去，心里骂着他"无耻"，脑子里却被那些过往的甜蜜塞满。

03

叶晋明又冲了一小杯红糖水递过来，说："先把这个喝了，药等一下再喝，我去给你买点吃的。"

杜若茗接过来，他又嘱咐："有些烫，你小口喝，不要等凉了，你现在不能喝凉水。"

他絮絮叨叨像位老祖母，杜若茗早不耐烦了："行了，走您的吧，叶大磨叨。"

此言一出，两人俱是一怔。大磨叨，是她给他起的外号，从来只有她叫过，他也从来只对她才磨叨。

杜若茗低头啜饮着红糖水，叶晋明则转身出了病房。房间里安静下来，杜若茗低头看着糖水杯口袅袅而起的热气，一时有些恍惚，仿佛岁月静好，那些个不愉快都不曾发生过。

叶晋明很快就回来了，深色西服外套上有几处比较深的印记。

"下雨了吗？"她问。

"雨夹雪，很冷。"

他帮她把床升起来，拉过小桌板，把买来的饭菜一一摆上，清蒸竹荪鹅、酒酿丸子、熘山药、南瓜卷、八宝粥。

他为她买了一桌子的饭菜，都是她喜欢的，以前他也经常做给她吃，可是，无肉不欢的她，只吃了熘山药、南瓜卷和八宝粥，荤菜竟然一下都没动。

他问："不好吃？"

她回答："不是。我现在只吃素。"

他惊讶："你出家了？"

以前她把他惹急了，他就嚷嚷着要去出家："杜若茗，我告诉你，你再惹我，我真剃了头发当和尚去，我让你守一辈子活寡。"

当年小夫妻的玩笑话跟现在这样的氛围很不搭，她不觉这样的话有多好笑，心里却不免存了一瞬的促狭，睃着他说："是啊，带发修行！"

叶晋明突然就不出声了，闷了半天，看着她吃完那一小碗八宝粥，问了一句："你们这个，达到什么条件可以还俗？"

杜若茗低头吃着粥，漫不经心地反问："干吗要还俗？出家挺好啊！"

她说完这一句，叶晋明刚刚缓和的脸色就再次难看起来。他从搭在床头的西服外套里摸出烟和打火机，闷闷地跑去外面吸烟。

也就是一支烟的工夫，他又回来了，脸上隐隐有几分掩饰不住的喜色，不知道是刚刚谈成一笔大生意还是刚跟小女友通了电话。

他把那只小量杯又递过来："喝吧！医生说就着饭就没那么难喝了。"

杜若茗接过来一口气喝掉，又吃了一口粥，才把那难闻的铁锈味儿压了下去。

她吃饱了，还剩了很多菜。叶晋明打包收起，提起来就要去扔。她忙叫住："别扔啊，剩那么多，下顿还能吃的。"

叶晋明脚步一顿，扭头看她："你说什么？"

杜若茗脸都没红一下，伸手来拿："给我留着，明天还能吃的。剩这么多，丢掉多可惜。"

叶晋明看着她清澈坦荡的眼睛，再看看她身上那件已经洗得颜色发白的T恤，心口狠狠疼了一下。

他扭过头去，说："这里没有冰箱，放一晚上会坏掉。"

叶晋明还是把那些剩菜拿去丢掉了。杜若茗心里那个疼啊！这一餐饭，足够她平时小半个月的伙食费了！

叶晋明再回来，手里提了一只精美的手提袋。杜若茗侧身躺着，听着他在她身后窸窸窣窣地拆着包装袋。

她没那么好奇，闭着眼睛继续装睡，装着装着竟然真就打了一个小盹。等她醒过来一扭头，叶晋明竟然还没走，正坐在床边给一部新手机贴膜。

杜若茗偷瞄他一眼，跟四年前一样，他还是那般帅气……不，除了额前那一缕隐在黑发里的白丝。他只比她大一岁，几乎同样的年龄，她早更，而他，却早早白了头发。

看来，这四年谁也没好过！

看见她醒来，叶晋明用软布把手机膜再擦拭了一下，就把手机递了过来。

"给我的？"杜若茗惊讶地看着他，没有去接。

他点头："你那部旧手机摔碎了，机身被汽车压过，已经彻底不能用了。"

她晕倒在马路上，叶晋明冲过去抱起她时，看见她那部还是四年前款式的旧手机躺在马路上，心里的那种疼痛简直无法言说。以前，她平均不到一年就会换一部新款手机；现在，她竟然还用着四年前的旧手机。无论是因为她的念旧还是穷困，都足以让他一颗恨她到极点的心瞬间软化。

杜若茗接了过来，机身细腻的触感传到掌心，她皱着眉头问他："是不是很贵？还是退了吧？我没有那么多钱。"

"贴膜二十，手机，赠的。"

杜若茗抬头赏他一记眼刀，男人不再开玩笑，微微一笑，说："不是要拿拆迁款吗？拿到拆迁款再还我。"

杜若茗低头抚摸着手机，小声嘟囔着："为什么买这么贵的呢？听说湾儿里巷的开发商是个吸血鬼，又抠又坏，我耽误了人家这么久的工期，还不知道能不能拿到钱呢……"

叶晋明这就不乐意了，声调不由得提高："你听谁说湾儿里巷开发商是个吸血鬼？"

他急，她更急，声调也高："我骂你了吗？管那么宽？"

叶晋明摆摆手，得，医生交代勿沾凉、勿动气，他忍她。叶晋明的手机又响，他挂断，对她说："我有点儿事，先离开一下，一会儿派人来陪你。"

"不用！"杜若茗冷冰冰地说，"不熟的人在这里，我睡不着。"

"那好，忙完了我再来找你。"

他迈步往门外走，杜若茗又叫住了他："住院花了多少钱？我还你。"

叶晋明停下脚步，转身看她："你觉得，凭咱俩这种都可以帮忙贴姨妈巾的交情，问这样的话有意义吗？"

一只枕头冲着他就飞了过去，被他敏捷一躲，"咚"的一声砸在了门框上。

"哎哟，怎么了这是？"

徐海和庞美娜两口子抱着孩子一进来，便目睹了如此熟悉的愿打愿挨的一番场景，不由得都乐了。美娜笑着说："晋明，怎么刚见面就惹老杜生气？赶紧的，超市买榴梿去！"

叶晋明看了杜若茗一眼，沉着脸，捡起那只枕头丢回床上。杜若茗也不理他，一双眼睛都在美娜怀里的那只小萌物身上了，拍着手直叫："快点儿，美娜，快把美宝给我抱抱……"

美娜颇有深意地看了叶晋明一眼，就把美宝递给了杜若茗。杜若茗抱着那个穿粉纱公主裙的又香又软的雪白小团子，心尖尖儿都在颤。

"好可爱啊！太可爱了！"

她把小萌物抱进怀里，拿脸贴那又滑又嫩的小脸。

"可爱死了，美娜啊，把美宝给我吧，给我养几天……"

杜若茗抱着美宝又逗又亲，稀罕得不行。叶晋明一张脸瞬间变得又黑又冷，一如窗外的雨夜。他不想再待，一言不发，迈步出了病房。

徐海回头看看叶晋明的背影，笑着说："这才是老杜嘛！总能把晋明气得说不出话。今天你在公司楼下等了半天都没有骂一句，我还寻思着老杜改脾气了呢！"

杜若茗抬头看着徐海："大海，你刚才说什么？什么没有骂一句？我骂谁？"

徐海有些意外："若茗，你还不知道晋明就是咱们湾儿里巷的开发商吗？"

杜若茗怔住："叶晋明？"

那个放她鸽子、害她喝了一下午的菊花冰糖茶，最后还晕倒在马路上的景程公司的老总，刚刚被她骂作吸血鬼的，就是叶晋明？

徐海一看杜若茗脸色不好，连忙帮着解释："若茗，你别生气。今天下午晋明是真的有事，但凡能有半个小时的时间，也不能让你等那么久啊。"

杜若茗冷笑："是，能理解，大老板嘛，都忙。"

美娜插嘴："晋明确实忙，这几年，忙完公司忙家里，又当爹又当妈……"

"美娜，美宝饿了，你给孩子喂喂奶。"徐海突然打断了美娜的话。

美娜一听，就从杜若茗手里把孩子抱了过去。

"哦，美宝饿了，那咱们开饭喽！"

美娜性子直爽，没多想，抱了孩子就去喂奶。徐海则出去接电话。杜若茗一笑，觉得徐海有点儿过了。都四年了，叶晋明再婚生子也是很正常的事儿，有什么好遮掩的？把她想得也太看不开了！

杜若茗和美娜正说着话，病房里突然走进来几位穿白大褂的医生。为首的那位冲着杜若茗一笑，叫了一声："若茗。"

杜若茗抬头望去，不由得皱眉。女医生微微一笑，露出一口好看的牙齿："若茗，不会不认识我了吧？"

杜若茗淡淡一笑："梁馨梅啊！怎么能不认识呢？"

是啊，怎么忘得了呢？刻骨铭心啊！梁馨梅变化不大。像她这种单眼皮的白皙女生，年少时没有多少光彩照人，有点儿岁数了，也不会多显老。圆脸，齐刘海，清秀的单眼皮，依然还是那样，娇弱，白皙，细声细气，像一株白色的曼陀罗，看着无害，实则有毒。

梁馨梅笑着说："我今晚值班，刚才听晋明说你在这里住院。怎么样，感觉好些了吗？"

"不劳梁大夫费心，已经好了。"

杜若茗的话，客气又带着冷冰冰的距离。梁馨梅身后还站着几位实习小医生，听杜若茗这样一说，她脸上不由得讪讪，说："咱们老同学，你千万别跟我这么客气。我今晚值班，你有什么事情就让护士找我。"

杜若茗只看着她，微微一笑，没说话。杜若茗态度冷，庞美娜也一脸的不愿搭理，梁馨梅不便久留，略略交代几句，就带着队伍离开了。

梁馨梅一走，杜若茗问美娜："她是叶晋明的老婆？"

"晋明的老婆？"

美娜声音一高，吓得就要睡着的美宝握着拳头的小手一伸。

美娜连忙轻拍着美宝的背，低声说："你别听她一口一个晋明，叫得那么亲热。晋明怎么可能娶她？就她那撒娇卖嗲的狐狸样，也就哄哄那些没品位的老男人还行。她倒是想着去给叶天意做后妈呢，可惜人晋明看不上啊。"

说到这里，美宝哼哼唧唧又闹，杜若茗手指竖在唇上，指了指美宝。美娜不再说话，好好哄孩子。

叶晋明没有跟梁馨梅结婚，这是杜若茗意料之外的。既然没打算结婚，那四年前趁着她怀孕打得火热的两个人是为了什么？解决生理需要吗？如果真是那样，叶晋明就更可恨。

房间里没有别人，美娜掀起衣服给美宝喂奶。看着半睡半醒的美宝依偎在妈妈怀里吮吸，杜若茗的乳房突然一阵胀痛。

四年前，那个孩子生下来就死了，她的两只乳房却一天天胀起来。她每天边哭边喝着一碗碗麦芽汤，吞着大把大把的维生素 B6。两周后，奶水退去了，她的一颗心也随着那个孩子死掉了，那种钻心噬骨的感觉却刻在脑子里，怎么也退不去。

叶晋明给他的孩子起名叶天意，他曾经给她肚子里的那个孩子起的名字可没有这么好听。他叫那个孩子臭臭，说是跟他抢老婆的讨厌臭宝宝。那时候，她以为那只是玩笑，现在想来，也许从一开始他就对那个孩子怀有敌意吧？

孩子死了，婚离了，时隔四年，尘埃落定，此时跳出那团曾经迷惑人心的粉色雾气回头再看，她依然笃定地认为，那时候，她是真的爱叶晋明，可以逾越生死、违背原则的那种爱。

可是，叶晋明呢？

04

大学一毕业，杜若茗就直接拖着行李回了江城。一路上，她兴奋异常。

"江城，我回来了！叶晋明，我回来了！终于等到这一天了，小明明，赶快到我的碗里来！"

不久之后就是叶晋明的生日，她订了好大一只鲜花蛋糕，约了徐海、张宇、闻晓他们浩浩荡荡二十几个人一起去酒店庆祝。

酒喝得差不多，蛋糕店才把蛋糕送来。叶晋明已经喝到舌头都大了，他握着杜若茗的手，说："茗茗，茗茗，你切，你来切……"

杜若茗分完蛋糕，刚吃了两口，突然指着嘴"嗯嗯"地想说话，然后紧张兴奋到直跳。大家正在纳闷，只听"叮"的一声，一枚钻戒被她吐到了桌子上。

大家愣了两秒钟，随后就炸了："行啊，晋明！老杜这才刚毕业，你就开始着急了！"

叶晋明有些蒙，摇了摇头，拿一双醉人的桃花眼看着她。她不等他说话，跳起来便把他抱住了，红着脸说："叶晋明，我愿意！"

大家又是一阵起哄，徐海捏起那枚钻戒塞到叶晋明的手里，说："光老杜说愿意不行啊！晋明必须下跪，不跪一下就想把我们老大娶走，太便宜你了！"

他们这样一闹，杜若茗突然有些心虚，连忙说："行了行了，我们不整那套虚的……"

叶晋明突然拉住了她，扳过她的肩，低头看着她，问："杜若茗，你真不会后悔？"

杜若茗用力地摇了摇头，郑重地说："不会，永远不会，这辈子，下辈子都不会！"

叶晋明二话没说，单膝跪下，抬头望着她说："杜若茗，嫁给我！"

杜若茗一边点头一边流泪，哭得都说不出话来。叶晋明牵过她的手，举起那枚戒指套在了她的左手无名指上，然后牵着她的手转过身来，面对他的那群哥们儿，郑重地说："都给我认好了，如果我的婚礼现场新娘不是她，你们都别来！"

杜若茗兴奋地一扑，一下子便挂在了他的身上。周围一片鼓掌叫好，叶晋明抱着她进了里间的KTV房，顺手就把门锁了。

一瞬间，天地都安静了，杜若茗的心却紧张成了一面绷紧的小鼓，他一双迷离的醉眼就是那鼓槌，鼓声密集如豆，她几乎要晕倒在自己的心跳声中。

"大明……"杜若茗声音又软又绵。

叶晋明把她放在一张单人沙发上，手臂撑着沙发扶手看她，迷离的眼睛带着酒醉的浅粉色，性感的薄唇抿出好看的弧度。

他说："行啊，杜若茗，敢圈套我？"

杜若茗小脸又红又烫，抱住他的脖子在他怀里蹭，鼻音喃喃，赖皮到家："不管！不管！反正你都求婚了。"

他握住她的肩，郑重地看着她，说："放心，我不会让你后悔的。"

杜若茗鼻子发酸，一下扑进了他的怀里。

求婚这件小事儿，就被她如此简单地搞定了！不久之后，在叶晋明跟徐海的一次聊天中，她听见徐海问他："说好不赚够一千万不结婚的，怎么突然就心甘情愿地跳进了婚姻的牢笼呢？"

叶晋明吐出一口烟，淡淡地问："你能拒绝一个自己买戒指藏蛋糕里的女孩吗？"

杜若茗站在屏风后，端着果盘的手差一点儿就拿不住盘子。

他和她，无论是出于习惯，还是出于责任，又或是真的是喜欢，总之，是她先赖上他的。而他又是比较怕麻烦的，既然第一次拉手、第一次亲嘴的人都是她，那就索性也跟她结婚，跟她生小孩吧！

可是，她是认真的，认真地爱她，也认真地恨他！

向他求婚后的第二天，杜若茗就回了南平。她没有告诉叶晋明她回去的目的，是因为不想在他面前提起她爸爸杜方平的名字。在爸爸面前也一样，只要一提起叶晋明的名字，父女之间总难免争吵。

爸爸和叶晋明都不肯告诉她，他们之间到底发生了什么，可是，那张扬的火药味不是轻易可以遮掩得了的。

回到南平的当晚，她就向爸爸摊牌了。杜方平气急，一把将他养了近十年的包浆极漂亮的紫砂茶壶狠狠摔在地上，壶身四分五裂。

"胡闹！你以为自己还只是几岁的小孩子吗？做事情要经过大脑的！姓叶的那种人能嫁吗？"

"姓叶的为什么不能嫁？是谁在我九岁时就吵吵着要让我和叶晋明定娃娃亲的？以前支持的人是你，现在反对的人也是你！爸爸，你到底是亏欠了叶家什么，让你这样害怕得报应？"

"啪！"

一记响亮的耳光直接甩在了杜若茗的脸上。从小到大，这是爸爸第一次打她。以前，哪怕是她撕了他重要的合同折飞机，他都没舍得动过她一根指头。现在，为了叶晋明，他打了她一记耳光。

她眼睛里含着泪光，冷冷地看着他，眼睛眨都不眨一下，倔强地不肯让眼泪落下来，眼里闪着冰凌一般刺人的光，刺得杜方平的一颗心流血不止。

杜方平气到手都在发抖，他指着门口说："你给我滚！你给我滚出去！我杜方平没有你这个吃里爬外的女儿！"

那一天的南平，也是这样初春的季节，不，应该还要早一些，因为天气更冷，冷得她感觉自己有可能会像卖火柴的小女孩一样冻死在街头。

那晚，她只穿了一身家居的薄棉套装就跑出了家门。花一元钱坐公交到达南平火车站，翻遍了口袋却只凑到十二块零五毛，距离一张南平到江城最便宜的硬座车票，还差四块五。

她站在售票窗口，嘴唇冻得发紫："叔叔，我的钱不够，您能不能……"

"下一位！"

跑火车站来讨价还价，这个丫头恐怕是疯了！

那位长着一张全世界都欠他两百块钱的脸的大叔，直接就把她无视了。她从另一个窗口重新排起，售票大厅总共十二个售票窗口，她想挨个试一遍。排到第五个窗口，售票员是一位慈眉善目的阿姨，杜若茗一看见她，眼圈立刻就红了："阿姨，我爸爸娶了后妈不要我了，我去江城找我妈妈，可是他们把我赶出家门时，我兜里钱不够……"

阿姨叹了一口气，想起自己跟她差不多大的女儿，也想起自己那个薄情的前夫，说："好了，只当阿姨自己请你喝了杯热豆浆吧。你看小脸冻的，唉……"

就这样，杜若茗买到了返回江城的火车票。她很感谢那位好心的阿姨，简直把她当媒人看待了！她和叶晋明结婚后还特意跑到南平火车站给那位阿姨送了一面锦旗。

火车到达江城是在夜里十一点多，她身上唯一值钱的就是手指上的那枚戒指了，她脱下戒指押在小超市老板那里，用超市的电话打了叶晋明的手机。

她被冻得眼泪鼻涕直流，嘴唇哆哆嗦嗦地几乎说不出话来。她忍了一路都没有哭，一听到他的声音从"刺啦刺啦"响的话筒里传过来，突然就哭起来。

那一边都快被她急死了："杜若茗？是你吗？别哭啊，快告诉我你在哪儿？"

等她哭到像是要断气儿却说不出一句囫囵话时，叶晋明要疯了："傻瓜！别哭，告诉老子你在哪儿？"

最后还是小超市老板接过电话，告诉了他地址。

不到二十分钟，小超市门口的刹车声直接把厚重的夜色撕破了。

上身裹一件羽绒服，下身只穿了一条灰色秋裤，脚上趿拉着一双棉拖鞋的男人，"吧嗒吧嗒"地跑进来，把超市老板吓了一跳，腾地一下就从柜台后面站了起来："你，你干吗？"

叶晋明赎回了杜若茗的戒指，也赎回了她。上了车，他把戒指重新给她戴上，嘴里嘟囔着："赶明儿再给你买条大金链子挂上，这些玩意儿，平时用处不大，关键时刻却能救命。"

杜若茗冷得像只刚从冰水里捞起来的小猫儿，牙齿咯咯响，除了点头，一句话也说不出来。叶晋明拉开羽绒服的拉链把她裹了进去，等她冰凉的脸颊一贴上他滚烫的胸膛，她才发现，除了这件羽绒服，他的里面是真空的。

杜若茗往上蹭了蹭，蹭得叶晋明身体一紧，警告她："别乱动啊，开车呢。"

她的小脑袋抵在他的锁骨处,两只小手扒着他的胸肌取暖。捏一捏,突然发现他的胸肌块儿好大,好结实,很温暖。从那时候开始,他在她眼里,就不是小时候那个同睡一张床、瘦得像竹竿的大明哥哥了,他是她的丈夫啊!

叶晋明就这样抱着她开车回家,幸好她瘦瘦的,抱在怀里也不怎么重。只是她的小动作不断,让他无法专心开车。

"杜若茗,你手能不能别乱放?"

她无辜地"哦"了一声,手往下移,就落到了另一处。

他吸了口凉气:"得,你还是摸胸吧!摸胸!"

于是她又把小手放回到他的胸肌上。

他抱着她,还不忘记损她:"杜若茗,你这像是离家出走吗?我怎么觉得倒像是想男人想疯了?"

她咬着嘴唇,也不说话,又把手往下移……

哼哼,那里好像是他的软肋。

"得得,姑奶奶,算我怕了你,您还是继续袭胸吧!"

有她在怀里,他不敢再开快车,来时只用了十几分钟的路程,愣是行驶了一个多小时。在漫无边际的雪原里,在横无际涯的夜色里,在午夜旧天与凌晨新日的交替里,只有他们俩。

那晚东风叫了一晚,第二天一早,散尽了满天雾霾,枯败的树枝落了一院子。空气清冷,却已经含了春天的一点儿绵软。

叶晋明已经起来,正握着一把竹枝扫把扫院子里的雪。他上身只穿了一件长袖的 T 恤,下面是一条简单的运动裤,身上的肌肉把衣服撑得很好看,大臂上的两块肌肉随着他的动作而一鼓一跳,像藏了两只调皮的小松鼠。

她披着他的羽绒服坐在门槛上看他,心里想着:"从今往后,我就只有他了……有他也就够了,他就是全世界……"

正想得出神,他突然回过头来,冲着她一笑,右腮边的那个酒窝清晰可见。他是单酒窝男生,就只有右面的这一个,一个正好,两个就把她醉死了。

他一只手提着竹扫把,一只手伸向她:"走吧,我送你去奶奶那边。

順便把奶奶的院子也扫扫。"

杜若茗奶奶家就在叶晋明家隔壁。昨晚到家太晚，没敢惊动老人家，她便住在了他家。这会儿天已大亮，她总要去跟奶奶说一声，也拿几件衣服穿。

那天上午，她套了一件白色的卫衣，穿了一条蓝色牛仔裤，就出了门。而他则郑重得很，白色衬衫，蓝色西服，皮鞋擦得锃亮。

他靠在车门上吸着烟等她，长腿窄腰宽肩膀，连他印在上午阳光里的影子都帅得晃眼睛。

他看见她出来，上下打量了两眼，特小流氓地冲她吹了声口哨，说："哟，这谁家中学生啊？"

她向来不穿隔年的衣服，毕业回来时，穿过的那些衣服基本上丢在了宿舍了，带回的那几件昨晚又丢在了南平。幸好奶奶心细，把她以前穿过的衣服都洗干净熨平整仔细收起来了，要不然她今天都没有衣服可穿。

她低头看了看自己这身衣服，说："这不还是我高三时穿的吗？现在穿也还是挺合身的！"

他瞄着她的胸，说了句："得，合着这四年你的胸就没长呗！"

她生气了，一掌劈过去，被他擒住手腕，顺势抱起放进车里，牵过安全带给她系上时，安慰道："没事，结婚后就大了……"

她一下就扯住了他的耳朵："叶大明，你还想不想去了？"

"唉唉，去去去，怎么能不去呢？好不容易才骗来的媳妇儿！唉，茗茗松手，耳朵掉了拍结婚照不好看……"

一上午的时间，先是登记，接着是落户。看着户口本上新增的那位成员，叶晋明满足一笑，把户口本和结婚证一揣，就带她去了商场。呃，他真的不顾她的抗议，给她买了一条几乎手指粗的金链子。然后是各种风格的衣服鞋子包包，正装风、休闲范儿、晚礼服、旗袍……买了多少套她都不记得了，只记得自己几乎累瘫，他却还跟打了鸡血似的拉着她各个品牌店转。到最后，她竟然在试衣间睡着了。

叶晋明在外面着了急，推门就要往里面闯，导购拦住他："不好意思先生，这是女试衣间，男士是不能进的！"

叶晋明一听，拿出新鲜烫手的结婚证，跩了吧叽地往柜台上一拍："我媳妇儿！"

说起来实在丢人，买到最后，他的那辆三厢轿跑愣是没装下，打电话叫工人开来一辆小货车才把那些东西拉回新房。

后来想起这事儿一次，杜若茗就骂他一次："显得我怎么就那么眼皮子浅呢？好像八辈子没逛过商场一样。从小到大，我爸爸也没缺过我钱花啊，非得告诉别人我是你买来的才行啊？"

他任她骂，叼着烟跷着腿眯着眼睛乐，就是不还口，实在骂急了，才来一句："我给我媳妇儿买，我乐意！谁爱说说去！"

证扯了，定情信物也买了，接下来就是结婚仪式了。

在湾儿里巷，扯了证不算结婚，举行了仪式，请了酒，经过邻里街坊的公认了，那才叫真正娶媳妇儿了呢！

请人卜算了黄道吉日，婚礼定在春三月。叶晋明为了他们的这场婚礼足足筹备了两个月。迎亲队伍不是当时特流行的豪车车队，而是浩浩荡荡三十六辆本田黑鸟摩托车。

叶晋明喜欢玩摩托，他的那辆大黑鸟，是他爸爸送他的十八岁生日礼物。叶爸爸去世后，他更是视若珍宝。他曾经说过："大黑鸟和小茗茗，人生缺一不可。"他的大黑鸟，当然是作为头车接新娘。其他三十五辆则来自天南海北，都是一个车友俱乐部的，为了帮他实现这个愿望，各地车友，有的凑车，有的凑人，有的人车都凑，到他们婚礼的前三天，三十六辆大黑鸟全部到位。

那几天，叶晋明做梦都在演练着骑着他的大黑鸟去接他的小茗茗。所谓好事多磨，就在结婚娶媳妇的节骨眼儿上，叶晋明却出了个不大不小，正好能让他无法驾驶大黑鸟的小事故。

那时候，叶晋明经营的电子商城已经算得上江城数一数二的大卖场。生意做大了，却牢记从草莽一步步走上来的艰难，身上没有一点儿妄自尊大、得意扬扬的暴发户习气，还是经常下仓库跟着工人一起搬运货物。

那晚，仓库那边来了一批货，叶晋明带着工人去卸货时，新来的工人因为经验不足，驾驶叉车时不小心撞到了货架。眼看着一只大货箱从上面掉下来就要砸到那工人的头上，叶晋明一个箭步冲上去，一把拉过工人，自己的脚却被货箱砸中。当时没感觉怎样，到第二天早晨，整个左脚脚掌肿成一只熊掌了。

所谓伤筋动骨一百天，他骑摩托车接亲这事儿直接被杜若茗否决了。

叶晋明痛不欲生，他心爱的小茗茗啊，他心爱的大黑鸟啊……

杜若茗拍着他的背安慰："不哭不哭，多大个事儿嘛！不就是接媳妇儿吗？我来，我来……"

"你来什么？是我娶媳妇儿啊！"

杜若茗的理由也充分："总不能让你那些来自天南海北的哥们儿白跑一趟吧？再说了，你娶我，我娶你，不一样嘛！咱俩谁跟谁啊？"

叶晋明想了想，似乎也想不出更好的办法了。于是，这位直男癌晚期患者认认真真地对他的准媳妇儿说："你接我行，咱可说好了，是我娶媳妇儿，不是你娶老公。"

杜若茗笑得滚到他怀里，勾着他的脖子，说："咱俩不分彼此，谁穿婚纱谁穿西服不都一样？"

直男癌患者立刻就叫了起来："我不穿婚纱！我不穿婚纱！"

婚礼当天，三十六辆黑鸟集结在杜若茗奶奶家门口。杜若茗一袭抹胸白纱，上身披了一件皮质短款黑色机车服，头上戴了一顶黑晶头盔，洁白的头纱从头盔下面垂下来。叶晋明就坐在她身后，又高又壮的爷们儿，委委屈屈地给小娇妻抱着婚纱。

杜若茗英姿飒爽，人逢喜事，她身后那位却嘟嘟囔囔："咱们下次结婚，绝对不能这么来……"

杜若茗一记栗暴就弹在了他的头盔上："叶大明！说什么呢？"

摩托车队从湾儿里巷出发，杜若茗载着叶晋明排头，绕城一圈，在排山倒海般的发动机轰鸣声中浩浩荡荡地驶向锦江酒店。据叶晋明后来回忆，那一天是他平生最窝囊也最得意的一天。为了娶到她的那份得意，他心甘情愿地窝囊！

到了晚上，好不容易把徐海张宇那群闹洞房的人撵走，杜若茗一下子扑到叶晋明的身上，点着他的嘴唇问："证也领了，婚也结了，这次看你还有什么理由赖账？"

叶晋明拄着拐杖站起来，单手一拎就把她扛在肩上，走进卧室直接就丢到了床上。他说："杜若茗，从今晚开始，你欠下的那些债，就给老子好好还吧！"

虽然平时嘴巴上都不是吃素的主儿，可是两个人确确实实都是新手，尤其叶晋明脚上又有伤，心急却不得要领，折腾到半夜愣是没成功。

她是真的疼，他也是真心疼！

这不成啊，都等了这么久了，大好的新婚夜，好不容易合法合理地履行夫妻义务了，就这么放弃，这不符合杜氏风格啊！

可是看着他满头的汗，还有脚上那伤，她也是真心不忍。

她小心地说："大明，要不，我来？"

"说什么呢？"

杜若茗洒脱，却并不是可以跟闺密好友坦然讨论夫妻床笫生活的人，所以，她和叶晋明两个人第一次是她在上才弄成的这事儿，她一直不敢问还有没有其他小夫妻也是这样。

不过也确实是疼疯了，虽然是她提出的，她却把责任都赖到他身上，好几天都不理他。他不敢急，只得好言好语好吃好喝地哄，直到后来的第二次，第三次，第四次以后，他们才真正开启了没羞没臊的幸福新生活。

杜若茗此生在叶晋明面前引为豪壮的三件事：我求婚的你，我迎娶的你，也是我先上的你！

第三章

叶晋明，你这个疯子

01

病房外天气不好，雪化成雨，雨又结成冰，满世界一片冰冷糊涂。杜若茗靠在病床上想着，她和叶晋明，一开始就是她在主动，他应该就只是被动接受，接受着接受着便成了习惯吧！

往事难消永夜，杜若茗靠在床头就这样纷纷杂杂地想着，困意渐渐袭来，迷迷糊糊之间，突然看见门被推开。

来人脚步很轻快，她几乎还没睁开眼，人已经到了她的床前。

杜若茗突然坐了起来："奶奶？是你吗？奶奶……"

她喉咙一哽，眼泪流了下来。

奶奶摸着她的头发，声音还是往常那样温暖又慈爱："茗茗，你怎么这么久也不回来看看奶奶啊？"

四年没见，奶奶的样子一点儿没变，还是那么干净利索的老太太，喜欢穿月白色的改良大襟儿衫，梳平平整整的发髻。杜若茗想扑到奶奶的怀里大哭一场，却感觉手臂无论如何都抬不起。

"奶奶，对不起，对不起，是我不好……"

"茗茗，奶奶不怪你，奶奶知道你心里苦。现在好了，你又回来了，这次回来就别走了啊！但是，这个医院是不能住的！"

说完这一句，奶奶的声音突然变得阴鸷而又着急："快点儿走，快点儿走，这里千万不能住……"

"奶奶……"

杜若茗一身冷汗地猛然坐起，却发现自己还是在医院里，窗外夜雨依旧，又冷又湿，跟奶奶去世那天的夜很像。

她喘息未定，向病房门口望去，却发现门是半开着的，楼道里的灯光泻进来，在门口那里铺了一道斜斜的光。她突然记起，睡觉前自己是没有关灯的，是谁替她关了灯？

杜若茗望着那片灯光，没有作声，也没有去开灯。想了一会儿，她从床上跳下来，一边穿着外套，一边自言自语："好饿，不知道这个时间还有没有卖吃的？"

她把手机和钱包塞进衣袋，没有拿背包，就这么出了病房。出了住院部大楼，外面正在下着雨夹雪，气温很低，路上一片湿滑。

回头望一眼自己刚才待过的病房楼层，杜若茗的心还在"扑通扑通"地跳着。

她并没有去吃夜宵，而是直接出了医院，打车去了自己入住的酒店——她想好好冲个澡。杜若茗有个习惯，一有问题想不开时，她就想冲澡。哗哗的水流声屏蔽了外界的干扰，脑子就特别活跃，想不清的一些事情便能在一瞬间茅塞顿开。

在她任教的鹿角角小学，除非去两座大山以外的镇上，否则一年之中也难洗上一次痛快的淋浴。所以，她就特别喜欢下大雨，冲进雨里，伸开双臂，哗哗的雨声之中，她的心反而特别沉静。

她正在例假期，水温不能太低，但是水流必须足够大，试了几次，把莲蓬头的水流调到最大，水花的冲击力让她一瞬窒息。

关闭阀门，她大口喘着气，低头看见脚下水流里混着的血丝，突然想到了四年前的那个夜晚……

叶晋明失踪三天，怀孕七个月的她，拖着笨重的身体满世界地找他。也许是连日来的体力透支，孩子就那么突然地要来了。

叶晋明不在，徐海、美娜正在外地度蜜月，闻晓也去外地参加一个医学交流会。那一瞬间，她感觉天都要塌了。一个人打车赶去医院，在楼道里遇见了她的高中同学梁馨梅，心里才算有了一丝安慰，自以为是有了可以依靠的亲人。

那时候，梁馨梅已经是市二院的妇产科大夫了。梁大夫也确实够朋友，跑前跑后地帮她挂号、垫付医药费，又亲自给她接生。可是，还是晚了，孩子生下来就已经不行了。

她哭闹着要见宝宝最后一面，梁馨梅只好把那具小婴儿的尸体给她抱过来，可怜的宝宝，身体又瘦又小，红乎乎的缩成一团。

自责、悔恨、绝望，人世间最负面的情绪在她心里集中爆发，她恨自己没有保护好宝宝，也恨叶晋明不在身边。看着宝宝那小小的身体，她突然开始呕吐，吐完胃里的食物吐胆汁，吐完胆汁再吐出来的就都是鲜血了。

从此，她再不能吃肉食，尤其不能见到未烹饪的红乎乎的鲜肉……

杜若茗把淋浴关掉，水流一停，就听到手机在外面疯了一般响。

她简单收拾一下裹上浴巾出来，来电显示是个陌生号码。接起来，还没开口说话，那边的咆哮如同巨浪，扑得她耳朵疼。

"你去哪儿了？"

杜若茗没说话，直接把手机关机丢到床上，拿起电吹风吹头发。头发还没有吹干，敲门声已经响起了。本不想理，无奈敲门声太大，对门的客人已经抗议了。

她放下电吹风走过去，挂上锁链，打开一条门缝，门外是臭着一张脸的叶晋明。

"我困了，有事明天说。"

杜若茗要关门，叶晋明直接把手掌伸进来，握住门边，看着她说："还想拿到拆迁款吗？"

杜若茗只想了一下，就决定向金钱屈服。男人的外套上沾染了一层湿冷的水汽，喝了酒，脸色很不好。

他进来，杜若茗却不想关门，靠在门上，一边擦着头发，一边懒洋洋地说："说吧，我听着……"

话没说完，他握住她的胳膊一拉，"嘭"的一声关上门，直接把她按在了墙上。

"玩失踪很爽是不是？"

男人声音阴狠，杜若茗抬头看着他，冷冷一笑，说："四年前，我独自一人在医院生孩子时，也想问你这句话。"

不提孩子还好，一提孩子，男人眼睛瞬间充血，凶狠可怕，是嗜血野兽眼里的凶光。他一下捏住她的下巴："好，我现在就告诉你，那段日子，一点儿都不爽，真憋屈……"

他把她往墙上一按，低头就要亲。

杜若茗使劲儿推着他："叶晋明，你这个疯子……"

她又气又恨，抬起膝盖向他顶去。叶晋明膝盖一收，两条大长腿牢牢夹住了她，嘴角一勾，说："行啊，还记得我教的这招。"

"嗯，打流氓的，必须记得牢……"

说着，杜若茗抬头用力向上一顶，脑袋直接顶了他的鼻梁。这也是他教的，自从学会，还是第一次用。

叶晋明伸手就去捂鼻子，杜若茗趁机从他怀里挣脱，跑到门边，手还没碰到门把手，后领一紧，直接又被拎了回去，再一推，又被按在了墙上。

说实话，因为两个人之间的身高差，从小到大，如果不用上撒娇这一招，她跟他掐架就从来没赢过。

可是，这一次，鬼才有心情向他撒娇！

"叶晋明，你个浑……嗯……"

他钳住她的手，低头封住她的嘴。这不是亲吻，是泄恨。怀恨的撕咬，霸道之中不带一点儿怜惜。

他狠，她更狠。杜若茗找到空隙，牙齿一磕，用力向他咬去。这一下有多狠，忙乱之中忘了，只记得好像听到"咯吱"一声响，他的肉差点儿进了她的嘴。

这次是真疼，叶晋明一只手按住她，一只手按住嘴唇，眉头拧成了"川"字。他吸着嘴唇，表情痛苦："杜若茗，我记得你不属狗啊！"

杜若茗磨牙霍霍："我属狼。"

"恰好，我也是……"

他舔舔嘴唇，不怕死地低头又来，这次亲的是她的眼角，那里有晶亮的泪痕。

她这次咬的也不是他的嘴，而是他的脖子。他不躲也不闪，闭着眼睛嗅着她的发香，任她狠狠地咬住不放。直到杜若茗感觉唇齿间腥甜的味道跟那药的味道一样不好，才松了嘴。

"吃饱了？"他微眯着眼睛低头看着她，声音里含着贱兮兮的笑和赤裸裸的勾引。杜若茗嘴角一收，用力向他脚上跺去。

以前，每一次他把她折腾得死去活来连连讨饶时，他总会在她耳边低声问："吃饱了？"

那时候，他声音也是含着笑的，柔柔软软的，呼着一点儿热气扑在耳根处，像三月的春风吹进娇嫩的花心里……

今非昔比，感情不能复制。再不是当年的心境，还说当年的情话，活该他叶大明被跺。她跺他，他也不躲，被跺疼以后，才抱着膝"哎哟""哎哟"地叫着，转身一瘸一拐地向窗边的椅子走去。

杜若茗拉开门指着门口冲他喊："你给我滚出去！立刻！马上！"

他不理，继续往里面走，清冷的声线里满是嘲讽："都是成年人，又是老相识，你开门时就没想到会有这样的事情发生吗？"

杜若茗简直被他的不要脸气疯了，跑到门边，拉开房门，再次下逐客令："谁知道你会比四年前还不要脸？滚！立刻给我滚！否则我就报警了。"

"报警？"他一笑，"啊，我好害怕啊！那你就报一个试试，看看警察有没有闲工夫管你的家务事？"

杜若茗急了："谁跟你有家务事？你怎么这么不要脸？我再提醒你一声，我们离婚了！离婚了！"

叶晋明坐到那把有圆形椅圈的小圆椅上，眯着眼睛看她，醉意越发明显，声音也懒懒的："离了？那明天再去复一个。反正你这样的臭脾气也不会有别人肯要……"

"别在这里睡，你给我出去……"

这家酒店面积不大，为了隔出更多空间，每间客房都很狭小，所以里面的家具也尽量迷你。叶晋明个子高，长手长腿的，坐在那把小椅子上，四肢都搭在椅子的外面，显得很委屈。

他闭着眼睛，疲惫地说："茗茗别闹……我今晚已经跑了好多地方，很累，让我休息一会儿……"

说完，他就不再说话，头慢慢地垂下来，像是真的睡着了。杜若茗使了使劲儿想把他架起来丢出去，拉了几下，那人的身体却像长在椅子上，纹丝不动。

有从走廊里经过的人好奇地向门里张望，杜若茗异常烦躁，一把就摔上了门。

她靠在床头抱着臂看他，他的头垂着，下巴抵在了胸前，因为呼吸不畅，起了轻微的鼾声。

毕竟几个小时前他还好心送她去了医院，看着他窝在那把小椅子里的委屈样，她终是有些于心不忍。

"呵！我如果管他我就是大傻子！"

"哼！我如果管他我就是二傻子！"

"我如果管他，我就是……唉，算了，反正他睡着了，也不知道是我扶他到床上去的。"

最终还是没忍住，杜若茗走过去，一弯腰……奇了怪了，刚才怎么拽也拽不动，现在只一扶，他竟然就乖乖地把手搭在了她的肩膀上，随着她走到了床边。

又装！

杜若茗一气，直接把他推倒在床上，可是听着他细微的鼾声，她又觉得自己好像是冤枉了他。再看他的皮鞋上、裤腿上那斑斑点点的泥巴，心里又是一阵不忍。外面雨夹雪，路很不好走，他却踏着风雪来找她……

往日的点点滴滴小草芽儿一般就要往外冒，杜若茗拉开窗户吸一口外面清冽的空气，清醒了一下想犯浑的脑袋。再回来，踢了一脚他垂在床边的脏皮鞋，自觉心里的气稍稍顺了一些，才拿了床上唯一的一条毯子，裹了毯子坐在椅子上休息。

外面的风绝对是个多事的主儿，她刚闭上眼睛，窗户外面的风声就大了起来，寒风卷着雨雪，扑打着窗棂……杜若茗眼睛都没睁，扯了毯子就丢到了床上睡着的那个人身上……

02

早上醒来时，雨雪已停，窗外的天光透过窗帘渗进来，房间里青白一片。浴室里有灯光也有水声，磨砂玻璃的浴室墙上，隐约印出一抹高大健壮的影子……杜若茗错开眼睛要起，才发现自己躺在床上，身上盖着唯一的那条毯子。

她还没有回忆起昨晚的事情，叶晋明已经从浴室里出来，腰间只裹着一条浴巾，裸着宽阔的肩膀和匀称的六块腹肌，以及脖子上齿印整齐、边缘青紫的一枚小印章。

等她意识到应该移开视线，该看的都已经看得差不多了。

叶晋明拿毛巾擦着头发，对她说："你去洗漱吧，一会儿还得去医院。"

杜若茗低着脑袋逃进浴室，牙齿还没刷完，就听到有敲门声响起，酒店的服务员给叶晋明送来了干净的衣服。等她洗漱完毕从浴室出来，他正站在窗户边系着衬衫的袖扣。跟昨天一样，他今天穿的，还是深色的衬衫。

叶晋明系好袖扣，伸手穿着西服外套，对她说："去医院把剩下的药液输完，然后我带你去湾儿里巷看看。多年不回来，估计你已经找不到家了。"

"嗯。"

杜若茗淡淡地应了一声，低头收拾着自己的东西，心思却都在他的衬衫上。

他不穿浅色衬衫了。

以前，就因为她说过一句"喜欢你穿白衬衫的样子"，他的衣柜里再没出现过别的颜色。每天早晨，她喜欢手指拨动着实木衣架，在衣橱里为他挑选衬衫——本白、珠白、乳白、米白、雪白……

现如今，每天为他挑选衬衫的人已不再是她，他也不再喜欢浅颜色的衬衫。人是感情化的动物，有感情就善变，对衣如此，对妻也如此。倒不如草木，无情无欲，安静荣枯。

两个人收拾好就要走，杜若茗看着被他丢在椅子上的那一套阿玛尼，问他："这些，你都不要了？"

他说："没时间送去干洗店。"

杜若茗看着心疼，去酒店电视柜里一通乱翻，终于找出一只塑料袋子，把那些衣服都装起来，提上就要走。

叶晋明看着她，问："你要给我洗衣服？"

杜若茗一笑："反正你都不要了，我洗干净了寄给山伢子他爸爸。邬玛大哥上山打柴摔断了一条腿，不能进城打工，已经好几年没有买过一件新衣服了。"

叶晋明脸色一下不好了："杜若茗，你竟然把我的衣服给别的男人穿？"

"有什么不可以？反正你都不要了！邬玛大哥人很好，拖着一条残腿还给我们学校修窗户……"

杜若茗的话还没有说完，手里的袋子已经被他拎了过去，提着就往外走。

"喂，你这个人，莫名其妙。一会儿说不要，一会儿又要来抢……"

追到酒店门口，男人在前，推开垃圾箱的盖子，"咚"的一声，那些衣服就喂了垃圾箱。杜若茗的脸一下子就绿了，气得嘴唇都在抖。

"什么人呢？"

她站在酒店门口等车，他已经驾了车过来。

"上来！"语气不容置疑。

杜若茗冷着脸，向着就要驶过来的出租车招手。叶晋明只得软下声音："带你去五七路吃早餐啊，边吃边聊聊拆迁赔偿的事。"

五七路有她爱吃的水晶包子，他那里，有她急需的拆迁款。

唉……

杜若茗说："太远了，来回油费够吃一顿早餐了。"

说着，她看看四周，走向了路边的一个煎饼摊："两个蛋，一根肠，多放辣椒，不要香菜。"

杜若茗按照叶晋明很久以前的口味，买了一张煎饼，递给他。叶晋明看看那张煎饼，又看她："昨晚我又是哄睡又是盖被，半夜还挨你的鸳鸯腿踢，你就这么谢我？"

杜若茗头大，怪不得昨天梦里跟人打了一夜，他在旁边呢，天天想着要揍他，日有所思，必定夜有所梦啊！她狠狠甩他一个白眼，转脸看看路边垃圾箱，迈步要走，手腕却一下被他握住。

"别扔，我吃。"

杜若茗冷冷抽回手，叶晋明问："你不吃？"

"我一天只吃两顿饭，现在还不饿。"

叶晋明咬下一口煎饼，看看她，脸色又不好了。她平时吃东西就像只小猫一样挑挑拣拣，这么多年竟然一天只吃两顿饭，怪不得她会贫血！这四年，她到底是去了一个什么鬼地方啊？

杜若茗只装作没看见某人要吃人的眼神，走到路边的一条石椅上就要坐，屁股还没挨着椅子，已经被他提着胳膊拎了起来，又吼她：“不凉啊？”

她被他吼得要炸，甩着他的手骂他：“叶晋明，你能不能别一天到晚磨磨叨叨跟个老娘们似的？”

他眉毛一挑，说：“能啊！有种你别晕倒在街头被老子扛进医院啊！”

奶奶说得没错，果然是“吃人嘴软拿人手短，受人恩惠出气儿浅”。被他这么捏七寸地一噎，她竟然无力反驳，只得乖乖被他拎着胳膊丢到车里温暖的皮座上去。

以前，这个人有点儿洁癖，家里的垃圾箱一天至少清理一次，厨余垃圾尤其不能留在家里隔夜；还有就是不能在车上吃东西。不过，如果茗茗实在想吃，他也只能去买，大不了她在车上吃一只韭菜盒子，他拿她几千块的香水喷车里半瓶子。

可是今天，他把她塞进车里以后，就那么大大咧咧地在车上吃她为他买的早餐。浓郁的煎饼果子味儿伴着高档车载香水的味儿，双味儿齐飞，他竟然也不嫌。

他狼吞虎咽地吃完一张煎饼，拿起一瓶矿泉水喝了几口，就发动车子要带她去医院输液。杜若茗想开窗，被他拉住，问她：“干吗？”

“散散味儿啊。”

“我不嫌。”他说。

杜若茗心里莫名有些酸，酸溜溜地说：“哦，现在可以在车里吃东西了？”

初春的风还是挺凉的，车子一旦开起来，灌进来的风就更凉了。医生交代了，勿动气，勿沾凉。他看她一眼，潇洒地一打方向，淡了吧唧却色气满满地说了句：“我怕散了你的味儿……”

上午还有一瓶药液要输。到了病房，等着叶晋明去叫护士的间隙，杜若茗仔细检查了一下自己的东西，背包看不出有被人翻动的痕迹。小心地拿出床头桌抽屉里的那些药又仔细看了看，拿塑料袋包了，收进了包里。再蹲下来，往床底下看了看，又爬进去试了试。没错，这种病床，床底下藏一个成年人是绝对没有问题的。

叶晋明带着护士走进病房，一眼看不见人，再一眼，就看见杜若茗从床底下钻出来。

她一拍额头，"嘿嘿"一笑："我东西掉床底下了。"

叶晋明望着她，眸光有一些深刻。护士要给她扎针，叶晋明很自然地要来牵她的手。从小到大，杜若茗好像一直是天不怕地不怕的铁娃娃，可是，她怕针。

小时候，排队站在学校操场打防疫针，如果没有叶晋明在她身后牵着她的小手，她能爬足球球门铁架子上一天不下来。随便老师们是拿泡泡糖哄也好，还是拿教鞭吓唬也罢，死活就是不下来。

后来，每次一到打疫苗的时候，老师都是提前悄悄通知叶晋明："晋明，明天打防疫针，你一定看住你妹妹啊！"

所以，每次一打防疫针，叶晋明的位置就得由男生队转移到女生队去，他得牵着他妹妹。

这样小手一牵就牵到了结婚后。那次杜若茗扁桃体发炎，高烧起来，不输液是扛不住了。偏赶上叶晋明不在家，杜若茗鼓起勇气一个人去诊所输液，那么大个人了，针还没扎，就哭得直接吓跑了几个等着扎针的小孩子。

大夫也是没办法了，小声地跟她商量："要不，让你家长陪你再来？"

当天晚上叶晋明从外地赶回来，背起她又去了门诊。她窝在叶晋明的怀里，被他牵着小手乖得像只小猫，随便护士扎，眉头都不皱一下。

护士扎上针一看，这不还是上午那个还没扎针就哭得吓跑小朋友的女孩嘛！怎么跟变了个人似的？

有时候叶晋明也是纳闷："你到底是真疼还是装的？"

她撇撇嘴，委屈到不行："真疼啊！只是，一看见你，就不小心忘记了嘛！"

后来，闻晓参加某不正经学术研讨班时，结业时写的不正经论文题目是：《颜疗：论男朋友颜值对女生的心理疗效》。她在文后还特别鸣谢了杜若茗同学和叶晋明同学的实力演出。所以那期短训班闻大夫没有拿到结业证。

这一次，杜若茗却没有让叶晋明牵手，在叶晋明伸手过来时，她及时地把手伸向了护士。

"护士，扎这只手吧，这只手血管清晰，好扎。"

某颜王被嫌弃了！叶晋明闷闷地出来，靠在楼梯上吸了一支烟，又去洗手间洗手，不经意间一抬头，镜子里这谁啊？这么帅！剑眉英挺，鼻峰俊秀，一双星目，两片薄唇。以前人称"江城小白龙"的叶晋明，现在五官愈趋俊朗深刻。尤其是为了封印体内的洪荒之力，他每天一有闲暇就去健身，练就了一副精壮、健美、肌肉匀称的体魄，是那种穿衣显瘦脱衣有肉的完美身材。这颜值，这身材，跟当年相比，绝对有过之而无不及啊！

就这样，自己看着都想跟自己谈恋爱了，外面那位竟然宁愿望着外面的秃树枝发呆也不愿多看他一眼！

瞎！真瞎！

病房里，护士刚给杜若茗输上液，她趁着护士不注意，叶晋明也不在，悄悄把软管的开关卡住，然后手腕一扭再一弯，好了，成功跑针了。

叶晋明自我陶醉了一番回来，刚刚平复一点儿的心情，看着杜若茗手背上鼓起的那个大包，又要骂人："你就不能老实会儿？你都不如天天听话！"

杜若茗被他吼得泪眼汪汪的，不是装的，是真疼。早知道跑针会这么疼，真不如直接拔掉，跟他撒个娇，效果应该也是一样的。

她可怜巴巴地望着他："疼！我不想输液！"

她脸小，下颌尖，眼睛却又黑又大，娇娇的一张小猫脸，再加上这样一副泪眼汪汪的样子，真是要了某人的老命了。叶晋明一边拿着一颗大土豆刨着土豆片，一边说："不可以，医生说这是纠正贫血最好的药。"

虽然态度还是否定的，语气却明显软了不少。服软初见成效，杜若茗立刻得寸进尺："明天再输好不好？现在手手很疼。"杜若茗面上撒着娇，心里却强忍着就要涌起来的恶心。怎么就堕落到如此境地了？还手手疼？呃……

叶晋明毛躁的心情被她软软的话语熨帖得瞬间平展，他嘴角微弯，拿着她的手，轻轻按压着薄薄的土豆片，看着她，语气也难得温柔。

"你不肯吃饭，又不肯输液，万一再晕倒怎么办？"

她眼珠一转，一想："那你带我去吃五七路的水晶包子吧！"

她眼珠转动时，恰如养在清水里的两尾墨龙睛轻轻一摆尾，带动了一池的水光流漾。看得叶晋明一瞬心跳加速，仿佛昨天那个流光溢彩的杜若茗又回来了。

他低着头，沉声答："好。"

他声音依然沉稳，却心跳如鼓。这是隔了四年，又掺了太多恩怨，如果还是在从前，她早被他按在床上了。

五七路的农庆包子铺，依然人满为患。杜若茗和叶晋明排了半个小时的队，才找到一个两人桌的位置。叶晋明点了荷叶粥，虾仁青瓜馅和葫芦鸡蛋馅的包子，杜若茗只吃了葫芦鸡蛋馅，那一屉虾仁青瓜馅，她没动一下。

叶晋明想起昨晚她的那些话，说："我打电话问过闻晓了，她说你是去支教了，没出家。"

杜若茗拿筷子夹着包子蘸着料汁，说："不出家就不能吃素了？我吃素养生。"

"养生？"叶晋明皱眉看着她，"养得跟个小鸡仔似的？"

他打量着她，目光落在她的胸前，想起昨晚柔软的触感，竟然感觉手指滑滑腻腻的，像是还沾染着她的芳香。

杜若茗借着吃粥的机会，把背略一弯，胳膊挡在了胸前，轻声骂了一句："变态。"

被她一骂，心情莫名好，叶晋明低低一笑，夹起一个包子放进嘴里，看着她边嚼边说："没事，我就爱吃小包子。"

杜若茗放下筷子要走，却被他直接拉住："药拿来，吃了药再走。"

杜若茗摸一下包，再一拍脑门："啊，那些药啊……我昨晚忘记拿走了，今天一看已经没了，应该是保洁员以为没人要，给扔了吧。"

叶晋明看着她，心想，她撒谎时习惯性拍脑门的这个小动作，还是不提醒她比较好。

他指指对面的位置："来来来，坐下来，坐着撒谎不紧张。"

杜若茗白他一眼坐下来，叶晋明往她餐碟里再夹一个包子："再吃一个，吃饱了撒谎心不慌。"

杜若茗不看他，把包子塞进嘴里嚼着。看着她又吃完一个包子，叶晋明问她："说吧，药藏哪儿了？"

"扔了。"

"扔哪儿了？"

"垃圾箱。"

"行。"叶晋明扯了纸巾擦擦手，"杜若茗，你厉害！"

03

因为吃药，两个人之间通过输液刚刚建立起来的那么一丁点的好感和信任，再次宣告破灭。

叶晋明带杜若茗去工地，一路，无话。她是真的没话跟他说，他却是憋了一肚子的话正在找一个突破口。两个人各怀心事，一个冷着脸驾驶，一个把眼睛望向窗外。咫尺之间，要说视而不见那是不可能的。

她发现，他开车时还是习惯把手放在方向盘的十点和三点位；他戴着的那块百达翡丽还是他们结婚那年一起买的情侣表，他还戴着，而她的，早已经卖掉换了一批课桌教具；还有，他的左手无名指上是光秃秃的，没有戒指。她的那一枚，也没了，早卖掉换了一批课桌教具。

"这几年你去了哪里？"

叶晋明终于忍不住，首先开了口。

"山里。"她答得很模糊。

"哪座山里？"他又问。

"名字很长，不好记。"

"远吗？"

"不太远，坐三天火车，再转一天汽车，然后再乘半天的小面包车，到了山口，翻两座山头就到了。"

她也是这么跟闻晓她们说的。既然是铁了心地想彻底远离，再把自己的详细地址告诉朋友，给彼此留个引头，真没什么意义。

叶晋明听得心里发堵，握着方向盘的手指都微微发白，车速也不知不觉快起来。

杜若茗知道，这是他发火的前兆，她连忙重说："哦，如果乘飞机的话会快点儿，就是机票有些贵。"

这句类似安慰，她真不如不说。叶晋明没说话，转动方向，驶离主路，车子贴靠路边，停下。

他点燃一支烟，落下自己一侧的车窗，看着她，问："离婚时我给你的那些钱呢？"

男人语气平淡，态度看着也不糟，杜若茗心里却莫名一跳。

她说："我知道那些钱都是你挣的。可是，你不是已经给我了吗？"

"我问你那些钱花哪儿了？"男人突然把烟掐掉，语气里已经明显带了焦躁。

杜若茗立刻说："你别生气！我，我都拿去建学校了。"

叶晋明气得一拳捶在方向盘上，车喇叭突然发出尖厉的一声"嘟"，杜若茗的一颗心跟着使劲儿蹦了一下。

杜若茗小心翼翼地说："你就当做了慈善吧，你们这些大企业家不是每年都做慈善吗？再说，你不都给我了吗？"

叶晋明就没见过这么傻的人！省吃省喝瘦得皮包骨，还穿得跟个小乞丐似的，竟然去学人家建学校？当年她跟着他的时候哪里受过这些？

叶晋明努力压住怒火，尽量把声音放平缓，说："告诉我你去的那个学校在哪里。"

杜若茗心里害怕，在他面前，她其实一直是个色厉内荏的人，平时咋咋呼呼随便欺负他，一旦遇到大事，她还真的怵他。

"别！你别去。是我自愿捐建的，跟学校没有关系。"

他看她一眼，说："我人傻钱多，想去再捐几所学校，不行啊？"

杜若茗连忙点头："嗯嗯嗯，行行行，我们绝对欢迎！我们老校长人很好，学生们也都很乖很努力，还有那些淳朴的山民也都很好相处，大山景色也不错……"

她对那些外人的如数家珍，让他再听不下去，他靠在车座上看着她，声音疲惫："杜若茗，这么多年，你有没有想起过我？"

她突然怔住，望着他期许的眼神和额前的那缕白发，突然不知道该怎么回答了。说"没有"，恨算不算？说"有"，莫名的那种哀伤又是怎么回事？

杜若茗低头，刚要开口，他却突然叹了口气，摆了摆手，说："算了！你什么都不要说了。"

他不再纠结这个让人胸口发闷的问题，默默发动了车子。两个人在发动机的声音里，再次沉默。

车子拐上长江街，湾儿里巷就快到了。上午九点，天还是没有晴，浅灰色的云层铺满整座城市的上空。

杜若茗却莫名记起了湾儿里巷的黄昏，那些美丽温柔的夕阳里，炊烟袅袅升起，又慢慢散开，小胡同里，都是饭菜香。

有人骑着自行车招摇而过，车速很快，经过她身边时都来不及刹车。

车子刚一停下，就有门卫跑来开门。

"叶总好！"

"叶总好！"

叶晋明落下车窗向门卫点头致意。车子驶进工地，两个门卫还站在后面行注目礼。杜若茗回头看看，叹了口气，语带揶揄："都总了？再不是明哥了哈？"

叶晋明目视前方路况，语气颇无奈："明嫂都跑了，还做什么明哥？"

杜若茗眼睛望向窗外，只当没听见，心里却恨得想咬掉自己的舌头。在他面前，安静地做个美女子不好吗？嘴那么欠干吗？

工地里的路面正在硬化，车子开不进去了，叶晋明把车在一块空地上停好，就下了车。

他今天开的也是奔驰越野，车子底盘高。习惯使然，他从驾驶室下来，就走过来要牵杜若茗的手带她下车。他想的是，以前她是经常要抱抱才肯下车的，今天只是牵个手应该没什么。她却腻歪着他刚才那个"明哥明嫂"的说法，誓要跟他保持距离，所以直接躲开他，扶着车门往下跳。

叶晋明好心被当成了驴肝肺，索性不再管她。刚一转身，就听见身后"咚"的一声，刚才还跩得要上天的那个人直接跳进一个小土坑，双膝着了地。

见土坑不深，她摔得不严重，叶晋明蹲下来看着她，也不去拉，笑得跟个什么似的："哟，两秒钟之前不还牛气烘烘的吗？怎么？这就掉坑里了？"

这一摔，虽然腿是没事，那晚被椅子砸到的胳膊却直接戳在地上，隐隐的疼痛让杜若茗想起那晚在酒吧那个嚣张的"明嫂"，此时再看"明哥"那一张幸灾乐祸的脸，还能有好气那就不是杜若茗了！

她从地上随手一抓，连泥带土，直接就向那张特幸灾乐祸的脸扔了去。没有任何防备，叶晋明直接被扔了一脸土，他往后一跳。

"杜若茗……"

杜若茗从地上爬起来，拍拍手，再去拍身上的土。那人却不依了，一面揉着眼睛一面就来拉她："眯眼睛了……"

"活该！"

"帮我吹吹啊！"

"自己吹……"

"够不着……"

叶晋明伸手来拉她，力气大了点，她的胳膊被扯到，不由得"哎哟"了一声。

"怎么了？你胳膊怎么了？"

叶晋明急了，也顾不得眼睛的酸涩疼痛，强行去捋她的衣袖。

"喂，喂，叶晋明，放手啊……"

他捋起她的衣袖，才发现她右小臂那里一块青紫。

"怎么搞的？"

杜若茗甩开他的手，说："还不是那天在酒吧被你家明嫂砸的！"

明哥立刻要炸："什么明嫂？除了你，哪里来的第二个明嫂？"

杜若茗心里一酸又一涩，正色道："行了，就碰了一下，没什么事。你眼睛没事儿了吧？没事儿咱们赶紧去工地吧。"

经她一提醒，叶晋明才感觉到眼睛里那粒沙子的存在，又拿手去揉，揉了两下不顶用，眼睛越发红，眼泪也汪汪着，看着很难受。

一时没忍住，杜若茗拉着他的衣领，把他的头拉低下来。

"别动！"

说着，踮起脚给他吹眼睛……

叶晋明呼吸一紧，手臂一下子收紧了她的腰。

"叶晋明……"

杜若茗用力去挣，叶晋明也用力抱住她，下巴抵在她的头顶，眼睛一闭，刚才被沙子刺激的眼泪一下涌出来，沙子被携裹而出，眼睛瞬间舒服，身体的另一个位置却，极其难受……

一起生活过那么多年的，即便是心里的爱意没有了，身体的记忆却还在。杜若茗脸一红，用力推开他，闷声赌气地走在前面，叶晋明揉着眼睛，受气包一般跟在后面。

走着走着，她突然停下了，挠着小脑袋左右看看，再想想，气呼呼一回头："对不对啊？"

那人懒懒地一指反方向："你家在那边。"

杜若茗要疯："那你还跟着？为什么不早说？"

那人揉揉眼睛："我就想看看你什么时候能发现。"

04

这里已经不再是杜若茗记忆中湾儿里巷的样子了，所有老房子都已拆除，不，除了她家。远远望去，杜家老屋独立在废墟之上，老院子里的那株梧桐，一如往年，树冠郁郁葱葱越出庭院。而一墙之隔的叶家老宅，房屋已经拆净。记忆中长在墙角的那株老枣树，也已经不见了。

杜若茗心情更加郁闷，随着叶晋明一起往老宅走。路上遇到一位来看新房进度的老街坊，一看见叶晋明就亲热地迎了上来，"大明""大明"地叫着。

"大明，我瞅着那几栋回迁房按时交房是没问题了吧？"

"是的，二爷爷，今年秋天就能交。"

叶晋明答应着，递给老人一支烟。

叶晋明叫老者"二爷爷"，杜若茗仔细想一下，记起来他应该就是住在村东头，也姓叶，跟叶晋明是本家。

按照村里的辈分排起来，杜若茗也应该叫一声爷爷的，可是，作为湾儿里巷工程资深钉子户，她不那么想被人认出来。

老人接过烟，看看不远处独立的杜家宅子，问："大明，杜家这宅子还不答应拆呢？"

叶晋明手捂住打火机的火苗，给老人家点烟，说："就快了。"

老人吸口烟，说："这个杜方平啊，听说在南平那边也是个大老板。怎么就这么贪心？要多少是个多呢？这不是耽误你的事儿吗？"

叶晋明顾及杜若茗的感受，不想多谈，只说："杜家已经答应拆了，我正在跟他们谈。"

"好好，你们好好谈。如果杜方平再不讲理，我豁出这张老脸去跟他闹一场，就问他还认不认我这个二叔。"

"好的。谢谢二爷爷，劳您老记挂了！"

叶晋明带着杜若茗刚要走，老人打量杜若茗一眼，突然问道："大明，这丫头是谁呢？我咋瞅着有点儿面熟呢？"

杜若茗心里暗叫一声"不好"，二爷爷，我都把头低成这样了，您老平时老眼昏花的，这会儿怎么又眼明心亮起来了呢？

叶晋明把杜若茗的肩一揽，笑着说："二爷爷，您老不认识她，她是我新谈的对象。"

"啊，对象啊！"二爷爷一听高兴了，"不赖不赖，长得怪俊的！比杜家那丫头俊多了。瞧着脾气也好，比杜家那丫头好多了。那丫头啊，虎了吧唧的。"

叶晋明更用力地揽住杜若茗想要挣脱的肩膀，笑着对二爷爷说："谢谢您老夸奖。您老慢慢转着，注意安全，我还有事，先走了啊。"

刚走出没多远，杜若茗用力一挣，从他怀里挣脱，气呼呼往前走。叶晋明把烟吸尽，烟头往地上一扔，用脚一踩，几步追上来。

"怎么了？人那是夸你呢！"

杜若茗把人往后一推："你去，你去让他也那么夸夸你。"

杜若茗加快步子向前面走。叶晋明眯眼望着她的背影，她一身宽松休闲装，身体线条全部被藏起，此时因为快速走路，腰部略微显出来的那一点儿妖娆，再加上她刚才的那点小情绪，以及给他吹眼睛时的温柔……

叶晋明会心一笑，二爷爷夸得没错，她是真的又俊，脾气又好。

很快就到了老宅门前，跟杜若茗想象中的空宅寂寞不同，推门进去，东面房屋里竟然有人在住。只是满院子的生活垃圾，蚊虫乱飞，臭味熏天。

杜若茗捏着鼻子往里走，一听见门响，一个男人从东面屋子里一面蹬着裤子一面往外跑："谁呀？谁呀？"

杜若茗没来得及看清，只觉眼前一黑，一下子就被跟在身后的叶晋明按进怀里。叶晋明蒙着杜若茗的眼睛，向着里面骂："咋回事你？怎么不穿裤子就跑出来了？"

一看见叶晋明，那人立刻就笑了："哟，叶总！您又来了！"

杜若茗从叶晋明的怀里出来，一看，不由得叫了一声："表叔？"

那人听见这一声叫，觑着一双混浊的三角眼看了杜若茗一会儿，突然想了起来："哎哟，是茗茗吧？长这么大了？表叔都快认不出你了！你跟你爸爸长得可真像！"

杜若茗记得这个表叔，是奶奶的远方表亲，年轻时就不务正业，经常去找杜方平要差事。杜方平倒是经常接济他，却因为他人品差，不敢委以重任。

杜若茗很奇怪："表叔，你怎么会在这里？"

这位表叔看看叶晋明，把杜若茗拉到一边，小声说："茗茗，你还不知道啊？我是来替你家看房子的。价格还没谈好，你爸爸担心他们趁家里没人时把房子拆了。一年前我就住在这里了。你爸爸说了，就是让他们没法施工！就是让他们干瞪眼着急！急死他们！"

说着，他再看看叶晋明，又把杜若茗拉远一点儿，说："茗茗，我跟你说，我都打听了，就你家这房子，你爸爸跟他们要五千万那都是少的，要我说，至少得要一个亿！"

"五千万？一个亿？疯了吧？"

杜若茗冷笑，像她这种想钱想疯了的人都不敢这样狮子大开口。

表叔瞪着眼睛立刻又说："嘿，茗茗，你别不信，你不信把这房子再留个十年八载，说不准真就值一个亿了呢！"

杜若茗冲他摆摆手："得得得，我不跟您说这些。杜方平答应给您多少钱，您赶紧卷铺盖找他要钱去吧！这房子是我的，我说了算，您老不用住在这里了，赶紧回吧！"

"嘿，茗茗，我这可都是为你们家好啊，我在这里天天没水没电的，我图什么啊……"

刚说到这里，东面屋门突然被推开，一个衣着暴露的矮胖女人倚在门边娇声叫着："老板，还玩不玩了？不玩赶紧把钱结了呀！"

杜若茗咬牙，一股火气"噌"地一下蹿了上来，这排东屋是他们家灶房兼餐厅，她小时候，奶奶曾经在这里给她烹调过无数的美味，这里承载了她整个童年最美好的回忆，可是，这些人竟然在这里……

杜若茗又气愤又恶心，冲着他们吼："滚！滚！立刻给我滚！"

"嘿，茗茗，怎么说急眼就急眼？你爸爸还没把钱给我结清呢，我都没钱回家啊。"

杜若茗从包里拿出五百块钱摔给表叔："足够你买车票了！赶紧给

我滚！"

一看见钱，那个矮胖女人立刻过来抢："老板，前几次欠的账一起结了吧。"

两个人撕着衣服，扭打在地。

杜若茗恶心到想吐，抄起院子里一把几乎朽掉的竹子扫帚就去赶他们："出去打去！出去打去！滚啊……"

那两个人一边扭打一边跑出了院子，杜若茗手里的那把扫帚上拧着的铁丝突然朽断了，竹枝散落了一地，她瞬间崩溃，坐在正屋台阶上哭了起来。

叶晋明走过来拍了拍她的肩，说："哎。"

她一晃肩膀："干吗？"

"这里气味不好，回去哭吧！"

杜若茗站起来抹着眼泪往外走，叶晋明看看院子，说："你先去外面等我，我把这里收拾一下。"

说着，他脱掉西服外套给她拿着，捡起丢在地上的一根铁丝去扎那些散开的竹枝，扎好了试了试，还凑合着可以用。

她看着他，悲从中来："还收拾什么啊？反正都要拆了。"

"拆也得干干净净地拆。我家院子也是收拾干净了才拆的。"

叶晋明跑去不远的工地上借来一辆手推车和一把铁锹，把院子里的垃圾一车车往外面推。

杜若茗想帮忙，被他以"太脏"为由拒绝了。她不肯出去，抱着他的外套，透过满是灰尘的玻璃向屋子里面看。老屋是落锁的，钥匙早不知道丢到哪里去了，自己家的门，又舍不得砸，正在那里踌躇着，手碰到生锈的锁链，那把锁却突然自己脱落了。

杜若茗低头一看，原来是锁链已经锈透，自己断掉了。轻轻推门，门扇"嘎吱"一声往两边分去，一屋子的尘埃好像都被惊醒了，一屋子的老物件好像也都醒了过来，老房子里私语窃窃，像是有无数双眼睛在暗处，温柔地望着她。

院子里已经收拾干净，叶晋明进来。他看着灰尘覆盖的那些老物件，说："只要你想留下的就都搬走，我有个仓库，你可以把它们都放在那里。"

两个人开始收拾东西。墙上的相框可以摘下来，胶水贴上去的几张杜若茗小学时的奖状已经发黄，跟墙壁的颜色融为一体，取也取不下了。家电以及一些家具全部送到了废品收购站，她只留下了一张奶奶睡过的大床和一张矮饭桌。

那张床是做木匠的爷爷亲手为奶奶打造的，精雕细磨，用了足足半年的时间才完工。做床余下的边角料就做了那张矮饭桌，用了那么久了，这一张矮桌上，有杜家三代人的回忆。

小学时，老师按照住址给班里孩子分了学习小组。杜若茗和叶晋明、徐海、美娜、花花是学习一组，叶晋明是小组长。杜若茗奶奶家地方大，也安静，所以每天放学，都相约着来她家，就在这张矮桌上，五个小伙伴围坐在一起写作业。

叶晋明把那张矮饭桌往外面搬时，目光落在桌角一块脏脏的位置上。没有记错的话，那一小块污迹应该是一张小贴画，《薰衣草》里梁以薰和季晴川背靠背坐在一起的一张小画，被她贴在那里，掩盖住了一个小秘密。如今贴画脱落了，只余下一片黑乎乎的污迹。

杜若茗让叶晋明把桌子放下来，拿一块布轻轻地擦拭，黏胶与尘土的混合物慢慢地被擦掉，下面的两个小字渐渐露了出来。

"明""茗"，铅笔刀刻的两个小字并列而立。

冥冥之中，自有天意。

天幕去宝，人有见时。

不记得这几句话的出处，学生时代神经大条的杜若茗却很深刻地记住了。冥冥，明茗，明茗自有天意。

那时候她总是在想，她和他的相遇应该是上天早就安排好的吧！

那么，分离呢？

第四章
是人都会变

01

老屋快要收拾好时，徐海也来了，带来了几名工人和一辆车，一起帮忙搬东西。徐海一进来，迎面看见杜若茗，脸上突然有些不明原因的躲闪。

"若茗，晋明呢？"

杜若茗把一捆旧书报放在地上，说："在里面。"

"哦，你先忙，我找晋明有点儿事。"

杜若茗颇为疑惑，看着徐海神秘兮兮地把叶晋明叫了出去。没过一会儿，她正指挥着工人往车上抬东西，叶晋明手里握着一份文件，怒气冲冲地走了进来，一句话不说，拉起她的胳膊就往外走。

杜若茗的胳膊被叶晋明捏得很疼，她使劲儿扭着手腕，说："干吗啊！你弄疼我了！"

叶晋明不理会，一直把她拉到门外才把她甩开。杜若茗差点儿摔倒，揉着手腕恨恨地看着他说："有话说话啊！发什么疯？"

叶晋明脸色阴晦，额间的纹路尤其深，看得出很生气。

他问她："杜若茗，你昨晚跟徐海说是因为不知道湾儿里巷要拆迁，才迟迟没来签字，对吧？"

"对。"

"以你刚才的表现来看，你对你爸爸派人在这里住着阻挠拆迁并不知情对吗？"

"对。"

"也就是说，你之前并不知道开发商是我，对吗？"

"对对对，都对，有什么话，直说啊！"

叶晋明把手里的文件一下摔在了她脚下，说："你们说谎话能不能先把口径统一了？不知道开发商是我，你和你爸爸的签字能一起出现在这封举报信上？"

杜若茗忍住气，捡起那份文件去看。叶晋明则点燃一支烟远远地站着去吸。这是一份实名举报信，举报景程地产公司老板叶晋明在湾儿里巷城中村改造项目中，贿赂有关领导，暗箱操作低价拿地，拿地后又利用不正当手段逼迫村民搬离。

最后一页上，密密麻麻地签了一页纸，都是举报人的名字。杜若茗在那些举报人的名字里，看到了杜方平、李士侠，还有，她自己的名字。

她不敢相信地把举报信翻过来又仔细读了一遍，再看一遍那个签名，却怎么也想不起自己到底是什么时候在这上面签过名。

杜若茗一边看一边摇头："不对，不对，这一定是弄错了……"

叶晋明转过身来，拿手指敲着那个签名问她："这是你签的吗？"

杜若茗怔怔地看着那个签名，脑子里有些蒙。

他吐出一串烟圈，看着她，语调低沉，语气却极狠厉："你只要告诉我这不是你签的，是他们模仿了你的笔迹，我现在就去把李士侠那帮人弄死！"

杜若茗翻过那个签名又看了一遍，突然想起，她看着叶晋明说："我，我想起来了，是我签的……"

"杜若茗……"叶晋明看着她，脸上刻满了失望。

杜若茗一下拉住了他的胳膊："杜什么茗？能不能听我说完？"

叶晋明甩开她的手："还说什么？你跟你爸爸，一个唱红脸一个唱黑脸，演的一出好双簧。目的是什么？多讹点拆迁款吗？杜若茗，你回去告诉杜方平，我会让你家房子在这里屹立不倒，拆迁款，一个子儿都别想拿到。"

杜若茗也是气急了，噙着眼泪，点点头："好，好啊，既然你这样说，那我索性就承认了。字是我签的，我就是冲着被举报人是你才签的，如果是别人，就算犯下滔天大罪关我屁事？我爸爸说得没错，你就是个阳奉阴违、两面三刀的小人。"

叶晋明倏地捏住了她的手，一下把她拉近，却气得说不上话来。他低头看着她，看着眼泪给她的瞳仁包了一层薄而脆的壳，那层壳上映着的是他扭曲的脸。下意识地，他就抬手想去遮住她的眼睛，才突然发觉指间的烟头烧到了皮肤，一点儿烧灼，灼得心都起了火。

他放开她，望着远处拔地而起的高楼，孤冷一笑："我阳奉阴违？我两面三刀？杜方平也真是抬举我啊！麻烦你帮忙问问他，就问，我爸妈是怎么死的？我爸爸卖花瓶的那一百万又是被谁拿走了？杜方平如果能解释得清楚这些，别说小人，人渣我都认。"

杜若茗看着他，往事突然涌上心头，眼泪终于冲破那层水壳，瞬间汹涌而下。

"叶晋明……"

她不敢相信地摇着头，一步步地往后退。叶晋明不能看她哭，她一哭他便后悔了，忍了那么多年的话，怎么就不能继续再忍下去呢？

"茗茗……"他要来抱她。

"别碰我！"

杜若茗声嘶力竭，拼了全力把他推开："我终于听到你亲口这样说了。原来我爸爸说的都是对的。你怀疑他，却苦于没有证据，所以就娶了他的女儿。你宠我，把我举到一个那么高的位置，再把我狠狠摔下，以此来报复我爸爸！"

"不是。"

"是！"杜若茗哭得声嘶力竭，"只怪我当时太傻，宁愿相信你，也不肯相信我爸爸的话。"

"杜方平都跟你说了什么？"叶晋明来拉她，"你告诉我，杜方平都跟你说了什么？"

"叶晋明，你别碰我！"

杜若茗挣扎着，挥手乱抓，"啪"的一声，一巴掌甩在叶晋明的脸上。这一耳光打得清脆，双方都怔住。

叶晋明抬手摸了摸自己的脸，笑了笑，低头又把另一侧脸凑过去："来，这边！杜若茗，你让我两边都挨过，也许我就能完全清醒。打！

打啊！"

　　男人嚣张，杜若茗却不惯他，咬牙再扬手，一眼瞥见他额角的那缕白发，眼泪一下噼里啪啦夺眶而出，手怎么也不能落下。

　　徐海突然举着叶晋明的电话跑出来，语气很急："晋明，快，电话，是天天。"

　　叶晋明不再看她，脸上顶着一只红艳艳的巴掌印，接着电话走了。

　　徐海略显尴尬："若茗，又动手了？"

　　杜若茗低头，踢着脚边的小石子："他先动的手。"

　　徐海呵呵一笑："晋明的脾气你也知道，雷声大雨点小，你别往心里去。"

　　叶晋明脚步很快，越走越远。杜若茗睨着他的背影，他已经收了手机，正低头点烟，手捂着打火机，抵挡来自四野的风。烟点燃，一边吸，一边向工地外面走。飞扬的尘土衬着日光，把他的影子拉得更加颀长。风掀起他黑色衬衫的衣角，像一只黑色的大鸟在"啪啪"地振动翅膀。

　　阳光刺得杜若茗眼睛发涩，她回过头来，揉揉眼睛，问徐海："大海，那封举报信上写的那些，有真的吗？"

　　徐海叹了口气："湾儿里巷的情况，你大概也了解。这几年，江城发展这么快，如果好弄，还能允许它像块狗皮膏药一样贴在新城建设的宏伟蓝图上？你一会儿去公告栏那里看看公示，就知道晋明是在什么情况下接手的这项工程，又给的是一个什么样的赔偿标准。还有他们说的什么强拆，你表叔在这里都住了快一年了，他怎么没有被撵走？这事儿怎么说呢？人心不足蛇吞象，何况杜叔叔跟晋明本来就有些……"

　　徐海没再说下去，杜若茗抬头向着原小学校址那里望过去，越过一道待拆的低矮平房，她看见那棵苦楝树的树冠，一团粉紫，花开正艳。

　　苦楝树没有被砍。徐海说，为了防止被施工的机器碰到，树周围已经围了护栏。不久的将来，以那棵苦楝树为中心，会建起一座小花园。

　　杜若茗被李士侠骗了！估计像她这样被骗的人还有不少，但是，杜方平绝对不是其中之一。

　　她只是暂时还不知道，爸爸在那份签名表上看见她的名字的那一刻，会是怎样一种心情。

回到老宅，东西都已经装上车。

两台挖掘机正在门前空地上待命，准备随时推倒那栋曾经承载了杜若茗所有美好记忆的老宅。

杜若茗坐上徐海的车，请求他："徐海，能不能等我走了，听不到了再推？"

徐海点了点头，说："嗯，放心吧！我和晋明都能理解你的心情！"

徐海的车子驶在前面，装东西的货车跟在后面。后视镜里，那栋孤独的老屋渐渐远离。杜若茗回过头来，靠在椅背上，忍了几次，眼泪才没有落下来。

签完拆迁赔偿协议，她将再次离开江城。这一次，应该是再也不会回来了。既然所有都已经化为尘埃，她能做的就只剩下，彻底远离，慢慢忘记……

"轰——"

响声震耳，杜若茗猛地扭过头往回望去，老屋山墙倒塌，尘土扑起来，遮天蔽日。

杜若茗心里那唯一残存的过往像积年的灰尘，瞬间腾空，"嘭"地随风而去。

不等徐海停车，她推开车门就跳了下去，满世界转着圈，声嘶力竭地喊："叶晋明！叶晋明！你给我滚出来！我都答应在拆迁协议上签字了，这点儿时间你都等不及吗？叶晋明，浑蛋，你给我滚出来！"

工程队长老张一脸尘土地跑过来，隔着车窗对徐海说："徐总，是我们的失误，小刘没刹住车……您千万记得跟叶总说，真不是不听他的话，纯属是失误，失误啊！"

徐海手搭着车窗，回头看着想杀人的杜若茗，忧心忡忡地说："希望咱家叶总这次福大命大吧！"

02

杜若茗和徐海离开工地，刚到景程公司门口，不知道什么时候等在那里的记者"呼啦"一下都围了上来。

"请问您就是杜家的代表吗？"

"请问您跟景程公司的赔偿协议最终达成了吗？赔偿金是多少呢？

您的坚持有效果吗？"

"对于网络上的'江城最牛钉子户'称号，您有什么话说吗？"

……

徐海护住杜若茗，一边奋力拨着人群，一边喊："谁通知他们的？谁让他们进来的？保安，保安呢，都死哪里去了？统统给我撵出去！"

好不容易进了电梯，徐海连忙解释："若茗，这绝对不是公司的本意，你不要误会。一定是哪个嘴欠的走漏了风声，你放心，等我查出来一定严办。"

杜若茗无力地扯了扯嘴角，苦笑着说："没必要的。做了一年的钉子户，耽误了你们一年的工期，害你们被那么多业主骂，我只是被几名记者问几句，没什么。"

协议签完，杜若茗说："大海，尽快把赔偿金给我吧，我急用。"

徐海立刻答应："我立刻通知财务安排。下午应该就能到账。"

一切都已安排清楚，杜若茗不再久留。徐海送她到楼下，杜若茗不让再送，徐海回去，她一个人往外走。大楼门口，玻璃门一开，叶晋明抱着一个孩子进来。孩子不大，三四岁的年龄，穿一件浅蓝色的羽绒服，羽绒服的帽子上缀着两只卡通恐龙耳朵。小帽子盖住了孩子的小脑袋，她看不到孩子的脸，只感觉小朋友像是生病了，趴在叶晋明的肩上，样子很乖。

没想到会在这里遇见，叶晋明略有些紧张，看了杜若茗一眼，抱着孩子的那条手臂下意识地紧了紧。

杜若茗低头，跟他擦肩而过。

"妈妈……"

一声轻轻软软的"妈妈"突然落进耳朵里，杜若茗一下子就被钉在了原地。

她猛地转过身去，看见一个女人，手里提着一只大大的妈咪包跟了上去。

"天天，天天，我在这里。"

女人三十几岁，微胖，皮肤很白，穿着干净朴素，不算漂亮，第一眼看上去却也不丑。

她会是孩子的妈妈？隐隐又感觉不像，因为女人和叶晋明之间好像有一种说不出来的距离。又一想，美娜不是说叶晋明一个人又当爹又当妈吗？那么，他们应该是也离婚了。离了婚，有距离才是正常的，像她这样离了婚还跟他纠缠不清的，只能是自取其辱。

杜若茗疑惑地再扭头，小孩的半张脸掩在叶晋明的肩膀里，只露出一双又大又黑的圆眼睛。

不待她再看，叶晋明抱着孩子进了电梯。

走出景程公司，杜若茗的心里还恍恍惚惚的，如果自己的那个孩子还活着，应该比这个孩子还大一些。

叶天意坐在爸爸宽大的老板椅上，一边悠悠地转着，一边被保姆追着喂药："天天，乖，就剩一口了，喝完给甜甜吃哦！"

叶晋明跟徐海站在窗边谈事情，看见叶天意不肯乖乖吃药，不由得说道："天意，不好好吃药，病好不了怎么跟美宝玩？"

叶天意一听，立刻乖乖坐好，张开小嘴把那勺褐色的液体喝下去，又撇撇小嘴，伸着小脑袋把保姆递过来的蜜水喝了一口，就立刻从椅子上跳下来，迈开小短腿跑过来伸手抱住了爸爸的大长腿，仰起小脸问："爸爸，药药我喝了，可以去找美宝妹妹了吗？"

叶晋明一脸宠溺地把他抱起来，拿纸巾擦了擦他又要流出来的鼻涕泡，柔声说："天意很乖！等你不吹鼻涕泡了，就可以了！"

徐海看着爷俩，也是满脸的笑，平时冰山一样的叶晋明，一看到天天，就立刻化成一汪春水了。

"晋明，你家天天亏得是个男孩，如果是个女孩，面对前世的小情人，你得成什么样啊？"

叶晋明把天天递给保姆，故作严肃地说："什么样？总比你在你家美宝面前时强很多！"

"那是！我家美宝真是可爱得不得了，谁见了都喜欢！若茗还吵着要抱回家去呢！"

一听到那个名字，叶晋明的脸色立刻不好，他手里拿着一支烟也不去点，在窗台上轻轻地戳着，沉默了许久才问徐海："她已经走了吗？"

"已经回南平了，说等赔偿金到账，就回她支教的学校去。"

"哦……"

叶晋明沉吟着，徐海突然想起了什么，把端着的咖啡杯放下，伸手从上衣口袋里拿出一个信封递给叶晋明："若茗让我帮忙给你的，说是她的住院费和帮忙买手机的钱。"

"住院费？"叶晋明看着信封里的那一沓钱，冷冷一笑，"医生给开的药还没输完，就想走？"

徐海说："她很着急，说是他们学校门前的桥塌了，她必须尽快赶回去把桥建起来。"

叶晋明把那支烟放回烟盒里，闷闷地说道："傻了吧唧的！以为自己是救世主吗？整个世界都等着她去拯救？"

"你还别说，老杜还真是去拯救世界了。她在大山里建了好几所学校呢。"

"哦，"叶晋明略想一下，"她跟你说她支教的学校地址了吗？"

徐海摇了摇头："我问过，她不想说。"

"让美娜再问问。"

徐海皱眉："我看美娜也问不出。老杜的脾气你还不知道？平时看着咋咋呼呼的，不想说的话却谁都不可能问出来。嗯？怎么，想亲自杀到学校把她抓回来？"

"我抓她干吗？她那样狠心的女人，我巴不得她永远不要再回来。"

"行！这句话我记住了，等着看你怎么被打脸。"

提起打脸这事儿，叶晋明不由得抽了抽嘴角，女人还真下得了手，他左腮帮到现在都还疼呢。

徐海扭头看看天天，对叶晋明说："晋明，你不觉得若茗变了许多吗？"

徐海这句话，让叶晋明心口莫名一痛，想起那晚，他丢掉那些剩菜时，她紧皱的眉头，还有她那部用了四年都舍不得换的手机，以及身上那套几乎分辨不出性别的衣服……

他淡淡地说了句："人都会变。"

"可是，若茗变得也太多了。你这么放她回去，就不怕再过几年，彼此变得都不再认识？"

"爸爸，爸爸，天天要下棋。"

叶晋明还没说话，叶天意抱着一盒围棋跑过来。徐海不便再说什么，看着爷俩摆开棋局，喝完杯中咖啡就要走，却听叶晋明说："通知财务，赔偿金暂时不要打给她。"

"啥？"

叶晋明落下一枚白子，淡然应道："赔偿金，暂时不要打给杜若茗。"

"为什么？晋明，你不是特别着急把这件事解决吗？"

"他们杜家人都喜欢让人等，那就让她再多等几天。还有，查一下今天谁通知的媒体，让他明天去财务结工资走人。"

徐海答应着："好的，我现在就去查。可是，我都已经答应若茗了，你不能让我言而无信啊。"

叶晋明的眼睛落在棋盘上，握着天天的小手缓缓落下一枚黑子，说："那你就直接告诉她是我说的。"

徐海走了，叶天意看着爸爸捏着一枚白子迟迟没有落下，他肉乎乎的小手握了握他的手指，仰着小脸问他："爸爸，你是不是又想妈妈了？"

叶晋明温柔一笑，落下棋子，摸了摸叶天意柔软的头发，说："是。只是不知道妈妈会不会想爸爸。"

天天睁着一双又圆又黑的大眼睛，很认真地说："会——"

孩子的尾音拖得很长，奶声奶气的，让叶晋明心头柔软。

"妈妈打完小怪兽回来一定会第一个来看你的，哦，还有天天。爸爸，妈妈今天有没有给你发信息，她有没有抓到那只头上长了两只爪子还穿着小裙子的小怪兽呢？"

叶晋明笑眯眯地看着天天，说："抓到了啊。"

天天兴奋地一跳，拍着小手叫："哇！妈妈好厉害！那么，爸爸，妈妈是不是就可以回来陪天天一起参加幼儿园的春游了呢？"

叶晋明望着孩子满是期许的眼睛，一下不知道该怎么回答。自从叶天意上幼儿园，每年的春游，都是他陪着去的。虽然有个又高又帅的爸爸陪着也不会太孤独，可是天天更羡慕那些有妈妈陪着的小朋友。

叶晋明伸手揉揉小家伙的小脑袋，说："我会替你问问她。"

天天看着叶晋明，皱了皱小眉头，爬下椅子走过来，抱住叶晋明，小脸往他怀里一贴，轻声说："爸爸，你一定要告诉妈妈，天天好想好想她……"

叶晋明亲着天天柔软的头发，心里酸酸热热。

03

"哎,那个头上长两只爪子还穿裙子的小怪兽,你还不回家吗?"

第一次见到杜若茗,粗蛮的一个野丫头,扎着两条蜈蚣一样的小辫子,坐在墙头上拿弹弓把青枣射到他的作业本上,直接射破了他刚完成的作业。

那年叶晋明八岁,杜若茗七岁。

杜若茗的妈妈因为严重的抑郁症,迎着疾驰的列车跳了上去,像她跳过的《天鹅湖》里的那只白天鹅一样,飞进了渺远的夜空。

杜方平中年丧妻,一个人既要为了事业打拼,还要照顾两个女儿。熬了半年后,他终于熬不住,把大女儿杜若薇送去读了寄宿中学,小女儿杜若茗则被送到了乡下奶奶家。

叶晋明的妈妈晋文娟第一次见到杜若茗,小姑娘从杜方平的车上下来,瘦瘦小小,背一个大书包,文静乖巧。后来杜若茗每次来叶家吃饭,晋文娟就要在饭桌上提起当年第一次见到她的情景。

"你那天啊,穿着一条粉色的小裙子,白色镶木耳边的短袖小衬衫,小脸粉团团的,大眼睛忽闪忽闪的,真像个洋娃娃。"

那也是叶晋明对杜若茗唯一的淑女印象,虽然只存在于妈妈的描述里。

关于杜若茗来到湾儿里巷的那一天为什么会那么乖,以至于骗过晋文娟和叶建设,让他们直接讨她来做了儿媳妇。她后来自己交代,是因为来之前杜方平跟她说过——"你要乖,要听话,要不然立刻把你带回来送去寄宿制学校"。她可不想年纪轻轻就像姐姐那样被送去"坐牢",所以,一整天,她都文文静静的,不敢多说一句话,唯恐一开口便暴露了她女汉子的本质。

当时,叶建设笑眯眯地看着这个文静漂亮的小姑娘,也是喜欢得不得了,跟他的发小杜方平开着玩笑说:"方平,你家这丫头太可爱了,给我家做儿媳妇吧!"

晋文娟一听,连忙附和道:"是呢,我怎么没想到呢?"她低着头温柔地看着杜若茗问,"茗茗,给大明哥哥做媳妇儿好不好?"

尽管杜若茗已经在肚子里翻了一百二十个白眼,却并不敢撒泼抗议,只得乞求般望向老杜同志，希望他能帮她说声"不"。

杜方平岂能看不出她的小心思，他笑着对叶建设两口子说："咱可说好啊，不许反悔！"

准亲家连忙说："高兴还来不及呢，哪能反悔？"

杜方平幸灾乐祸地看了杜若茗一眼，那眼神里分明就是奸商把假冒伪劣产品以次充好推销出去以后的得意。杜若茗也极其淑女地抿嘴笑了笑，心里想着："杜方平，你放心，我会把敢跟我定娃娃亲的那小子打到主动退婚的。"

据后来杜若茗自己说，一开始，她是真想着把叶晋明打到退婚的，可是，因为他那张脸长得实在太好看了，她都找不到可以下手的地方，所以，就暂时没下手。

人都说小时候长得好看的人，大了一准长残。她想着等他长残了再打到他退婚，谁知道，这个放之四海皆准的原理，在叶晋明那里失灵。直到他小学毕业，中学毕业，然后进入社会，一路长下来，他不但一点儿没长残，反而越长越好看。所以，把他打到退婚这事就一直耽搁下来了。

在叶晋明的记忆中，他对她的第一印象可没这么美好。

一个女孩子，喜欢玩奥特曼打小怪兽。

一个女孩子，能把男生揍到哭着跳墙头。

一个女孩子，成绩渣到无药可救……

可是，偏偏是这样的一个女孩子，从他第一次被她野蛮地牵住，他就没想过放手……

那是杜若茗转学过来的第一天，杜奶奶带着她站在胡同口等叶晋明。老人家郑重嘱托："大明啊，你帮奶奶带着茗茗去上学啊，放学再带回来，别把她弄丢了啊。"

不等他答应，杜若茗就连蹦带跳地跑过来牵他的手，头上一对爪子一样的小辫子跟着一上一下地蹦跳。她跑到他跟前后，特乖巧地叫他"大明哥哥"。他本想躲开的，又怕伤了奶奶的心，只好那么忍耐着。这个野丫头倒是很开心，向奶奶挥挥手，脆生生地说："奶奶，您回去吧，我跟大明哥哥去上学了。"

狮子座的叶晋明，打小就耿直得厉害，连文具盒上都不能带一点儿粉色的，突然间被这么一个白色衬衫粉色裙子的丫头牵着手，打死他都是不能同意的。走出一段距离，他嫌恶地一甩手，偏不让牵着。

"大明哥哥，大明哥哥你等等我！"

她死皮赖脸地跟上来，伸手又来拉他，他一晃肩膀，再次躲开。

"大明哥哥，你不喜欢我吗？妈妈死了，爸爸不要我了，连你也不喜欢我，呜呜……"

他是第一次知道女生这种动物真的是很麻烦，也是第一次知道他不能看她哭，她一哭，他的心就软。

"唉，唉，别哭了，喏，手给你牵着好了。"

她抬手在袖子上抹抹眼泪，笑嘻嘻地又牵住了他的手。他斜着眼睛看她一眼："谁给你扎的小辫子？真丑！"

"我奶奶啊！奶奶眼睛花了，也从来没给女孩扎过小辫儿。明天我就去把头发剪了，太麻烦了。"

叶晋明再次嫌弃地看了她的小辫子一眼，张牙舞爪的，活像两条蜈蚣。那天放学，叶晋明采了一把狗尾巴草闷着头在那里鼓捣了半天，后来实在弄不成，红着小脸来问叶晋蕙："姐，麻花辫是分三股吗？"

叶晋蕙被雷劈到一般看着叶晋明："大明，你没事吧？"

后来，杜若茗的头发没被剪掉，每天早起上学，徐海他们就站在门口催："晋明，走不走啊？"

他嘴里咬着一根橡皮筋，麻利地给杜若茗编着小辫子，说："等我给茗茗扎上小辫儿啊！"

因为叶晋明，男孩子气的杜若茗从小到大一直养着一头顺直柔滑绸缎一般的长发。叶晋明生得白，手也一样白。他骨节分明、手指修长的大手弹得了吉他，修得了摩托，也给她梳得了各式各样的小辫子。

他是想着能这样给她梳一辈子头发的，谁知道这次再见，她却剪了短发。

04

下午五点，驶向南平的火车已经进站，车头明亮的大灯扫过来，霏霏阴雨稀释了灯光的凌厉，朦胧模糊一片。

杜若茗拖着行李箱往后退了一步，列车经过带起的寒冷气浪还是打得她一趔趄。

等待列车停稳的间隙，她再扫一眼手机，还是没有收到银行到账通知。她犹豫一下，迅速编辑了一条短信发过去："大海，财务今天下午没有给我打款吗？"

上了车，刚坐稳，徐海的短信就来了："若茗，不好意思。我觉得，你还是应该跟晋明好好谈谈。"

杜若茗的手指突然一紧，一股火气腾地一下就蹿上了心口，她起身冲到车厢门口，一步迈了下来。

等列车一声鸣笛后，快速驶离站台，她才猛地转身醒悟过来。

"我的行李！"

就这样，孑然一身，风雨两袖，一肚子火气的杜若茗拦了一辆出租车冲去了景程大厦。一上车，她滑开手机屏幕，噼里啪啦输进一串号码，正要按下拨出键，突然发现手机屏幕上已经自动显示出了联系人叶晋明的名字，她一怔，恍然发现这么多年，他的号码一直没有变，而她也一直记着。

有些事情，不是想忘就能忘得掉，就像有些人不是不想见就可以不见。

电话拨通，一次，两次，三次，始终是无人接听。好，那就改为发短信。

"叶晋明，字都签了，你为什么不给我赔偿金？"

"你是想把事情闹大吗？你是想让媒体都知道吗？"

"我为举报信的事向你道歉，对不起，是我轻信了别人的话，没有确认好举报信的内容就签了字。可是，这笔赔偿金，我很着急用，求你高抬贵手。"

……

几条短信发过去之后，态度由硬到软，语气也由威胁到恳求，却一直没有收到叶晋明的回复。正在杜若茗要抓狂时，突然收到了叶晋明的微信好友添加申请。她想都没想，迅速地通过了申请，他的回复很快就来了。

"短信一毛一条，你不是很穷很需要钱？一毛也是钱啊，省下来给你的桥攒几块砖吧。发微信。"

本尊终于出现，杜若茗逮住机会连珠炮似的又发过去几条。

"你要怎样才肯把赔偿金给我?"

"你开个条件,或者从我的拆迁款里扣一点儿你的精神损失费也行。"

"你到底想要怎样?大不了我当众向你道歉!"

杜若茗一条条发,那小子却又人间蒸发一般,再没有任何回复。杜若茗气得想摔手机,看看那款玫瑰金的新款手机,又是一阵心肝肉疼,这部手机可是她半年的工资啊!怎么舍得!还了住院费和手机钱,她的银行卡里已经空空如也,连回大寒山都是个事儿了。如果赔偿金再不到账,她只能被困在这里了。

等待回复的时间里,她点开了叶晋明的微信头像,很遥远的一片山,冷静而空寂的样子。介绍极简单,昵称:叶晋明,地区:江城。除此之外再无其他。

再点开他的朋友圈,真是干净呢,除了三篇转发的经济类文章,再没有任何信息可查询。

朋友圈?信息?

杜若茗突然想到,他会不会也像她这样,此时正在查看她的朋友圈呢?他如果知道了她支教的地址,不会真的找去学校追回他的那些钱吧?

其实她平时发朋友圈并不多,不过里面倒是有不少学校举办活动时的纪念照片。他那样狡猾的人,鼻子跟狗一样,蛛丝马迹都能嗅出来,何况那么明显的照片?

杜若茗心中一片慌乱,手忙脚乱之中,没有多想就直接删除了他的微信。

再一想,不行啊!大事还没办呢,万一他跟她联系,她却收不到怎么办?

她懊恼得直敲自己脑壳,感情用事,真是感情用事了!没办法,只好又厚着脸皮把好友申请发了过去,留言是:不好意思,不小心删了。

她把话尽量说得柔婉,却在心里发誓一万遍,等钱一到手,立刻就把你拉黑!不过,对方没有给她拉黑他的机会,直接拒绝加她为好友!杜若茗气到鼻子冒烟,什么玩意儿嘛!要债的是孙子,欠债的反而成了爷爷!

车子到达景程大厦，杜若茗的行李都被火车带走了，口袋里更是比她的脸还干净，偏偏这位司机老师傅说不能手机付款，只收现金。

人在屋檐下，不得不低头。杜若茗只能忍心吞声地再给叶晋明发了一条短信："我在你公司楼下，能不能帮我付下车费？可以从我的赔偿金里扣。"

很快，有人从大厦里走出来，不是叶晋明，而是迟鹏。

"嫂子，明哥，让，让我来接你！"

迟鹏已经是一位帅气的大小伙了，这口吃的毛病却还没好。等迟鹏帮她付了车费，领着她往大厦里走，又说道："嫂子，明哥在，在楼上接受采访，你先等一下。"

小伙子说话结巴，嫂子倒是叫得溜，叫得杜若茗心里那个别扭。

杜若茗说："小鹏，还是叫我茗茗姐吧，我和叶晋明离婚了。"

迟鹏腼腆一笑，说："我一叫你茗茗，茗茗姐，就结巴得厉害。"

算了，叫就叫吧，反正以后也不会再见，随他吧。杜若茗在心里安慰自己。

迟鹏带杜若茗到了大楼顶层叶晋明办公室隔壁的一个房间。

杜若茗一进去，才发现这里卧室、茶室、卫生间一应俱全，还有一个小厨房，可以料理简单的食材。客厅沙发上甚至随意丢着叶晋明的一件外套。这里明显是叶晋明的私人空间。

杜若茗对迟鹏说："小鹏，我还是去会议室等吧，这里，不太合适。"

迟鹏有些为难，之前电台跟叶晋明约了几次采访，都被他以太忙为由推掉了。后来小姚记者托了几层关系重新约，叶晋明碍于朋友的面子，才抽了今天下班的时间接受这次采访。此时公司各部门基本上已经下班了，各办公室也都已经做好安保落了锁。他只是等在这里准备一会儿送叶晋明回家，如果去其他房间，就只能找叶晋明或者是相关部门的员工要钥匙。

迟鹏说："嫂子，别的办公室都已经锁门了。我，没，没钥匙。"

杜若茗在心里叹了口气，为了钱，这几天自己做过的不得已的事情已经太多，所谓虱多不痒债多不愁，也不在乎再多这一件了。

迟鹏给杜若茗倒了一杯水就出去了。杜若茗找了一把椅子坐下来，耐心等那边的采访结束。莫名其妙，她的眼睛总是不由自主地向沙发上丢着的那件外套看过去。那是一件深色夹克衫，衣袖随意搭在沙发扶手上，像是在以前，他喝酒回家，坐在沙发上拍一拍沙发的扶手，迷离着醉眼对她说："茗茗，过来坐！"

　　隔壁办公室的谈笑声突然传过来，她才意识到自己已经在这里等了许久了。这间房间里他的气息太浓，她特意敞着门没有关，是想让外面的空气冲淡这里莫名的压抑。而隔壁办公室的门什么时候也打开了？宾主的谈笑声这么响地传过来，让她无法忽略。

　　已经是晚上九点，从三十六层的高度望出去，万家灯火，车流如线。本是一个安静的夜晚，奈何隔壁办公室的笑声太聒噪。

　　第三次去隔壁，办公室门还是开着的，漂亮的秘书小姐还在外间守候。里间的门虚掩着，谈笑声就是从那里传出来的。

　　这一次，杜若茗没有敲门。秘书小姐看见她，她已经走到了里间门前。

　　"杜小姐，请再等一等，叶总他……喂，杜小姐，您不能进去……"

　　不能进去？再过两个小时，最后一班发往南平的火车就要开了，而她的行李已经被列车员帮忙放到了南平火车站。她可以再等一晚，她的行李丢了怎么办？破家值万贯，正在办公室里谈笑风生哄小记者的大老板怎么可能知道那一箱破行李就是她的全部家当？！

　　她的动作很快，小秘书追过来，她已经冲进去，一把关了摄像大哥的摄像机。

　　她冷着脸说："行了！今天就到这儿吧，如果还意犹未尽，那就由我来谈一谈景程公司是怎样拖欠拆迁户赔偿款不给的。"

　　一脸迷惑的摄像大哥看向同样一脸迷惑的小姚记者，小姚记者一脸的媚笑早已冻结，她一脸迷惑加委屈地看向叶晋明，娇娇地问道："叶总，这谁呀？"

　　不等叶晋明回答，杜若茗走过来，俯身撑住小姚记者椅子两侧的扶手，伸手挑了一下她的下巴，说："景程资深钉子户，叶晋明前妻。怎么样，小美女有兴趣采访采访我吗？"

　　一旁老板椅里的叶晋明，手臂撑在桌子上，修长好看的手指挡在唇边，遮住了他就要憋不住的笑。

　　小姚记者一对好看的一字眉已经皱成两条小毛虫了，她惊惧地看着叶晋明，想寻求帮助。

叶晋明轻咳一声，脸色瞬间变得要多正经有多正经。他对杜若茗说："别闹，你吓到小姚了！"

"是吗？"杜若茗轻轻一笑，手一推，把小姚记者坐的椅子一转，一下就转到了身后。她看着叶晋明，说，"叶总，有时间在这里怜香惜玉，却没时间听一听劳苦大众的真实心声吗？"

叶晋明向小秘书摆摆手，小秘书会意，赶紧帮着收拾了东西，送小姚记者他们出去。

房间里没别人，杜若茗开门见山："叶晋明，我已经在赔偿协议上签字了，你为什么不让财务给我打款？"

叶晋明关掉桌子上的电脑，扯一扯领带站起来说："走吧，我们去隔壁谈。"

杜若茗却一屁股在椅子上坐下来，挑衅地看着他说："给句痛快话，赔偿金给还是不给？"

叶晋明松了松领带，绕过办公桌走过来，嘴角一勾，突然一俯身，用刚才她"咚"小记者的姿势"咚"住她，低着声音说道："我只有在卧室里才有跟你谈事情的兴趣。"

第五章

再笑吃了你

01

杜若茗挑起眼睛看叶晋明。她的眼睛大，眼形也美，以前每每潋滟地把眸光泼向他，他的脑子里就只有两个词：明眸善睐，勾魂摄魄！

此时的杜若茗，眼尾微微上扬，清透寒凉的瞳仁盯住他，淡淡一笑，伸手牵住了他的领带，用力一拉，直接勒住了他的脖子。

"嗯……你想谋杀亲夫啊？"

杜若茗拉着领带就把叶晋明牵了起来："我们隔壁谈吧！"一个娇小玲珑，一个人高马大，杜若茗走在前面，叶晋明猫着腰被她牵着走在后面，像是小萝莉牵了一条大金毛。

"杜若茗，你能不能把手举高点，你快勒死我了。"

杜若茗回头冲他一笑，一抹眼风飞入了他的心中，酥痒如三月春风："好啊。"

她把手往下一垂，直接把叶晋明扯个趔趄。

一进房间，叶晋明一脚把门踢上，伸手又把她拉进怀里来，哑着声音问："你想在哪儿谈？"

杜若茗仰脸看着他，微微一笑，把领带从他脖子上解下来，丝质的领带在她柔软的小手里绕来绕去，绕成两个环套在手上。她拍了拍他的脸，微微一笑，说："厨房里。"

这个地方好！

不等他脸上一抹荡漾春色隐藏好，杜若茗小手一推，已经把他倒着推进厨房里，再一推，他的后腰就撞在了厨房的大理石料理台上。

虽然知道这小不点不可能这么乖乖便宜他，虽然知道这很可能是个圈套，可是叶总一颗在沙场历练的老皮老套的心，在她檀唇轻启，吐出那句"厨房里"时，成了一颗少男心！管他呢，她如果愿意用这种方式圈套他，他愿意上一辈子钩！

叶晋明一把揽住她的纤腰，一双桃花眼立刻就迷离了："宝贝，咱们还真没在厨房试过。"

"所以啊，给你尝尝鲜……"

杜若茗笑着把手伸到他的腰后，一双柔弱无骨的小手摸索着牵住他的两只大手，领带丝质的触感和她手指的滑腻，让他的血流加速，奔突的血液迅速汇聚一点，只等进攻的号角吹响，立刻攻城略地……

"喂，杜若茗！"

还不等叶总的春宫图在脑子里打一个轮廓，他被她牵到身后的手突然一紧，原本被她套在手上的那个领带环已经套在了他的手腕上，被她迅速一拉，他的两只手就被紧紧地缚住了。

圈套成功，杜若茗面色一冷，从他身后的刀具架上抽出一把水果刀就逼住了他的脖子。

"叶晋明，还钱！"

都说翻脸如翻书，翻书哪有茗茗翻脸快？叶晋明自然不会老实地束手被擒，他嘴上说着"茗茗，别激动，凡事好商量"，其实背后却用力挣着，想从那环扣里挣出来。

杜若茗拿刀拍了拍他的俊脸："别挣了，猪蹄扣，越挣越紧。"

"猪蹄扣？跟谁学的？"

"寨子里宰年猪时都这么绑。"

叶晋明可真急了，突然一转身，用被绑的两只手面对她，愤怒地说："杜若茗，你竟然用猪蹄扣绑我？就没有帅一点儿的绑法吗？没有吗？"

这个……杜若茗被他问蒙，推着他转过身去，哄着说："好啦，好啦，下一次我学个帅点的。这一次，先还钱！"

钱钱钱，这女人掉钱眼儿里去了。

"钱钱钱，你就知道钱，难道除了钱咱俩就没其他可谈的了？"

"叶晋明，你别给脸不要脸，不为钱我跟你谈个毛线啊？"

"咕噜——"就在双方剑拔弩张的时刻，杜若茗一长串句子丢出去，许是吸入太多空气，她的肚子突然这么叫了一声。

从早起到现在，下肚的食物只有那一屉包子和一杯奶茶，肚子不抗议才怪！

看着那人笑眯眯、不怀好意的眼睛，杜若茗立时怒了："看什么看，再看挖你眼睛！"

"咕噜——"杜若茗使劲儿按住了肚子，小脸皱成了花。我说五脏庙，关键时刻您能不能有点儿出息？

"噗！"叶晋明再忍不住，弯腰笑起来。

绑架，绑架啊明哥！这么严肃的时刻，你竟然笑场？

"笑！再笑吃了你！"

叶晋明努力忍住笑，说："杜若茗，不如你先放开我，我给你做顿好吃的，然后咱们再谈钱的事！"

绝对不能同意。

"你当我傻啊？"

这话问的，其实老杜在明哥面前本来也不聪明，尤其是面对明哥做的一桌子好菜时，她的血值直线下降，智商为零，战斗力直接成负。

两个人刚结婚那会儿，忘记是因为什么事儿惹到他了，反正就是那种错误低级明显却打死不认错的作死态度。两个人一块回家，她看着他狠力地买菜、买肉、买鱼，然后回家就狠力地做菜，什么酸菜鱼、熘肉丝、冬瓜小丸子，反正是他喜欢吃什么他就做什么，满满做了一大桌子菜，等她吃到半饱，他再问她："错了吗？"

她立刻护住饭碗，一边往嘴里塞小丸子，一边拼命点头："错了，错了，我错了……"

她态度诚恳，至于到底是怎么错了，有好菜吃，谁还记那事儿啊！

他是摸准了她的命门，死不认错时，先做菜，如果做菜解决不了的，那就抱起吃得都走不动的小猪丢床上，狠狠地行使一次夫妻权利，那就绝对药到病除，包治百病了。

可是，此时茗茗正玩得高兴，关于她的智商问题，暂时压下绝对不能提。

于是叶晋明说："我是真心诚意跟你谈条件的。你看你绑了我，总不能白绑，可是，我一大男人被你一小娘们绑了，说出去也没面子。不如我们坐下来好好谈谈，努力达成一个双赢局面，你觉得呢？"

杜若茗想了一下，似乎也对，就说："那好，说说你的条件。"

"你放开我，我给你做顿好吃的，然后你乖乖跟我去医院，把剩下的那瓶药输了，然后，我把钱给你。行吗？"

这条件……

杜若茗想了十秒钟，一把揪住他的衣领，狠狠地说："叶晋明，你是生意场上的老手啊，这样不平等的条约你会签？分明就是在给我下套！"

这都被她发现了？厉害啊！

"杜若茗，你给我设的这套这么傻我都钻了，就冲我这份诚意，你还有什么信不过我的？"

他低头看着她，眼睛微微眯着，一排小扇子一般的睫毛轻轻遮住了满眼的柔光，那光还是从睫毛间隙漏出来，像碎在湖泊里的满天星星。

杜若茗的脑子突然就糊涂了，只看这颜值，好像真是挺有诚意的哈！完了，失效多年的颜疗好像突然起作用了。

她晃晃脑袋，努力让自己保持清醒："你，你今天上午还说恨死我了，现在却又来装作好心，你哄三岁小孩呢？一定是想下毒毒死我。说，昨天晚上趁我睡着躲在床底下的人是不是你？你是不是在我的药里也下了毒？"

这次换叶晋明蒙，什么时候又跳出这档子事儿了？叶晋明还没想明白，杜若茗的小拳头突然在他肚子上捶了一下："别编！快说！"

这一拳，如果捶在胸口上就好了。

叶晋明说："做事总得有点儿由头。你说说，我给你下毒的动机是什么？"

"你想毒死我，然后就不用给我拆迁款了。"

嗯，这理由……他一个十几亿的工程，为了少给她那几十万，光天化日，众目睽睽，亲自下毒毒死她。

这理由，还真充分！

叶晋明看着杜若茗，冷冷一笑，说："脑子是个好东西，你说你平时不带就算了，绑架这么严肃的时候也不带？还我要毒死你？你现在拿着刀是在干什么？难道不是要捅死我好继承我的财产？"

02

杜若茗被他骂得火起，刀逼近了他的脖子，咬着牙说："叶晋明，你再骂我一句试试？"

这个不好玩，叶晋明不想玩了。他敷衍着："好了好了，刀拿开吧，挺凉的。"

说着，也不等杜若茗答应，他晃晃肩膀就往冰箱走。杜若茗没提防，怕扎着他，握刀的手不由得往后缩。

叶晋明笑了笑，用下巴指指冰箱门，说："打开！"

"哦！"

也许是以前在厨房给他打下手的记忆在脑子里作怪，他一下命令，她立刻执行。等她打开了冰箱，才突然发现不对，"嘭"的一声又摔上了："叶晋明，你凭什么命令我？"

叶晋明憋着笑，自己拿肩膀去顶冰箱门，顶了一下，打开。他特贱地看了她一眼，说："不是我习惯下命令，而是你习惯执行！喏，里面的面包片拿出来！"

"哦……"

她伸手又要去拿，一想不对，伸手就要再次摔他的冰箱门，他却吓得赶紧用身体去挡："茗茗，别啊！别！好不容易才打开的！"

以前叶天意来公司次数比较多，这个大冰箱是特意为他准备的，现在小伙子上了幼儿园，来的次数少了，冰箱里准备的食物自然也就不多了。此时只有几片面包，几枚鸡蛋，一方火腿肉和叶天意的两盒儿童牛奶。

他正站在冰箱前想着能用这几样食材做出什么来，听杜若茗叹了口气，幽幽问道："叶晋明，你到底想做什么？"

他一笑："做饭啊，难不成做你啊？"

杜若茗握住刀柄就在他背上磕了一下："嘴巴放干净点！"

"哎哟，杜若茗，你就不能轻点？打死了我你就得饿死。"

说着，叶晋明伸手就去拿面包片，攥在手里的领带也突然滑脱掉在了地上。

空气静默，气氛凝滞……

"哦，我捡起来，我捡起来……"叶晋明连忙去捡，捡起来又手忙脚乱地想要给自己再套上，无奈那领带太滑，套了几下都没成功，一抬头就看见拿刀的女绑匪那张像是吃了涩柿子的脸。

他抱歉地笑了笑，捋了捋那条领带，觉得特不好意思："要不，就别这么麻烦了吧？这领带，也挺贵的，给，你拿去送人……"

他小心地把领带给她递过去。

"哐啷——"女绑匪把刀往料理台上一丢，一跺脚一扭身，哭着就跑了出去："浑蛋叶晋明，不带你这么欺负人的！"

叶晋明胆战心惊地往外探头看了看，还好，没往外面跑，就在客厅里坐着呢。估计真是快饿晕了，从桌子上的果盘里拿了一包炭烤青豆正在那里"咯嘣、咯嘣"狠狠地嚼着。

刚才听到她肚子里咕咕叫时，他已经很心疼了，现在再看她这样，心里不禁又是一阵酸。以前被他捧在手心的小宝贝，现在竟然沦落到连顿饱饭都吃不上，失职！自己真是失职！

叶晋明手脚麻利地捡起被杜若茗扔掉的水果刀洗一洗，拿了一片面包放在砧板上，在面包片的四个角各划了一道，然后用手沿着划痕往下按压，直压到蓬松的面包片中间凹下去，往凹陷处磕一个鸡蛋，蛋液上撒上一点儿胡椒粉，一点儿盐。刚要往蛋液上再覆一片火腿，突然想起她不吃肉，只好又放弃。把做好的面包片放进微波炉，中火两分钟，"叮"，好吃好看的面包鸡蛋就出炉了！只可惜没有黄瓜啊生菜一类的蔬菜，不然在上面搭一片黄瓜片或者生菜叶就更漂亮了！

几分钟的时间，叶晋明已经做了两份鸡蛋面包片。他端着盘子走进客厅，杜若茗一包炭烤青豆还没嚼完。被烤过的面包的麦香气一刺激，别的先不说，她的胃已经缴械投降了！

管他有毒没毒，毒死总比饿死强！她脸上的眼泪还没干，抓起面包片就吃。饥饿的胃得到食物抚慰时的感觉最能熨帖人心，任她再怎么麻毛，都能瞬间被熨得服服帖帖。

温暖绵软，麦香扑鼻的鸡蛋面包片一入口，她一肚子想杀了他的戾气，已经被化解得七七八八了。

叶晋明拉了叶天意的小凳子坐在她对面，把热好的牛奶插上吸管，放到她的面前。

她连吃带喝，顺便点评："胡椒粉放多了一点儿……"

"嗯，我下次注意……"

这样极其亲密随意的一问一答，让杜若茗喉咙一噎，一口面包就噎在了喉咙里，她连忙喝了一口牛奶才顺下去。

"慢点！都是你的……"他看着她，目光温柔又心疼。

等她连着吃了两份鸡蛋面包片，又喝了半盒牛奶，叶晋明问她："怎么，不怕我给你下毒了？"

这贱兮兮的小表情，摆明了就是来找白眼的。

吃了一记白眼以后，叶晋明还不长记性，又问："你这一副饿死鬼的样，是不是中午没吃饭？"

她衔着吸管吸着牛奶，点了点头。这边一下就来气了，唠叨神功立刻就发作起来。

"你忘了自己是怎么晕倒在街头的了？你贫血啊大姐！你以为自己每次运气都能那么好，都能遇到像我这样坐怀不乱的正人君子啊？如果是别人，早把你……"

杜若茗淡淡地瞟了他一眼，眼神里的意思很明确：我如果遇到别人也许还能安全点！

"看什么看？我的脸再帅也不能吃啊！快喝！儿童牛奶都凉了。"

经他一提醒，杜若茗往手里的牛奶盒一看，"儿童营养配方牛奶"几个字映入眼帘。

"你，你儿子的啊？"

"嗯！"他没好气地应了一声，端起盘子去清洗。

杜若茗看着牛奶盒上印着的那个笑得挺开心的小人头像，觉得有些不好意思，不过，确实挺好喝的，有点儿甜！

他洗过盘子回来，扯了一张纸巾擦着手，说："走吧，去医院把剩下的药输了。"

她放下牛奶，说："输多少液都不管用，我现在连吃饭的钱也没有了，你把赔偿金给我，我多吃点好的，不用输液就能好。"

"连吃饭的钱都没有了，你还打肿脸充胖子把住院费和手机钱给我？我的钱咬手啊？"

"赔偿金不咬手，你还我！"

他看了看她，向她走过来，她连忙往后退："你要干吗？"

他嫌弃地看她一眼："你瞧瞧你自己这一把瘦骨头，拿来做脚垫我都嫌硌得慌。你别拿自己当事儿啊，我对你没兴趣！"

叶晋明嘴上似正人君子，身体却突然俯下来，一下子把她困在了怀里……

"找死！"

在杜若茗跳起来挠他之前，叶晋明伸手一托她的小屁股，一下子就抽走了他的那件外套："你坐我衣服了，笨蛋！"

她窘得拿纸巾盒砸他："没嘴啊？不会说啊？"

他得了便宜不敢再卖乖，压下心中的暗爽，伸手进衣服的衣兜里，摸出了她托徐海交给他的那个信封："这些你先拿回去。把你银行卡号给我！"

"你要打赔偿金给我？"杜若茗一阵惊喜，连忙放下手里的牛奶，转身就想拿钱包，才突然记起钱包随着行李一起丢在火车上了。可是，银行卡账号有那么长一串数字啊，她没记住，讷讷道，"我，我行李都丢火车上了，钱包也……银行卡号，我没记住。"

叶晋明也是叹气，她怎么没把自己也丢了？丢了他就不用给钱了，也就不用这么牵肠挂肚了。

他看着她，无奈地摊摊手："喏，可不是我不给你，是你自己记不住账号。以后别跟人说是我赖账啊！"

"啊，徐海，徐海有我账号，快点儿，你快点儿问一下徐海……"

"大姐，现在都几点了，人家徐海不要休息的啊？"

"呃，那你明天不会又不给我了吧？"

"怎么会？我叶晋明谁啊，怎么可能赖你那点小钱！"

说着，他低头滑开手机，操作几下，她这边就收到了他的微信好友申请，她连忙通过。她悄悄抬头看他一眼，把朋友圈权限设置为：不让他看我的朋友圈。

他操作着手机，问："微信连着银行卡了吗？"

她连忙点头："嗯嗯，连着呢。"

"现在手机支付挺方便的，只要手机里有钱，一部手机可以保证你吃喝住行都不愁。"

"嗯嗯，知道……"

他再滑了几下手机，她这边的转账就到了。她连忙收了钱，仔细数了数"1"后面的零，却发现只有一万。

她抬头看他："为什么只有一万？"

他撩了撩眼皮："暂时就这么多。"

"那剩下的什么时候给我？"

"看你表现。"

"叶晋明，你……"

他又撩她一眼："怎么？嫌少？嫌少转回来啊。"

她恨恨地看着他，她就是那条被捏住七寸的蛇，空有伶牙俐齿，奈何那人金钱罩体，她咬碎银牙也咬不着。

03

吃饱喝足，叶晋明看看时间，要带杜若茗去医院输液。杜若茗不想去，说："还真去啊？"

"你以为我跟你闹着玩呢？"

叶晋明拿了一件羽绒服给她："穿上！晚上气温低。"

黑色的男款羽绒服，让杜若茗一下子就想起了从南平离家出走投奔他的那个夜晚。她有些别扭，说："我不冷。"

他看了她一眼，心里突然有些不舒服。这如果还搁以前，茗茗臭美穿少了，他一定是一把提了过去，强行给她套上。可是，现在，不行！他怕再把她气跑了。

初春气温本就不高，又加连日阴雨，他们从电梯间一出来，春日阴冷的空气就打得她鼻子一酸，不由得瑟缩了一下。

叶晋明连看都不看她，丢了那件羽绒服进她的怀里，冷着脸去取车了。她站在大楼门口等他，一阵阵的冷风吹得她直哆嗦，那人去取车却迟迟没来。饥寒交迫的人儿啊，刚刚被某人解决了饥，这会儿又有寒来考验她。

发誓再不跟某人说话，说了；不踏某人之屋，踏了；不食嗟来之食，食了；再不穿这丢来之衣，还有啥意义？

从小到大，他带着她玩，哄着她吃，陪着她睡，由着她发脾气。后来一个人到了大寒山时，却也独立坚强地过了四年。本以为那样艰苦的条件都历练过了，自己已经强大到足够打倒关于他叶晋明的一切，时至今日，她沮丧地发现，在他面前，她终归只是个俗气的饮食女人！

杜若茗在这边心情起伏转折了几次，叶晋明已经开车过来，落下车窗看了看，小小的一个人套在他的衣服里，手脚都快埋住了。

"上车吧！"他的嗓音里不由得含了温柔。

杜若茗走到驾驶位一侧，说："你下来！我开！"

叶晋明看她："我没喝酒。"

杜若茗一笑："我想试试你这车的性能！"

她这样说，他心里舒服。这车是前不久才提的，正在他的兴头上，除了他自己，没舍得让第二个人摸过。

"怎么？舍不得啊？"

叶晋明低声一笑，把钥匙递到她手里："说什么话？你开还能舍不得？"

杜若茗接了钥匙，脱掉他的羽绒服，顺手丢在了后座上。叶晋明坐进副驾驶座，给她说了一下油门深浅，又把几处重要的灯光指给她，她默默地用心记了，挡一挂，刹车一松，就上了路。

一开始叶晋明多少担心了一会儿，怕她新车新路况不好适应，很快，他就可以放心地靠在椅背上侧着脸花痴般欣赏她了。

她目视前方，神情很专注，过路口等红灯退挡拉手刹，再挂挡起步踩油门，每套动作都是一气呵成。这辆猛兽般5.5排量的越野型汽车在娇小的杜若茗手里，很快成了一只温顺的小狼狗。

到达目的地，杜若茗把车一熄，拔了钥匙丢给叶晋明，说："你这车子在市区开，真委屈它了！"

叶晋明不由得向她竖了竖大拇指："高见！改天带你去山路上开开！"

杜若茗也不搭理，扭身跳下了车。等叶晋明也下了车，抬头一看，傻了眼。这一路，他只顾看着她无限遐想了，这是被带到哪里来了？

"杜若茗，你这是把我带到哪儿来了？"

叶晋明抬头看看医院楼顶那几个耀眼的大字，心想，这几年她到底是怎么过来的？昨晚刚在江城一院办的住院，她今天竟然迷迷糊糊把车开到二院来了。

"这是二院，你住院的地儿是一院。不认路你倒是说话啊！这不瞎耽误事儿吗？上车，我带你回去。"

叶晋明来拉杜若茗，杜若茗站着没动："我就想在这儿输液！"

他看她："杜若茗你几个意思？放着已经开好的药不用，非要来这里重开？刚才还穷得连饭也吃不上，这会儿就钱多得烧得慌了？"

"这里离火车站近，我输完液还得赶回南平去取我的行李。"

"就为这？"

"不然呢？"

叶晋明仔细打量了她一眼，面色淡淡，转身往医院里面走："您高兴就好！"

接下来，找医生、开药、缴费、拿药，杜若茗像一只勤劳的小蜜蜂在医院里跑东跑西，叶晋明就坐在大厅椅子上，跷着腿瞧她忙得热闹。

等杜若茗抱着一堆东西到处找输液大厅时，叶晋明才懒懒地起身向她走过去："跟我走吧！"

他把外套往肩膀上一搭，走在她的前面。

三月初，北方供暖期还没有结束，医院里暖气很足。叶晋明把外面的夹克衫脱了，上身只穿一件白衬衫。这白衬衫，应该是为了采访才特意穿的吧？

剪裁合体的衬衫被他的身体撑得很好看，肩部和腰部的线条尤其吸睛。男人好看的身体线条，本来就诱惑力要命，何况她还自带了回忆的柔光去看。

杜若茗把视线压下去，没敢多看，总感觉那像一个旋涡，多看一眼就会不由自主跳进去。这样低着头跟着他走，等他突然一停下，她就直接撞了上去。

"到了！"他看她一眼，冷冷淡淡地说了一声，自己先进去了，连门都没有帮她扶一下。

杜若茗揉着被撞痛的鼻子，小声嘟囔了一句。

"你说什么？"

"说你好帅。"她嘿嘿一笑。

男人嘴角微微一弯，笑意薄得像早秋湖面的冰。这个时间，输液大厅里人不多，杜若茗把药交给值班的护士，叶晋明则一进门就拣了个靠窗的位置坐着，刚拿出一支烟，杜若茗的目光就落在他头顶处悬着的"无烟区"的标志上。

他淡漠地扯了一下嘴角，把烟衔在嘴里，本来也没打算去点。杜若茗手背血管又细又滑，已经扎了两针了还是没能成功扎上，小护士急得鼻尖都冒汗了。

杜若茗好心安慰："别急，我血管细，多拍两下就鼓起来了。"

叶晋明靠在椅子上，衔着烟眯缝着眼睛看着杜若茗，眼神里满是探究和玩味。她果然跟以前不一样了，以前护士刚举起针来就哭喊着把脸埋进他怀里的那个小参毛不见了。眼前的这个女人，坚强勇敢又温婉大度，简直像照着书本上的淑女复制出来的。

小护士鼓了鼓勇气准备扎第三针时，叶晋明终于忍不住，走过去拎起人小姑娘的胳膊，往旁边一推。

"去找个不是实习的来！"

黑脸男人把小姑娘吓到了。

杜若茗吼他："叶晋明，你干什么？"

他理都不理，径直走回椅子坐下，靠着椅背，叼着烟，不遮不掩地看着她。都快三十岁的人了，那神态，简直像个十七八岁的小流氓。

杜若茗侧过脸去避开他的目光。幸好他的手机及时响了，他看了一眼，把烟取下来夹在耳朵上，接起来往外面走。

杜若茗听到他叫了一声"姐"，知道应该是叶晋蕙打给他的。小护士搬来了救兵，她没有再挨第四针。叶晋明接电话很久都没回来，杜若茗坐在椅子上想起今天是三月六日，明天是叶叔叶婶的忌日。叶晋蕙给叶晋明打电话，应该是商量明天去烧纸的事情吧。

转眼间，叶叔叶婶已经走了十年了。想起二十年前跟叶婶的相处，一点一滴，仿佛就在昨天。

04

杜若茗隐约知道，年轻时候的杜方平和晋文娟原本应该是一对的，只因为杜方平考上了大学，两个人的距离越来越大，双方才理智地选择了分手。

老一辈的爱情，杜若茗理解不了。不在一起了还能像亲戚一样走动吗？还能把对方的孩子当亲闺女一样看待吗？叶婶给了她肯定的答案，也造成了她长达四年的困惑：为什么她跟叶晋明却不行呢？

从杜若茗记事起到妈妈去世，她对妈妈的印象，一直是穿着白色的纱裙，点着灵巧的足尖在舞台中间优雅旋转的白天鹅。她修长的脖颈，从容冷傲的神情，像来自天堂的不染纤尘的仙女。

虽然郁萍是她的母亲，她是从郁萍的身体里分离出来的，可是，她对郁萍，除了遥遥观望的距离，就是她一生也无法企及的崇拜了。而叶婶则不同，她长得不如郁萍漂亮，身材也不如郁萍好，可是她比郁萍给她的记忆更温暖。

叶婶爱笑，会做好吃的铁锅熬小鱼儿，会剪漂亮的月亮包角，会做暖暖和和的棉袄，也会在她生病时蹬着小三轮送她去医院。

杜若茗从南平到江城的第一年冬天，不知道是谁传染了谁，反正是她和叶晋明两个人一起出了水痘。两天的时间，叶晋明出得浑身上下满头满脸都是包，而她却迟迟出不净。

她高烧了两天，杜方平还没从出差的外地赶过来。奶奶急得直哭，叶婶把她抱上小三轮蹬着就去了医院。三轮车厢里铺着厚厚的褥子，叶晋明把一床棉被都裹在她身上，她还是冷得直打哆嗦。

叶晋明说，她烧得迷迷糊糊的时候还跟他说："大明哥哥，如果我死了，别让爸爸把我带回南平去。把我埋在老枣树下面吧，我想和你，和奶奶，和妈妈，还有大白永远在一起……"

大白，叶晋明知道，就是他家的大白鹅。关于"妈妈"，叶晋明想了好久，才想明白，她是指的他妈妈，晋文娟。后来他还总拿这件事逗她，原来那时候已经想着要给我做媳妇了啊！

那句话她到底说没说已经是没了印象，只记得从医院出来时，虽然烧还没完全退，但精神已经好了很多。叶婶买了几只冻梨拿手帕兜着，她和叶晋明窝在三轮车的棉被里一起啃冰甜爽脆的冻梨。

到家时天已经快黑了，一轮通红的夕阳挂在光秃秃的树林子上面，像一只大柿子。一群麻雀从远处飞来，灰色的一大片影子掠过夕阳，叽叽喳喳叫着钻进林子里。

她偎着叶晋明，啃着好吃的冻梨，把梨核都嚼了，黑黑亮亮的梨籽儿吐在他的手心里，让他替她留着回家种一棵梨树，结满树好吃的冻梨。

那次水痘，陆陆续续出了大概半个月才好，其间杜方平只来看过她一次，也是急匆匆来急匆匆走，竟然连买瓶水果罐头的时间都没有，只是丢下一堆钱给奶奶。杜若茗没怎么怪过他，因为有奶奶和叶婶的照顾，她没感觉怎么委屈。

她的水痘没好利索，奶奶却累倒了，得了感冒。为了方便照顾她，叶婶干脆把她抱到自己家里去住。烧完全退去的那天早晨，她醒来得特别早，看见窗户上一片白，扒开窗帘一看，惊讶得差点儿叫出来。

满满当当，满院子的雪啊！

在南平时，他们住的那个高档小区，有很负责任的物业，每一个落雪的冬夜过后，天还不亮，积雪就已经被打扫得干干净净，所以，虽然也是在北方长大的孩子，但杜若茗还从来没经历过一觉醒来拥有一院子雪的惊喜！

多富足啊！都是自己的，可以随便玩，不用担心刚堆好的雪人会被物业铲去。那天，趁着叶婶不在，叶晋明带着她在院子里撒着欢地玩雪。等叶婶回来，他们两个的棉衣袖子半截都是湿的，小手冻得像胡萝卜。

眼看见叶晋明捏了雪团还要往杜若茗脖子里塞，叶婶拎起笤帚疙瘩揍得他差点儿爬墙头。

叶婶把他们从雪堆里揪出来，拉回屋里换衣服，先温柔地帮她脱了衣服把她裹进热炕头的被子里，然后再一边骂一边扒小猪似的把叶晋明的棉衣和衬衣都扒光，也塞进另一床被子里。

对于这种区别对待，叶晋明趴在被窝里扬着小脑袋抗议："妈，茗茗一来，我都感觉自己不是你亲生的！"

"谁说你是亲生的了？没告诉你吗？你是我和你爸从村头大槐树底下捡来的。"叶婶笑道。

叶婶一离开，叶晋明立刻从被子里跳出来，光着窄窄的薄薄的小膀子握紧拳头做屈臂运动："茗茗，看我的肱二头肌！"

那时候学校开了《自然》课，他们刚学到"人类"那一课，学了一些诸如"肱二头肌""股二头肌""三角肌"等一系列新鲜词。

杜若茗从暖烘烘的被窝里伸出一只手来捏了捏他的肌肉，笑嘻嘻地说："像没毛的小老鼠。"

"茗茗,看,这边还有一只……"

叶晋明还没显摆完,叶婶就进来了,一巴掌又把他打进了被子里:"嘚瑟的你!冻病了就能了!"

杜若茗掀开被子邀他:"大明哥哥,我这边已经暖热了,你来这里。"

叶晋明像条小泥鳅,钻进她的被窝里。两只小脑袋露在被子外,亲亲热热地趴在炕沿上吃叶婶刚从灶间扒出来的烤红薯。

他怕她弄脏了手,不让她动,自己扒了红薯皮,举着喂她吃。

"茗茗,好吃吗?"

"嗯,真甜!"

杜若茗的衣服还没烤干,晚饭已经做好。叶婶找了大姐小时候穿的,拆洗干净放在箱子里的一件碎花小棉袄出来:"茗茗,先穿上你蕙蕙姐的这件棉袄,起来吃饭吧。"

杜若茗穿衣吃饭都挑,可是叶婶给的,她从来不挑。她高高兴兴地穿上了,叶婶前后左右地拉着她端详:"不错,挺合身,如果不嫌弃,就送给茗茗吧。"

棉衣拆洗得很干净,棉花也很柔软,身上的热气烘着衣服上淡淡的洗衣粉香味儿,还有樟木箱子里的樟木香,很好闻,也很舒服。

看着很俗气的小花棉袄,谁知道一上身,她就再不想脱下来,竟然穿了一个冬天。后来叶婶看她喜欢,又特意去集市上扯了花布给她做了两件新的换着穿。整个冬天,她的小手都是暖暖的,再塞进叶晋明的脖子里时,他也不会被冰得吱哇乱叫了。

那年回南平过年时,她的小棉袄却被杜若薇百般嫌弃,愣是拉着她去商场买了好几件公主裙才哄她脱下来。她至今都替杜若薇感到可惜,虽然她有一柜子的名牌衣服,世上最温暖最舒服的衣服,她却没穿过。

杜若茗跟妈妈一起生活过七年,跟叶婶却相处了十年。也许是因为小,她对妈妈的记忆已经日渐变浅变淡直至消失,对叶婶的印象却一直不曾消减。

01

叶晋明接电话回来，手里提了两杯饮料，一杯甜橙味儿的奶茶，一杯咖啡。他把奶茶戳上吸管递给她。她刚从回忆里出来，抬头看着他，目光有些涩，忘记去接。

他笑一下，衔住奶茶的吸管喝了一口："没毒。"再次递给她，她还是怔怔的。

他再一笑，蹲下身子，看着她，很认真地说："其实悄无声息地弄死一个人很简单，直接雇杀手，或者车祸……下毒是最蠢最麻烦的一种。"

她一怔，刚才记忆中白衫温暖的美好和现在笑谈生死的腹黑，反差太过强烈，让她的表情看起来像是被针刺了一下。

她接过那杯奶茶慢慢地喝，他则重新坐回临窗的位置，喝他的咖啡。

她说："明天，你是不是要去给叶婶烧纸？"

他有些意外："你还记着？"

她白他一眼："她是我婶儿。"

他问她："一起去？"

杜若茗低头喝一口奶茶，说："不了。你帮我给婶儿买束花，要红色的玫瑰，她最喜欢红色的玫瑰花。"

说着，她放下奶茶，拿出手机鼓捣了两下，他那边提示音响起。叶晋明滑开手机一看，她给他转了两百块钱。

叶晋明低头看着手机，说："杜若茗，你这股子拧巴劲儿，真招人烦！"

杜若茗淡淡一笑，慢慢转着手里的奶茶杯，说："我不烦人，一般也没人烦我。如果恰好被你烦到，再好不过。"

"徐海跟我说你去教书了，我还不信，现在看来还真是去误人子弟了，说话都开始一套一套的了。"

"我没误人子弟，比不过你误人终身。"

他顿了一下，随后一想，心里却有几分高兴，听她这话是怨着的，怨好，火辣辣的怨恨总比淡不啦唧的忘记好。

叶晋明轻轻一笑，大手从额前向后拂了一下短发，起身走过来，弯腰撑住她的椅子扶手，抬起她的下巴，问："杜若茗，你跟我说说，我是怎么误的你？"

他嘴里的咖啡香直扑到她的脸上，丝丝绕绕，她心里就有些躁，也有些热。

杜若茗扭头甩开他的手，往后一靠，眼尾一挑："你不给我拆迁款，耽误了我去给学校修桥，还没误我吗？"

叶晋明一拍椅子的扶手，站了起来："漂亮！这话真漂亮！"

药液输完，两个人走出医院，杜若茗撕着手背上的胶带，问他："现在总可以把钱给我了吧！"

他大步往车前走："明天。现在银行关门了。"

"说话算数？"

"我什么时候骗过你？"

杜若茗冲他摆摆手："明天上午十二点之前，我如果还收不到钱，咱们就法院门口见！"

"别啊！"叶晋明把头探出车窗叫她，"大不了我把自己赔给你啊！上车啊！你去哪儿啊？天这么黑……"

杜若茗不觉好笑，天这么黑？大寒山的夜比这里黑多了，为了省二十块钱住店钱，她背了一篓图画册和彩色粉笔，一个人赶了几十里山路，到学校时天正好蒙蒙亮。夜里赶路比白天好，专心，反而比白天快。

不过，更早以前，她确实是怕黑的，出门丢个垃圾，都得使劲儿攥紧叶晋明的手。她的勇气，产生自离开他以后。可见，叶晋明是个可以腐蚀人毅力和勇气的存在。

叶晋明下车追了过来："你到底要去哪儿？"

"火车站。去南平车站拿我的行李。"

"买票得需要身份证吧？"

杜若茗下意识地摸了一下衣袋。那人直接就乐了，乐不可支，幸灾乐祸："不如我送你啊！"

"你车太贵，我租不起。"说着，她继续往外走。

"我给你算便宜点。就收个油费，一千怎么样？唉，别走啊，五百，五百也行。"

杜若茗停下脚步，略想了一下，转过身来："不如你把车借我。"

叶晋明拍了拍他的方向盘，笑得不正经："怕你嫉妒，再把我的小宝贝卖了。"

"不借拉倒。"杜若茗转身就走，伸手打算拦路边的车。

那人在后面又喊："车与本司机，要么一起租，要么你就再打辆黑车送你回去。"他的话还真是管用，杜若茗想起那晚上的经历，头皮一紧，刚抬起的手又落下了。毕竟几百公里路呢，又是大晚上。

她回头看看那位靠在车边吸烟的大个子，想一想，又回来："车和司机一起租，多少钱？"

大个子呼出一口烟气，眼眸沉沉，笑意贼贼："看你都需要什么服务了。"

杜若茗翻个白眼："就开车送一下。"

男人知道不能再撩了，再撩又吓跑了。他说："五百。"

"好。"成交。

杜若茗说："我先去买点东西，你等我。"

叶晋明拉开车门上了车，等了不一会儿，杜若茗提着一袋子零食从医院超市出来，上了车，递给他一瓶水。叶晋明接过来，随手放在了驾驶位旁的杯槽里。

一上高速，车子更显平稳。黑夜无边，除了汽车轻微的引擎声，再不闻其他。他们像是漂浮在风平浪静的海面上，寂静，催人入眠。

杜若茗困得脑袋往车窗上磕了两下以后才明白，驾车的这人有备而来，那杯咖啡助了他，此时精神抖擞，双目熠熠。

她揉揉两边太阳穴，努力撑起眼皮，想在深夜保持白天的警醒。

叶晋明随手点开了车载音响，选择了几下，按下播放键。乐声响起，先是轻轻的海浪声，接着，舒缓的钢琴音符轻手轻脚地流淌出来，像是肉乎乎的小脚丫踩在柔软的沙滩上……

杜若茗立刻就感觉到了这家伙的恶意。音乐名字叫《亲亲小宝贝》，是她怀孕那会儿经常听的，叶晋明精挑细选出来的胎教音乐之一。那时候，她只要一听这首曲子，立刻眼皮发沉，五分钟之内，必定睡着。

叶晋明眼睛望着前方，温柔一笑，说："这是天天最喜欢的催眠曲。"

杜若茗懒懒地答："嗯，你儿子好有品位。"

叶晋明扭头看她一眼，笑得不怀好意："困就睡吧！精神饱满点，兴许能卖个好价钱。"

杜若茗白他一眼，努力睁大眼睛望向窗外。黑夜是绵延的海浪，乐声是夜幕上的星星……

醒来时，杜若茗身上盖着那件黑色羽绒服，正在南平火车站广场的停车场，天光熹微，车窗正对火车站大楼后一片鱼肚白。

她猛地坐直了身体，肩膀一沉，又被压回车座里。

男人的声音有些疲倦："再睡会儿，天亮还有一会儿……"

她拿开叶晋明的手，看见他的车座跟她的一样，都放低了。他躺在车座上，闭着眼睛，一点儿微薄的晨光里，只隐约见他下巴刚毅，鼻骨如峰。

"我得去拿我的行李……"她挣扎着又要起。

"已经放在后备厢里了。"

"我睡多久了？"

"四五个小时吧。"

"四五个小时？"

"嗯，我跟人贩子连价格都谈好了。"

杜若茗想起身，肩膀再次被他按住："再陪我睡会儿。咖啡的劲儿过了，困……"她只得又小心地躺了回去。刚躺好，叶晋明的手突然伸过来握住了她的指尖……就那么浅浅地握着，没用力，掌心温暖。

杜若茗没动，温暖的触觉由指尖开始，悄悄蔓延，到手臂，渐至挨近他的半边身子，都是热的。有靠站的火车驶进车站，停靠不久，又响着汽笛离开。不久，有疲惫的旅客提着行李出站。车站小小喧闹了一下，重归于安静。

他的呼吸渐沉渐稳，是真的困了。

天边那块鱼肚白渐渐变成浅粉，然后是绯红，接着是鲜红，直到一轮红日喷薄而出，阳光绽开。他的脸上，迎着光的一侧敷了金粉，逆着光的一侧落下鼻峰的浅淡阴影。

虽然成绩渣到一抖落一地渣儿，杜若茗好歹也是个艺术生，对于光影还是有那么一点儿皮毛的见解的。此时看着如此摄人心魄的光影交缠，心中激动，觉得他比她在大学里画过的任何一个模特都漂亮。

她没来得及躲避，他突然睁开了眼，阳光的颜色碎在他的眸光里，他的瞳仁是金色的。

杜若茗一下子把脸扭向一侧，心跳就突然加速。她想把手从他手中抽回，已经来不及，浅握变成了紧攥，像是用力隐忍着。杜若茗挣了几下，挣不动，大而硬、温暖却干燥的手掌包覆住她的，她的鼻息间突然都是他指尖那淡淡的烟草气……

完了，心乱如擂！他的手她从小牵到大，从最开始两个人差不多大小，到后来他的一只手掌几乎握得住她的两只小拳头。从来没有像这次，紧张得像偷偷牵手的中学生。

她挣，他拽；她退，他进……她连呼吸都憋住，脸向外，心却向内。

她先稳住，彼此就都没再动，在一车厢的晨光中，静默，彼此的呼吸却是燎原的火。

02

乐声突然响起，*Newlight*，大气磅礴的一首钢琴曲，朝日破晓，光透层云……

叶晋明看了一眼来电显示，单手滑开手机，就要去接电话。

她趁机再挣，他凶凶地瞪了她一眼，她回瞪，捞他的手机作势就要往窗外扔，有声音突然传出来："爸爸，我的小恐龙书找不到了……"

细软的声音，好似带着奶香气，杜若茗一下呆住，怔怔地又把手机递还给他。他一只手牵住她，一只手拿手机接电话，声音软得像是要化掉，跟平时和她说话时的语气一点儿都不一样。

"嗯，在书房书柜第三级左边抽屉里，对，蓝色的那个……"

人家爷俩讲电话，杜若茗避又避不开，脸侧向窗外，耳朵却不由自主地捕捉着那个奶气的声音。她不由得抬手捏了捏自己的耳朵，耳郭微凉，耳朵眼里却热热的，像是有张小嘴在那里哈哈吹着气。

像是要摆脱这种贼舒服却又略尴尬的感觉，她落下身侧的一线车窗，让微凉清冽的空气溜进来。

她吹着风，他则躺在那里极惬意地继续接他的电话。

"天天今天怎么醒得这么早？"

"嗯，穿上地板袜，不要光着脚在地板上跑。"

"爸爸上午到家，姑姑先去接你……嗯，乖！"

她装作不在意，其实他的每句话都进了耳朵。她绝对不会告诉他，他温柔耐心地跟小孩子讲电话的声音性感到要死，估计是个女人都会忍不住想要为他生猴子。

想到这里，自然就绕不开自己那个可怜的孩子，心情瞬间跌入谷底，她突然生了气，用指甲狠狠地一抠，他吃痛，稍一松手，她脱了出来。

她满脑子里都是他儿子，心被绞住，印在车窗上的那片霞光都那么耀耀地刺目。嫉妒一旦萌发，再温柔的女人都是后母！

他接完电话，扳了一下她的肩，她一挣，眼睛继续落在窗外。

"又怎么了？"

"举报信的事儿，我想着还是跟你说一下。李士侠弄了一个保护古树的申请书，我是看了那个才签的字。估计有跟我一样上当的人，你可以去查一下。"

"古树？"叶晋明想了想，"你说的是苦楝树？"

"嗯。"

"哦，怪不得。"

他一笑，那笑有热度，灼了她一下，她脸颊飞起淡淡的霞彩。

"我不知道李士侠会把签名附在举报信上，如果知道……"

他躺着，一只手枕在脑后，一只手捏着手机转来转去，看起来心情不错。他问她："如果知道呢？"

她叹气："我应该不会签。"

"应该？"他轻笑，"如果是我，绝对不会签。不管怎样，毕竟夫妻一场，就是恨也得比外人近。"

她没再答话，按下车窗按钮，把玻璃全部落下，看着外面来来往往的旅人。阳光渐盛，光影细碎晃眼。

她说："叶晋明，如果咱俩没结过婚，应该会是很好的哥们儿。"

"哥们儿？"

"嗯。"

他笑了，起身，拿起她给他买的那瓶矿泉水，拧开了，漱了一口吐到车门外，又"咕咚咕咚"喝了两大口，"嘭"的一声拉上车门，一把扯过了她……

"嗯，叶……"

在她断气儿之前，他放开她，离她寸许，粗着呼吸问她："哥们儿有这样的吗？就你，不做我媳妇儿，就得是我情人。"

她的脸被他憋得绯红，喘着气，红着眼睛打他："浑蛋！浑蛋！"

她打他，是真打，拿出了那晚上打那个黑车司机的力气，拼了全力，不分好歹，逮哪儿打哪儿，他眉骨上被她挠的那一道还没好，脖子上又添了一痕。

叶晋明摸了一下脖子，指肚上都是红色，气道："泼妇！"

她气急："刚知道吗？"

他把染红的手指在纸巾盒露出来的一角纸巾上捏着，突然一笑，扭头看着她说："你回来三天，我顶了几处伤，徐海说咱们久别胜新婚。"

"不要脸！"

他一乐："刚知道吗？"

她冲他伸手："你把钱给我，我立刻下车，保证再也不会在你面前出现！"

"我如果不给呢？"

"不给也行，媒体，法院，总有说理的地儿。实在不成我就去找李士侠他们帮忙。"

男人眸光一紧："你敢！"

"害怕就给钱啊！"

"你满脑子除了钱就是钱！我熬了一晚上陪你输液，送你回来，你连个谢字都不吐，张嘴闭嘴都是钱。四年了，除了钱，就无话可说了吗？"

"说什么？跟你聊聊男女关系？叶晋明，你就这么缺女人吗？"

"好！现在就去取钱！"

叶晋明看看时间，说："还不到银行开门时间。咱们先去吃点早餐。从昨晚到现在，我还没吃到一口饭。"

杜若茗问："你昨晚没吃饭？"

"两份面包片不是都进了你的肚子？"

杜若茗脸红了，她不知道当时他也没吃饭。

她答应："好吧，今儿早饭我请，想吃什么，尽管说。"

在叶晋明的指挥下，杜若茗把车子开到一家早餐铺子前停下。叶晋明先下了车，径直走进店里。杜若茗停好车下来，看了看四周，发现就在天霖别墅区附近，到她家了。

叶晋明利落地点了杜若茗以前最喜欢的鲜肉小馄饨、胡辣汤，还有小油饼、茶叶蛋，然后就去消毒柜前取餐具。

杜若茗找了张桌子坐下来，看看周围环境，不熟，应该是在她离开以后开的。

她问叶晋明："你对这里挺熟啊？"

他低头给她布着碗筷："每年春节前后都会来这附近待上一段，连着来了三年，能不熟吗？"

杜若茗很吃惊："来这里干吗？"

叶晋明看了她一眼："想着你过年总得回家。"

店里是自助取餐，叶晋明听到叫号就去取餐。杜若茗低头想了一会儿，等叶晋明端着一碗小馄饨过来，她对他说："不好意思，我爸爸真没把拆迁的事儿告诉我，不然我也不会耽误你们这么久。现在字我也签了，你把赔偿款给我，我就不用再给你添堵了。"

叶晋明没答她的话，而是问："鲜肉馄饨，可以吗？"

她点点头。

叶晋明把馄饨放在她面前，又拿了一只勺子给她，然后就坐下来默默地给她剥茶叶蛋。

气氛突然闷住，杜若茗低头，看着碗里热气腾腾的小馄饨，莹白的面皮透着粉润的肉光，汤上漂着翠绿的香菜，细细的虾皮，色香都勾人。奇怪，这次，她没觉得恶心。

叶晋明把剥好的茶叶蛋递给她，望着她的目光有些哀伤。他说："杜若茗，你觉得我每年来这里就是为了堵你签字？"

杜若茗看他一眼："不然呢？"

那边又在叫号，叶晋明瞥她一眼，起身去取自己的餐。杜若茗舀起一只小馄饨轻轻地吹凉，碗里的热气熏着眼睛，眼前就有些模糊。他回来，坐在她的对面默默吃饭，餐桌气氛诡异，安静，却又像在酝酿着某种爆发。

彼此安静了好一会儿，他突然说："四年前，你生孩子的时候我没在，对不起。"

杜若茗没说话，把勺子放回碗里，一推，不吃了。

她说："还提那干吗？都过去了。也幸亏那件事，让我看清了你。"

他把勺子一搁，也看着她："看清了什么？"

她说："你很渣。"

他冷冷一笑："你瞎！"

杜若茗心里不舒服，却不想在这个关键时刻闹僵。她微微一笑，舀起一勺汤，看着里面的虾皮，说："嗯，是虾。"

饭吃到一半，叶晋蕙的电话又打了过来，叶晋明接起来。他不避她，她却不想听他们姐弟说话，就拿了他的车钥匙出去。

回来时，他的电话已经打完了，她把手往他面前一伸，变出一个小玩意儿："送给你儿子的。"

她的掌心立着一匹石头小马，黑色的石头，衬着她白嫩温软的手掌，白的愈白，软的愈软。他伸手去拿，指腹从她掌心擦过，带了火花一般。她猛地一缩手，小马跌落，被他伸手稳稳接住了。

石马的雕工很美，打磨得也很细，有玉质的光泽。

男人撇撇嘴："干吗？抵车费？"

她一笑："车费另给。这是送你儿子的，为了送我，昨晚你都没能陪他。"

他抬了抬眼："你终于说了句有良心的话。"

她抱歉一笑："那天在你公司门口看见你儿子，很可爱，长得像你。"

他抬眼看她："认识的人都说他长得更像他妈。"

"哦，那他妈妈一定是个很可爱的大美女。"

他看她一眼："又美又刁，不咋可爱。"

她笑笑，难得气氛融洽，她趁机进言："孩子都是小天使。可是，因为我们学校门前的桥塌了，上下学很困难，又有两个孩子辍学了。你今天上午就把钱给我吧，我赶今晚的火车回去，雨季来临前还能把桥修好。"

叶晋明捏着那匹小马仔细把玩着，说："行吧！不过，这顿早餐你请。"

"我请，我请，必须我请。吃饱了吗？再要点什么吗？"

"再来份八宝粥。"

"好的，我这就去点。"

"加糖。"

"好。"

杜若茗颠颠儿地跑去点餐，就几分钟的时间，等她端着那碗八宝粥回来时，却发现桌上的石头马不见了，桌边的大活人也不见了。

追出来，她的行李箱被丢在路边，那辆奔驰越野已经在马路尽头划出一道优美的弧线，一转就不见了。

她一脚踢在马路牙子上："叶晋明，你大爷的！"

03

天霖别墅是南平开发较早的老别墅区，独栋，间距大，遍植翠竹。虽是初春，接连几场春雨，夹路两旁的早园竹却已显出了一抹翠色。

本该是一个雨后清爽的早晨，杜若茗拖着行李箱走在平坦的马路上，右脚大拇指上隐隐疼痛，让她的心情极其不爽！

平生第一次，她被钱欺负成这个鬼样子！

就要到天霖 6 号院了，待会儿被爸爸问起来，该怎么说才能不被骂很惨呢？杜若茗正在蹙眉思考着对策，一辆银灰色雷克萨斯从院里驶出来，车子行驶到她的面前停下，车窗落下，车里的人冲她温暖一笑，叫了一声："茗茗！"

低沉好听的男低音，杜若茗一惊，丢开行李跑了过去："姐夫！"

施以行，杜家大女儿杜若薇的丈夫。南平市二院心内科主任医师，也是南平市最年轻的副院长。

施以行笑着要下车："听诺诺说你这几天会回来。"

杜若茗摆摆手，坐进施以行的车里。

"这么早，姐夫，你怎么会在这里？"

施以行温润一笑，说："临时加了一台手术，来不及送诺诺上学，所以送过来请爸爸帮忙。"

说着，他打量了杜若茗一下，眉头一皱，说："又瘦了！"

杜若茗嘿嘿一笑："把你家胖诺儿的肉分我点就皆大欢喜了。"

"嗯，这个主意不错。这几天她顿顿两碗饭，说是你回来一定又会监督她减肥，所以先吃饱点。"

杜若茗笑起来，真想立刻见到她胖胖的外甥女。杜若茗一边从包里往外拿东西，一边说："本来是要去找你的，现在正好。姐夫，我有事请你帮忙。"

说着，她拿出两瓶药水递给施以行："你帮我看看这两瓶药。"

施以行接过来，看了看，说："很常见的中成药，补血补铁的。怎么了？"

"你能不能帮我检验一下里面的成分？"

施以行一听，不由得又拿起来仔细地看："有什么疑问吗？"

杜若茗说："我怀疑这药被人做过手脚。"

施以行眉头皱了皱："哦，都有谁接触过？"

"护士送过来的时候是带着纸盒包装的，是叶晋明打开纸盒拿出来的，也是他给我倒的药。"

施以行略一沉吟，问："你吃过吗？"

杜若茗点点头："吃了。一小杯，大概二十毫升。"

"有不舒服的感觉？"

她摇头："没有。就是心里总犯嘀咕。"

施以行把那两瓶药仔细收起来："好的。这两天就给你结果。"

"谢谢姐夫！哦，还有……"

杜若茗又递给施以行一只塑料袋，里面包着一个矿泉水瓶。

施以行不解地看着杜若茗。

杜若茗咬咬嘴唇，说："买了这瓶水以后，我仔细清洗过。我也只拿了瓶盖位置，现在，瓶身上应该只有叶晋明的指纹。"

施以行浓眉紧锁，拿了过去，说："我找朋友帮忙，有结果了告诉你。"

"谢谢姐夫。"

"快回家吧。爸爸已经知道你回来了，那位在江城看房子的表叔，已经来过了。"

杜若茗跟施以行挥手告别，走到自家门口，看见杜方平的黑色宝马正停在院子里。

一晃四年，因为彼此都有怨，所以她不曾给杜方平打过一个电话，杜方平也没有问过她一句好歹。她和姐姐杜若薇姊妹两个，姐姐像了妈妈，性子清净冷淡，她却像极了爸爸，脾气火暴倔强。既然像，遇事就没有互补中和的余地，一味地硬碰硬，犟对犟，所以一口气赌了四年。

杜方平喜好敞阔，一楼客厅和餐厅并没有隔断，此时临窗的餐桌前，杜方平正坐在那里用早餐。

杜若茗站在门口，叫了一声"爸爸"。

杜方平抬头看见她，面色冷，目光静，说："去洗手，吃饭。"

很随意的对话，不像是不懂事的孩子负气出走后的久别归家，倒像是多年前小女儿放学归来，被老爸催着洗手吃饭。

杜若茗没敢提跟叶晋明在外面吃过早餐这事儿，乖乖洗手吃饭。刚洗完手，楼上一阵脚步响，小坦克一般的施金诺从楼梯上噼里啪啦地往楼下跑，边跑边叫："小姨！小姨！"

杜若茗还没站好，她已经扑了过来，直接把杜若茗扑进沙发里。

"小姨，你可想死我了。"

杜若茗推起胖诺，揉着差点儿被她撞散架的老腰，说："去吧，行李箱里都是给你带的好吃的。"

施金诺"哎哟"一声，立刻又向那只装满了风鸡、腊肉、菌干的行李箱扑去。

杜方平一脸宠溺地扭头看看抱着一堆好吃的撒欢儿的施金诺，回过头来，面色冷冷，拿一块餐巾擦着手，淡淡地问杜若茗："拆迁协议签了？"

"嗯。"杜若茗低头吃着粥。

"赔了多少？"

"跟湾儿里巷其他村民一样。"

"钱到手了吗？"

"还，还没……"

"啪！"那块半湿的餐巾被丢回餐巾碟里，杜方平说："赔偿金还没到手，你竟然就让他们把房子拆了？"

杜若茗小声说："协议上写得清楚，他们赖不了账的……"

杜方平冷哼一声，斥道："都说吃一堑长一智，你被叶晋明骗得那么惨，竟然还不长记性？"

"他们答应给的，也许，今天中午就到账了。"

"也许？也许他就没打算给呢？"

"不会的，大家的都给了。"

"糊涂！"

杜方平一掌拍在桌子上，震得碗碟都在响。

"咱们家跟别人家一样吗？叶晋明这是想用拆迁款补那一百万呢。"

闻言，杜若茗放下了碗筷，说："爸，拆迁款是奶奶留给我的！我要拿去修桥。如果您真的拿了叶叔的一百万，请您还回去。"

杜方平一怔，怒火腾地一下就燃了起来。

他指着杜若茗骂道："你说什么？小兔崽子你再给我说一遍！"

杜若茗面不改色，回身从包里拿出一张照片递给杜方平，说："爸，这是之前您给我的照片。我在大寒山找了他四年，没有任何收获。所以，您得到的那些消息也许是错的。或者，您说的这个能证明你清白的人，也许根本就不存在。"

杜方平气得手指都在颤抖："混账东西！混账东西！叶晋明到底是给你灌了什么迷魂药，见他一面，就让你这么怀疑你的亲爸爸？"

施金诺一看事儿不好，连忙跑过来灭火。她抱着她姥爷的胳膊直摇，撒着娇说："哎哟姥爷，我上学都要迟到了。您可是答应亲自送我去上学的啊！"

杜方平压了压心中的怒火，领着施金诺就往外走，临出门，对保姆吴姨说："看好她，没我的命令，不准她再踏出家门半步。"

吴姨连忙答应。杜若茗坐在餐桌前，默默地吃着粥。窗外，杜方平上了车，溶溶晨光里，他脊背微弯，鬓角如霜……

杜若茗扭过头来揉着太阳穴，听着车声远去。她逃了四年，也真的只是逃避，那些人和事，都还在按着既定的轨道发展着，不曾因为她的离开而有向好的趋势，或者说，已经向着更糟的境地迈进了。

04

家里瞬间安静，杜若茗一个人上楼，推开自己房间的门，满室阳光，一尘不染。一切还是她离开时的模样，就连床头那只薰衣草颜色的小熊，也还在她以前习惯摆放的位置上。她锁上房门就开始给叶晋明打电话。对方倒是接得痛快，语气却还是一副吊儿郎当的样子。

"怎么？茗茗，刚分开就开始想我了？"

"叶晋明，你是不是真想赖我的账？"

"哪能啊？赖谁也不能赖茗茗啊！"

"那你跑什么？倒是把钱给我啊！"

"今天恐怕是不行了，我得去给我妈烧纸。"

"你那么大一公司没财务啊？你告诉财务一声不就结了？"

"就是财务不肯给你啊。昨天财务跟我说，协议书上你漏了一个签名。你知道那些做财务的，脑筋轴得不行……"

杜若茗一脚踢在床腿上："你大爷！为什么不早说？"

"想说来着，你拿刀一指，吓忘了。"

杜若茗龇牙咧嘴地忍着痛，也忍着气，说："你今天把钱打给我，明天我去补签字！"

"我也是这么跟财务说的。你猜我们财务主管肖大姐怎么说？啊，叶总啊，您说得轻松呢，万一她不来补签字，这么一大笔钱，我们怎么下账啊？"

叶晋明捏着嗓子学着那位胖胖的女主管说话，语气学到惟妙惟肖，嗓子却又哑又扁，跟那位大姐尖尖的嗓门一点儿不像。

杜若茗突然想笑，又听他补充："你知道，做财务的，脑子都轴。"这语气，她几乎可以想象得到他手指指着自己脑袋绕圈圈的动作。一时间，杜若茗肚子里的火气突然降了一半。

她说："既然咱们互不信任，那就折中一下，你先给我打一半的款，我明天去把字补上，然后你再给我打剩下的。这样总可以了吧？"

那边似乎是在考虑，过了一会儿才有些不情愿地说："也行吧！"

"那好，"杜若茗让自己的声音凶一点儿，说，"叶晋明，你给我听好了，如果我今天中午十二点之前收不到那一半的打款，我就先绑你家儿子，再炸你家房子！"

那边静了一下，随后低低一笑，声音突然一沉，说："茗茗，我用蓝牙接你电话呢，满车厢都是你发狠的声儿，听着特带劲！"

"滚！"

杜若茗掐断电话把手机丢到床上，一头钻进枕头底下，想弄死他的想法满脑子窜。

十二点已过，杜若茗的手机里没收到任何入账通知。她心里乱，午饭吃得还不及施金诺的一半多。

施金诺不肯午睡，钻进杜若茗的房间，撒娇耍赖拉着她给讲大山里的故事。杜若茗觉得一个施金诺抵得上一屋子鸟！她脑仁疼，勉强讲了两个故事就躺在床上闭目养神。

施金诺却又来聒噪："小姨，我有重磅新闻，是关于你的，想不想听？"

她懒懒地说："不想……"

"真不想？"

"不想。"

"难道连姥爷今天晚上带你去相亲这事儿也不想听？"

这事儿……

"说来听听……"

"那你再给我讲一个故事，关于那只大山猫的。"

杜若茗只好又瞎编了一个故事才换回了施金诺的重要情报。

时间：今晚。地点：裕洲酒店。人物：杜方平，杜若茗，施金诺，赵叔一家。事件：撮合留洋归来的赵家大儿子跟避难回来的杜家二女儿。

杜若茗问她："消息可靠吗？"

施金诺拍着她的小胸脯："千真万确！今天早上姥爷送我去学校时，他跟赵爷爷打电话了。还说这一次绝对不会让你再回山里去了，要让你去公司给他做助理，学着打理公司。这可都是姥爷的原话。骗你是小狗。"

杜若茗一骨碌爬了起来："不行，我得先回去了。"

施金诺一下拉住了她："你往哪儿回啊？门口有张叔叔守着，楼下是吴姥姥盯着。"

杜若茗往后一仰，又躺了回去，闭着眼睛琢磨对策。

施金诺躺在她身边，也学着她的样子，把小手枕在脑后，闭着眼睛说："小姨，你可千万不能去。相亲什么的最不靠谱了，你看我爸跟我妈就知道了。"

杜若茗问："你爸跟你妈现在怎么样了？"

小家伙小大人一般叹了口气："唉，还能怎么样？凑合过呗，还能离吗？"

"这样不行啊！你得发挥你双面胶的作用啊！"

"我的亲小姨，你可拉倒吧！如果双面胶管事儿的话，小弟弟不死，你跟我小姨父还能不离咋的？"

小孩子的一句话直戳杜若茗的心窝，让她又想起了叶晋明的那个大眼睛帅儿子。如果自己的孩子活着，现在应该也是个大眼睛的漂亮小男生。如果是那样，即便发了老死不相往来的毒誓，为着这个共同制造的孩子，应该也难免再见吧！就像姐姐和姐夫，胖诺儿还吸奶嘴时两个人的感情就已经那样了，现在胖诺儿都读三年级了，这段婚姻却还不死不活地维持着。

这样看来，还是没有孩子的好，省了多少言不由衷的无奈啊！

杜若茗不能再多想，起身拉开衣柜，拿了两件衣服塞进包里，对施金诺说："一会儿我送你上学，你掩护我逃跑。"

施金诺转着小眼珠想了一下，问："我如果掩护你逃跑了，你给我什么好处？"

"还要好处？我可是给你背回来那么多好吃的呢！好了好了，大不了你一年的肯德基消费我包了！"

"呵！"施金诺往床上一倒，表示不屑，"老土！就没有一点儿有新意的？"

"你自己说！"

小胖子一骨碌又爬了起来，两眼闪闪地看着杜若茗，说："让小姨父再给我做一次炸知了猴和焖小鱼儿。"

杜若茗看着施金诺的小胖脸，抽了抽嘴角，可以拧她吗？

可以！

杜若茗伸手拧住了施金诺的小胖脸。小胖子的小嘴巴被她扯得一咧，口水竟然都流了出来。

"施金诺！你是真馋啊！"

杜若茗扯了纸巾擦手，胖诺儿抱住她的胳膊摇着又求："亲小姨，我求求你了。在你家吃过的炸知了猴和焖小鱼儿，是我吃过的最最好吃的东西，姥爷带我去五星级酒店都再没吃过那么好吃的东西。如果这辈子能让我再吃一次，死而无憾！"

施金诺认了真，杜若茗却犯了愁。

单纯的吃货无论年纪大小，一般很好收买，眼前这个爱吃又会吃的晋级版吃货，却不是那么好对付的。胖诺儿点的这两道菜，本没有多么出奇，主要是那位厨师不好请，还有，纯天然的野生知了猴和小白鲢也不好弄到了。

她遥遥记得那顿饭，是在老宅院子里那棵梧桐树荫底下吃的。

叶晋明在厨房做菜，提前腌制好的知了猴一入热油锅，肉的焦香满院子飘溢，馋得施金诺围着灶台不错眼珠地看。一盘子三十几只知了猴，是杜若茗跟叶晋明在村后小树林寻摸了大概一周的收获，还不等上桌，已经被小家伙消灭了将近一半。如果不是她小姨父担心她吃太多不好消化提前把盘子从她手里夺下，她能连盘子一块嚼了。

至于那锅焖小鱼儿，实在不敢想，想起来就扎心戳肺地疼。不是因为过去太过残忍，而是因为，跟姓叶的在一起，欢乐真多！以至于她现在回头看走过的这四年没有他的时光，哪里是在过日子，简直是在苦修。

那是六月暑夏，万般无聊的周末，他把她一提，就放在了摩托车后。

他喜欢骑摩托载着她四处走，他说喜欢听风在耳边唱歌，喜欢媳妇的小手从他腰间穿过。

被他载着出发，她从来不问去处，反正知道，他带她去的一定是最有意思的地方，即便是没有意思，有他在，淤泥地里也能开出荷花来。

那天他们去的是阳江的一条小支流，河水不宽，波光潋滟。河滩水浅处，有人拦了坝，种了一大片荷花。河堤柳树成行，蝉鸣成片。叶晋明把大黑鸟停在河堤上，在柳荫下支起折叠小桌，拿出一把瑞士军刀切西瓜。

杜若茗头顶一片荷叶坐在树荫下啃西瓜，他则脱得只剩一条平角裤头一猛子扎下去下渔网。叶晋明水性好，身材又棒，杜若茗啃着清甜的西瓜欣赏碧波美男，人间极乐啊！

等她准备啃第三块西瓜时，才发现叶晋明还没上来。

她慌了，丢了西瓜就往水边跑，边跑边大声喊着："大明！叶大明……"

她的喊声直接吓飞了水面上凫水的两只野鸭。那一刻她的脑子卡顿了，忘记自己不会水，穿着长裙就往水里扑……

"哗啦"一阵水响，一道白光一跃，她拦腰被抱住。

"小娘子，一个人多寂寞，不如去给我龙王三太子做个王妃……"

他抱着她调戏，结实的胸膛上滚着水光。她抹了一把脸上的水，抓起一团烂泥糊了那小白龙一脸："浑蛋，让你吓我，让你吓我……"

到下午他们去收网，渔网从水里拖出来，网眼儿里都是一拃多长的银色小白鲢，一挺一挺的还在跳。

叶晋明坐在小马扎上叼着烟在柳树荫底下择小鱼儿，她捏着鼻子嫌鱼腥，却又忍不住蹲在他身边看。

择着择着，他突然就择不下去了，她抱着膝盖蹲在那里安静如猫，胸前的小兔子被她挤得都快要跳出衣领了。

他居高临下，一览无余，忍不住伸手去蹭她的衣领。她拍掉他的手："你腥气！"

他叼着烟看她，眸光细碎如同河面上染金的水纹："你骚气！"

那次他们收获了一盆小白鲢，叶晋明当晚给她炖了一砂锅，剩下的冻在了冰箱。后来姐姐带着胖诺来看她，他便又做了一次铁锅焖小鱼儿。

野生的小白鲢，鱼肉是清香微甜的，加了香料大蒜提味，清甘中带着鲜香甜辣，一如那段再不复的时光。

第七章
这是我媳妇儿

01

"小姨，小姨？说话啊，到底行不行啊？"

施金诺伸手在杜若茗眼前晃，小孩子一脸的期盼和着急。

杜若茗只好敷衍："行啊！到时候小姨给你做！"

"你？"胖诺儿鄙夷的小眼神甩过来，很能摧残人的自信心，"您还是免了吧，别糟蹋了好材料。关于厨艺，我比较信任小姨父！"

协议达成，两个人开始谋划，谋划成功，兴冲冲下楼时，才发现有些不巧，杜方平回来了。施金诺被捉去上学，杜若茗则又被关在了家里。

这一下午，注定煎熬。

杜若茗靠在床头，索性把往事捋了个遍。是是非非，恩恩怨怨，四年前没闹清，现在一样想不明。

等她红着眼睛看向窗外，才发现日已西沉，房间里很暗，丢在身侧的手机安静如同一只骨灰盒，没有电话，也没有进账通知短信。

叶晋明的手机，景程公司的座机，轮着打，一律回复是"叶总正在开会，稍后会联系您"。

这个稍后，一直后到了晚上。

吴姨送上来的漂亮晚礼服被她丢到了楼下，晚饭倒是都吃了，"人是铁饭是钢"的道理她早就懂，只不过以前有人宠，耍性子不吃饭总会有人疼。现在，孤家寡人一个，自己再不顾惜一下自己，真饿坏了，她学校的那座桥，就真得一直塌下去。

吃饱了饭，她拿着手机一条一条给叶晋明发短信。如果叶晋明真没带手机，等他一开机，杜若茗骂他的短信一股脑涌出来，一个浪头就能拍死他。

任她发，任她骂，那边始终是一言不发，一条不回。再这样无望地等下去，她感觉自己要爆炸！

"小人，小人，小人，踩死你，踩死你……"

杜若茗拿着叶晋明给她买的手机下载的第一个游戏就是"踩小人"，正当她操纵着一只大脚丫狠狠踩向被她命名为"叶晋明"的小人时，施金诺悄悄溜了进来。

"小姨——"

杜若茗玩游戏正投入，没空搭理她。

小丫头把一把车钥匙往她手里一塞，笑嘻嘻地说："小姨，楼下车库里的那辆小跑，是前几天知道你要回来，姥爷特意给你买的。还是挺漂亮的。"

杜若茗怀疑这小胖子是被杜方平派来打感情牌的，她连看也不看，把车钥匙一丢，继续打她的游戏。

施金诺把钥匙捡起来，又往她手里塞："小姨，没有车，一会儿你怎么逃走呢？"

杜若茗猛地抬头看向眼前的小胖子，长时间低头打游戏，让她头晕眼花。

施金诺冲她眨眨眼："我走了。你一会儿等我的信号行事。千万别忘了答应过我的事哦！"

杜若茗老眼昏花地望着那个胖嘟嘟的背影离开，瞬间感觉此娃形象光辉高大，断定她前途不可限量！

不再玩手机，杜若茗开始收拾东西。拉开衣橱拿了两件衣服，再拉开衣橱抽屉拿了一双袜子，"咣啷"一声轻响，一把钥匙被带出来，掉在地上。

她捡起一看，心口紧了紧，随手就又丢了回去。

一切都收拾妥当，也再没心情玩手机。杜若茗专心地坐在房间里等施金诺的信号。左等右等，听着楼下餐厅里传上来的说笑声，她却又有些怀疑，不会是自己逃跑心切，会错了那小胖子的意吧！

正在焦急，叶晋明的电话却突然打了过来。一看来电显示，杜若茗瞬间斗志满满，把卧室房门一锁，按下了接听键。

没等那边说话，她憋了一天的火气立刻爆发："叶晋明！你还敢打过来？你涮了我几次了？你数学不是体育老师教的吧？为人在世，缺德事儿再一再二不能再三再四，你数不清四个数，一巴掌五根手指头也数不清啊？你就不怕游泳被浪拍，脑袋被驴踹？你没心没肺没脸没诚信，又轻又贱，你怎么还不飘起来？就你这种人，丢太阳里都嫌不环保，你还敢给我打电话？如果手机信号能传输活人，我能把你立刻薅过来，一巴掌拍死你，你信不？"

一口气骂完，杜若茗差点儿憋死，缓口气又要来，手机那头再也憋不住的爆笑突然炸开，听声音还不止一个人，笑声连成片啊！

"晋明，哈哈……真不是我，是张宇，张宇打过去的，也是他按的免提……唉，晋明，你轻点啊，我胳膊……"

接下来的惨叫声来自徐海。

一瞬间，一群乌鸦从杜若茗脑袋上呱呱飞过，不等那边再说话，她飞快地挂断了电话。丢开手机，她一下扑倒在床上，手插进头发里用力揉着。这一堆什么破事儿？什么破事儿？个顶个地出人意料到五彩斑斓啊！

等到晚上十二点多，杜若茗已经不抱任何希望，趴在床上昏睡如狗。迷迷糊糊间，手机又响，看一眼来电显示，叶晋明！

接还是不接？是看在钱的面子上，绝对是看在钱的面子上，杜若茗接了电话。

刚才睡着时，手压在了身下，此时又麻又酸，举个手机都费劲。她按下免提，被子一拉，就把自己和手机一起盖了进去。

"茗茗……"男人的声音传出来，声波窝在绵软的被子里，那份低低的性感和温存全部被严密包覆，温柔地撞击着她的耳膜。

"茗茗，说话！害羞了？是我被骂，你害羞什么？……实在不想说话接着骂我也行……你倒是给老子出点声儿啊……"

听声音显然是喝多了，他酒后手劲儿很大，想起刚才的惨叫，不知道徐海还活着没有。刚才那通痛骂，已经把她的火气消了大半，此时再听着他痞坏痞坏又温软的声音，怎么也发不起火来了。

她轻轻吸了吸鼻子，说："除了钱，我跟你无话可说。"

她终于说话，因为蒙在被子里，声音是闷闷的，那一边听起来，竟然有莫名的暖昧，像是高中那会儿，她回家过年，两个人悄悄打电话到半夜，也是这样的声音，听得他心痒。

他沉默了许久，再开口，呼吸明显粗重："杜若茗，如果手机信号能传输活人，我现在就得把你薅过来……"

他的意思，她秒懂！脸有些热，把手机拿远了一些。

她不是个不解风情的女人，只是值得让她慢慢详解风情的那个人，已经被她狠狠葬进了十八层地狱里。心里有座坟，葬着未亡人，此时那个未亡人却想勾着她去刨他的坟。

休想！

"我今天没收到拆迁款。"

她抛出了这个冷冰冰的话题。

"有些忙，忘记了。明天你回来，我给你。"

"为什么今天不给？"

"我信不过你，怕你不来……"

"嗬，你大爷的，你还信不过我了？"

"老师还骂脏话？"

"那看对谁！我跟我学生就从来不这样说。"

那边笑声很低："胸没长，拐弯骂人的本事倒是长了不少。明天上午，我让迟鹏去接你，我想好好跟你谈谈。"

"不谈。除了钱我跟你无话可谈。"

"明天你来补了签字就给钱。"

"你说话还能算点数吗？"

"算数，不算数你把我丢太阳里去。"

"呵，你脸皮都厚到八百斤，我可丢不动。"

"没有，我没那么重，你等着……"

手机那边传来一阵细碎的杂响，接着是脚步声，等杜若茗反应过来，才发现自己真的就这么脑抽地等着他去称体重。

"一百五十七斤。这体重，你还满意吗？你现在多重？"

不能坐以待撩，杜若茗伸手掐了电话。

很快，他的信息又追了过来，她忍了好一会儿，没忍住，最终做了一只窥屏鬼。

他说："上次抱你，感觉你都不到九十斤了，背着你做负重俯卧撑我都嫌你轻。"

他说："所以，你需要一个好厨子"。

他说："你觉得我怎么样"。

他说："要不，咱们去复个婚吧，春天到了……"

聊天止于此，他的信息没再过来。

这人发信息一贯不喜欢在结尾用标点符号，这一次竟然在"春天到了"后面特意加了一串省略号。

几个意思？

还能有几个意思？他那种荷尔蒙乱窜，满脑子黄色小故事的人……

杜若茗一脚把被子踢开，刚透了一口气，那人的信息又来了。

他说："刚去看了一下儿子，他睡得很乖。我刚才是想说，春天到了，又到了幼儿园组织亲子春游的季节，你想不想一起参加"。

哦，这是骗着她去给他孩子当后妈啊！这家伙说话大喘气，是故意要流氓，而她躲在被窝里窥屏，被他左右着情绪，像个大傻瓜。

她拿过手机，直接关机，断了他叮咚响的信息。

天霖别墅区的夜一向很静，她抱着一只枕头翻来覆去，却怎么也睡不着。

外面的喧闹是在凌晨一点左右起来的，她跑出去看时，杜方平已经抱着施金诺往楼下跑了。

"爸，诺诺怎么了？"

"肚子疼。你赶紧给你姐夫打电话，我现在送她去医院。"

"好好……"

杜若茗紧张到差点儿把手机摔在地上，刚要按下开机键，猛地一抬头，就看见杜方平背后伸出一只小胖手，悄悄冲她比了一个"胜利"的手势。于是，杜若茗的手硬生生停在半空中。

她觉得施金诺高考时可以填报表演专业。真的！

杜总的心肝宝贝深夜突发急病，家里乱作一团，她趁乱跑出来的过程很顺利，可是逃跑时的心情异常沉重。虽然她一直不认为杜方平是个称职的父亲，可是屡次违背家长意愿的女儿也算不得孝顺的女儿。从七岁那年杜方平把她送出家门，她跟这个家，也许就注定是背离的吧。

02

车子驶出市区，驶上高速，灯光渐少，夜空如水，星子如鱼。这是她第二次深夜驾车由南平到江城，第一次是在四年前。

四年前，杜若茗经历丧子之痛的第二天，从梁馨梅不经意落在她病床上的手机里看见了梁馨梅和叶晋明露骨的聊天记录。她才知道，那天的一次争吵之后，他三天没露面，原来是抛下怀孕七个月的妻子，跟情人幽会去了。

一瞬间，天崩地裂。梁馨梅急急忙忙返回来找手机时，被杜若茗劈脸就砸了过去："梁馨梅，你个狐狸精！"

产后的虚弱瞬间被愤怒所掩盖，杜若茗跳下病床，把梁馨梅撕了个稀烂。梁馨梅被她的同事救走，杜若茗浑身虚软，大汗淋漓地瘫倒在地上。那一刻，她感觉自己被整个世界欺骗，被整个世界嘲笑，被整个世界抛弃。

姐姐和爸爸闻讯赶来，她趴在爸爸怀里痛哭，她跟爸爸说对不起。爸爸流着眼泪拍着她的背安慰："没事了，茗茗跟爸爸回家。"

回到南平，她把自己关在卧室里一天一夜，任谁敲门都不开。一天一夜的煎熬之后，她还是选择再给叶晋明和自己一次机会。她必须见到他，无论结果如何，都必须听他亲口说出来，她才肯相信。可是，杜方平说什么也不让她再回江城。

夜里一点，她偷偷驾车离家，从南平出发，飙了三个小时到达江城，凌晨四点，敲开了叶晋蕙的家门。

她当时很冷静，没哭也没闹，走进叶晋蕙家坐下来，说："大姐，我要见叶晋明。"

叶晋蕙抱着手臂站在那里看着她，她是第一次看见叶晋蕙那样复杂的神情。她说："茗茗，你还是走吧，大明不想见你。"

她霍地站起来，一把抓住叶晋蕙的衣领，眼珠裹着水光，凶狠可怕。

"你说的都不算，让叶晋明亲口来跟我说！"

叶晋蕙掰开她的手指，转身拿出一份离婚协议给她："他不想见你，这是他托我给你的，一式两份，你签字吧！"

杜若茗抓过那份离婚协议，连看都不看，一把撕碎。

"见不到叶晋明，谁的话我都不信！"

"杜若茗！"

叶晋蕙突然给她跪下了："我求求你，求求你放过晋明，放过我们家吧！"

她最终签了字，因为叶晋蕙告诉她，这一切都是杜方平逼的。

"茗茗，我知道你爱晋明，晋明对你也有感情，可是，你爸爸不同意啊！为了那一百万，你爸爸害死了我爸妈，他心虚，害怕晋明会利用你报复他，所以才想尽办法逼晋明离开你。我们没有能力跟他硬碰硬，他如果想整垮晋明，那是分分钟的事。所以晋明才跟梁馨梅好了，他是想逼你自己离开他啊！我求求你，放过晋明吧，大姐给你磕头了……"

从叶晋蕙家出来，大暑的天气，她冷成了一坨冰，把车里的暖风开到最大，还是哆哆嗦嗦连手机都拿不住。

"爸，爸爸……"电话一拨通，她放声大哭，"爸爸，大姐的那些话，是不是真的？"

杜方平的声音冷而硬，他说："是。叶晋明一直认为他父母的死是我造成的。前段时间他找过我，明白地告诉我，说他跟你结婚就是为了折磨我，借此报复我。"

"不可能！不可能！叶晋明不是那样的人，他不是的，他爱我，他一直对我很好……"

"茗茗，那都是他装的，现在他的所作所为就是最好的证明。他的话爸爸都录了音。你现在在哪儿？爸爸去接你，我放给你听。"

"不，你现在就把音频发给我，现在！"

那段音频很短，叶晋明的声音却很清晰："杜方平，你害死了我爸妈，你欠下的血债，我找你的女儿讨回来有什么不对？有什么不对？"

神像崩塌，庙宇尽毁，杜若茗对叶晋明十四年近乎执迷的信仰，彻底毁灭。

她把车门车窗都锁死，把车里的暖风开到最大，靠在椅背上，安静地望着车窗外渐渐升起来的黎明，像是听到死神温柔的召唤……

第一次自杀，没死成，被叶晋蕙砸车救了。

接下来，叶晋明还是没有出现。在她和叶晋明共同生活过的那个家里，她蜷在床头又过了行尸走肉的两天。她在等叶晋明回来救她，他不出现，她就饿死自己。

叶晋蕙叫来开锁公司开了门，请了医生来给她输营养液，她没被饿死，第二次自杀又没死成。

两天后，叶晋明终于出现，身上还是他们吵架那天穿的那件衣服，头发油腻凌乱，胡子拉碴，眼窝青黑，人不像人，鬼不像鬼。

那是她见过的他最落魄的样子。

之前急切想问他的那些话，一瞬间竟然一句也不想问了。

她冲他一笑："我今天才发现，你真丑！像坨屎！"

他把一份离婚协议摔到她的面前，问："你要跟我离婚？"

她虚弱到连点头都费劲，看了一眼那份离婚协议，说："离！"

"好！"

就这么简单，没吵也没闹，签了协议，直接就去了民政大厅。

从民政大厅出来，他开车走了，她上了闻晓的车。

闻晓边开边哭，被她一脚踹下驾驶室："我离婚，你哭什么？"

那天她驾着闻晓新买的一辆黑色奥迪，从城南到城北，绕着当年她迎娶叶晋明的那条路又走了一圈。四面车窗大开，音响放到最大，轮胎被她磨得冒烟，满车厢都是橡胶的臭味。

风驰电掣，路两边的树木，鬼影子一般向后闪过。

她的眼睛突然扫过停在路边的一辆SUV，眼睛立刻就红了，一脚刹车，一打方向，车子尖叫着，一个漂移就掉了头。疾驰而来，右侧一别，就停在了SUV的车头前。

她下了车，打开后备厢找了找，找出一把加大号的铜制捣药槌，掂了掂，够分量，只可惜略有些短，应该不如高尔夫球杆来得痛快！

她冲着SUV走过去，抢起来冲着车头就是一顿猛砸。

车外"哐啷哐啷"暴击不断，叶晋明就那么安静地坐在车里抽烟，好像砸的是别人家的车。

他洗了澡也换了衣服。黑色的衬衫，他只有这么一件，是她和他一起去参加高中老校长葬礼时穿过的。他的脸色比先前略好一些，头发胡子却还是没有理。车窗后他那张烟雾缭绕、目光阴冷、充满颓废气息的脸，是杜若茗离开江城前的最后印象。

砸完了，她把药槌擦了擦，照样放回去，上车、打火、离去，手伸出车窗，比了一个中指。

那一天，她本来是想着把自己的小跑留给闻晓，就开着这辆车直接冲下阳江大桥的。砸了这么一通以后，突然就不想了。她得回家，家里还有奶奶在等她。

她没打算把这件晦气的事儿告诉奶奶。天下最该拆了的就是那堵不透风的墙，奶奶还是知道了。她迈着小脚就要去找叶晋明："我不信，我不信大明会做那样的事儿，我不信……"

话没说完，就一头栽倒在门槛外。急性脑出血。没有救过来。

奶奶的葬礼上，虽然叶晋明已经跟杜若茗离婚，作为同村晚辈，他也是应该有孝的，可是杜方平没让主事给叶家送孝。叶杜两家世代交好，从此以后，深仇已种。

奶奶去世那几天，杜若茗什么都吃不下，一直是靠药水吊着一口气。送殡那天，她哭到昏厥，叶晋明突然从人群中冲出来，抱起她就要送医院。杜方平的人来拦他，他一只手把她扛在肩上，一只手挥舞着为奶奶挖坟的铁锹，红着眼睛喊："都给我滚开，这是我媳妇儿，我媳妇儿……"

杜方平的十几个保镖一拥而上，夺下杜若茗，十对一，把他按在地上，拳脚交加，皮肉绽开，血色模糊。

叶姓这边的人立刻也一拥而上……

如果不是杜若薇报了警，警察及时赶到，叶杜两姓，差点儿就爆发湾儿里巷村史上最为惨烈的械斗。

这些都是后来姐姐告诉她的，她听完没有任何反应，就那么抱着被子泥雕木塑一般坐着，眼珠都没有动一下。

送走了奶奶，杜方平要带她回南平，她说想在老宅再待几天，把奶奶留下的一些东西再收拾收拾。杜方平看着那几天她的情绪渐渐稳定，可以吃饭也开始说话，就留了杜若薇陪她，自己回南平处理事情。

再接下来几天，她开始去闻晓的中医瑜伽馆练瑜伽，同时又给自己报了欧洲十日游。在她出发去旅游的那天，杜若薇也回了南平。

可是，她中途下了车，又返回了江城。世界很大，她最终想把这把瘦骨留在江城。

那天晚上，她一个人晃荡到阳江大桥，坐在桥栏上抽了一包烟，不是她买的，是之前叶晋明留下的。

她从小学习不好，不管是数理化还是政史地，怎么学也学不好。没想到抽烟这活儿竟然无师自通，从第一支开始就不辣不呛，一滴眼泪没有，一声咳嗽没有。烟气顺顺畅畅地进去，在肺叶里兜个圈再出来，再呛再辣也没感觉，烟气就这么散了。

高中时为了能跟叶晋明考入同一所大学，她也曾经拼过命。即便是学成两只熊猫眼，成绩还是渣得眯眼睛。叶晋明心疼地说，一家不需要两个学霸，她只需要快快乐乐度过高中时代就好，以后辅导孩子作业的事情都留给他。

到后来，叶叔叶婶出事，叶晋明没有参加高考。她则被杜方平逼着报考了一所艺术大学。

熬过了艰难的四年异地恋，结婚了，又怎样？终是没熬过这良辰美景奈何的天。

阳江晚风中想起这些糟心的事，杜若茗觉得很没劲。她顺顺利利地抽完那盒烟，把烟盒往阳江上一丢，舒活下筋骨就要跳下去时，突然遇到了郑祥安。

第三次自杀，成功。她死了，死在了过去。

《红楼梦》结尾写道，贾宝玉出家，光头，赤脚，一领大红猩猩毡，一片白茫茫大雪地，一僧一道引路，自此归去。

她的引路者是郑祥安，为了看那只山猫，她跟着他，一路往西再向南，颠簸了三天两夜，终于到达一座边陲小镇。

一出火车站，天蓝得她睁不开眼睛，空气清新得她头晕，她好像是醉了，醉氧。

头发油腻腻的，都是火车车厢味儿。

她问郑祥安："这里有理发店吧？"

郑祥安一笑，如三月春风拂过："你还真以为自己逃离地球了？还没出国界呢！"

在那家叫"红红美发"的小理发店里，她剪掉了留了多年的长发。

理发小妹把那枚施华洛世奇元素水晶树叶发卡摘下来给她，说："可惜了,这么漂亮的发卡以后戴不了了。"

那是叶晋明送她的两人第一次接吻七周年的纪念礼物。

她看看小妹被染得像金刚鹦鹉的头发,说:"送给你吧!我没现金付理发费!"

小妹被吓到:"姐姐,这个牌子我认得,好贵的嘞!"

杜若茗在那面苍蝇屎斑驳的镜子里左右照了照自己的短发,笑着说:"头发这么短了,对我来说再贵也没有用了。"

是的,不适合了,再贵也没有用了!

以前刻意想记住的东西很多,现在想来,都是垃圾,傻子才舍不得忘记!

03

春天将来未来,黎明将启未启,杜若茗驾车到达江城,正是一天之中最为寒冷黑暗的时间。

一下高速,她找了个安静的路段把车子靠边停了,等着天亮。想到来之前装进包里的那把钥匙,她不由得伸手拿出来,打开车顶灯,把玩了一会儿。这是他和叶晋明结婚后一起住过的那套房子的钥匙,四年前被她落在南平了,这次收拾东西时才发现。

银色的金属,握在手里有些凉,也有些硌。

听美娜说,叶晋明早就不在那里住了。想来房子应该已经易主,她竟然还留有旧房门上的钥匙……

"笃——笃——"

车窗突然被敲响,杜若茗关了车顶灯向窗外望去,夜太黑,只模糊看见一个人影,像是个男人。

她小心地把车窗落下一条缝隙,有浓重的酒气伴着夜凉扑进来。

"妹妹,西华路怎么走啊?"

原来是个问路的。

"直行右转。"

杜若茗刚要升起车窗,半边手掌突然扒住了玻璃:"妹妹,妹妹,我不认路啊,你带带我……"

杜若茗直接用那把钥匙的尖端戳了那只熊爪,趁着他往后一缩,她

明明
赖上你

一脚油门冲了出去。

深夜遇到骚扰，倒没有多么害怕，只是胸口有些堵，恶心的感觉。等她停下车子，才发现已经到了上城小区门口，就是她和叶晋明结婚后住的那个小区。

她不由得一笑，惯性真是害人，总是不知不觉中就把你引到过去。

老社区，安保做得一般，小区大门口没有路障也没有保安室，她轻轻一打方向，车子就进了小区。

行驶到七栋二单元门口，才发现车位上停着一辆黑色的车子，天太黑，辨不清车型。她把车子慢慢倒出来，找了一个不碍事的地儿停下，看看时间，四点三十分，距离天亮不远了。

这个季节，室外气温还是挺低的，她的车里开了暖风。有些累，想眯一会儿。

杜若茗把靠近里侧的车窗卸下了一条巴掌宽的缝，保证车内外空气可以流通，就抱着胳膊靠在车座上打盹。

刚睡着，就听见有人叫她："茗茗，茗茗……"

很温柔很熟悉的声音，她睁开眼睛，就看见奶奶正慈爱地望着她："茗茗，怎么在这里睡？要着凉的！"

身上一软，像是有毯子之类的东西盖在了身上，柔软而温暖。

"奶奶……"

杜若茗猛地一惊，突然睁眼，"啊"的一声叫，就把怀里一团温软的东西抛了出去。

"喵——"一声细软无辜的叫，一道黄白的影子从车窗那条缝里钻了出去，一跳落在车侧的矮墙上，再一跳，就向七栋院里跑去了。

杜若茗惊魂未定，借着小区里的路灯却也大概看清了，小家伙黄棕色的身体，却生着洁白的四足。

"是小蘑菇！"杜若茗一惊，又一喜，是她以前养的那只被她叫作小蘑菇的猫。

小蘑菇应该是闻到了她的气味，所以才攀着车窗进来偎进她的怀里的，没想到却被她无意间吓到了。

杜若茗下车追了过去，小蘑菇的一团浅色身影在二单元门口一闪就不见了。她追到楼道门口，单元门是坏掉的，推门而入，一直追到四楼

122

401 的门口才停住了脚步。

楼道里的声控灯，光线昏黄，照着 401 的防盗门。

房子没有易主吗？怎么一切都好像还是以前的样子？门上方贴着的那一对娃娃已经好多年了，怎么还没有撕掉？那是她和叶晋明结婚后的第一个春节，叶晋蕙特意给他们贴上的，寓意"早生贵子，儿女双全"。

没找到小蘑菇，却又遇见了这么一扇关闭着所有记忆的门。

杜若茗心情不好，默默地转身要走，手插进衣兜，指尖触到了那个硬硬的凉凉的东西，是那把钥匙。

曾经开启她每一天幸福的钥匙。

她突然握紧了钥匙，转身回到门前，一插，一拧，门开了……

杜若茗一下就愣在那里，她没想到会是这样。如果知道这把钥匙还能打开这把锁，她绝对不会去试。

就在她想要拔出钥匙，悄悄离开时，房门突然被人从里面拉开，叶晋明睡眼惺忪地出现在门后……

她的心"怦"了一下，然后就吊在了那里，不上不下，卡顿了。在那几秒钟里，两个人都是安静的，是因为谁都没想到会在此时此地看见此人。

"对，对不起，是小蘑菇……"

她转身要跑，身子一轻，不待她喊出一个字，房门"嘭"的一声响，她已经被他抱进了房间。

"茗茗……"

他抱她进来，双臂抵在墙上，把她困在他和墙壁之间，她听得到他激烈的心跳。

叶晋明闭着眼睛低声叫她的名字："茗茗，这一定又是梦，我一睁眼，你就又会不见……"

杜若茗心想这次玩大了，别说叶晋明，连她自己都觉得这真像个荒唐的梦，哪有大半夜拿着钥匙捅人家锁眼儿玩的？

她背靠着墙壁，弯下膝盖，悄悄地往下溜，他高她矮，在他意识不清时逃脱他的"壁咚"其实很容易。

溜下来，头一歪，她就从他的臂弯里出来，两步跑到门边，手刚握住门把手，腰一紧，再次被他抱住。

"茗茗，别走……"

他身上还有酒气，她想起上半夜两个人通电话时，他是喝了酒的。半睡半醉之间的男人，危险性不啻草原上的大型肉食动物。

他抱起她就往卧室走，她急得大叫："救……"

他一低头，唇舌霸道入侵，她的"命"便被他吞进了肚子。

她拼力挣扎，没头没脸地打他、撕他，他如同一块历经万年风吹雨淋的石头，坚硬执着，岿然不动。

"叶晋明，你放开我，你放开我！这不是梦，是真的！你再碰我，我告你强奸……"

他一脚踢开了卧室的门："告吧，老子认栽！"

这个人疯了，不讲道理！

杜若茗手扒住卧室门框，头一低，使劲儿向他下巴顶去，同时伸手去抓他的眼睛。叶晋明眼前一黑，脚下一绊，两个人同时跌倒在地。在她落地之前，他长臂一捞，身体一侧，充当了肉垫，她砸在他的身上，没摔疼。

杜若茗翻身而起，向着门口，简直是连滚带爬。

叶晋明没放过，一下扑过来压住了她。

感觉他在她身上放火，她急得大骂："浑蛋，放手……"

他埋首亲她脸侧，气息滚烫："想我没有？"

她把脸一侧："想！想你死！"

"好！一起死。"

他抱起她丢在床上，她被摔得一弹，随后被他压住。

床垫柔软而弹力十足，是当年他们转遍江城所有家具城才选好的，他不怕摔疼她。如果真能给她一点儿疼痛也行，好让她知道这几年他等她等得有多疼。

杜若茗是老虎，在叶晋明面前也只是小老虎，他的块头摆在那里，硬碰硬的话，力量优劣一眼可辨。

他一只手按住她，一只手去扯自己身上的衣服。

杜若茗不再挣扎，躺在他身下，目光清冷："你真想要？"

他扯下了衣服，肌肉匀称的胸膛在窗外透进来的一点儿晨曦里裹着光。他捉住她的手就咬："晚上跟你打电话时就想了，那天在工地时就想了，你在江城一出现就想了……"

她抵住他的胸膛："有安全套吗？"

"你例假刚过，安全期……"

"叶晋明……"

他俯身而下，不再给她说话的机会。他的舌头是软的，软得像天边的云，霸道的积雨云。

在他完整拥有她的那一刻，她所有的防备瞬间剥落，手臂攀上他紧实的肩膀，指甲掐进肉里。

她苦修四年，却终抵不过他的一朝蛮力。

从黎明到清晨，他们在欲望的海里浮浮沉沉，妄图一夜捞回四年浪费的光阴。

窗外天色大亮，不知道是几点。他结实的手臂紧紧箍住她，唯恐稍一松手她就会飞走。其实，她这会儿根本没有逃跑的力气。

他在她耳边说："茗茗，我们今天就去复婚！"

他闭着眼睛，声音慵懒性感，语调却是笃定的，不像呓语。

杜若茗推开他，起身就要去穿衣服。他拉住她的胳膊一扯，她再次撞进他的怀里。

"杜若茗，我们今天去复婚！"

她一笑，手指在他胸前绕着圈圈："叶总，都是成年人，一夜情嘛，玩不起吗？"

他握住她的肩，倏地离开她一点儿，想看清她脸上此刻的表情："杜若茗，你说什么？你把我当什么？"

杜若茗反而向他靠去，离他更近一些，摸着他胸前的肌肉块，调笑着："老相识！旧情人！鸭！你喜欢哪个？"

他一把擒住了她的手，很用力，攥得她很疼："你敢再给老子说一遍？"

"前两个任选吧，鸭还得付钱，我穷……"

他一下捏住了她的下巴，勾勾嘴角："杜若茗，昨晚在我身下时，你嘴巴可没有这么毒！"

杜若茗甩开他，转过身来，手枕着脸，看着他笑："你不要多想，我说话就这样。不过，你的身材确实比他们都棒。只可惜，技术逊了点……"

叶晋明伸手就卡住了她的脖子，咬牙切齿："杜若茗，你再敢说？"

她的脸被他卡得向上扬起，他没有用全力，否则她就没有机会再吐毒箭伤他。

"喀喀，还有事情提醒你，你知道，我待的地方，偏远地带，喀喀，很多人吸毒又贩毒，艾滋也很常见。我贱命一条，你就不同了，又是情妇又是孩子，还是去检查一下比较好……"

"啪——"他一掌甩在她的脸上，力度不大，却打得她的脸侧向一边，碎发盖住了她的眼睛。

04

平生第一次打她。打过之后，那只手掌就木木的，不像是自己的。

以前，她那样闹那样作，甚至把孩子丢在医院自己跑了，他都不舍得动她一下，可是，他忍不了她的自轻自贱。

杜若茗吹一下挡住眼睛的头发，冰凉的目光锁住他，笑意如水慢慢浮上来："恼什么？我提醒你戴套了，是你自己不想。"

叶晋明捏一捏发木的手掌，阴着脸起身进了浴室。

杜若茗靠着床头坐起来，摸起床头柜上的烟抽出一支，还是以前那个牌子，这个人死性不改可不仅仅表现在这一点。

她突然又不想抽了，丢回去，裹着床单去了另一间浴室。

浴镜前，整齐摆放着一对牙杯，干净透明，玻璃质，杯身有桃心的花纹，是他们结婚时，她亲手挑选的。

刺心碍眼的东西！

她拎起来丢进浴柜里，找了一只纸杯接满水，撕开一只新牙刷，牙齿还没刷完，外面突然传来防盗门大力关闭的声音。杜若茗肩膀跟着心头一颤，看着镜子里的自己，满嘴泡沫，眼神冷漠，被打的脸颊没有印上他的掌印，两颊却浮着欢爱满足后的淡粉。

她举起一杯水就泼向了镜子里的自己。

衣服被他扯破，已经不能再穿。裹着浴巾回到卧室，拉开衣柜，竟然还跟以前一样，满满当当都是她的衣服。

随手拎出一条牛仔裤，一件针织衫，淡淡的洗衣液的香味儿，没有陈年压箱底的旧味儿。

"叶晋明，你浑蛋！"她恨恨骂了一句，抱住衣服哭了起来。

杜若茗出门下楼，才发现已是中午，找了间小店吃了午饭就去了景程公司。她没找叶晋明，也没找徐海，直接去财务补了那个漏签的字。

签完字以后她才给徐海打电话，还是拜托他拆迁款的事。等她到了楼下，徐海也追了下来："若茗，怎么这么急就走？"

杜若茗手扶着车窗笑："怎么，终于想起要请你老大吃饭了？"

"请，必须请啊！美娜一直念叨我呢，说上次你走，我都没告诉她一声。"

两个人正说着话，一辆黑色宾利驶了进来。车门一开，叶晋明从驾驶室出来，向他们这边扫了一眼，随后几步走到副驾驶座边，拉开车门，很绅士地用手遮住车门框，迎下一位四十岁左右，保养极好的女人。

嗬，殷勤备至！

杜若茗问徐海："那女人是谁？"

徐海顺着她的视线望过去："哦，是彭组长，我爸爸同学的妹妹。估计他们是刚从工地回来。"

"彭组长？他们去工地干什么？"

徐海说："你还不知道吧？李士侠把举报信捅到了省里，上面特意派了调查组来查湾儿里巷改造工程。"

杜若茗心惊："问题大吗？"

"没事。就是停工几天接受调查，等调查结束便可以重新开工了。"

"你们不怕调查吧？"

徐海一笑："放心吧！晋明和我都不做违法的事。我们倒是盼着调查组早点儿来呢，等都查清楚了，李士侠就闹腾不起来了。"

午后阳光晴好，叶晋明正跟那位彭组长站在那里说话，他身形高大，气度非凡，是个女人都想多看两眼。那位徐娘半老的彭组长一双眼睛落在他的脸上，就没离开过。

杜若茗悻悻地移开眼，又问："李士侠一个地痞流氓，怎么有这么大本事？竟然惊动了省里？"

徐海一想，叶晋明不让，他也不好多说，只得叹了口气，说："人为财死，鸟为食亡，就为了多讹点拆迁费呗！"

徐海说着，看见叶晋明领着彭组长他们就要往公司里面走，连忙又说："若茗，我得走了。这次多亏是彭组长来，事情才好办了很多。我先去打个招呼。"

"好，你忙！我去找闻晓。"

杜若茗的炫紫色小跑车绕过叶晋明的宾利，驶出了景程公司。叶晋明扫了她的车牌一眼，带着彭组长一行人上了楼。

晚上九点，金山人家酒家，那辆炫紫色小跑停在马路对面的树影下，杜若茗架着相机已经蹲守了两个多小时。傍晚六点二十分，叶晋明陪着那位彭组长，还有老爷子他们进去，到现在都还没有出来。

她已经喝了两罐红牛，困意还是一阵阵袭上来。

昨晚基本上没怎么合眼，后来又被叶晋明折腾，铁打的人都要撑不住了。

等车窗被敲响时，她的头"咚"的一声撞到方向盘上，怀里的相机摔到了脚下。杜若茗擦擦嘴角的口水，迷迷瞪瞪中看见了车窗外那张乍一眼如男神、再一眼想揍扁的脸。

她落下车窗，叶晋明弯腰趴在她车上，一口烟喷了她一脸："都拍到什么了？"

杜若茗瞟他一眼，捡起相机检查，淡淡地说："罪证！"

叶晋明伸手就要来拿，杜若茗一躲，把相机收了起来。

他捻捻手指，再喷出一团烟气，眼带笑意："就不怕我灭口？"

她一笑："好啊！这笔拆迁费不少，雇了杀手估计还能剩点。"

他拍拍她的肩："记得把我拍帅点！"

杜若茗不理他，一边从储物盒里拿烟，一边说："字我补了。如果明天我还收不到款，今晚拍到的这些就都会成为你贿赂调查组的证据。到时候，不仅是你，还有老爷子和那位半老徐娘彭组长，都得好好解释解释了。"

叶晋明手撑着她的车门，笑得直咳嗽："哦哦，我好害怕！"

杜若茗低头点烟，打火机却被他抢去，一扬手向路边垃圾桶丢去，"当啷"一声轻响，命中！

她嘴里衔着烟，手还保持着刚才点火的姿势，直接开骂："你神经病吧！"

他伸手又摘下她唇上的烟，食指一撩，抿一下她耳边的头发，把烟夹在了她的耳朵上："夹着，别吸……"

她一把抓下来，向着他的脸丢去："滚！"

他往后一躲，伸手把那支烟捞住，夹在了自己的耳朵上："别浪费啊！"

杜若茗驾车要走，叶晋明松开她的车门，临走说了一句："我今晚陪老爷子打麻将，不回上城那边，你去喂喂小蘑菇。笨人养的笨猫，连只老鼠都抓不到。"

他说的老爷子就是徐海的爸爸，这次多亏了老爷子，他理该去孝敬孝敬。

杜若茗本不想搭理叶晋明，可是想起可怜的小蘑菇，心里却又不忍。方向盘一打，她先去超市买了一堆猫粮，然后就去了上城。

小蘑菇真的是在挨饿，一看见她，就围着她的腿打转。

她蹲在阳台上，一边看小蘑菇吃饭，一边举着一块面包啃。一块面包还没啃完，就听到门口有声音，是拿钥匙开门的声音。

杜若茗迅速冲到门边，直接把房门反锁了。

她看着小蘑菇继续啃面包，门外开始敲了："茗茗，是我，开门。"

杜若茗冷笑，就因为知道是你，所以才不开的。

门外继续敲："茗茗，听话，开门！"

"外面很冷的，你想冻死你老公吗？"

杜若茗啃完面包又烧开一壶水，那厮竟然还在执着："茗茗，你真想让我在门外睡一宿啊？"

"茗茗，你吃饭了吗？我给你带了好吃的，再不开门就凉了……"

……

"哟，这不是小叶吗？怎么不进屋呢？"

门外另一个声音一响，杜若茗的耳朵立刻竖了起来。

"哦，张大妈，我钥匙忘带了。"是叶晋明的声音。

"哎哟，这可不好，还喝这么多酒，要冻坏的。"

"没事大妈，我抗冻。我媳妇在里面呢，她一会儿就来给我开门。"

"竟说瞎话！你那傻媳妇都跑多少年了！来大妈家吧，大妈让静静给你熬碗醒酒汤喝。"

静静？就是对门张大妈家那个三十好几还没嫁人的老姑娘？

别的事儿杜若茗可以不记，当年那老姑娘每次看叶晋明时欲言又止含情脉脉的眼神她可是终生难忘啊！没再多想，她一把拉开了房门，放眼一看，哪有什么张大妈，分明就是一个醉鬼在那里自编自演。

杜若茗大梦突醒，再去关门已经来不及了，那厮把她往里一推，一步就挤了进来，一脚就踢上了房门。

"我就知道媳妇儿不会不心疼我的！"

叶晋明一身酒气，一弯腰把她打横抱起往房间里走。

"叶晋明你无耻！"

他抱着她，往沙发里一倒，按住她的手，逼近了威胁："不想我更无耻，就别闹……"

她真不敢再闹，只恨恨地瞪着他。

叶晋明得意一笑，抱起她放在膝头。

"怕你一个人害怕，提前回来陪你，还不领情？又不说话了！瞧这小嘴儿噘的……"

他伸手捏她的嘴，她一晃，躲过他："小蘑菇喂饱了，我得回酒店了。"

他捏她的腰："有家不住，去住什么酒店？钱多烧的？"

她推他："我钱不多。拆迁款你还没给呢。"

"又提这事？我还能赖媳妇儿的账？"

说着，他伸手摸了摸她的脸颊，眼圈突然就红了，声音也跟着哑："还疼吗？"

杜若茗脸一侧，躲开他的手："我回酒店了。签字我补了，明天记得把款给我。否则，你知道后果。"

她又要起身，叶晋明轻轻一笑，抱住了，说："我怎么听着这话里这么大醋味呢？"

杜若茗白他："自作多情！"

她掰他的手，想下来，她一动，他的大手又开始不老实，杜若茗按住他的手，冷笑："你是记性不好还是心太大？不怕了？"

叶晋明手上力度加大，呼吸也重，在她耳边一边亲一边说："命都是你的，怕什么？"

叶晋明翻身把她放在沙发上，举起她的腿架在自己的肩头，衣服扒下了半边，看着她侧向一边的小脸，又停止了动作："不想？"

　　杜若茗冷脸冷眼，侧着脸不理他。

　　他伸手摸她的脸颊："还疼？那你打我……"

　　他捉住她的小手就往脸上打。杜若茗抽回手，冷冷推开他，整理好衣服起身就走。

　　叶晋明拉住她："我走。你今晚就住这里，一个人住酒店不安全。"

　　他起身向门外走，喝得真不少，脚步都有些踉跄。

　　终是不忍。何况这里又是他的家。

　　"你睡主卧吧。我睡次卧。"

　　杜若茗说完就去了次卧。不久，她听到浴室水响，他没走，在洗澡。

　　这里虽然多年没住人，可是床单被罩都是香喷喷的，应该是一直有人打理。薰衣草的香一直是她喜欢的，闻着这熟悉的气味，她一觉睡到半夜，迷迷糊糊起夜去卫生间，又迷迷糊糊地摸回卧室。

　　刚躺下就觉得有点儿不对劲，身边怎么热乎乎的，再伸手一摸，韧性十足，Q弹有力。

　　是酱牛肉吗？咬一口试试……

　　这一口的代价是让她第二天快正午还起不来床。等她伸个懒腰慢慢睁开眼，突然发现眼前一双亮晶晶的狼眼赛过窗外的大太阳。

　　她猛地往后一退，才看清叶晋明蹲在床头，正色眯眯地看着她，像大灰狼正在欣赏自己的猎物。

　　他笑得很傻："茗茗，你真好看！"

　　她一颗老心，被撩得活蹦乱跳，脸红了一下，低声说："你出去，我要穿衣服。"

　　他好笑："还有哪儿是我没见过的？嗯？"

　　她拿枕头砸他，他接住了，给她放好。

　　"怎么提起裤子就不认人呢？昨晚可是你自己上了我的床……"

　　"别说！"她举着枕头又砸，"乘人之危！小人！"

　　"谁乘谁的危？我喝醉了，你可是明白清醒的！"

　　"我，我不是睡迷糊了吗？"

　　这嘴斗得，心情极好，叶晋明来拉她："那就起来吧！先别吃东西，今天上午我们先去做个婚前体检。"

她眸光一冷，语气跟着也冷："怎么了，现在才怕？"

他不喜欢她这浑身长刺的毛病，却极喜欢给她拔刺。

他弹一下她的小脑瓜："你不查就不查，我查。我得告诉你，无论你什么样，我还是以前的我。"

杜若茗白他："说得好像谁不是似的。"

这话，让叶晋明更加舒爽，他拎起她，就来帮她穿衣服。

"麻利点，查完直接吃午饭了！"

上衣从她脑袋上套下，她一双水汪汪的大眼睛不敢看他，低头嗫嚅着："能不能，改天？"

"怎么？你上午有事儿？"

她咬唇，低头。

叶晋明突然明白，宠溺一笑："改天就改天。"

第八章
不带这样欺负人的！

01

不去体检，无须空腹，叶晋明先带杜若茗去吃饭。

一出门，杜若茗看了一眼对门，想起昨晚大灰狼骗小兔子开门时的情景，不由得问道："你冒充张大妈，她怎么也没出来骂你？"

叶晋明边锁门边说："张大妈搬走了，去帮忙照看外孙了。"

杜若茗惊讶："那个静静结婚了？"

"结了。上次碰见张大妈来给老邻居送喜蛋，第二胎都满月了。"

"第二胎？"

杜若茗惊讶，看来静静是真遇见真命天子了，短短四年，俩娃都造出来了。

他望着她，眉眼都温柔："所以，我们什么时候生二胎？"

杜若茗神色一沉，挣脱他的手："叶总又开玩笑！"

到了楼下，叶晋明去取车，杜若茗想着他的话，看着他西服外套下劲窄的腰，又想起昨晚的疯狂，突然特别别扭。

心情一下子就不好了。

等她上了他的车，她问："有烟吗？"

他发动车子："别抽了，天天不喜欢烟味儿。"

杜若茗淡淡一笑："没关系，我不喜欢天天。"

叶晋明一怔，扭头看向她，握着方向盘的手指发紧："为什么？"

她淡淡一笑:"因为是你的儿子啊。"

叶晋明扭过头去,嘴唇动了动,说出的却是:"想吃什么?"

"想抽烟!"

叶晋明没理她,把车子从车位倒出来,一打方向驶出小区。

路况不是很好,车子一直没怎么跑起来。杜若茗扭着头,半俯着身子在窗边,看着外面的街景,只留给叶晋明一片岑毛的后脑勺。

叶晋明时不时地看看她,神情复杂,心情更复杂。

一路无话,车子在一家餐厅门前停下。

杜若茗抬头看餐厅的招牌:素食主义。

他在迁就她。餐厅装修很好,处处透露田园信息。他们一进来,就被服务员领进了叶晋明提前订好的包间。房间里缓慢流淌的禅意音乐很好听,餐厅做的各种各样的豆腐和菌类也很好吃。

一款菌菇汤上来时,叶晋明不由得说了一句:"这道汤很好,天天也喜欢。"一提起孩子,他语气目光都温柔,疼爱之情溢于言表。想必那孩子也是一个被他宠得嘴巴刁刁的小人儿!

叶晋明是这样的人,他真心喜欢的,绝对会用全心去呵护。

杜若茗想,如果她的孩子不死,是不是也会被他这样温柔地说一句"这道汤很好,宝宝也喜欢"?

叶晋明盛了一碗汤给她,她接过来,尝了一口,鲜美嫩滑,很好喝。

她说:"我们那里这样的菌子很多,一场雨后,漫山遍野都是。学生们经常采来送给我做汤,吃不完的就晒干了收起来。学校有一群会采蘑菇的小姑娘,其中就数小凤妹最能干,能辨清山里所有蘑菇的种类,那次……"

她喉咙一哽,没再说下去,低头盯着碗里的汤,眼圈有些红。

叶晋明还在等着听:"那学生怎么了?"

杜若茗沉默了一会儿才继续说:"就在木桥断掉的那几天,小凤妹背着弟弟一起来上学,蹚水过河时,突然滑倒。河水本来不深,可是因为弟弟和书包都压在她背上,她挣扎了几下没起来,一口水就,呛死了。"

"所以,你才这么着急回去把桥建起来?"

她点头:"雨季就快到了。孩子们现在还可以蹚水过河,雨季一到,河水凶起来,蹚水就过不来了。所以,我急需那笔钱。"

她看着他，大眼睛里带几分埋怨，更多却是恳求。

叶晋明拿餐巾沾沾嘴角，看着她问："然后呢？你把桥建起来，就回来吗？"

杜若茗垂下眼睫，语气冷淡："叶晋明，我们已经不合适了……"

"不合适吗？从昨晚的默契来看，我们一直很合适。"

杜若茗大大方方迎住他色色的目光，淡淡一笑："玩嘛，当然要投入一些才玩得爽。我们都不吃亏，你不是也爽到了？"

叶晋明脸色一沉，薄唇抿紧，目光咄咄锁住她，眼见是在努力压制心里的火。

杜若茗看他一眼，若无其事地低头喝汤，手机突然响了，是施以行。

杜若茗接电话回来，对叶晋明说："今天下午就把拆迁款给我吧！"

他没接她的话，看着她坐下来，说："杜若茗，你告诉我，那年你早产生孩子时我没在，大姐是怎么跟你说的？"

她淡淡地道："大姐说你跟梁馨梅在一起，没空管我。"

叶晋明冷冷一笑："你信了？"

杜若茗摊摊手："那你告诉我，那几天，你去了哪里？"

叶晋明身体向后靠在椅背上，手指摩挲着瓷质细腻的青色筷托，说："南平。"

"去干什么？"

他垂着眸沉默。

"说啊！去南平干什么？"

他一抬眸，眸光清寒："杜方平没有告诉你吗？"

"跟我爸爸又有什么关系？"

他一笑："也对，不光彩的事，没人问，谁会好意思主动说？"

"那你自己说，你在南平一待好几天，到底去干什么了？"

他执起筷子，给她夹了一箸菜放进餐碟里，说："比较狗血，本不想告诉你。是这样，你爸爸插手我的生意，背后摆我，我打了他，他找人把我弄进了派出所。三天后我出来，你却甩给我一纸离婚协议。"

杜若茗推开餐碟，抱臂一笑："还真是狗血！"

叶晋明无奈："知道你不信。"

杜若茗冷冷起身："好了。吃饱了吗？吃饱了赶紧去给我取钱，我赶时间。"

叶晋明痞痞一笑："怎么说变脸就变脸？刚才不还说好去复婚的吗？"

"复你个头！不是为了钱，谁会有心情哄你玩？"

他按住了她的肩膀："杜若茗，你要我？"

杜若茗心中火大："你不也在要我吗？"

叶晋明火起，手机铃声突然响起。他看了一眼来电显示，走回自己的位置，看着手机犹豫着接不接，那铃声却自己断掉了。

他握住手机，手臂放在桌子上，身体微微向前倾，看着她，问得很郑重："杜若茗，如果我们的孩子还活着，你会不会跟我复婚？"

她回答干脆，连思考都没有，脱口而出："不会！"

"为什么？"

她看着他："那我来帮您把这个假设延伸一下。假设我们的孩子还活着，如果孩子判给了我，我宁愿告诉他，他爸爸是外星人，也不会让他知道他有你这号爹。如果孩子判给了你，你放心，毁天灭地我也得把他抢回来。跟着你这样的爹，迟早也是个小浑蛋。"

叶晋明脸色一沉，来不及发火，手机铃声又起。他站起来要去外面接听，杜若茗起身拦住："没给钱之前，你哪儿也不能去。"

他没耍横，沉着脸转身到窗边接。

杜若茗听不清对方说什么，也无意去听，只听他简单交代："回去吧，不用过来了。对，哄他看会儿动画片，我一会儿就回去。"

他挂断手机走过来，挽起外套，对她说："今天下午我的安排只有一个，跟你去复婚。如果你还没想好，那就等你想好了再说。"

他迈步到门边，她拦住不肯放行："叶晋明！别给脸不要脸！我的忍耐是有限度的，非得闹到法院才好看吗？"

他坏坏一笑，勾起手指在她的脸上一刮："你什么时候都好看，在床上时尤其好看。"

杜若茗劈手打了过去，却被他反手捏住了手腕，一把拉进了怀里："我就喜欢你这股子辣劲儿，今晚我也有时间……"

她抬膝向他顶去，被他一退躲开。

杜若茗伸手把一旁小桌上的花瓶捞过来，往墙上一磕，瓶身碎掉，握住瓶柄指向了他："叶晋明，你再敢碰我！"

叶晋明一怔又一笑，拍着自己的胸口："来，杜若茗，有种往这儿扎！只要你敢扎，拆迁费，我双倍给你！"

杜若茗咬牙，掉转瓶柄，冲着她自己扎了下去。叶晋明一惊，伸手去挡，参差不齐的锋口直接扎在了他的手上。他骂了一声，鲜红的液体从他指缝间流出来。杜若茗手一松，凶器被他握在手里，直接丢进了身后垃圾箱。

他骂她："多大了？啊？还玩自残？傻啊！"

他也不管自己的伤口，粗暴地拉起她的手去看，确认她的手没有划到，才转身抽了一团纸巾去压自己的伤口。

"傻了啊？带我去包扎啊！"

两个人出了餐厅，杜若茗才感觉自己的指尖发凉，脚步发飘，一步步像是踩在棉花上。

叶晋明看看她，把身体向她一靠，她条件反射般向后一退。

"躲什么？拿钥匙啊，白痴！"

眼看那团纸巾在他手里变成红色，杜若茗急急忙忙伸手进他衣袋摸车钥匙，却又被骂："左侧裤子口袋里啊，小白痴！"

她伸手进他裤子口袋掏摸，摸了几下，裤兜都被她牵出来："没有！"

感觉到她的小手紧贴着他的大腿忙乱，叶晋明心底阴暗，声音沉沉："右侧！"

她又伸手进右边，掏摸了一阵，抬眼望他："还是没有！"

"哦，那就是在上衣口袋里了！"

杜若茗这时候才发觉他是在玩她，气得抬腿就踢："神经病啊你！"

"哎哟！我好歹也是伤员，你就不能轻点！"

02

找了最近的一家诊所，叶晋明在里面包扎，杜若茗出来，坐在外面的椅子上等。

春末，气温高低起伏，感冒流行，外面大厅里输液的人很多，杜若茗看着那一只只白色的药袋，再一次想起施以行刚才打给她的那个电话。

施以行说检验结果出来了，那两瓶中成药里都含有不应该存在的成分。药瓶上检出两份指纹，一份和矿泉水瓶上叶晋明的指纹吻合，另一份，不明。

杜若茗把施以行告诉她的那个很拗口的药物名称输入手机，点击搜索：抗精神病药物，大剂量服用会引发严重的抑郁症。

杜若茗牙齿发冷。四年前她就抑郁过，生完孩子的那段时间，几次寻死。现在又是谁这么希望她能再次抑郁呢？

诊室的门开了，叶晋明出来，手包得像只熊掌。

他冲她举了举那只熊掌："你得负责！"

"医药费我出了。"

"误工费呢？"

"什么误工费？"

他又冲她举了举熊掌："我车都开不了了，得耽误多少事儿？"

"你不是有司机吗？"

"泡妞还是自己开车比较好吧！"

"憋着！"

他跟上她："憋不了！你得给我做几天司机。"

"我欠你啊？"

他又举熊掌："是啊！"

她继续走："吃饱撑的！我让你挡了吗？"

"我不挡，救世主死了，你们学校那破桥可就没人修了。"

杜若茗停住脚步："我给你当几天司机也行，先把拆迁款给我。"

叶晋明脚步一顿，刚要转身，杜若茗一把抓住了他的裤腰："往哪儿跑？"

"茗茗，茗茗，大庭广众的，这么急，不好。"

抓的位置是有些尴尬，可是，他那么高，直接锁喉有点儿难度，腰带的位置对她来说正好。

杜若茗拖着他往外拉："给我取钱去！"

"宝贝儿，轻点，我裤子掉了。"

塞他上车，杜若茗一路超车，找最近的银行停下，车还没停稳，那厮推门下车，眨眼就不见了踪影。

杜若茗追下来，四下张望，便看见那厮正站在马路对面，斜披着外套，靠在一棵树上吸着烟看她。

她拔腿要追，前方信号灯交替，一队车龙拦住了她。

管不了太多，她想逆灯而行，一面小旗儿一伸，礼貌负责的交通协警瞬间拦住了她："这位同女士，请线外等候！"

那厮隔着一条马路看她蹦跶得像只猴子，吐一口烟圈，贴唇给她一个飞吻，然后弯腰坐进了一辆出租车。

悻悻地回到银行门口，杜若茗气得冲着那辆大越野的车门就是一脚。

"浑蛋！臭流氓！死骗子！"

"砰砰"踢了几脚，杜若茗气没出多少，突然发现，嗯？这车成色挺新嘛！

半个小时后，江城二手车市场汇成名车店门口，杜若茗从车上跳下来，抬头看一眼那招眼的门牌，多年不见，店面倒是真气派了。多年以前这是她跟叶晋明最喜欢来的地方，那时候这里还只是鼓捣二手摩托的小铺子。

一位梳着莫西干油头的小哥满面笑容地迎了出来："美女您好！请问是买车还是卖车？"

杜若茗拍了拍越野车的前引擎盖："请店里师傅给估个价，着急用钱，合适就出了。"

小哥看一眼那辆威武雄壮的奔驰大越野，一张脸简直笑成一朵花。

"好的好的，您先里面坐，我立刻请师傅过来帮您鉴定！"

小哥去请师傅了，杜若茗坐在接待室喝茶。又是冰糖菊花，江城白菊大丰收吗？

她正喝着，落地玻璃窗外，一位穿着工装、头发花白的男人提着工具箱经过。

"咦，这人有些面熟，好像在哪里见过……"

等杜若茗起身再看，那人却已经不见了。

又半个小时后，杜若茗坐在锦江派出所录口供，心情相当郁闷。

寨子里的神婆在年初算她今年时运不好，让她买她的符水喝，她当时很不屑，现在却是万般后悔，早知道应该花十块钱买一剂喝喝的。

唉，果真是诸事不顺啊！

其实，她在端起那杯冰糖菊花茶时就隐隐地预感到事情有些不对了，只怪江城的警察叔叔出警太迅速，她还没反应过来，他们就已经进店了。

杜若茗被审到下午五点多，徐海才来捞她。

偷盗车辆罪不算小，可是如果车主不予追究，警察也不会多管闲事。

一出派出所的门，徐海就憋不住了，笑得跟个什么似的。

"我说，江城二手车市场那么大，上百家门店，老杜你怎么就瞅准了汇成呢？"

杜若茗凉飕飕飞过去一记白眼，徐海憋住笑，却又忍不住叨叨："要我说这就叫不是冤家不聚头。这么有缘分，你和晋明也别闹了，直接复婚过日子得了。"

杜若茗淡淡地说："你告诉叶晋明，这次车没卖掉，下次我直接卖他，卖他儿子！"

杜若茗也是刚听徐海说，汇成的幕后老板就是叶晋明。他四年前开的，倒腾一些二手名车，主要业务却是收购十年前曾风靡江城大街小巷的昌河小面包。

那位莫西干油头小哥便是店里为数不多知道汇成老板是谁的人之一。他一看见那辆车进店，本以为是老板来视察工作，没想到跳下来一个小姑娘，还开口就要卖车。

这事儿，他不可能不跟老板说啊！而叶晋明做得更绝，竟然直接报警来抓她。

杜若茗真是感慨，人倒了霉果然是喝口凉水都塞牙缝。偷了人家东西再回主人家去卖，这世上恐怕再没有比她更倒霉的贼了。

这晚，杜若茗还是住在了朗悦酒店。价格低廉的小酒店，隔音很不好，隔壁一对情侣许是很久没见，才刚九点不到，已经干柴烈火，火势熊熊。

联想起自己昨晚的状态，估计跟他们也差不多少，一时更没法在房间里待下去了，索性穿衣出门。

三月中的夜晚，寒意料峭，杜若茗看见路边灯光温暖的小酒馆，迈步就走了进去。一杯竹叶青下肚，她渐觉僵冷的四肢暖和起来。

杜若茗刚要再给自己倒第二杯，突听有人叫她。

"杜若茗！"

杜若茗抬头，李士侠！呵呵，这应该也算冤家路窄……

第二天上午九点，一辆炫紫色小跑直接停在了景程公司门口。杜若茗从车里拿出两卷横幅用力一抖，白底血字就展开了。

"无良开发商是景程，黑心大老板叶晋明！"

"小民要吃饭，还我拆迁款！"

那两条横幅像两条染血的白龙在楼下春风里飞舞，楼上三十六层的高度，一架望远镜已经把她锁定在视野里。

两行血淋淋的大字呈现在视野里。从左到右，逐字读完，叶晋明的嘴角不由得向上扬起，划出一个很好看的弧度："不错！还挺押韵。看起来这几年小学老师没白当！"

视野里的小人儿，穿了一件浅蓝色短款外套，下身是一条黑色牛仔裤。虽然上衣稍显宽松，紧身仔裤却把她臀部和腿部的线条完美勾勒出来。这样踮着脚，腿上肌肉紧绷，线条尤其美。

"笃笃"办公室的门突然被敲响，打断了叶晋明的思绪，他嗓音慵懒地说"进来"，视线却一点儿没从楼下小人儿的身上移开。

小徐秘书推门走进来，就看见他往常严肃冷峻的大老板举着望远镜，弯腰趴在窗前往楼下看，正沉浸在偷窥的乐趣中。

小徐秘书轻轻咳嗽一声，小心地汇报道："叶总，按照您的吩咐，那笔钱已经汇出。"

"很好！后续的工作你亲自监督，工程进度要快，质量也必须好！"

"是，叶总！这里还有几份紧急的文件需要您的签字。"

叶晋明终于收起望远镜，坐回老板椅里翻着小徐秘书抱来的一摞文件，又说："去告诉安保部，楼下横幅那里，再多撑一把遮阳伞。"

今儿太阳大，晃得他眼睛难受。楼下那位自小就皮肤白，皮质也薄，不经晒，这样又是风吹又是日晒地折腾一天，皮都得脱一层。

"是，叶总。"

"哦，还有。让露露送一杯热奶茶过去，她喜欢甜橙味。"

"她？"小徐秘书有些不明白，"叶总，您说谁？"

叶晋明头都没抬："还能有谁？楼下拉横幅的那位。"

小徐秘书再次不敢相信地确认："叶总，您是说让露露去给那位在门口闹事的女人送一杯奶茶？"

叶晋明低头开始看文件："嗯，闹事也挺辛苦，送杯奶茶犒劳她一下。"

"哦……"小徐秘书满腹疑惑地往外走，觉得自己的耳朵出了问题。

03

横幅挂起来了，电子小喇叭也调好音量了。一切准备就绪，可是之前答应会来的媒体一个都没到。除了几个上街买菜的大妈多看了两眼，杜若茗好像被整个江城无视了。

热情的保安大哥举了一把大个的遮阳伞过来，又在遮阳伞下放了一张小桌，一把椅子。

"杜小姐，这里坐吧！那边太晒。"

杜若茗扭头看看那几位嘴角都快咧到耳后根的保安大哥，不知道他们是不是傻，她可是来闹事儿的啊！

这边还没整明白，大楼里突然又走出一个黑眉红唇、一身黑色西装套裙的美女，恭恭敬敬地给她送来一大杯热奶茶。

"杜小姐，这是我们老板送您的奶茶，请慢用！"

"你们老板送我的奶茶？"

"嗯，是的。老板特意交代必须是甜橙味，他说您最喜欢甜橙味。"

美女走了，杜若茗捧着奶茶坐在遮阳伞下，心情郁闷。这不是闹事者应该享受的待遇啊！

"杜若茗！"

她正在发呆，突然的一声叫，把她吓了一跳，抬头一看，却是李士侠。昨晚在小酒馆被杜若茗揍的伤还挂在脸上，这会儿竟然还能这么热情。李士侠，也是一人物啊！

"若茗，你到得挺早啊！哥几个，赶紧把横幅挂上吧，没看人家都已经挂好了吗？"

杜若茗问："李士侠，你们的事儿不是已经结了吗？"

李士侠说："我们来帮你壮壮声势。你这样单枪匹马的闹不出动静来！"

杜若茗看向正准备挂横幅的那几个人，有几个她认识，都是湾儿里巷有名的无赖。

杜若茗还没来得及看清李士侠带来的横幅上的标语，保安室里突然冲出一群保安，一个个人高马大、气势汹汹，几下就把他们刚展开的横幅扯了。

别说杜若茗，李士侠几个还没整明白情况呢，一伙儿七八个，已经分别被塞进了两辆商务车，直接带走了。

"都是闹事儿的，为什么不抓她，却抓我们？"李士侠的哀号被关进车里，车子疾驰而去。

风卷残云，疾风落叶，天地瞬间干净。

杜若茗捧着一杯奶茶站在那里，眨巴眨巴眼睛看着自己那两条孤零零地在风中飘动的横幅，自尊心瞬间受到了十万点的暴击。

是啊！都是来闹事儿的，为什么要区别对待！

正在石化中，一位保安大哥突然向她走过来，她心头涌起一阵狂喜，天哪，终于有人来欺压她了！她终于引起那些人的注意了！无良开发商终于要欺负老百姓了！

"杜小姐，麻烦您抬下脚，踩到脏东西了！"

"哦……"杜若茗连忙抬脚，眼睁睁看着那位巍峨如山的保安大哥和气地笑着，把她不小心踩在脚下的一片碎横幅收走，卷一卷丢进了垃圾箱。

大哥转过身来，礼貌一笑，伸手做了个"请"的手势："跟您没关系，您继续！"

风中凌乱！风中凌乱！杜若茗捧着一杯奶茶像个傻子一样站在那里，不知道风从哪里吹来，也不清楚风从哪里吹走！

只知道自己被无视了！赤裸裸地无视了！

这就好比一只粉团团的小兔子举着一只胡萝卜叫嚣着要单挑老虎大王。当她耍了一套萝卜拳又练了一套白菜腿之后，突然来了一群凑热闹的狐狸。老虎抬抬爪子就把碍事儿的狐狸打跑了，然后打个哈欠，用它慵懒的声线说道："请继续你的表演！"

叶晋明！你祖宗！

不带这样欺负人的啊！我要回家！我要回家找妈妈！

杜若茗默默地走到那棵树下，踮着脚去解树上的横幅。位置有些高，刚才是两位保安大哥帮忙拉起来的，现在她自己解起来有点儿费劲。跳了几下，结果还是够不着。

想着干脆不要了，又想着花了几十元定制的，这么挂一下就被收走丢进垃圾箱，实在心疼。

正在这时，那两位活雷锋保安大哥又及时赶到了，几下就帮她把横幅解了下来，仔细地卷好，恭敬地递给她："欢迎您下次再来！"

下次再来？下次再来我就是傻子！

杜若茗抱着横幅气昂昂地转身就走，嘴巴一撇，不行啊，还是想哭！

这世上都是助人为乐的小天使，就她是个无理取闹的小恶魔吗？

做横幅花了八十五元，买电子小喇叭花了二十七元，一百一十二元就这么打了水漂。心疼，肝儿疼，哪哪都疼，只有逮住某个人狠揍一顿才能好受点。

杜若茗刚把道具都装进后备厢，突然听到身后有人说话："老板娘，老板有请！"

杜若茗回头看了看身后的两个人，西装革履，八颗齿。叶晋明调教出来的手下说话还真是礼貌又得体！可是，如果她敢不去，他们能礼貌得体地放过她吗？

她淡淡地"哦"了一声，悄悄把施金诺落在后备厢里的小玩意儿塞进了衣服，跟着来人上了楼。

三十六层，俯瞰众生的高度。想必也可以把她刚才的尴尬尽收眼底吧！

还是上次那间休息室，杜若茗进去时，满屋子的菠萝香。叶晋明正在厨房里，衬衫挽到小臂的高度，拿着水果刀在切水果。

听见门响，他头也没抬："收工了？累不累？渴不渴？"

杜若茗也不应，回头把门关上，落了锁。

听见锁响，叶晋明一阵惊喜，从厨房探出头来："怎么？茗茗，有活动？"

杜若茗狰狞一笑："嗯，活动活动筋骨……"

说着，她从怀里抽出那把双节棍，把外面的棍袋一抽，抓住棍子一抖，刚想抡出去，手指捏了捏棍子，直接哭了……

吃菜的施金诺！跟着道馆老师都学了三年双节棍了，使的竟然还是儿童海绵安全棍。

这有啥杀伤力啊？你小姨是来寻仇的，寻仇的，你整这么一个海绵双节小棍棍放后备厢是几个意思？

不管了，不管了，都到这份儿上了，哭着也得暴揍他一顿。

杜若茗抡起那儿童海绵双节棍大叫一声，冲着他的后背就打。

叶晋明勾勾嘴角，淡淡转身，一面把泡发的银耳撕成小朵丢进养生壶里去煮，一面有口无心地配合她："哎哟哟，好疼啊，我好疼啊，疼死了，哎哟哟……"

等她打了十几下，自己连气带累，气儿都喘不匀了，他已经把菠萝和苹果也都切好了。他转身想跟她说话，低头看着她气鼓鼓的小脸，眉头一皱，抱起来就放在了大理石的料理台上。

"小矮人！跟你吵个架，还得老子先低头。"

她气得去抓他，他伸手把她的爪子按在了身体两侧："老实点！"

他一吼，她更气，抬脚就踢，他长腿一夹，把她的腿控制住，逼近了威胁："再闹，你知道会怎么样！"

她喘着气，恨恨地瞪他，他却把她放开了："你先稳稳，老子听不得你喘气儿！"

杜若茗气得浑身无力，坐在料理台上，手撑着台面，腿耷拉在下面，竟一时不好下来。

叶晋明转身出去，拿来一只柔软的坐垫："抬屁股！"

不等她挠过来，他手插进她的腋下一提，就把那只坐垫给她垫在了屁股下面。

他说："凉！"

养生壶里"咕嘟咕嘟"煮着银耳，叶晋明把水果块收进盘子里，清洗着案板问她："不是说好不跟李士侠掺和在一起了吗？"

"没掺和！"

"没掺和？昨晚在小酒馆一起喝酒，难道不是商量今天一起来闹事儿吗？"

杜若茗抽出那只坐垫砸了过去："浑蛋，你跟踪我！"

叶晋明一闪身，一抬手，小软垫又被他捞在了手里。

他扯过毛巾擦擦手，拿着垫子走了过来，沉着脸，粗着声："别让我动手，自己抬屁股！"

才不要给他往她屁股下面垫小垫的机会。杜若茗一推叶晋明，跳下料理台直接就跑。叶晋明伸手一揽，直接把她抱了个满怀。她恼了，低头冲着他裸露的小臂咬了下去。

"杜若茗！"

她是真使了劲儿去咬，他也是真疼，手托着她的额头把她的小脸抬了起来。

后脑被他抵在他的胸前，她动弹不得，头别扭地向后扬起，洁白的脖颈露了出来，锁骨处那晚疯狂留下的印记还清晰可见。

虽然小臂被她咬得火烧火燎地疼，心里却瞬间软得没了任何脾气。

他把她反过来，指了指刚刚掉痂还没痊愈的眉骨："这里！"

他又指了指脖颈处刚刚淡下去的齿痕："这里！"

他再抬了抬还贴着几片创可贴的手掌："这里！"

他最后举了举被她咬到青紫的手臂："还有这里！出气了吗？"

刚才被他扭得难受，此时稍一自由，她咬着牙，跳起来就要用头顶他的下巴，却被他提前预判，大掌一按，直接把那颗暴躁的小脑袋按了下去。

他弯下身子歪着头从自己掌下看她："是不是杀了我才能出气？"

她咬着唇，一双大眼睛像是喷火。他看着她露在唇边的那点小牙尖，喉结一滑，低头刚要亲，却又蜇到一般迅速撤离。

算了，上班呢，再被咬了，让人看见不好！

叶晋明放开了她，撇撇嘴，一脸嫌弃："你嘴唇起皮了。"

杜若茗脸一红，手摸上唇瓣，拿施金诺的儿童双节棍又打了他一下，转身出去。

叶晋明回头叫她："别出去，果茶就要好了。"

她果然没出去，去沙发那边了。他笑一下，把水果块丢进养生壶里，略煮一会儿，果香四溢，是她爱喝的银耳水果茶。

04

叶晋明端着两杯果茶出来时，看见小人儿缩进沙发里，脱了鞋子，抱着膝盖缩成小小的一团。他把加了蜂蜜的果茶给她，自己在她对面坐下来。

她捧着茶杯暖手，闻了闻果香，却没有喝。

她问："叶晋明，你到底要怎样才能把拆迁费给我啊？"

他端着茶杯看她："你到底要怎么样才能跟我复婚？"

"你为什么非要跟我复婚？"

他喝茶，看她："因为我儿子需要一个可以一起去春游的妈妈。"

杜若茗叹气："想给你儿子做后妈的女人多的是，比我年轻漂亮的也多的是。"

叶晋明撩起眼皮淡淡地看了她一眼，又垂下眼眸，吹着茶水："可我想要的女人只有你一个！"

她白他一眼："你没别的事可做了吗？"

他看她："吃饭、挣钱、睡茗茗。这不是以前你给我定下的人生信条吗？"

她嗤笑，目光落进果茶杯里："可是，你还睡了梁馨梅。"

他脸上瞬间乌云集结，把杯子往茶几上一放，黑而深的眸光狠狠锁住她："这果茶你还想喝吗？"

她迎着他的目光："本来就没打算喝！怕你们一起毒死我！"

他起身，直接收了她的杯子，提着她的胳膊拎了起来："走，带你去见她！"

"谁？"

他没说话，拉着她走了两步才发现她光着脚。心一疼，他直接把她拎回来又丢进沙发里，蹲下来给她穿鞋子。一握她的脚丫，才发现是冰凉的。再看她的鞋子，竟然是单的帆布鞋。

他立时就怒了："你个白痴！不知道北方现在夜里还能到零下啊？"

这样被他一拎一丢又一骂，再皮实的人也早憋了汪汪的眼泪。

他伸手给她抹眼泪，大掌一点儿都不温柔："还好意思哭？天天都知道冷了要穿厚袜子厚鞋子，你看看你穿的是什么玩意儿？自己打小就不抗冻不知道啊？还哭！再哭揍你！"

她踢蹬着腿踹他，哭得更凶，眼泪抹了一脸。

眼看劝不住，他抱住她的腿，把脖子一伸，大脑袋送到她的面前：

"别哭别哭，揍我！揍我！给你带回学校让学生当球踢！总行了吧？"

她使劲儿一推他，一个大鼻涕泡却突然吹了出来。

叶晋明叹气："看，着凉了吧！"

他扯过一张纸巾捏住了她的鼻子："擤！看什么？擤鼻子啊！"

她鼻音喃喃，如小兽嗷嗷："我自己……"

"扭捏个屁！以前少给你擦了吗？快点儿！"

她就着他手里的纸巾擤了鼻子，他把纸巾丢进垃圾桶，蹲下来一边给她穿鞋子，一边絮絮叨叨："真不知道这几年你是怎么活过来的，饿了不知道吃，冷了不知道穿，还硬扛着不跟我复婚？你以为我真就那么稀罕你啊？还不是怕你饿死冻死在外面，我妈托梦打我？唉，娶的媳妇比生的闺女都难伺候……"

他唠唠叨叨给她穿上鞋，直接开车带去商场，按照她现在的喜好买了一双加绒的运动鞋。

出了商场，她低头鼓捣手机，他一把夺过丢到车座上："再敢转我钱，小心挨揍！"

她无奈，这个人凶起来简直是没有任何道理可讲，她刚才只不过是给闻晓回条信息。

到达那个约好的咖啡馆，她才知道他带她见的人是梁馨梅。

梁馨梅早已经在那里等候了，一看见他们进来，立刻满面笑容地站了起来。

梁馨梅穿一件浅咖色束腰长风衣，领口处露出白色毛衣高翻领，眉目描画过，涂了薄薄的唇彩，绑一个公主头，长发披在身后，整个人看上去温婉自然。所有的刻意修饰都隐藏在这一派自然之下，梁馨梅是个伪装高手。

"若茗，晋明，你们总算来了。我还以为又会让我白高兴一场呢！"

梁馨梅热情地伸手要拉杜若茗的手。杜若茗面色淡淡，手插衣袋，直接侧身而过。她和梁馨梅单独见面还能凑合忍住，现在叶晋明在场，就是最简单粗暴的提醒，提醒着那些乱七八糟的过去。所以，杜若茗拿不出好脸色给梁馨梅。

梁馨梅冲叶晋明讪讪一笑，也没太在意，款款地在他们对面坐了下来。

尴尬往事提起来总需要一点儿铺垫做缓冲，不等梁馨梅和叶晋明寒暄完，杜若茗就直接开了口："行了！有什么话直接说吧，我不是那么想看见你！"

　　梁馨梅看了看叶晋明，尴尬一笑，说："不好意思，是我话多了。若茗，咱们老同学这么久不见，真是好多话想跟你说……"

　　杜若茗直接打断："别装！我跟你没话可说！"

　　叶晋明的手搭上杜若茗的肩，说："茗茗，是我请馨梅过来帮忙解释一下的。"

　　杜若茗冷笑，目光咄咄逼住了对面的女人："解释？解释什么？梁馨梅，咱们之间还有什么没闹明白的吗？"

　　高一，杜若茗跟梁馨梅是同一个班级。因为性格兴趣的不同，一学年待下来，两个人说话的次数都有限。

　　高二，梁馨梅的父母为了给她的哥哥娶媳妇，先给她定了亲，要到了一大笔彩礼。男方比她大，催着完婚。梁馨梅不答应，父母因此断了她的学费。她找到杜若茗，一番哭诉，向来豪爽大方的杜若茗拿出自己的压岁钱给她交了学费。从那以后，一直资助到她考上大学拿到助学贷款为止。为了照顾梁馨梅的面子，这件事，她连闻晓她们都没告诉过。

　　大学毕业，梁馨梅毕业后找不到工作，又是杜若茗逼着叶晋明帮她托关系找工作。之后第二年，梁馨梅成了杜若茗和叶晋明之间的第三者。

　　就是这么讽刺！

　　这些已经干结了的狗血往事，有什么好说的？

　　梁馨梅微微低一下头，再抬起来，微笑看着杜若茗，说："若茗，四年前在医院那次，你确实是误会我和晋明了。我和晋明真的没什么的。你当时看到的那些，就是晋明托我帮你预定单人病房的聊天记录……"

　　她这一口一个"我和晋明"，早听得杜若茗心里长刺儿，再听她说什么"普通聊天记录"，立时就怒了，一下站了起来。

　　"杜若茗！"叶晋明一把拉住。

　　杜若茗挣开叶晋明的手，大声质问："当我瞎啊？还普通聊天记录？我当时撕你时你怎么还叫嚣着你和叶晋明是真爱，求我成全你们呢？你就仗着现在什么证据都没有了，敢在这里胡说八道？"

　　"杜若茗！你冷静点！"

叶晋明一吼，杜若茗眼泪伴着火气一起往外冒："你们把我当猴儿耍呢？串通好了台词一起来骗我！我就那么好骗？"

梁馨梅一脸无辜，可怜兮兮地看着叶晋明，说："晋明，那些聊天记录你也知道，你能证明我说的都是真的。我现在也特别后悔应该留着那部旧手机保存记录的。若茗，确实是你记错了，我当时并没有那样说。你是严重的产后抑郁症，才会产生那些幻想。"

"抑郁症？"一听到这个词，杜若茗眼睛都红了。是的，就在昨天，施以行很明确地跟她提起过这个词儿。

她不信，仅仅一个"抑郁症"就能解释得了过去的所有；她更不信，一个"抑郁症"就能左右她的将来。

杜若茗抓起手边碟子就要砸梁馨梅，却被叶晋明一把夺了去。她气得大骂："狗男女！等哪天我被你们合伙送进精神病院了，是不是也只能怪我自己得了什么抑郁症？"

梁馨梅委屈道："若茗，根据你当时的表现，真的是得了很严重的抑郁症。再说，你身上有这种遗传因素的，你妈妈不就是……"

一提到她妈妈，杜若茗立时就爆了，一杯咖啡直接就泼了过去。梁馨梅"啊"的一声尖叫，往后退着站了起来，咖啡渍淋了一身。

"你才得了抑郁症，你们全家都得抑郁症！"杜若茗像头被激怒的小兽，拼命撕打着叶晋明，"叶晋明你放开我，我要撕烂她的嘴。"

叶晋明心里又急又疼，不想梁馨梅的话继续刺激她，他喊着："梁馨梅，别说了，你赶紧走吧！"

杜若茗用力掰叶晋明的手："你敢放她走？你敢放她走？"

叶晋明使劲儿抱住她，冲着梁馨梅喊："快走啊！"

梁馨梅抹着眼泪拿着包就要往外走，皱眉看着叶晋明，一脸的无辜善良加宽容大度，她说："晋明，还是带若茗去看看吧，她这样的情绪，我很担心。"

她说完就走，杜若茗却暴躁成一个大火球："担心你个鬼？梁馨梅！梁馨梅有种你别走……"

杜若茗又哭又闹，连撕带咬，闹到最后，是全身虚脱地被叶晋明扛回上城小区的。

她已经没了任何力气，任他给她脱了鞋袜、衣服，放到床上，拉过被子盖住，又喂了半杯蜂蜜水。

歇斯底里发泄以后，脑袋晕晕乎乎，却也睡不着，耳边是他在厨房忙碌的声音，心里却全部都是过去的林林总总，开心的，失意的，高兴的，悲伤的，欣喜的，悲愤的……就像是把过去那些日子重新过了一遍，很累，很累。

叶晋明的脚步声进了卧室，走到床边，拉下她一直盖到眼睛的被子，轻声说："我做了小馄饨和荷叶粥。想吃什么？"

"小馄饨。"

那次，在南平，她吃了他买的小馄饨，没感觉难受。今天，她想再试试。

她挣扎着要起来，被叶晋明扶住，拿枕头卡住一边身体，照顾她在床头靠好，才去端馄饨。

她望着他的背影，一时有些恍惚，仿佛此前的一切都只是个梦，仿佛此时还是她刚怀孕，吐得起不来床，他变着花样给她做饭，然后蹲在床边柔声哄着她吃。

如果不是今天梁馨梅提醒了她，她真的就差一点儿再一次掉进他的温柔井里了。他想用一如既往的温柔遮盖渐渐淡去的裂痕，可笑，彼此间的信任早已不再一如既往。

以前，因为信任还在，两个人吵起来，多难听的话都敢说，床头怼天怼地地吵完还不是床尾就又怼你怼我地揉在了一起。可是，现在不行，如果还想两个人安静地待一会儿，就必须一起小心回避一些敏感的词，一些敏感的人。稍不注意，迎头撞上了，刻意营造的美好就会瞬间土崩瓦解。

就像今天！他们遭遇了梁馨梅。

叶晋明端来了亲手为她包的小馄饨。碗里的小馄饨很美好，莹白的皮，翠绿的香菜叶，淡粉的虾皮，洒了麻油，滴了香醋。

他舀了一勺汤给她，她没喝，垂眸看着碗里的美景，说："其实，你实话实说，比这样骗来骗去好。"

叶晋明又舀起一只小馄饨，说："我没骗你。"

她抬眼看他："那是我在骗你了？"

"你总得为当年把孩子丢在医院找个刺激的理由。"

"啪！"

那碗馄饨直接被她推到了地上。

她拉过被子躺下："我不吃肉。恶心。"

叶晋明没说话，拿来扫帚、拖把，把地收拾干净。

"我去给你拿粥。"

……

"粉红瘦弱的小身体，纤细的四肢，还没睁开的眼睛……梁馨梅抱给她的那个小婴儿很可怜……"杜若茗闭着眼睛努力想把脑子里那些不愉快的记忆抹去，可是不行，越是刻意越是牢固。

叶晋明把窗户开了一条小缝，散着房间里的油腻味儿，楼下小孩子玩闹的声音传来，她烦躁到不行，拉住被子盖住了脸。米粥还在砂锅里细细地熬着，叶晋明打开厨房的窗户和烟机，靠着窗抽了一支烟，夜风吹在脸上不再是深冬时那样割得疼，他的心里却还是零下。

等叶晋明端着粥走进卧室，杜若茗已经睡着了。头歪在枕边，床头灯照着她的脸，小巧的鼻子在脸上落下一道浅浅的影子。

他走过去，轻轻地把她的头托住，放好枕头，刚要把她放好，她的手却一下牵住了他的衣服。

"大明……"

她睡梦中的这声呓语，让他的心口一颤，像是石子投进了湖泊，一圈圈荡开的滋味莫名。

这是她这次回来，第一次这样叫她，很轻很暖。

他抱着她，温温软软的一小团，窝在胸前，像是直接住进他的心间。

当年赌气跟她离婚，是他这辈子都无法弥补的遗憾。这一次，无论如何他不能让她再离开。失心的疼，他再也不想尝了。

01

阳光洒进窗户时，房间里很安静，叶晋明摸着身边空荡荡的床铺猛地坐了起来。

"茗茗！"叶晋明鞋都没穿，起身就往外跑，刚跑到门口，却听见厨房里有声响。他推开厨房门，看见杜若茗腰间系着围裙，正站在灶台前低头尝汤。

他从身后抱住她，声音喑哑："你吓死我了！"

杜若茗拿汤勺搅了搅锅里的汤，关了火，说："我看见你冰箱里有白玉菇，就学着寨子里的做法做了白玉鸡蛋汤。"

她就在他的怀里，温暖乖巧，带着一点儿尘世的油烟气。叶晋明却一下子悲从中来，这几年她一个人到底是怎么过的，以前磕鸡蛋都能磕到碗外边的人，竟然还学会了做汤！

他亲了亲她的发旋，低着声音说："茗茗，回来吧，回到我身边。不管什么过去，我们就从现在开始。我现在足够强大，再不要你受一点儿委屈。"

她转过身来，靠着料理台，仰头看着他一笑："我现在也足够强大，没有你，一样可以很好地活下去！"

"茗茗……"

她在他唇边比了个手势，制止了他下面的话。

153

"汤碗拿给我,我盛汤!"

这间厨房里的橱柜定制时是按照叶晋明的身高来的,位置比较高,她够不到。那时候他就没想过会让她下厨房。

他闷闷地把汤碗拿给她。

"谢谢!"

她这么客气惹到了他,他一咬牙,握住她的腰,在她身后用力一撞。

清晨刚起的男人很危险,杜若茗也明显地感觉到他的攻击力,可是她连头都没回,一面盛汤一面淡淡地说:"去洗漱吧,我还买了包子,可以开饭了。"

叶晋明十分沮丧,连他预料之中的"浑蛋"或者"臭流氓"之类都没有听到。自从昨天那一闹,她到现在都很反常,对他礼貌客气,温柔却带着鸿沟一般的距离。

他可以想到,哪怕他现在就把她按在料理台上做一次,她也不会反抗。她用这种温柔的疏离告诉他,他可以轻易进入她的身体,却再别想进入她的心里。

不拒绝,却也不接受。她的态度令他恼火又不安,像是奋力一拳打在棉花上,所有的力气都化解在那软绵绵的包裹里,想撤出,不甘心,想进一步却也不可能。

他问:"你是不是又要离开我?"

杜若茗没回答,捧着汤碗小心翼翼地放在餐桌上,摘下隔热手套,淡淡地说:"谈不上离开,因为我也没真正回归过。我的心在大寒山,那里有我的学生,有我愿意为之付出一生的事业。我在那里比较快乐。"

她说这些时脸上的神情很淡,像冬天夜晚的月色,明明看着姣好,却淡漠到清冷。

叶晋明不甘心:"这四年,你就没有想过我?"

她拿隔热手套轻轻敲着桌角,好像真的是在认真思考,想了一会儿抬起头,眼眸如波,却寒凉沁骨:"有。你的性能力很强,让人念念不忘!"

本是撩人的话,与之相配的表情和语气却清冷得像深秋的池水,叶晋明像被兜头泼了一脸凉水,冷得咬牙切齿:"杜若茗!"

"嗯?需不需要再来一次?好让我以后夜深人静的时候有个想起你

的理由。"她讥讽道。

他隔着餐桌把手伸过去，按住了她的小脑袋，面色凝重："嘴巴这么毒，就不怕你老公萎掉？"

她笑着一挣："我老公死了，我是寡妇。"

叶晋明被气个透彻，闭着眼睛深吸一口气，转身去了洗手间洗漱。

等他洗漱出来，她已经坐在那里吃包子喝菌菇汤了。

她喝了一口汤，说："对了，还得跟你说一声，拆迁款的事儿，我已经准备向法院起诉了。打官司耗时耗力，我耗不起，委托我姐姐全权代理了。如果你想庭外和解，可以直接找她谈。"

叶晋明坐下来："哦？修桥的事儿又不急了？"

"急，所以我同事才过来了，他会在南平举办一场个人画展，只要能卖出一幅画，就够我修桥了。"

"是吗？看不出你们那种地方竟然还藏着这样的厉害人物！介绍我认识一下，我近来对艺术品收藏有点儿兴趣。"

"不好意思，我同事卖画看人的，你这样的……恐怕他并不想结交。"

"我这样的？我怎样的？"

她看着他，嘴角一挑，似笑非笑："恨不得在脑门上写上'我有钱'三个大字的人。"

他冲她一竖大拇指："还是你明白我！"

她吃饱了，起身要走才发现还系着他家的围裙。她一边解着围裙，一边说："上次吃了你做的饭，这次还你一顿，咱们两清。还希望打官司的时候能够多多配合，以后偶尔朋友圈碰见，还能点个赞啥的。"

他拉住围裙后面的两条带子一扯，直接把她拉进怀里来，低头咬了一下她的耳尖儿："杜若茗，这几天我费力讨好，就为朋友圈多个点赞的？"

她扭头看他，鼻尖儿几乎与他相碰："要不然呢？你还想等你百年之后多个刨坟的？"

他脸色一暗，推开她。

眼前这个小人儿气死人不偿命一般说着狠话，他却又打不得骂不得。叶晋明在客厅里转了一圈，两手抓了抓自己的短发，说："行，就算我犯贱吧！"

"您终于是明白了。拜！"

杜若茗转身出门，房门刚一关上，叶晋明突然感觉特没劲，往后一倒，把自己陷进沙发里。他头枕着沙发背往上看，看见沙发墙上方一块颜色明显不同于其他的墙壁。那里原来是一面相片墙，是布置新房时杜若茗鼓捣上去的，钉得歪歪扭扭，丑得要命，却挂了好几年。

四年前，他从南平回来的那晚，看见孤零零地躺在医院保温箱里的那团小小的骨肉时，他恨死了她。大姐拿来她写好的离婚协议给他签时，他更是恨不得生吞了她。

在那之前，她也是那样刁蛮任性的，可是他从来不觉得那是缺点，因为那时候他宠得起。直到他遭逢磨难，她却丢下孩子赌气跑了之后，他突然想起了那句话："夫妻本是同林鸟，大难来时各自飞。"

一气之下，他把照片墙上的所有照片全部敲碎。他以为，家里都收拾干净了，她的衣服，她用过的东西都丢进箱子封起来，就能把她存在过的痕迹都抹干净。后来才知道，抹不去！生在脑子里，融进血液里的东西，除非自己死了，化成烟，化成灰，否则会伴他一生。

小时候他和她在院里墙角下种过一株葫芦，小葫芦刚长成时，一个指甲掐在嫩皮上，指甲印会伴它终老。杜若茗在他少年时期就强势介入，他这辈子别想把她摘除干净！

盯着那片墙面，听着楼下汽车的引擎声，叶晋明一下从沙发上弹了起来，顾不上穿鞋，赤着脚就往楼下跑。那道紫色的影子一闪就消失在阳光里。叶晋明叉着腰站在初春的早晨里，眯着眼睛看着她离开的方向。他被石子硌破的大脚趾勾了勾，后槽牙咬了咬，心里想着："杜若茗，账还没算清呢，想走，没那么容易！"

02

上午十点，湾儿里巷工程进度汇报如约在三十六层的大办公室进行。

张副总认真尽责，事无巨细，面面俱到，叶晋明捏着手机在指间转来转去，听得心不在焉。

手机提示音响起，他滑开手机，期待已久的照片终于传了过来。终于是来了，再不来，他都要忍不住骂派去火车站的那两个人是饭桶了！照片背景是江城火车站，照片上那个笑容灿烂的小人儿是杜若茗。

叶晋明心中不爽："笑得真浪！你如果肯这样对我笑一下，别说拆迁款，老子的命和娃就都交给你了！"

视线再移到小人儿对面的那个男人身上，个子不低，也算玉树临风，皮肤却白得像个女人，中分长发及肩，遮住了半张脸，更像个女人。

"娘里娘气！她居然还能对着他笑？瞎得厉害……"

叶晋明的手指在屏幕上滑着，把她的小脸慢慢放大，顺带着她对面那小白脸的脸也放大了……

他眯起眼睛看着，目光不经意落在那小白脸的脸上时，手指突然顿住了。叶晋明腮边的肌肉突然牙疼般抖了一下："徐海！"

"嗯？"

"徐海！"

"哎！"

正在认真听张副总做汇报的徐海，直接被叶晋明这声听着事关重大的叫声整慌了神儿，连忙起身跑了过来："怎么了？"

叶晋明把手机递给他。徐海看着照片上的人，先是疑惑，紧接着就近乎惊恐了："晋明，这，这个人……"

叶晋明不说话，收回手机，抓起车钥匙便往外走。

张副总不明所以地看着叶晋明匆匆离开，又看向徐海。徐海皱着眉，来不及解释，也不好解释，拿起叶晋明的外套也追了出去。

江城高速入口不远处的那家加油站里，一辆炫紫小跑正排在几辆车后面等着加油。

杜若茗驾着车，郑祥安坐在副驾驶座上。郑老师是提前一站下车跟杜若茗会合一起去南平的。此时两个人正开心地谈论着学校里的情况，说起那些小淘气，不约而同愉快地笑起来。

车窗是落下的，杜若茗开怀大笑的样子正好可以被旁边车里的人看个一清二楚。

"谢谢你了郑老师，如果不是你帮忙，我还真放心不下孩子们。"

"跟我客气什么？再说，我也喜欢跟他们在一起。"

杜若茗轻轻叹了口气："希望这次画展能顺利筹到钱。等拆迁款一到账，我就把修桥款还你。"

郑祥安目光温柔："若茗，你总是跟我这么客气。就当是我为你的学校捐一座桥了。怎么，修桥铺路这样的好事，还舍不得让我做？"

前方车子驶离加油机，杜若茗按照工作人员的指挥一面发动车子驶过去，一面跟郑祥安说："怎么好总让你破费，上次……"

刚说到这里，斜刺里突然插进一辆车，杜若茗只顾跟郑祥安说话，来不及反应，只听"嘭"的一声响，两辆车挤在了一起。

杜若茗惊魂未定，再看那辆车子，如坠冰窟。

宾利！

两车距离太近，驾驶室一侧车门打不开，杜若茗落下车窗玻璃，一眼就看见从宾利车里下来的那个戴墨镜的高大男人。她脸上刚要浮起的歉意"哗啦"掉了一地。

瘟神出现！这根本就不是剐蹭，是碰瓷儿！赤裸裸的碰瓷儿！

"怎么开车的？哟，女司机啊！"叶晋明墨镜一摘，手搭在车顶看着她，一脸欠扁的笑。

驾驶位车门打不开，副驾驶座一侧又正好卡在加油机那里也打不开。她看着他，没好气地说："您能不能先挪挪？"

"不能挪，你蹭了我！"

杜若茗气到七窍冒青烟。她打开天窗，郑祥安先爬出去，她紧跟其后。郑祥安跳下车刚要来扶她，叶晋明却两步跨过来，像在抢篮板，一肩撞开郑祥安，长臂一展，直接就把车顶那个小东西捞了下来。

杜若茗气急败坏地推开叶晋明："你怎么阴魂不散？"

"哎哎，你这样说我可就不乐意了啊！你蹭了我的车，连句道歉的话都没有，上来就骂人？考驾照的时候文明行车考及格了吗？你那驾照是怎么考下来的？"

叶晋明一提驾照，杜若茗的火气立刻降了两级，虽然被气得发白的脸色还没有恢复过来，语气却明显柔和了许多。

"是你插队在先，所以才碰上的嘛。"

"怎么是插队呢？我那是正常行驶。是你只顾了跟，"叶晋明看了看郑祥安，才又说，"跟他说话才没注意到我的。"

"你那也叫正常行驶？你如果是正常行驶，估计螃蟹都比你更遵守交通法规！"

叶晋明哼了一声，拿出手机就要拨号："好！既然说不通，那就报警吧！"

一听说要报警，杜若茗立刻慌了，跳起来要抢他的手机，叶晋明把手机举高："怎么着？理亏不敢报警啊？"

杜若茗勉勉强强挤出一丝笑："先别报警，报了警走程序很麻烦的，我看你损失也不大，不如咱们私了吧。"

"私了？行，拍个照，把车挪出去谈，别耽误人家做生意！"

彼此都拍了照片，车开到了马路边。

叶晋明一本正经地蹲下来仔细看了看自己的车子，说："私了也行，你赔我十万块修车费。"

"十万？"杜若茗这暴脾气，一点就着，"就那么一点儿擦痕你敢要十万？你那是龙辇啊？再说，是你突然从旁边窜出来的。"

"那就报警！"

"哎，哎，别，别，"杜若茗连忙又拉住了他，谄媚地笑着说，"咱们再商量一下，再商量一下嘛……"

杜若茗赔笑又求情，没办法，小辫子被这个缺德的牢牢攥在手里呢。

她低声下气："能不能少赔点儿，你也知道，我不是没钱嘛……"

"没钱？"

"嗯。"

叶晋明看看她，头侧过来，声音小，侵略性强："那就肉偿……"

杜若茗看着他，微微一笑，迅雷不及掩耳，霍地起身，冲着宾利的车门就是一脚。

叶晋明站起来，看着黑色车身上那个清晰的三十六码小脚印，心疼地一把抱住："茗茗，脚疼了吧？"

杜若茗再一笑："不疼！还能再来两脚！"

叶晋明没拉住，"咣咣"，又是两脚！

杜若茗跺跺脚，新买的鞋子穿着有些紧，不过踹起车门来确实给力。

"好了，咱们现在再来谈谈怎么赔吧！"

叶晋明冲她伸出一根手指一摇："一万，一脚一万！"

"嗯，行！加上烤漆钱，我赔您十三万，从拆迁款里扣吧！车也丢您这儿了，您看着办！郑老师，咱们去坐大巴！"

郑祥安走过来，冲叶晋明礼貌一笑："叶先生，您的修车费用我出。

我把身份证先押在您这儿，您看能不能先让我们把杜老师的车开走，我们有急事儿。"

叶晋明接过郑祥安的身份证看了看，觑了他两眼，问："您认识我？"

郑祥安目光坦荡，语气平静："听若茗提起过。"

叶晋明看了看站在一边生气的人，拿出一支烟递给郑祥安："哦，是吗？"

郑祥安把烟挡回来："不好意思，我不吸烟。"

叶晋明把烟收回，自己点上，吸了一口，淡淡烟雾中再看一眼站在一边气鼓鼓像只刺猬的人，又问："她都怎么说我的？"

郑祥安微微一笑："若茗说您为人仗义豪爽，处事总会为别人着想。"

叶晋明嘴角一扬，吐出一团烟："给我戴高帽？"

郑祥安也一笑："实话实说。"

叶晋明笑得更开心了，拍了拍郑祥安的肩膀："她不瞎，你不瞎，"说着，脸上笑容慢慢收敛，看着郑祥安说，"我也不瞎！"

说完，他把身份证塞还给郑祥安，迈步向杜若茗走去。

正在这时，一辆十分低调的黑色大众轿车缓缓驶来，在郑祥安身边停下。车里下来一位矮矮胖胖的中年男人，满面笑容地向他走了过来："哎呀，真是郑大画家啊！贵客！贵客啊！"

来人很热情，郑祥安迎着对方伸过来的手握住，说："您好！请问您是？"

"我认识您，久仰大名，大画家却不一定认识我啊！"

郑祥安抱歉："不好意思，我确实没有印象。"

来人双手握住郑祥安的手，说："郑大画家啊，我代表江城人民欢迎您啊！"

杜若茗顾不上再跟叶晋明掰扯，向郑祥安那边看过去，来人她也不认得，只见两个人谈了几句，郑祥安就走过来，跟她简单交代两句，便跟着那人上车走了。

"郑老师，你什么时候回来？"

她还想问什么，却被叶晋明一拉："行了，人都走了，还这么依依不舍的！"

她问："那人是谁？"

他答："我怎么认识？"

杜若茗看着他："你不可能不认识。如果你不撞我车，我们就不会在这里耽误，郑老师也就不会跟那个人走。"

"嘿，我说你这小脑袋瓜子一天到晚怎么净是些阴谋论。他们就不能是偶遇吗？"

"偶遇？跟你这种人扯在一起，正常事也得变成大阴谋！"

"我这种人？你得跟我说说，我又哪种人啊？"

"不要脸的人！"

叶晋明受用一笑，弹了一下她的耳珠："还有更不要脸的，又不是不知道？"

杜若茗捂住耳朵，抬脚就踢："滚！"

他心情很好："滚什么啊？把你身份证带好！带你去办件大事！"

他拉着她就往车上拖，她抱住路边的树死活不肯松手。

"大街上呢！叶晋明你敢耍流氓我就喊。"

他几乎要笑死："喊什么？换本去啊！"

"我什么时候答应跟你复婚了？"

"亲爱的，换本，换驾本啊！你的驾本满六年了，已经超期没换，再过一年就得直接注销了！"

杜若茗终于从那棵树上下来，小声说："我知道。"

"知道还不赶紧上车？拿着过期本还敢开车，下次剐了别人，你可遇不到我这么好说话的司机！"

"可是我的车……"

"别管了，我让人开去给你补漆。"

"哦……"

她刚上了他的车，他突然俯身过来，手臂一伸，就把她困在了怀里。

她猛地往后一缩，手一下攥紧了衣领："浑蛋，我就知道你没安好心，救……"

他一下捂住了她的嘴："敢叫我就直接亲！"

早起两个人用的是同一管牙膏，好闻的留兰香，带着他灼热的气息，撩人心魄。

谁知道他一勾嘴角，牵过安全带给她扣上，就安安生生去开车了。

“唉，这一天天的，你就不能想点别的事儿？”

她知道他这是在报昨天在他公司时她拿话刺他的仇，也不招惹，转移话题问他：“你这车漆还补不补？”

“补什么啊！爱的撞击，难免留点印记。”

杜若茗抚着额头把脸扭向窗外，觉得自己又稀里糊涂上了贼船。

杜若茗的驾本超期太久没换，颇费了点周折，幸亏叶晋明认识的人多，找了熟人，交了点钱，也算顺利办完了。

从车管所出来，叶晋明把新本交给她，说：“你以前就不知道驾本超期不换会被直接注销吗？”

她把新本收起来，说：“反正也用不着。我们那里汽车很难开进去，物资运输有马帮呢。再说我也买不起车。”

他听得心里不爽，语气就冷：“真打算在那鬼地方待一辈子？”

“嗯。”

他扭头看看她，又回过头去，说：“我以前真不知道你心这么狠。”

杜若茗淡然：“我以前也不知道你人这么渣啊！”

他突然一脚刹车，冷飕飕地看向她，吓得她不由得往后一缩。

他却看她一眼，拿起了电话。他的手机调成了振动，此时有电话进来。不知道手机那边说了什么，只听他说：“好，十分钟后大路口会合，立刻带我去一趟。”

叶晋明挂了电话，对她说：“下车！”

“干吗？这块不好打车的！”

“本事这么大，几千里外都去得，还怕这几步路？”

他最终是把她丢在了那个偏僻的江城车管所，自己驾车扬长而去，害她在寒风里等了半个多小时才打上车。

03

叶晋明与徐海会合后，直奔江城东南一个偏远小镇，几经打听，快天黑时才找到那个乡卫生所。

卫生所里有输液的人，叶晋明和徐海进去时，那个女人正在给病人配药。

"关芳芳？"

戴着口罩的护士擎着一支针管抬起头来："你们是？"

"你认识梁馨梅吗？"

……

关芳芳还得值班，把话说完就回去了。

初春的夜晚空气清冷，叶晋明吸完一支烟才上车。

徐海开了车窗，还拿手扇着烟气："我如果敢带着一身烟味儿回家，美娜得骂死我。"

叶晋明说："秀恩爱死得快！"

徐海呵呵笑："你没秀？当着全公司人的面抱人老杜下楼！"

叶晋明嘴角微弯，面色明显柔和："她鞋坏了，走不了路。"

真实原因却是她不肯跟他去买鞋，他直接把她的单鞋丢了。被她好一顿捣啊！现在胳膊还疼呢。

徐海升起车窗，看了看卫生所的窗口，说："晋明，我觉得这事儿还得再问问大姐。"

叶晋明脸色一沉，"嗯"了一声，发动了车子。

上周一，也就是杜若茗回江城的第三天，叶晋蕙出发去外地为一个佛事活动做义工，要下周才能回来。大姐是四年前信的佛，一直很虔诚，只要有时间，多远的活动都会去做义工。

郑祥安晚上回到酒店，杜若茗才知道，今天找他的那个人是江城文化局的领导。为打造经济文化双强市，江城市组织了一系列的文化宣传活动。作为新锐画家，祖籍又是东原省，郑祥安的画展如果可以在东原省江城市举办，对江城文化宣传，绝对会有很大的帮助。所以那位领导才半路拦驾，诚邀郑祥安在江城举办这次画展。并且一再承诺，一应场地布置，广告宣传等费用，都由他们承担。

虽然杜若茗觉得这张从天而降的大馅饼很蹊跷，不过这样一张馅料十足的馅饼，诱惑力也是十足的。如果可以吃下，单单省下的那一笔场地和宣传开支也是挺可观的。

她问郑祥安："郑老师，您的意思呢？"

郑祥安看着窗外的夜色出了一会儿神，说了句："盛情难却。"

"好，无论你决定在哪儿，我都会全力支持。"

"谢谢你若茗！"

杜若茗走后，郑祥安一个人在窗边坐到很晚。夜长，往事也长，足够他这一夜消受。

……

跟郑祥安不同，杜若茗回到房间简单洗漱一下就上床休息了，迷迷糊糊快要睡着，手机却突然有信息进来。

"我在你楼下！"

"大神经！"

杜若茗骂一声，挑起窗帘一角，看见楼下灯影里立着一个高大的身影，手捂着打火机正在低头点烟。烟点燃，吸了一口，抬起头来冲她一笑，烟雾与灯光融合，男人的脸朦胧迷离。

杜若茗丢开窗帘坐到床上，信息回过去："干吗？"

"带了一身烟味儿，回家怕熏着孩子，来你这儿凑合一宿。"

"没地儿。"

"挤挤。"

杜若茗拉过被子关灯睡觉。他信息又来："我可是带着诚意来的，五十万的支票，你拆迁款的一半。"

她心动。缺钱的人，还能跟钱过不去吗？

两分钟后，门外细细的敲门声一起，她就给叶晋明开了门。

五十万支票到手，杜若茗仔细检验着真伪，又问："剩下的什么时候给？"

"明晚。"他笑得暧昧，"如果我还能敲开你的门的话。"

她答得欢快："敲得开，敲得开，只要您愿意，随便您敲。"

她笑靥如花，仔细地把支票收进包里，背起包就要出门。

叶晋明拉住她："去哪儿？"

"再开一间房。这间留给你了，随便住。"

他堵住门，手挑她衣领："五十万都不给睡一晚？"

她一巴掌拍开："这五十万是我自己的，你拿我的钱睡我？"

"再给五十万。"

杜若茗咬牙："那五十万也是我的！"

她推开他又要走，他直接抱住，她刚要喊，却一下被捂住了嘴。

"嘘——茗茗，你听！"

隔壁房间有声音！

两个人一起贴在墙壁上听。

杜若茗突然脸红，隔壁房间住的是郑祥安。成年男人，在大寒山那样的地方待久了，一来到这花花世界，一时憋不住，也不算什么大惊小怪的事，可是自己敬仰尊重的人，被人这样听墙角，总觉尴尬。

她屈起手臂，狠狠肘了他一下："龌龊！"

她转身要走，却又被他拉回："仔细听！俩男的！"

杜若茗一惊，郑老师长相清俊，温文尔雅，在大寒山这四年，她对他也算了解，他的仰慕者颇多，每年篝火节晚会上，他收到的荷包足有一箩筐，却从来没见他对哪位姑娘上过心。难道真的是取向有问题？

有问题也是人家的私事，听人墙角就是不道德。杜若茗见他听得认真，不禁又要肘他。

"别闹。是在吵架！"

杜若茗不由得也把耳朵贴上去，两个声音，一高一低，好像都压着怒火。含着怒火的声音是具有穿透力的，有两三句破墙而来，落进他们的耳朵里。

"谁让你来的？"

"愧疚？愧疚不能当饭吃，却能害死你！"

"赶紧滚回去！不要让我再见到你！"

"嘭——"隔壁摔门的声音传来，叶晋明几步跑到门边，轻轻打开门向外看，只看见一个背脊微驼的男人的身影在楼梯口一闪不见。

杜若茗也跟过来，从他臂弯下探出小脑袋向外张望。

"哎，哎，让我看看，那个人，我见过……"

叶晋明怕她暴露，按着那颗小脑袋就推了回去，门一关，锁了。杜若茗还要吵着去另开房间，被他提着胳膊拎了回来。

"行了，大半夜的，不麻烦啊？挤挤得了，我又不嫌你。没看见吗，这里什么人都能进来，我不睡在你身边，多危险啊！"

杜若茗一面往包里装东西，一面说："哼，你睡在我身边才是真危险。"

叶晋明无奈，懒懒地靠在椅子上看着她收拾东西，等她开门要走，他不慌不忙拿出另外一张五十万的支票弹了弹："想不想要？"

杜若茗立刻两眼放光："嗯嗯，想想……"

她几步奔过来，伸手就要来拿，他却手一扬，说："让我在这儿睡一晚，明儿早给你！"

"……"

"我保证不动你。动，你是小狗。"

是可忍，钱不能忍，杜若茗咬咬牙："行！我睡床，你睡地！"

……

这一晚，两个人，一个地上，一个床上，一上一下，聊天。

"茗茗，你们那里有电灯吧？"

"喊——"她翻个身。

"你们那里可以洗澡吗？"

"喊——"她再翻个身。

"茗茗，跟我说说你为什么不能吃肉了……天天跟你以前一样，也喜欢我做的可乐鸡翅，糖醋小排和炸藕盒……茗茗，茗茗？"

叶晋明手掌撑起身体，看见床上的她，长裤外套，拉链拉紧，全副武装，已经睡着。

他一笑，起身去帮她关床头的灯。暖色的灯光下，她的小脑袋侧着躺在枕头上，手像两只小猫爪放在脸侧，两排浓密的睫毛是蛾的须，在灯影里轻轻栖落。

他看着她，没忍住，手撑在她身体两侧，轻轻落下一个吻……

尽管杜若茗里里外外结结实实地把自己裹成了粽子，可是一觉醒来，还是光溜溜地躺在被子里，浑身上下除了一条黑色蕾丝底裤，已经被洗劫一空。

外套呢？毛衣呢？内衣呢？那个浑蛋呢？

叶晋明身上只围着一条浴巾从洗手间探出头来，牙刷含在嘴里："醒了？起床，带你去吃……"

"咚——"一只枕头直接砸到他的脸上，牙刷都被砸飞了！

叶晋明抹着被溅了一脸的泡沫，几乎要发疯："疯女人！老子没碰你！"

她横眉立目："我衣服呢？"

"穿着胸罩睡觉会得乳腺炎的，蠢！我就帮你脱了衣服，什么都没干！"

"把我都脱成这样了，还什么都没干？"

"怎么，让你失望了？那咱们现在就补上……"

说着，他解着浴巾向她走过来，杜若茗吓得"啊"的一声尖叫，爬起来就要逃，他把浴巾一拉，里面却还穿着裤子。

"哈哈哈……"

"浑蛋！"

简直了，一个乐不可支，一个怒不可遏。

正在闹着，房门突然被敲响，叶晋明大大咧咧裸着上身去开门，门外站着郑祥安。

郑祥安一脸的微笑瞬间僵在脸上："叶，叶先生……"

叶晋明裸着精壮的膀子，淡淡应了一声："昨晚睡得晚，她还没起来，有事？"

"哦，我是来问问若茗，要不要一起去吃早餐。"

"去，不过是我和她一起。"

04

吃过早餐，三个人在朗悦门口见面。

杜若茗本来是跟郑祥安约好一起去市政府，再最后敲定一下画展场地的，可是叶晋明突然又答应给拆迁款了，这画展举不举办，她想再跟郑祥安商量一下。

郑祥安想了一下，看了看不远处站着吸烟的叶晋明，肯定地说："办！继续举办。"

杜若茗有些不敢相信。这几年，随着郑祥安名气提升，他的画作价格也在上涨，可是，他宁愿每月节衣缩食地过日子，也不肯轻易卖掉一幅画。这一次，如果不是为了帮她筹钱修桥，他应该是不会举办画展卖画的。

杜若茗把他拉到一边说："他已经给了我五十万，修桥足够了。所以，您真不用……"

郑祥安拍拍她的肩："若茗，这次画展，不单单是为了修桥。"

……

杜若茗的车子开去补漆，叶晋明说顺路送他们去市政府，车子开进市委大院后，他却要跟他们一起进去。

杜若茗拉住他："你怎么还跟着？"

他笑着把手搭在她肩上："茗茗，我是这次画展的赞助商。"

从市委出来，叶晋明再开车送他们去文体中心看场地。路上，叶晋明和郑祥安简单聊了几句画展的事，话锋一转，话题就落到了杜若茗身上。

叶晋明说："我其实对什么画展并不感兴趣，这次之所以出钱赞助，还是因为茗茗。她跟我怄气，一跑出去就是四年，多亏了郑老师照应。这次赞助就算是我的一点儿谢意吧！"

郑祥安说："杜老师很坚强，我并没有帮到什么忙。不过还是要谢谢叶先生的慷慨赞助。"

杜若茗冷笑："还要谢他？恐怕是黄鼠狼给鸡拜年，没安好心。"

叶晋明一笑，左手掌着方向，右手伸过来就按在了她的腿上。

杜若茗推他，他目视前方，神情平淡，大掌一捏一揉，警告！

杜若茗躲不开，也不能白白被揩油，指甲尖捏起他手背上的一点儿肉，用力掐、捻、扭……一套动作下来，那人面不改色，还能淡淡地向郑祥安应一句："大画家不用客气，举手之劳！"

前方堵车，郑祥安看了看外面的街景，说："前面不远就是文体中心，我就在这里下车吧。麻烦叶先生了。"

郑祥安下了车，杜若茗也要下车，却被叶晋明一把拉住，他落下车窗对郑祥安笑着说："茗茗说她有东西落在酒店了，我先带她去取一下。郑老师自己去看场地吧！"

郑祥安一笑，挥手再见。

杜若茗气得要骂人："叶晋明，你想干吗？"

叶晋明松开她继续开车："姓郑的是不是你众多男人之一？"

"你的思想能不能不这么肮脏？"

"他对你有意思，别说你不知道。"

"知道啊！"

"知道还跟他走那么近？"

"哦，你天天跟露露啊娜娜啊在同一屋檐下，你们该不是也有奸情？"

她吃醋，他心情好，扭头看她一眼，话却一点儿都不温柔："我警告你啊杜若茗，要么老老实实跟我去复婚，要么就一辈子单身，你以前怎么样我不管，如果敢在我眼皮子底下跟那些野男人不清不楚，别怪我不客气。"

杜若茗白他："管这么宽，你以为自己是谁啊？"

他的手又伸过来："你男人啊。"

她推开他："不要脸！"

"有你，要脸干吗？"

斗嘴斗到浑身舒坦，叶晋明开着车，又对杜若茗说："把你留下来是有事的，帮我在你们画展安排一份工作。"

杜若茗没听清："你说什么？"

"你们这画展不是属于半公益性质吗？我想去做几天义工，净化净化心灵。帮我在你们画展安排一份工作。"

杜若茗很意外："你这算求我？"

叶晋明看向她，眸光含情，右眼冲她一眨，声音又软又哑："嗯，求你！"

这男人眸光带电，一般人受不了，尤其杜若茗。

她扭过头去："不管！"

杜若茗到达文体中心时，展厅门口已经恭恭敬敬站了两排人马，男左女右，一水儿的西服套装，八颗牙。一看见杜若茗进来，九十度鞠躬，齐刷刷问候："老板娘好！"

杜若茗被惊得往后一跳，直退了两步："怎么回事啊？"

为首的一个长相清秀的男孩走出来，再微微一躬："老板娘，我们是老板派来帮忙布置展厅的。"

杜若茗拍拍胸口："哦哦，你们老板想得还真是周到啊！不仅出钱还出力！"

男孩子微笑作答："老板说了，让我们全部听老板娘差遣，他处理完手头的事情，稍晚也会过来！"

不错，连请人打杂的钱都省下了。大公司培训出来的员工，眼力见儿好，察言观色的能力也强。这边杜若茗只要稍微一动刚想做点什么，那边就立刻会有人跑过来："老板娘，您歇着，我来！"

"老板娘，小心划手，我们来！"

弄到最后，她晃来晃去反倒像个看热闹的外人。

忙累一天，看着已经布置妥当的展厅，虽然累，大家的心里却都很欣慰。郑祥安想请大家吃饭，那些人怎么也不肯，忙完就撤了。两个人再最后检查一遍展厅的线路、门窗，刚准备要走，门一开一合，携裹着外面清冷的夜气，一个穿着黑色夹克衫的高个子男人走了进来。

郑祥安笑着迎上去："叶先生！"

叶晋明看着杜若茗的背影在里面一扇门后面一闪消失，他转过脸来，笑着跟郑祥安打了声招呼："怎么样，一切都还顺利吧？"

"承蒙叶先生关照，都已经准备妥当，就等明天开展了。"

"那就好，那就好……"叶晋明一面答应，一面欣赏着已经布置好的画作。

他在展厅正门口的那幅画前停下来，画中主人公是一个年轻女子，穿着少数民族的服饰，闭着眼睛高举双臂，嘴角微微扬起，迎着风雨的洗礼。画面背景沉郁，风雨气息很浓，而女孩微笑的脸庞和洁白修长的脖颈却像闪着光，把周遭的雨气都染成了金色。一团雨雾中，她就像一轮小太阳，把整个雨幕都照亮了。

叶晋明弯下腰，看着右下角的小字：太阳。

太阳？风雨中的小太阳？这说的不是他家茗茗吗？叶晋明还清晰记得很久以前的那场大雨，从学校出来两个人才发现都忘记带雨具。他把校服外套脱下披在杜若茗的脑袋上，在风雨里载着她，拼命地蹬着自行车往家赶。

杜若茗举着书包想给他遮雨，他太高，她坐着够不着他的头，想踩着后车蹬站起却又因为太滑而踩不稳。

叶晋明一边蹬车一边训她："姑奶奶，你安生点吧！动来动去的，一会儿掉下去磕破膝盖就麻烦了。"

她索性跪了下来，举高手臂擎起书包，正好遮住了他的头。叶晋明后背一软，被她贴上，头顶书包挡住了风雨，眼前瞬间明晰。她又软又暖的小身体就像是一轮小太阳，紧紧贴着他，挡住了冰冷的雨气，湿湿的热气在他的后背和她的胸前氤氲。

到家一下车，他才知道她是一直跪在他身后的，此时的她膝盖又麻又痛，几乎伸不直。

他气到不行："你傻啊？"

气呼呼地伸手把她往下抱，就像小时候，他大手勒着她的胸脯，直接就拎了下来。杜若茗红着小脸一推他，他才后知后觉地发觉手感不对，她胸前软软的，像藏了两个小包子。

那柔软突兀的触觉从手掌瞬间传到心脏，他惊愕地看她，只见她全身湿透，薄料的夏季校服紧贴在身上，胸前小小的萌芽般的两弧。

他全身像被触电，脑袋里"嗡"的一声，猛地把她一推，扭头就跑。

杜若茗腿脚还是酸软的，再被他这样一推，一屁股坐在了地上。

"叶大明！你找死！"

她气得抄起一根树枝撵了上去。后来还是叶婶逮住叶大明在他屁股上狠揍了两笤帚，才算替她出了口气。

她却不知道，那晚他几乎被她折磨死，一闭眼，晃来晃去的都是她的影子，翻来覆去半宿睡不着。第二天清晨又几乎窘死，裤子里又湿又黏，以为自己尿床。

回忆甜心，心甜笑就藏不住，叶晋明嘴角弯起，笑得像个白痴。

这一笑正好被杜若茗看到，她凶巴巴地说："我们要锁门了，想欣赏作品明天再来吧！"

叶晋明闻声一扭头，哇，光芒万丈，正是他的小太阳。他不怀好意的目光从她的脸上下移，直落到她的胸前，嗯，比那时有料好多。杜若茗手臂一拢，转过身去。而叶晋明脸上的笑意也随即一收，表情要多正经有多正经。

他问："这幅画多少钱？我买了。"

郑祥安答："不好意思叶总，这幅画只展不卖。"

"不卖？那是你没有遇到给价合适的。你出个价。"

郑祥安看了那幅画一眼，目光温柔，像在注视情人："不好意思叶总，这一幅，真的不卖。"

叶晋明说："你画画跟我盖房子不一样吗？只画不卖，有钱不赚，为什么？"

郑祥安浅浅一笑："其他可以随便挑，这幅画已经说好送给若茗的，所以不卖。"

这话……叶总就不爱听了啊，这就是赤裸裸的挑衅嘛！

叶晋明眉眼一弯："不卖就不卖，也省得谈钱伤了和气，那就直接送我吧！"

能把无赖耍到如此境地的，也就只有叶晋明了。

杜若茗忍不住走过去："你怎么这么不要脸？听不懂啊？只展不卖！"

叶晋明也不生气："我知道，所以我才不买，请他送我嘛！我为你们的画展赞助了这么多，你们就不该表示表示吗？何况我是真心喜欢这幅画。"

杜若茗迎住他不怀好意的目光，一仰脸："真想要？"

"嗯。想要！"

"也不是没得商量。画展这三天，你来给我们做三天义工。"

叶晋明心中一喜，看来他的话，她是记在心里了。

"没问题！你们这里都有什么工作可做？收银、保安，还是搬搬扛扛？"

杜若茗上下打量了他一眼，笑得极阴险："您这样的身份，哪能委屈您干那些粗活？我们正好缺个刷厕所的保洁员，您如果能干，三天工作一结束，我就把这幅画送给您了！"

郑祥安有些不放心："若茗……"

杜若茗看了郑祥安一眼，眼神很明确：放心，他不会来的。

两人这样明目张胆地眉来眼去一遭，叶晋明看得直咬后槽牙，杜若茗，挺嚣张啊！

叶晋明看着杜若茗："你说话算数？"

"算数！"

"好！明天八点，我准时到。"

第
十
章

打
小
怪
兽
的
妈
妈

01

这一天太累，吃过晚饭，杜若茗回到酒店就只想睡觉了。

为了躲避叶晋明的纠缠，她找酒店前台换了房间，然后就房门一锁，手机一关，洗漱完毕，直接上床睡觉。

刚躺下，她却又猛地睁开了眼，五十万！说好早晨给她的那五十万，他还没给！

一下子困意全无。她坐起来，一面给他发短信汇报新换的房号，一面在心里咬牙切齿地骂他。这像什么，旧社会堂子里的姑娘，搬了家唯恐错过了金主儿的惠顾，还得巴巴地上赶着去汇报新住址。可是她连那些姑娘都不如，因为，他钓她用的是她的钱啊……

敲门声终于响起，杜若茗藏了一把水果刀在衣袖里，走到门边准备开门。

她已经想好，支票一到手立刻就跑，跑不掉就报警，警察来得慢她还有刀呢，而且郑祥安就在楼上，她不信叶晋明敢在酒店里来强的。

她悄悄透过猫眼往外看，咦，没人！难道是自己听错了？正在疑惑，敲门声又起，温柔而又有节奏，不像那人的做派。杜若茗再往外看，还是没人！奇了怪了，敲门声一直没断，门外怎么连个鬼影子都没有？

她头皮突然一紧，该不会是遇到灵异事件了吧！都说酒店里最后一间房不要住，而她为了换房就没顾及这些，选的正好是末尾房……

敲门声响了几下，又停了。

杜若茗就恼了火，什么玩意儿？你再恐怖能有深山里半夜的风声恐怖吗？半夜走山路的经历老娘都有过，还能怕你什么小鬼头？

杜若茗心一横，握紧那把刀，猛地拉开门，视线所及，没人。再一低头，门口立着一只硕大的行李箱，行李箱旁边，比箱子矮一大截的，是一个，一个小男孩。

怪不得刚才没看见他，因为，他实在太矮了！

小团子穿嫩黄色的羽绒服，帽子上背一只小恐龙，胖嘟嘟白团团的一张小脸，齐刘海的西瓜头，头发乌黑柔软，卷翘的长睫毛，大眼睛又黑又圆，小嘴巴紧紧抿着，神情期许却又紧张兮兮地盯住了杜若茗手里举着的那把明晃晃的刀。

杜若茗这时才发现，自己披头散发手提利刃的形象实在太彪悍，别说是这么个矮团团的小孩子，就是个大人看见她这么杀气腾腾地冲出来，估计也会被吓得抱头鼠窜。

她笑着把刀往身后藏，想想也不妥，这更像诱骗小孩上当的狼外婆了。她冲团子笑一下，跑回去把刀放好，回来再看，团子还在那儿站着。

"妈妈，我能进去吗？"不等杜若茗开口，小团子先柔声细语地问了一句。

杜若茗瞧着这孩子有点儿眼熟，却又一时想不起在那里见过。她蹲下身来，摸了摸他毛茸茸的小脑袋，温柔地问："你是谁家孩子啊？是不是走错房间了？"

"叶晋明家的。"

"叶晋明家的？"

小团子连忙点头："嗯，嗯，叶晋明家的。"

杜若茗突然想起那天在景程门口打了半个照面的小孩子，怪不得刚才看着眼熟呢。她往楼道左右看了看，问："你怎么自己跑这里来了？你爸爸呢？"

"爸爸有事情，让天天来找妈妈。"

杜若茗连忙摆手："哎，孩子，我可不是你妈妈，你不能找我……"

不等杜若茗说完，小团子张开小胳膊就扑了过来，抱住她的腿，闭着眼睛一边蹭一边说："是妈妈，是妈妈，打小怪兽的妈妈！"

腿上趴了一只又香又软又黏的团子，杜若茗一阵头疼，这娃他爹就够赖了，没想到他娃更赖。他爹人高马大她打不过，这么个小丸子本可以一脚踢开的，可是，她实在下不去脚啊！

"呃，你可以先进来，我给你爸爸打电话让他来接你哈！"

小团子一听，立刻就去拖他那只印着小恐龙的大行李箱，箱子不算很高，小东西伸着胳膊跳了跳，小手却连拉杆都够不着。

杜若茗看看他那卖力往上跳的小短腿，笑着伸手帮他拉上箱子，说："进来吧！"

房间不大，突然多了这么个小人儿和一只大箱子，立刻就显得拥挤。再加上桌椅，磕磕绊绊的，万一把小东西磕个好歹，他爹再把那五十万扣下当医药费可就不值了。

杜若茗吩咐："那谁，你坐床上去。"

"嗯。"小团子答应着，立刻就往床上爬，床腿儿高，人腿儿短，小东西又胖，爬了两次，溜下来两次。

杜若茗笑着伸手插在团子腋下，一提就把他拎了起来……

手感太好了！又软又暖，还带着甜甜的奶香，真想咬一口，可是想想不是自己的，又下不去嘴。

她就这么色眯眯地举着小团子愣了好一会儿神，直到小团子踢蹬一下悬空的小腿，小脑袋一伸，"啵"的一声亲在她的脸上……

杜若茗就蒙了！两只大眼睛眨巴眨巴，眼前迷迷蒙蒙，都是粉色。小团子继承了他爹得寸进尺的"优良基因"，一嘟小嘴，"啵"，又是一口。

哎哟喂，简直要了这位妇女同志的老命哦！

杜若茗的脑子里立刻捅翻了马蜂窝般，嗡嗡嗡，嘤嘤嘤，天崩地裂，天旋地转，恍恍惚惚，红红火火啊！

立场呢？阵地呢？阶级仇恨呢？不行，不行，再可爱也是那渣男跟别人造的娃，后妈，她是绝对不当的，所以，别想搁她这里要抱抱。

杜若茗突然想明白，一下子就把小团子丢在了床上，冷冷说道："谁让你亲的？坐好！"

小团子当即被吼得憋了一汪眼泪，杜若茗的一颗心，瞬间也就都成了水儿。

"好好好，我不吼你，你乖乖坐好。"

小团子立刻爬起来乖乖坐好，小短腿垂在床边，肉肉的小手规规矩矩地放在膝盖上，手背上清晰地印着五个小肉窝，大眼睛一眨一眨，每眨一下就往外滚两颗泪珠。

杜若茗懊恼至死，自己都干了什么，简直太缺德了，大人的那点破事儿关孩子什么事儿？她清清嗓子，想拉近一下彼此距离："喀喀，那谁……你叫啥？"

"天天。"

这小声儿，还带着萌萌的泪音儿，听得人心都化了。

杜若茗又问："大名呢？"

小胖手抹抹眼泪，望着她："大明是爸爸。"

大名是爸爸？你爸爸！小东西，竟然敢占老娘便宜！

杜若茗这暴脾气刚要发作，突又一想，一下子笑趴在床上。

小家伙被她笑得有些蒙，泪珠还挂在腮上，侧着脸，蹙着小眉头看着这位喜怒无常的妈妈大人。

这种把她当傻瓜看的神情，简直跟他那个渣爹一模一样。

杜若茗收了笑，再清清喉咙，板着脸说："那个，哥们儿，你爸爸有没有说让你在这里待多久？"

小团子认真想了一下："好久好久。"

杜若茗崩溃，还好茶好茶呢！姓叶的该不会是还不上钱拿儿子来抵债吧！不行，必须得打个电话。

她关上浴室的门给叶晋明打电话。

"叶晋明，你儿子在我这里。"

这话，怎么听着像绑架呢。

"嗯，知道。"

"我不会哄小孩子，他如果哭我就揍他。所以，你什么时候来接他？"

说完这句，她心虚地扒着门缝往外看，幸好没被小家伙听见。小家伙正自来熟地打开行李箱往外搬他的家当。

电话里，叶晋明说："天天不爱哭，所以你没有机会揍他。"

"叶晋明，你到底几个意思？没钱还，拿儿子抵债啊？"

"哪能啊，保姆请假了，凭咱俩这交情，帮忙带会儿娃不过分吧？"

"哼哼，你最好是早点儿来接他，否则，给你拐卖了可别赖我。"

杜若茗挂了电话，再看看外面一趟趟把自己的家当往外搬的小团子，这孩子，还真把这儿当自个家啊？其实，这里连阿姨我的家都不是呢！

杜若茗坐在马桶上冷静了一会儿，开始上网求助万能的度娘。她从卫生间出来，看着手机上刚搜到的育儿指南，说："那个，哥们儿，你现在该吃饭还是该喝奶？"

小团子把他的故事书放在床头，说："天天该洗澡了。"

"哦哦，对了，现在很晚了哈！那你去洗吧……"

想想又不对，瞧这短胳膊短腿的样子，估计连水龙头都够不到吧。

她讨好地笑笑："就一宿，别洗了。"

"不行，爸爸说不洗澡不可以睡觉觉。"

毛病！得，老娘伺候你洗澡！

那么，给小团子洗澡都需要什么程序？首先，团子一只，然后，沐浴露？洗发水……

"妈妈，箱子里有天天的拖鞋。"

"哦，拖鞋……"

"小盒子里是天天的沐浴露。"

"哦，沐浴露……"

"还有浴巾。"

"哦，浴巾……"

杜若茗提溜着一蓝一白两条浴巾对比着，小团子抱过蓝色的那块："这是擦干干的。"

"哦，擦干干……"

嗯？等会儿，擦干干是个什么鬼……哦，婴语，擦干身体的意思。杜若茗想想自己真是聪明啊，都能自动翻译了！

短胖的小手又一指杜若茗手里白色的那一块："这是裹香香的。"

哦，明白，婴语，就是擦干以后包团子的呗！

唉，浴巾都得两条，小哥如此精致，在下实在粗糙！

等杜若茗把他的洗漱用品都拿到浴室，再回来，小团子已经自己脱了衣服，披着浴巾趿拉着小拖鞋就要往浴室走，一看见她，却又害羞地伸手去捂他的下身。

小崽子，竟然还知道害羞！倒是比你那渣爹强！

杜若茗蒙住眼睛假装不看："行了，谁稀罕看你啊！"

杜若茗调好花洒的水温，一回头，那小家伙还捂着。

她把花洒递给他："那你自己来？"

小家伙立刻摆手："不行不行，爸爸说会烫到。妈妈帮天天。"

这孩子倒是挺有分寸！

虽然看得出叶晋明很宠这孩子，却并没有宠坏。三四岁的小豆子，伸着白白胖胖的小胳膊小腿自己打着沐浴露，洗得很认真。

洗头发时，他那个洗头神器洗发帽，杜若茗不大会操作，水一冲就滑下来了。洗发水淋到小团子脸上，估计有些辣眼睛，小东西有些慌，使劲儿闭着眼睛，拿小手去揉。杜若茗连忙抱住他，用毛巾帮他擦掉。

她愧疚得不行，谁知小东西一睁开眼睛，眼睛还是湿湿的，就拿小脸来蹭她："妈妈，你好香。"

杜若茗一怔，这种感觉太奇妙了，跟抱着美宝时的感觉不一样。抱美宝，喜悦是由外而内的，而抱着这只小团子，快乐竟像是从心底最深处溢出来。好像并不是小团子给了她快乐，而是她内心就藏着这种快乐，不过是被小团子唤醒了，两个人因此达到了一种奇妙的共鸣。

洗完澡，地上滑，杜若茗担心小团子滑倒，拿浴巾把他裹了，抱出来。不知道他用的沐浴露是什么牌子，香香甜甜的，牛奶蜂蜜的混合味道，很好闻，她都有点儿舍不得把他放下了。

等杜若茗收拾好浴室再出来，就看见小团子已经自己穿上了小内裤，正把睡衣套在脑袋上吭哧吭哧地往下拉，圆圆的小屁股把小裤头上海绵宝宝的那张笑脸撑得很饱满，她禁不住想伸手去捏。

手刚伸出去，小家伙的头突然从衣服里钻出来，她脸一红，连忙望向别处："哦，接下来，你，是不是该喝奶了？"

小家伙看着她又皱眉："妈妈，天天已经长大了，不要喝奶了。"

"哦，哦，也对。那，那你睡觉。"

杜若茗把他带来的小毯子小被子都铺好，小家伙钻进去，只露出一颗毛茸茸的小脑袋，闪着一双亮晶晶的大眼睛。

"妈妈，跟天天讲讲你是怎么在外太空打小怪兽的，行吗？"

"外太空？小怪兽？什么意思？"

小家伙眨巴着眼睛，说："爸爸说，你不是不要天天了，是去外太空打小怪兽了，打完了小怪兽才能回来。"

很明显这是一个善意的谎言。杜若茗听得心酸，也是个可怜的孩子啊！可是，她并不觉得自己有帮叶晋明把这个谎言继续下去的义务。

"哥们儿，我告诉你啊，"嗯，虽然有点儿残忍，但她硬着心肠说，"其实吧，你妈妈并没有去外太空打小怪兽，而是你妈妈跟你爸爸……"

她望着那双湖水一般纯净的大眼睛，犹豫了一下，最终还是把心里那个想要冒头的恶作剧压了下去。

"算了，我还是给你讲故事吧，你们小豆子不是都得听什么睡前故事吗？"

"嗯嗯……"天天连忙把一本《唐诗三百首》递了过来，"爸爸讲到《山居秋暝》了，天天已经背过，天天背给妈妈听……"

什么？小孩子不是应该听白雪公主、睡美人吗？这孩子临睡前竟然要背唐诗。简直没天理！

"山居秋暝
作者：王维
空山新雨后，天气晚来秋。
明月松间照，清泉石上流。
竹喧归浣女，莲动下渔舟。
随意春芳歇，王孙自可留。"

听小家伙流利地背完这首五言律诗，杜若茗咽了咽口水，怔了怔，心虚地翻了翻那本《唐诗三百首》，手一扬："这些，你都会背？"

小团子诚实地摇头："后面的爸爸还没有讲，前面的都背过了。"

杜若茗石化两分钟！

什么老爹？什么儿子？竟然如此丧心病狂地揠苗助长。如果这是自己的孩子，她才……她得嘚瑟死：看，这是我儿子，完美继承了我聪明伶俐的优秀基因！

杜若茗翻着那本《唐诗三百首》，问："你怎么会喜欢背唐诗？这么古怪的事情……"

"妈妈，唐诗很好听啊，爸爸说唐诗的节奏很美！"

杜若茗石化三分钟！这理论知识真够扎实！遥想当年自己被一首

《咏鹅》折磨得站了三天教室门口的日子……唉，不用想了，这绝对不是自己的孩子！绝对只是传说中的别人家的孩子！

杜若茗摇着手指对小家伙说："不不不，你爸爸给你讲的那些都不是最好听的，我给你讲几首节奏更美的……"

一想到可以把叶晋明家儿子带进沟里，杜若茗立刻兴奋地蹬掉鞋子，跳上床来挨着小家伙靠在床头。小团子兴奋地看看她，小狗一样把毛茸茸的小脑袋拱一拱，拱到她的臂弯里。杜若茗从他脑后一绕，就抱住了。

她翻着书，循序善诱："就说这首《咏鹅》吧，应该是这样的：鹅鹅鹅，杀鹅用刀割。拔毛浇开水，把鹅盖进锅。呼呼冒热气，铁锅炖大鹅。"

老杜："再来一首……"

团子："妈妈，大白是不是被你吃了？"

呃，吃大白这事，她确实是谋划过好几次……

02

湾儿里巷杜家有一条大黄，大黄啃骨头，凶悍强壮。叶家有一只大白，大白吃菜叶，高冷漂亮。

大黄怕大白，就像叶晋明怵杜若茗，天造地设的一对冤家。两个别到一处来，大黄一见大白必被掐，一掐必败。

每次看着大黄被大白撵得满街跑的熊样，杜若茗就气得牙根痒，恨不得替大黄把大白好好收拾一顿。可要说真正收拾大白那次，却不是因为大黄又被欺负了，而是因为她被叶晋明欺负了。

叶叔和叶婶的不幸，事发突然，叶晋明也对她冷得突然。好像就在一夜之间，她从南平回来，天儿就变了，她竟然见不到叶晋明了。

叶叔去世前，在江城经营着周边几个县市最大的摩托车卖场。出事后他们才知道，之前半年卖场的资金链就开始紧张，所以叶叔才舍得拿出他的宝贝古董花瓶去南平做抵押贷款。就在返回江城的路上，叶叔的车子掉进了阳江……

车子被打捞起来以后，没有看见那笔救命钱，花瓶也不见了。

那些供货商每天都堵在卖场门口催债，扬言还不上就把卖场里的东西都搬走。

那是叶晋明最艰难的一段日子。为了帮他保住卖场，杜若茗几次跑回南平去求杜方平，可是父亲表示自己的资金也紧张，不肯施以援手。

最后那一次，她跟父亲大吵一架，沮丧地跑回江城，才发现更沮丧的事儿正在等着她，叶晋明要跟她分手。

整个暑假，他都不肯见她，偶尔被她堵上，也是从来不给她好脸色。脸难看，话也难听，骂着让她滚。又是连着几天见不到叶晋明的人，杜若茗坐在他家门口从清晨等到大太阳升到头顶。她被太阳晒到头晕，抬头看着那把硕大的铜锁，突然就听见院子里大白嘹亮的叫声……

哦，大白，你在家啊！

那天下午，杜若茗一边给叶晋明打电话一边在院子里砌土灶。奶奶家土灶早拆了，而炖大鹅要老柴铁锅才好吃。

记得当时叶晋明的手机彩铃是 Beyond 的《喜欢你》。她把手机打开免提，一遍遍拨，就一遍遍听，一下午的粤语版《喜欢你》听下来，感觉自己都能跟广东人自如交流了。

最后，她给徐海发了条短信："告诉叶晋明，大白炖好了，搬箱啤酒，回来吃。"

半个小时不到，胡同里摩托车的轰鸣几乎把墙头都震塌。

叶晋明和徐海跑进来时，正看见她家院子正中的大柴灶上架着一只铁锅，大火旺烧，大锅里呼呼冒着热气，水滚得咕嘟咕嘟响。

院子里蝉鸣阵阵，一地鹅毛。

树荫下，矮桌旁，大黄趴在地上抱着狗爪在啃骨头，杜若茗坐在一只小马扎上，脸上黑一道红一道的，顶着一头鸡毛样的乱发在啃鹅腿。

杜若茗淡淡地瞟了他们一眼："不是说让你们买啤酒的吗？"

徐海吓得舌头都打结："老……老杜，你真把大白……炖了？"

大白是谁啊，叶家资历高过叶晋明的元老级人物，叶晋明还没出生时，大白就已经能下河逮小鱼儿了。

杜若茗向大锅那边一抬下巴："喏，还给你们留了点儿。"

叶晋明眼睛都红了，几步过来，提着她的胳膊把她从小马扎上拎了起来："你给我吐出来！"

杜若茗举着鹅腿啃得香："又不是没通知你？谁让你不接我电话！"

叶晋明一下又把她丢回去，看着那一地的鹅毛，气得直抓头发。

"杜若茗，你还我大白！"

徐海连忙拉住叶晋明："晋明，晋明，鹅死不能复生，若茗，若茗她应该不是故意的……"

杜若茗白了徐海一眼："我故意的！谁让大白撵我。"

叶晋明已经抓狂："杜若茗！你怎么能这么狠？"

正闹着，大黄却突然摇着尾巴跑过去叼住了叶晋明的裤腿。

杜若茗一看大黄这一副叛徒相，立刻呵斥它："大黄，你给我滚回来！"

叶晋明突然明白了，跟着大黄往院子角落那个废弃的鸡窝跑。大黄两爪子刨开堵在鸡窝口的砖匍匐爬进去，很快拖了一只塑料口袋出来。袋子里一拱一拱的，是活物。

叶晋明连忙蹲下来解开口袋，大白的长脖子一下就挺了出来，憋坏了，真想亮一嗓子，可惜没叫出来，因为嘴巴被杜若茗绑住了。

叶晋明抱着大白就要走，杜若茗却举着鸡腿拦住："你不能走，大白啄我。你是它主人，你得给我个说法。"

"活该！"

他推开她继续走，她抱着还剩大半的那只烧鸡赶紧跟上："大明大明，我刚买的卢家五香鸡，还热着呢，翅膀给你留着呢……"

那晚叶晋明、杜若茗还有徐海，一起吃了一只卢家五香鸡，还有一只老南瓜。

杜若茗烧了一下午的大柴灶，觉得白白烧着有些可惜，就把奶奶搁在窗台晒了快半年的一只老南瓜丢锅里去了。也不知道切开，就那么整个地蒸，蒸了一下午，竟然真的蒸透了。没接触水蒸气的南瓜肉，清香甘甜，特别好吃。

一直黑着脸的那人，吃了她的五香烧鸡还吃了她家的老南瓜，却自始至终连一个眼神都没施舍给她。

到晚上，徐海已经去里间睡觉，叶晋明踢着她的椅子腿撵她回家。

她腿叉开反着坐在椅子上，抱住了椅子背儿，赖着不走："奶奶被爸爸接回南平了，我是自己跑回来的，一个人睡要吓死的。"

他提她起来，继续撵："你连大白都敢绑，鬼都怕你。"

她连忙摇头："不不，大白比我厉害。我是绑了它，可是我也受伤了，你看这儿，这儿，还有这儿，都是它啄的，疼死了。"

她弯腰提起裤腿给他看，叶晋明这时才发现，她的小腿上青一块紫一块的，惨不忍睹。他的脑子里立刻浮现出一场人鹅大战的惨烈景象。

他立时就怒了，一掌拍在她的脑袋上："白痴！"

她抱住他的胳膊摇："谁让你不理我！"

叶晋明蹲下来看她的腿，有几处连皮都掉了，隐隐往外渗着血。叶晋明真是又气又疼，不知道这个小东西的脑袋里到底都装着什么，怎么净干一些没脑子的事呢？

他拿来碘伏和棉签给她擦拭消毒，他一擦，杜若茗就疼得直吸凉气："大明，你轻点儿！"

她让他轻，他就故意重："下次还敢吗？"

"嗞——"她拍他，"叶大明！"

他干脆把棉签丢给她，让她自己处理。

"怎么想的？敢绑架大白？"

是啊，湾儿里巷全村的狗都怕大白，大白能撵得黄鼠狼满院子跑，别说一个除了胆儿大哪都娇小的杜若茗。

杜若茗低头擦着腿上的伤，喃喃着："谁让你不理我了？等以后你敢不理我，我直接绑你儿子！"

想想又不对，他儿子还不就是她儿子吗？她必须得嫁给他，他也只能跟她生儿子！

她举着棉签又要往脸上擦，一边擦一边嘟囔："你看看这儿，也是你家大白干的。它是真狠呢，飞起来挠我，差点儿就把我弄破相，不过它也被我抓掉了一把毛……唉，疼！你帮我，我看不见。"

叶晋明低头看着距离她眼睛仅一厘米的那一痕，心尖都打战。他取了一根新棉签蘸了碘伏轻轻帮她擦着，边擦边吹："杜若茗，咱以后能不玩这么吓人的吗？"

她看着他近在咫尺的脸，嘿嘿一笑："吓到你了？"

她呼出来的气息仿佛还带着老南瓜的香甜气，他的心被狠狠撞了一下，却眼皮一垂，生硬地说："你差点儿把大白吃了。"

他的气息扑在她脸上，他是五香味儿的，她留给他的鸡翅他倒是一只也没少吃。

嗯，这个时候，还忍个屁！

杜若茗勾住他的脖子，嘟嘴就亲了上去。

他把她的肩膀一握，刚要推开，里间门一开，徐海揉着眼睛，迷迷糊糊地出来了，先是愣怔了几秒，随即低头往外走："哦，我，我去放水，你们继续……"

据说那时候徐海跟美娜连小手都没牵过呢，这种女强男弱的彪悍场景虽说不是第一次见，却也足够让一个纯洁的男子脸红。

徐海低头往门外跑，一脚绊在门槛上，差点儿摔倒。声响立刻惊动了早就宿窝的大白，它嘹亮的一嗓子，把杜若茗吓得一哆嗦。

她的大眼睛可怜巴巴地看着叶晋明，说："你今晚如果把我撵回去一个人睡，你家大白会半夜去复仇啄死我的。"

虽然叶晋明知道她那一哆嗦多半是装的，却也不忍再撵她："行了，你去里间睡。我跟徐海睡一屋。"

杜若茗暗暗举了一个"胜利"的手势，不敢再要求更多，乖乖去睡觉了。

从那儿以后，大白跟杜若茗的梁子算是结下了。别让大白看见杜若茗，只要一见，脖子一伸，立刻开啄，一度达到"有白没茗，有茗没白"的白热化局面。

可是，大白的死真跟她没有关系。大白那样傲气的鹅，哪怕是死，也得是悲壮的，它不屑于死在杜若茗这种无名小卒的手里。

03

叶晋明来到酒店时，叶天意还兴奋得没睡着，而给他讲故事哄他睡觉的那个人，早已经歪在床头睡得口水直流了。

他趿拉着小拖鞋去给爸爸开门，叶晋明一进来，叶天意立刻小手竖在唇边："嘘——妈妈睡着了。"

叶晋明抱起叶天意，看着床头那个睡得死猪一样的人，眉头都快皱成"川"字了，到底是她看孩子还是孩子看她？明天晚上绝对不可以再把他们娘俩放在酒店。

叶晋明亲了亲叶天意，小声问："怎么样，跟妈妈在一起开不开心？"

小家伙抱着爸爸的脖子，小声回答："开心！很开心很开心。妈妈给我洗澡，还教给我好多诗。"

"是吗？"叶晋明心中欣慰，果然是做过几年人民教师的，都能教小孩子念诗了。

"妈妈教的比爸爸教的有意思，很好记。"

叶晋明把天天放进被窝里："那你背一首给爸爸听，不过要小点儿声，不要吵醒妈妈。"

叶天意连连点头："嗯嗯。春眠不觉晓，处处蚊子咬，撒上花露水，看你怎么咬？"

叶晋明一笑，倒是她的风格。

"锄禾日当午，地雷埋下土。李白挖红薯，炸成二百五。"

叶晋明听得脸有些黑。

"李白乘船没带钱，船上碰见孟浩然。孟浩然也没带钱，扑通扑通踹下船。"

叶晋明再看看那个睡得流口水的，想把她直接拎起来丢门外去。

天天也睡着了，他在左，她在右，中间是他们的儿子。他胳膊长，一伸就可以把他们娘俩一起抱进怀里。

一张床，一个她，一双小儿女，这是他坚持这么多年的梦想。现在，儿子有了，还差个闺女。儿子长得像她，脾气性格都随他。再生个闺女，长得像他，脾气却不能像她，一点就着的臭脾气，谁能受得了。

第二天，天天还没有醒，叶晋明问那个睡得迷迷瞪瞪的："那些诗都是你教的？"

杜若茗轻轻伸个懒腰，翻身趴在天天旁边，手枕着下巴看那个睡梦中的小人儿，禁不住就伸手去挠他长长的睫毛，挠得天天小眉毛一皱，翻个身扑进爸爸怀里。

叶晋明伸手把她的爪子一拍："问你呢！"

"哦，"杜若茗揉着被他拍疼的手背，无聊地躺下来，"别说，你这儿子跟你还真挺像，聪明，一教就会。"

"你平时也是这么教你学生的？"

"那哪儿成啊？我那可都是亲学生！"

叶晋明看了她一眼，恨得咬牙，到嘴边的话生生又憋了回去，算了，就让这个迷糊蛋再迷糊几天！

一家三口去吃早饭，一出门，天天一只手牵一个，抬头看看这个，再看看那个，小脸兴奋得发红。

偏赶在餐厅遇见叶晋明的熟人，那人一看这一家三口的场景，差点儿把眼球惊掉："哟，叶总，这什么情况？"

不等叶晋明回答，叶天意小脸一仰，骄傲地答道："胡伯伯，这是我妈妈。"

"哎呀，原来是弟妹啊！弟妹，你好你好！晋明也真是，什么时候的事啊？怎么也不跟大家说一声。弟妹啊，什么时候回来的？在哪里工作啊？"

杜若茗一笑，跟人礼貌握了握手："刚回地球，一直在外太空打小怪兽来着。"

某人望向窗外，可以假装不认识她吗？

饭吃到一半，一个电话过来，叶晋明火急火燎就要走。他从钱包里抽出一张钱打车，直接把钱包和车钥匙都丢给杜若茗："吃完送天天上幼儿园，我去一下汇成。"

"有事？"

"没事。"

他按了一下她的肩，眼神有些复杂，像欣喜又像是紧张，莫名还有一些悲伤。杜若茗来不及再问，叶晋明已经跑出去，伸手拦了一辆车走了。杜若茗心里有些慌，总觉得像有什么事要发生。

"妈妈，没有事的。"天天柔软的小手按在她的手背上，像是注入了某种力量，她的心一下子安稳了许多。

一开始她是担心怎么哄这个小朋友吃饭的，吃到最后，却是小朋友在哄她："妈妈，爸爸说芹菜可以清除我们血管里的垃圾，不可以不吃哦！妈妈，爸爸说吃糖太多会变傻，不可以多吃哦！"

这孩子，叶晋明到底是怎么养的，活脱脱一个小唠叨，让人心暖的小唠叨！吃完饭，她开着叶晋明的车送天天去幼儿园，天天坐在后面的儿童座椅上，却时刻关注着车窗外的路况。

"妈妈，爸爸说前面不可以左转哦！"

"妈妈，这里不可以开太快，会被警察叔叔拍照。"

"妈妈……"

"我说小唠叨，您能不能先闭会儿小嘴？"

后面安静了一下下，也仅仅是一下下。

"爸爸说天天是男人，要照顾妈妈，帮助妈妈。"

杜若茗一颗被外面糟糕的路况折磨得要起飞的心瞬间安稳，这小人，真窝心。

在小唠叨的指挥下，杜若茗终于顺利到达诺贝幼儿园。她把车停在路边，抱小团子下车，刚拿起他的小书包，小家伙软软的小手就牵住了她的手指，她心里一暖，任他牵着一起去幼儿园。

跟小时候的叶晋明一样，叶天意人缘极好，哦，女生缘尤其好。一路上，"叶天意""叶天意"的叫声就没停过，他的小情绪也尤其高涨，每遇到一位同学都会大声宣布："这是我妈妈哦。"

终于把他送进教室，早到的几个小女生"呼啦"一下围过来，又是"叶天意""叶天意"地叫个不停。

叶天意从女生群里挤出来，牵过杜若茗的手，骄傲地说："这是我妈妈。"

叶天意这一声，别说是那些小女生，班里所有的孩子"呼啦"一下都围了上来，一群小鸟，叽叽喳喳吵个不停。

"啊！就是打小怪兽的妈妈吗？"

"阿姨阿姨，你真的是去太空打小怪兽了吗？"

"阿姨阿姨，小怪兽是不是都被你消灭掉了？"

"阿姨阿姨，小怪兽都长什么样子？"

如果不是幼儿园老师来解救，她真不知道该怎么突围。转身要走，心理感应一般，一回头，就看见小团子冲她一挤眼睛。

杜若茗转过身，抚抚胸口，我的个神呢，心动的感觉类似心绞痛！送了小团子，杜若茗开着叶晋明的车去了文体中心，今天画展开幕，她不能迟到。

景程公司的专业广告宣传团队的能力真不是吹的，经他们包装宣传以后的郑祥安画展，简直高大上得无法用语言形容。

画展开幕前，还整了个极其正规的仪式，拱门，彩带、气球、鲜花、礼炮，嘉宾入场，剪彩仪式，一样都没有少，只可惜少了一位重量级人物，赞助商叶晋明。

叶晋明没到，跟郑祥安一起剪彩的重任就由徐海代劳了。

直到仪式结束，叶晋明都没有出现。杜若茗几次望向门口，心神恍惚，有些不安。她随着人群刚进展厅，一位工作人员就冲她喊："杜老师，杜老师，外面有位长得好高的帅哥在等你哦。"

杜若茗心里竟然莫名惊喜，想着叶晋明还真是来了，转身拿上给他准备的工装就跑了出去。

到门口一看，没看见叶晋明，却是施以行玉树临风地站在那里。

"姐夫！你怎么来了？"

施以行看着展厅门口进进出出的人，微微一笑："外面说吧！"

两个人来到停车场一处安静的角落，施以行说："我昨天就到江城了，来一院指导一台手术。"说着，他拿出一只 U 盘递给她，"这是我让他们帮忙拷下来的。"

杜若茗一阵惊喜，想想又好一阵过意不去："姐夫，你不会是为了我才来江城帮忙指导手术的吧？"

施以行拍了拍她的肩："举手之劳，不足挂齿。这 U 盘我还没来得及看。你尽快看完，如果有什么发现一定记得先告诉我，不准一个人冒冒失失就去寻仇。"

杜若茗连忙答应："哪能啊！我又不是三岁小孩儿。"

施以行还是不放心："你啊，难说！这次还不是说跑出来就又跑出来了？爸爸都快被你气死了。准备什么时候回去向他老人家道歉？"

"画展一结束我就回南平，跟爸爸道了歉就回大寒山修桥了。"

"其他事等你回了南平再说。我还有事，先走了，你一个人在外面，凡事自己多注意。"

"遵命！谢谢姐夫，姐夫你真是这个世上最好最好的大好人！"

"怕了你这张嘴！好了，我走了。"

"谢谢姐夫！姐夫再见！"

杜若茗看着施以行的车子就要驶出停车场，突然闻晓的车子也急急驶出去，两辆车几乎是擦身而过，估计都被吓了一跳，同时停下了。

闻晓从车里下来，施以行也跟司机下了车。

杜若茗连忙跑过去："怎么样，都没事吧？"

闻晓低头看了看车子："没事，没事，没有蹭到……"

抬头的瞬间，闻大夫一眼对上施大夫，闻大夫的眼睛就直了。隐约之间，一丝真元自丹田而起，至泥丸宫处，再挥散至两颊，就染红了她的两颊。

施以行声音沉厚，态度诚恳，大大方方一伸手："让您受惊了，抱歉！"

施以行就这么跟闻晓握了握手，本是极礼貌的一握，闻晓却感觉自己一颗心都被他握进了手里。她那颗近三十年都按照正常节律跳动的老心，突然就在这位心科大夫的手里跳成了一只疯兔子。

直到施以行上车走了，闻晓望着他的车尾，还好一会儿都回不过神来。

从没想到这世上竟然还有能让闻晓一见心跳的人，悲催的是，竟然是一位准大叔，别说孩子已经会打酱油了，酱油米饭估计都能炒出来了。

杜若茗看着闻晓的大红脸，像发现了新大陆："怎么？骚心萌动了？"

闻晓依依不舍地向施以行离开的方向又看了一眼："老杜，那个施大夫，真是咱姐夫？"

杜若茗瞅着她笑："是啊。怎么了？"

闻晓低头一笑："还挺好看。"

杜若茗立刻警告："好看也没你的份儿！这世上，除了施以行，你打谁的主意我都不管。"她可是一直觉得她姐和姐夫之间还是可以抢救一下的。

闻晓呵呵一笑："那叶晋明呢？"

杜若茗淡然一笑："随便！"

"得了吧，我爸算我九十高寿呢，我可不能溺死在你这缸醋里。"

闻晓走了，杜若茗再望一眼停车场的入口，转身要回展厅，发动机的声音突然传来，一辆破旧不堪的白色昌河面包车"突突突"冒着黑烟驶了进来。

04

车子冲着杜若茗直直而来，她下意识地往后退，那车子却又一个漂亮的转弯，再一个利落的侧方停车，稳稳停进了一个狭小的车位。

杜若茗抚抚胸口，想着，如此破旧的老爷车，在不知何方神圣的司机手里，愣是开出了跑车范儿。虽然心里骂着缺德司机的促狭，却也禁不住好奇，不由得停下脚步望过去。

车子停稳，吱嘎作响的车门一开，大长腿一跨，一个戴着墨镜的高个子男人就从车里下来了。

哇，这车由这颜值的主儿驾驭，简直蓬荜生辉啊！

黑衣长腿墨镜男，站在车边点着烟。这形象，这动作，倒是跟这泊满钢铁家伙的停车场很配，水泥色，硬线条，一样的简约硬明。

叶晋明把烟点燃，吸一口，烟气中，冲她勾勾手指，示意她过去。杜若茗却只当没看见，眼皮一撩，抬头看了看天色，没有动。叶晋明笑一下，无奈，茗茗不听话，只得自己走过来。待他走近，杜若茗才注意到，他眼角处一块创可贴露在眼镜外面。

这是受伤了？

杜若茗心里一惊，伸手要摘他的墨镜。他头向后一仰躲过她的手，笑得没正经："大白天就动手动脚，饿了？"

不让看拉倒！杜若茗把那套工装往他怀里一摔："不是要来做义工？换衣服，上班！"

她转身要走，却被他拉住："生气了？"

她甩开他继续走，他却几步撵上来，一只手举着烟，另一只手箍住她的腰，一提就抱下了台阶。

杜若茗被吓了一跳，伸手去抓他的胳膊，手指所及，感觉到他小臂上因为用力而突起的肌肉。

"叶晋明，你干吗？"

叶晋明直把她抱到那辆破旧老爷车前才放下，把她往车门上一按："好好的，生什么气？"

杜若茗撇撇嘴："干架输了，挂彩不好意思让人看？"

叶晋明笑起来，摘下墨镜给她看："我什么时候输过？这是被树枝蹭了一下。"

那块伤就在眼尾，再偏移几毫米，就是眼睛了。杜若茗看得心惊，更加不相信什么树枝蹭的鬼话。

她心里担心，嘴上却说："哪怕你被刀砍的呢，关我屁事？"

杜若茗又要走，再次被叶晋明拉回："别走啊，有东西给你看。"

说着，他打开那辆破烂老爷车的车门，几下就把驾驶座放倒，露出车座下面的发动机来，喊道："茗茗，过来。"

杜若茗凑过去，机器味儿和他身上的烟草味儿一起钻进鼻子，硬冲的男性味道，让她脸颊一热。

感觉到她的迟疑，他手一搭她肩膀，把她揽到车前："看看。"

杜若茗看着那台油腻腻脏兮兮的发动机，并没发现什么新奇，等叶晋明把发动机上标注型号的铭牌擦一擦，指给她，杜若茗突然惊讶："改装车？"

叶晋明点点头，把车座扳起来卡住，在座套上蹭蹭手指："还有——"他绕到车后，踢了踢车后那圈虽然锈迹斑斑却依然粗壮结实的保险杠，"这里。"然后又踢了踢排气筒，"还有这里。"

杜若茗弯腰去看，好粗的排气筒！

她一时来了兴致，蹲下来仔细欣赏。叶晋明中学那会儿就喜欢鼓捣机车，后来渐渐对汽车的组装构造感兴趣。杜若茗跟着他，递扳手、捡螺丝的时候，也耳濡目染了一些皮毛知识。

杜若茗边看边说："前后保险杠都装了，排气筒也改了，发动机还换了更强马力的，这车，是要参加弯道竞速吗？"

叶晋明没说话，挨着她蹲下来，伸手抠下保险杠上一块锈脱的漆皮，拿手捻了捻，又丢掉："茗茗，你觉得这辆车最初的主人会是个什么人？"

杜若茗想了一下，说："懂车，喜欢车，多半自己也会修车，这么高的技术改的却只是这么一辆破面包，应该是个收入不怎么高的汽车修理工。"

叶晋明一揉她头发："这不也挺聪明的吗？"

杜若茗嫌弃地推他："手脏。"

他笑笑，把手在自己身上蹭蹭，伸手又揉。

杜若茗再推："讨不讨厌？"

他把她肩膀一揽，目光落在那辆老爷车上，突然问她："茗茗，你还记得我爸那辆车吗？"

"LS430，黑色，车牌尾号668，高中那三年，叶叔经常开着接送我们上下学的，当然记得。"

叶晋明目光深沉："搭载4.3升排量V8自然吸气发动机，最大功率216KW、最大扭矩434N.m，当时出厂车龄还不到两年，车况良好。你觉得，什么样的车才能直接把它撞下阳江大桥？"

杜若茗一瞬悚然，猛地抬头看他："不是说，是自己撞断了护栏……"

"当时有人想尽快了事，很多疑点都直接忽略了。包括车子被损毁的刹车系统，还有那辆从南平一直跟到阳江大桥的江城牌照的昌河面包车，再有，那莫名失踪的一百万。"

那一百万应该是关键，叶晋明怀疑杜方平，也并不是没有根据。因为当时说动叶建设拿家里的古董花瓶去南平做抵押贷款的，是杜方平。那位做贷款抵押的老板也正是杜方平的朋友。最后钱款交付，也是通过杜方平。叶建设爱面子，不愿让自己公司资金紧张的事情传出去，这件事除了叶家人，唯一知情者，还是杜方平。

叶建设去南平抵押花瓶的那天下午，叶晋明给爸爸妈妈打电话询问什么时候回来时，妈妈曾经很明确地告诉他，花瓶抵押了一百万，正在等杜伯伯跟他的朋友去取钱。之后就是爸爸妈妈车祸的消息传来。

车祸现场，几经打捞，没有找到花瓶，也没有发现妈妈提到的那一百万现金。而杜方平那个做抵押贷款的朋友，也在出事后莫名失联了。

无论是钱当时根本就没有到位，还是出事后被人偷偷拿走，作为这世上的唯一知情者，杜方平都是第一个应该被怀疑的对象。

时隔多年，再听叶晋明提起那件事，杜若茗依然听得心缩成一团，血液都像是停止了流动。

她浑身冰凉，像是那年冬天在小阳河上打冰陀螺，一脚踩裂冰面，由脚而入，瞬间灭顶。那一次，如果不是叶叔路过，一猛子扎下去把她托上来，她恐怕就没有机会在这里听叶晋明讲起这些了。

她抬头看着叶晋明，声音都有些打战："所以，你开二手车门店，收集江城牌照的老旧昌河小面包，为的就是能找到这辆车？"

叶晋明吐出一口烟气，看着这辆老爷车："对。老天不负，这么多年，这一辆无论是车龄还是外观，都是最接近当时目击者描述的一辆。"

杜若茗抬头看他，男人眸光深邃，像吸尽所有星光的夜空，只在天角些微透出一点儿星光，而这点儿微光，却更显彻骨寒冷。

他低头看她，突然一笑，伸手捏了捏她的脸颊："别怕，如果可以找到当时驾驶这辆车的司机，也许就可以洗脱你爸爸的嫌疑，但是，也有可能坐实他的罪行。"

"你查我爸爸，却要把这些告诉我？"

他声音一哑："因为你。茗茗，我做梦都希望不是杜方平。"

"杜老师，杜老师！"

远处，郑祥安的声音突然传来。

叶晋明拉住她，手指按住她的唇："别出声，让他过来……"

杜若茗要挣脱，他低头就堵她的嘴。

她推他，推不动。

男人嘴唇薄凉，霸道得很，空气都被他的舌头卷走，她头晕，像冰窟溺水，手臂胡乱地拍打，一下拍在车身上，铁皮发出"咚"的一声响。

郑祥安的脚步声戛然，正好停在昌河面包车的后面，没有前进，也没有返回。

叶晋明放开她，低头在她耳边说："昨晚你差点儿把我憋死……"

不等她呼吸顺畅，他就放开了她。她腿还是软的，没有他的大掌在后背扶持，一屁股坐在了地上。叶晋明却不管她，一下站起，冲着郑祥安就喊了一声："顺子！"

杜若茗被摔疼，两眼冒火，狠狠瞪他，顺子？还豹子呢！

郑祥安正在看那辆面包车，一听到声音，猛地扭过头来，看见车后站着的，跟叶建设外貌酷似的叶晋明，那一瞬，脸上的表情竟像看见了鬼，踉踉跄跄，脚步直往后退了几步。

杜若茗对他这样的恶作剧极其恼火，趁人不注意猛地吓人一跳，这样小儿科的恶作剧，他竟然玩得高兴。

她在他小腿上狠拧了一把："有意思吗？"

叶晋明伸手来拉杜若茗。杜若茗没理，自己拉着车门站起来，拍拍身上的土，向郑祥安走过去："郑老师，不好意思，刚才没听见。找我

193

有事吗？"

一看见杜若茗，郑祥安才像是重回人间："哦，哦，杜老师，有，有几位客人想了解一下大寒山助学的事情。"

"好，我这就过去。"

叶晋明笑着走过来："大画家长得真像我一位老朋友，刚才认错，不好意思，"说着，他拍拍郑祥安的肩膀，声音一低，"吓到了吧？"

郑祥安努力牵牵嘴角："没有想到车后会有人，确实吓了一跳。"

"哦，"叶晋明扭头看看那辆面包车，说，"我刚淘到的宝贝，改装技术很强大，我和茗茗正在欣赏，大画家要不要也来欣赏欣赏？"

郑祥安连忙摆手："我对车不是很了解。你们慢慢欣赏，我还有事，失陪，失陪……"

郑祥安急匆匆而去，杜若茗看了叶晋明一眼，就跟着郑祥安回了展厅。

叶晋明站在那里，冷冷一笑，心想，该来的总会来，该走的，他就好好送他一程。

01

今天来参观画展的不少是叶晋明的朋友，所以，叶晋明一进来，脚步就被绊住了。他微笑寒暄，左右逢源，真是春风得意。

等杜若茗向那几位热心公益的人士介绍完大寒山学校的有关情况后，再回头，刚才还跟一位美女老总聊得火热的男人，却不见了。

杜若茗四下看了看，不免心中滋味怪异，那两位，不会是找了合适的地方去进行更深入的交谈了吧？

"杜老师，登记册子需要再领一份。"

"哦，我这就去给你拿。"

有工作人员来找杜若茗领东西，她暂且把叶晋明带给自己的坏情绪抛到一边，去展厅后面的小工作间拿东西。小工作间里除了堆放了一些杂物，还放着郑祥安的一些重要证件和获奖证书。钥匙有两把，杜若茗一把，郑祥安一把。

杜若茗走到工作间门口，伸手进口袋里拿钥匙。两个口袋都翻遍，钥匙却不见了。

难道是丢了？她刚要转身去找，突然听见房里有声音，不由得又是一惊，郑老师此时正在展厅应酬，这会儿谁会在里面？难道是贼？

杜若茗把耳朵贴在门板上去听，窸窸窣窣的声音隔着门板，听不甚分明。她握住门把手轻轻一拧，竟然打开。从门缝里望进去，有杂物挡着，看不太清，只看出像是个男的，弯着腰，像是正在……脱裤子！

死变态！

杜若茗拎起门口一只不锈钢的垃圾桶，一脚踹开房门，直接砸了过去。

那人反应极快，一回身，伸手就把那只垃圾桶稳稳接住，可是他那裤腰一滑，长裤直接落地，长腿劲腰，毫无遮挡，连那深色平角内裤都一览无余。

杜若茗脸热眼涩，扭头就跑，刚跑出门外想想又不对，转身回来，"嘭"地关上了门。

她几步冲到叶晋明面前，压低声音问他："你是怎么进来的？来干什么？"

叶晋明低头看看堆在脚面上的裤子，再看她，眼睛细眯含笑："你确定要这样审我？"

杜若茗扭身向外："快点儿穿好。万一郑老师来了看见不好。"

叶晋明弯腰蹬着灰色工装裤，冷冷一笑："他来了更好。我正有事情要问他。"

"问他什么？"

叶晋明系上腰带，拿起郑祥安的那本红皮烫金的大学毕业证看了看，嘴角一勾，说："问问他做这一堆假证花了多少钱。"

"你什么意思？"

叶晋明把那本毕业证往桌子上一丢，说："这些，包括那天在加油站他故意拿给我看的身份证，都是假的。也就是说，茗茗，你敬重的郑老师，是个骗子。"

也就在一瞬间，南去的火车呼啸着在杜若茗的神经上轧过，四年前，去往大寒山的火车离站，月台石柱后，杜若薇的身影一闪不见，郑祥安望向窗外的目光，复杂而又深情……

杜若茗怔怔地看着叶晋明，一时没说上话来。

叶晋明屈起手指指了一下她的鼻尖儿："是不是想起了什么？"

杜若茗推开他的手："钥匙给我吧。"

叶晋明一笑，从口袋里拿出钥匙还给她。

杜若茗收了钥匙，拿了水桶递给他："去工作吧。"

叶晋明微微一笑，接过了水桶："我去刷厕所了。你如果想起了什么，随时来找我。"

因为有叶晋明的帮忙，所有作品在第一天就全部卖出，预定三天的画展，提前结束，叶晋明刷厕所的工作也提前结束。

画作卖完，顾客都陆续散去。展厅关门前，还空闲出一些时间，文体中心的几位美术培训老师热情地邀请郑祥安给他们上一堂培训课。人家都是白帮了一天忙，郑祥安不好推辞，课堂就设在了已经收拾干净的展厅里。

杜若茗心情不好，把之前许诺送给叶晋明的那幅画打包好，拎了一瓶矿泉水出来，坐在门口台阶上吹风。

刚坐下，一瓶水还没拧开，身边突然坐下一个人。她连头都没抬就知道是谁。

"抬屁股！"

他沉沉一句，她放下水，两手撑着地，很配合地把屁股抬起来，他把他的外套折一折，垫在了她身下。

她也没客气，一屁股坐下，伸手再摸矿泉水，已经被他拿去，轻轻一拧，再递给她："凉，少喝点儿。"

看着她果然乖乖地只喝了一小口，他满意一笑："美娜说以前你们出去玩，矿泉水都是你拧的。"

"知道了还来帮忙？"

叶晋明两腿叉开，大大咧咧地坐在那里，拿过她的水喝了一口，水瓶提在手里悠悠地晃着，一笑："我乐意！"

他腿长，一坐下来，那条被他当作九分裤穿的工装裤，简直成了七分，脚踝和半截小腿都露在外面。想一想，这一天也真委屈了他，那么讲究的人，竟然能忍受这种做工粗糙的工装。尤其是连车里有点儿异味都受不了的人，生生在洗手间里待了一天。

杜若茗望着前面夜色渐渐浮起的广场，说："你要的画已经包好了，记得扛走。"

他一笑："给郑祥安留着吧，画的又不是你，我不稀罕。"

杜若茗在心里清冷一笑，到底是他太聪明还是她太傻？只一眼，他就能看出郑祥安把她当模特画的那个人不是她，而她从来没有多想过。

杜若茗问他："你是怎么看出画上的模特不是我？"

"画上的人，锁骨上有颗痣……"

说着，他突然俯身过来，拉起她的衣领看了一眼，不等她一巴掌拍过来，又立刻放开："你没有。"

她放下高举的手臂，整整衣领，冷冷不在乎，却一抬脚，踢在他的脚踝上。

突出的骨头，被踢尤其疼，他疼得"哎哟"一声，伸手捂住了脚踝骨。

"怎么？又改属驴了？"

杜若茗起身要走，却被他拉住："别走别走，里面上课，枯燥得很，咱们来聊聊那个樊顺。"

杜若茗低头看他，他坐着，她站着，难得能这样俯视他，他脸上的促狭和胸有成竹，她都能一览无余。

杜若茗问："谁是樊顺？"

叶晋明问："谁是郑祥安？"

杜若茗冷笑一声，又坐了下来。

樊顺，这个名字，很久远了，应该是在十年前吧。

"那算个什么家？脏烂朽透。"

这是杜方平说的。爸爸说，姐姐的男朋友樊顺的家里脏烂朽透。

知道杜若薇在大学谈了男朋友以后，杜方平就把男孩的家庭调查了个一清二楚。樊顺的爸爸，偷盗机动车被判入狱多年，樊顺的妈妈带着妹妹几次改嫁，最后不知所终。大伯供他读到高中就再不肯管他，他是靠着别人的资助才读完大学的。

"才华？这世上有才华的人多了去了，落拓穷困的人也多了去了。除了虚无缥缈的狗屁梦想，他连遮风挡雨的房子都给不了你一间。"

这是杜方平骂姐姐的原话。

十年前，姐姐和樊顺大学毕业那年，他们私奔过一次，被杜方平半路抓回来。姐姐被关，樊顺被打得很惨。

一开始姐姐态度很坚决，可是后来的某一天，突然就想开了，放弃了，安安稳稳地去相亲。第一次见的就是施以行，她不挑不拣，遇到谁就是谁。虽然在杜若茗看来，姐姐当时的表现，就像是一个身心受到重创的人，没有活下去的气力，只求速死。可是，她也确确实实地跟施以行结婚生孩子去了。

至于那个樊顺，就那么悄无声息地消失在杜家所有人的视线里。

那时候，杜若茗回南平的时间不多，关于姐姐的那段恋情，知道的也大概只有这些。她甚至连那个樊顺的面都没见过。

她只见过后来的郑祥安，一直留着长头发，长发遮住半边脸，脸上有整容后留下的刀口，也有手术刀都修复不了的不明原因的伤痕。对于这位亦师亦友又兼救命恩人的兄长，杜若茗是敬重多于好奇，关于他为什么整容，他不说，她自然也就不会问。

三年前的一个冬天，郑祥安从大寒山出发，一百八十个日夜，无数个等身长头，从大寒山磕到拉萨，正好是姐姐飞抵拉萨参加一个商务会议的时间。

那时候，她没有多想。

郑祥安有一间山居小栈，一石一木，自己砌起来，装修也是自己做。硕大的白瓷浴缸和洗手盆托马帮运进大山时，惊动了很多山民去瞧新鲜。小栈是郑祥安的起居室和工作间，他也会免费收留一些进山写生体验生活的穷学生在那里短住，可以算是一个小旅社。

四年里，杜若薇来大寒山看过杜若茗几次。学校条件艰苦，居住条件尤其差，杜若薇每次是去郑祥安的山居小栈住。

那时候，她也没有多想。

直到刚才，叶晋明留下疑问离开杂物间以后，杜若茗给杜若薇打了电话。

也许是再受不住多年来良知的谴责，杜若薇终于坦言，杜若茗才突然意识到，自己竟然傻了吧唧地当了四年幌子。

杜若薇打着去大寒山看妹妹的幌子，其实是去会她的情人。

她气到哭，在电话里直接开骂："你们要不要脸？"

杜若薇语气很轻，也很冷："茗茗，你尽管去告诉爸爸，我可以连命都不要。"

杜若茗几乎可以想到电话那边杜若薇脸上的神情，一定是苍白清冷，像杜若薇经常去的，南平大安寺檐牙上的霜。

郑祥安和杜若薇口口声声都信佛，这世间很多人也像他们，酒肉以后念经咒，自以为超脱，修行了灵魂，却堕落了肉体，以致灵魂愈轻，肉体愈重，终至灵肉分离。

02

叶晋明问："郑祥安是谁？"

杜若茗手肘撑着脸，望着前面灯光渐明的广场，问："你先告诉我，你所知道的樊顺是谁？"

叶晋明说："樊顺是十四年前我父母资助的一个大学生。我跟他打过一次篮球，那时候他个子已经很高，身体比现在壮，跟他抢篮板时，我撞不过他。那时候，我叫他顺哥。"

杜若茗拿一把钥匙轻轻划着地面，说："郑祥安是四年前把我带去大寒山的师长。也是，我姐姐的情人……"

难以启齿的话开了口，像是卡在喉间的硬刺咽下肚，一时的舒服，更久的痛苦。

杜若茗把钥匙一丢，手插进头发里用力地揉。

叶晋明把她抱进怀里，按住她的手，大手插进她的头发里，一下一下地帮她梳理着乱了的头发。

他说："好了，脑仁小，就不要思考这么复杂的问题了。就当我什么都没跟你说吧。"

杜若茗用力推他："早别说啊！"

叶晋明一笑，把她的小脑袋按进怀里来，低头闻着："憋不住了。"

昨晚一家三口住在酒店，除了叶天意带了自己的儿童洗漱用品，她和他用的是同一款洗发水，小酒店的低档货，刺鼻的玫瑰香，此时闻起来却也是那么好闻。

"能告诉我，你为什么怀疑樊顺吗？"

"那你能保证在事情调查清楚前，不告诉郑祥安吗？"

杜若茗恼了，一下直起身来，瞪着他说："废话！我跟你……我跟他……"一激动，差点儿说实话。

叶晋明没说话，只是微微笑着看着她。杜若茗小脸一红，低着头说："叶叔叶婶对我那么好，这点儿忙都不帮，我还算人吗？"

"好，我告诉你。"

文体广场上，跳广场舞的大爷大妈渐渐多起来，欢快热闹的音乐里，叶晋明的眸光却渐渐深沉。

　　锥心刺骨的疼痛，不是伤疤好了就能忘记疼的，何况现在是要重新把那伤疤剖开。

　　为了重启对当年事故的调查，叶晋明努力了很久。没人愿意劳心劳力地重启多年前已经盖棺定论的旧案，直到前几年，随着他在江城的名气渐大，才有人愿意帮他。他拿到了当年警察调查取证的所有记录，里面有对遇难者尸体打捞出水情形的详细描述。

　　"妈妈还保持着向后仰靠的姿势，应该是在落水前就已经意识不清了，所以落水后她才没有太多挣扎……"

　　叶晋明喉咙噎住，低头去衣袋里摸烟，才记起换了衣服，烟和打火机都没带在身上。杜若茗也没有带，帮不了他。看着他的手掌插进衣袋，布料皱褶渐深，明显是紧紧攥住了衣袋。她心口忽地划过一线极轻也极深的疼痛，像是被最薄最锋利的刀子划过。

　　她的手挽住他的胳膊，把头靠在他的肩膀上，一声柔软的呼唤不觉溢出唇边："大明……"

　　这一声久违的呼唤，让叶晋明心头一暖，他低头看她，眼睛湿亮如雨后天角的大星。

　　"茗茗……"他伸手去摸她的脸，是湿的，她在替他流泪。

　　他继续说，声音清冷颤抖："妈妈手臂僵直，手里还紧紧捏着一个素描本。"

　　杜若茗抬头看他："素描本？什么素描本？"

　　"印着南平美院的校徽，写着樊顺名字的一个素描本，打开的那一页上，有一张小像，模糊辨出，画的是我妈妈。

　　湾儿里巷走出来的叶建设，当年的生意做得不小，却始终有个遗憾在心里，那就是自己没读过大学。为着这个最淳朴的夙愿，他和晋文娟资助了不少贫困大学生，其中一个就是樊顺。樊顺是个很懂事的人，跟晋文娟关系尤其好，经常写信向她汇报学习情况。晋文娟和叶建设也十分喜欢他，每次去南平，都会抽出时间去学校看他。

　　有一年暑假，樊顺还来江城叶家住过两天，叶晋明和徐海跟他打过篮球，因此认识。

可是，爸妈出事以后，樊顺突然断了跟叶家的所有联系。

这世上，有些人落魄时能坦然接受别人的资助，一旦发达，却把这份善心当作负累，割皮削骨也得剥离。所以，樊顺不再跟叶家联系，也并不能说明他就跟那起车祸一定有关联。让叶晋明开始怀疑他的，主要还是那个几乎被水泡烂的素描本。

当时，晋文娟手里捏着的那个素描本是打开的，像是刚刚翻开还没来得及欣赏，车祸瞬间发生，本子随着她一起沉入了水底。那个本子到底是怎么跑到晋文娟的手里去的，是那天去看樊顺，樊顺当作礼物送给她的吗？可是，有谁会用草稿本子画像送给自己的恩人当礼物？就是想送画，也该郑重认真地画一幅吧！

不是礼物，那也许就是晋文娟看见樊顺正在低头作画，随口问了句："顺子，你在画什么？能让阿姨看看吗？"

于是，他腼腆一笑，把自己的本子递了过去……

杜若茗听得身心战栗："你是说，樊顺当时可能在车上？"

叶晋明低头蹭了蹭她的头发："除此之外，我解释不了那个素描本出现在车上的原因。"

"也许，也许真的是樊顺送给阿姨留作纪念的呢。又或者，是樊顺不小心落在叶叔车上的呢？"

杜若茗知道自己的理由牵强，可是，四年的相处，以她目前对郑祥安的认识，她做不到把"忘恩负义""恩将仇报""人心叵测"等字眼安在他的身上。

叶晋明沉默了好一会儿，才说："所以，找到樊顺，问清当时的情况，对他，对我，都有必要。我找了他很久，他藏得很好，用人间蒸发来形容他，一点儿不为过。不过，还是被我找到了。这事儿得谢谢你，茗茗。"

许是夜气加深，杜若茗感觉有些冷，她往叶晋明的怀里缩了缩。

叶晋明很享受她此时的状态，他的女人，就得这样，猫一样偎在他的怀里，又乖又暖。

杜若茗望着不远处停车场里的那辆老爷车，微薄的夜色里，默然而卧，像是一头被缚住的满身伤痕的凶兽。

她问："那辆车又是怎么回事？"

叶晋明轻轻抚着她的背，说："爸爸和妈妈当时入住的酒店服务员说，看见有这样的一辆车在爸爸的车旁停了一晚，第二天又跟着一前一后驶出了酒店停车场。后来又有路过司机看见有一辆昌河面包车从车祸现场的方向，急速逆向驶离。当时勘查车祸原因时，警方给出的结论是爸爸的车子刹车系统故障导致的刹车失灵。这一点我一直不能接受。爸妈去南平的头一天，是我开车去4S店刚做的保养，车况很好。刹车系统故障？除非是有人在南平对车子做了手脚。"

杜若茗从来没想过这些电影、小说里的情节，会这么近距离地出现在她的生活里。虽然她相信叶晋明的推断不是空穴来风，接受起来却还是有点儿困难。

她努力用自己的理解方式把这些信息重新梳理："你是说，那个人对车子做了手脚，然后一直跟着，等着车子出事，拿走那一百万。"

叶晋明冷哼一声，说："从南平到江城几百公里，车子快到江城了才出事？哼，也许车子就一直没出事儿，眼看要到江城，他们心急了，直接撞了上去，被损毁的刹车系统终于在紧急制动的情况下彻底崩溃，车子失控，撞向阳江大桥的护栏，他们趁机拿走了那一百万，然后再把车子推下阳江。"

杜若茗的手一下抓紧了叶晋明的胳膊，声音都在打战："大明……"

叶晋明的大掌扶着她的后脑把她按进自己的怀里来："别怕，这只是我的推测，也许事实并不是这样。"

杜若茗突然想起什么，抬头看他："当时樊顺如果是在车上的，他不是也应该掉下去了吗？这么说，樊顺没在车上啊。"

叶晋明放开杜若茗，抬手掐了掐自己的额头。每次想到这里他就会头疼，像是突然发现好不容易才打通的关卡是死路，想退回去，却又觉得之前的路线没有错。

如果樊顺当时是在车上的，驾驶面包车的人会是谁？樊顺又是怎么幸免的？如果开车撞向爸爸的那个人是樊顺，他的素描本又是怎么跑到妈妈手里的？还有那一百万，如果真的是被樊顺拿走了，又是谁把爸妈车上带着一百万现金的消息透露给他的？

当然，如果把这些矛盾都抛给杜方平，一切就很好说通：杜方平觊觎他家花瓶已久，先是骗爸爸妈妈拿花瓶做抵押，然后再收买串通樊顺半路把钱劫回去。樊顺也因此受伤，拿了杜方平的钱，隐姓埋名、整容

明明
赖上你

换脸、远走他乡，成了现在的郑祥安。

可是，这是他最不想的结果。他不想他和杜若茗之间，卡上一根杀父之仇的刺。那是世上最毒的刺，永远都无法拔除。

"如果真是樊顺，你会怎么办？"

男人眸色渐深沉，一如悄悄漫上来的寒冷夜气。

他说："我会先把他撞下阳江大桥，如果没死再送去公安局。"

杜若茗心中发寒，牙齿打战："那如果，真的像你一直怀疑的，我爸爸跟这件事也有关系呢？"

叶晋明沉默了，不再像刚才那样果决，过了许久才吐出两个字："报警。"

杜若茗松开了他的胳膊，低头看着冷硬的石头台阶。

直到今天她才发现，她的爸爸杜方平在叶晋明心中的形象比她想象的还要不堪。她以为，叶晋明恨爸爸，只是因为怀疑爸爸吞了他家花瓶抵押的那一百万。她从来没想到，他会把叶叔叶婶的死跟杜方平联系在一起。

叶晋明抬起她的下巴看着她："哭了？"

"如果跟我爸爸没关系呢？"

"那是我最希望的结果。我会先去跟他老人家磕头认错，求他原谅，再求他把你嫁给我，给我机会好好弥补过错。"

"哼，求人原谅还要人女儿？好事都让你占了，老天就那么向着你？"

"他如果不答应，我就抢婚，宁愿再得罪他一次。"

说着，他低头就找她的唇。

杜若茗伸手抵住他，说："郑祥安就是樊顺。"

叶晋明眸光一紧，手握得她的肩膀都疼："真的？"

"真的。"

他扳过她的肩："杜若薇告诉你的？"

"说啊？是不是杜若薇告诉你的？"

杜若茗推开他的手："嗯。"

她刚才向杜若薇发过誓……

可是，为了叶叔叶婶，还有叶晋明，她豁出去了，宁愿遭天打五雷轰。

叶晋明突然兴奋，捋了一把短发，手一撑地面，长腿一蹬，隔了几级台阶，一下就跳到了台阶下面。

杜若茗被吓了一跳，抚抚胸口，骂他："神经病啊！"

男人是真的神经了，来回走了两圈，又站定了扩扩胸，压压腿，脚步跳起，狠狠做了几个挥拳打沙袋的动作。

"疯了？"

杜若茗不要看他，刚扭过头来，男人却几步跑上来，捧住她的脸使劲儿"啵"了一口。

"茗茗，我去给你买薯塔。"

说着，他又跳下台阶，两步并作一步，脚步跳跃着往卖薯塔的摊子走去。那么大个子的男人，雀跃得像个大男孩。

虽然现在夜晚的温度还不高，但天气气温都不能成为阻挡吃货的原因，广场边上，一个个小吃摊渐渐地聚了上来，空气里都是烤串的气味。

杜若茗手支着膝盖，托着腮，看着那个大个子站在小吃摊昏黄的灯光里给她买小吃。

03

文体广场上，跳广场舞的队伍越来越壮大，一首很舒缓的舞曲响起，歌里唱：

等你我等了那么久

花开花落不见你回头

多少个日夜想你泪儿流

望穿秋水盼你几多愁

想你我想了那么久

春去秋来燕来又飞走

日日夜夜守着你那份温柔

不知何时能和你相守

就这样默默想着你

就这样把你记心头

天上的云懒散地在游走

你可知道我的忧愁

就这样默默爱着你

海枯石烂我不放手

不管未来的路有多久

宁愿这样为你守候

······

在这烂大街的俗气歌声里，叶晋明回来了，举着一只巨大的薯塔和两串鸡心。叶晋明把薯塔递给她："你喜欢的椒盐味。"

叶晋明嚼着孜然味的鸡心，看着广场那边的舞蹈队，说："茗茗，你老了会不会也跳广场舞？"

"那时候，你也一定是最可爱的老太太。"

"所以，到时候我得天天陪着你跳。"

叶晋明一揽杜若茗的肩，挑起她满是嫌弃的脸："嗯？不乐意？"

她笑着躲，他则趁机咬了一口她的薯塔。

看着被咬的薯塔，杜若茗幽幽转过头来，小眼神哗哗往外冒电花。

叶晋明赶紧把那串鸡心递过去："那你也咬我的一口。"

她推开了，细细微风，缓缓乐声里，继续吃她的薯塔。

孜然味的鸡心，以前也是她最喜欢的街边小食之一。

叶晋明问她："茗茗，你是怎么不能吃肉了？"

杜若茗又咬一口薯塔，淡淡地说："在佛前发了愿。"

"你不信佛。"

"后来信了。"

"为谁发愿？"

杜若茗嚼着薯片，轻轻捻着薯塔的竹签，沉默了好久，就在叶晋明觉得她不会再说什么的时候，她却突然开了口。

"叶晋明，你没见过那个孩子······死的，很小很小，红红的，一团小肉······呕······"

杜若茗没忍住，丢开手里的薯塔，跑到旁边垃圾桶去吐。这就是她不愿提起的原因，时隔四年，她依然控制不住自己不难受。

"那个孩子是死的，很小很小，红红的，一团小肉······"

这几个词，杜若茗说得很轻，叶晋明却听得很重。梁馨梅的话，大姐的话，以及那晚关芳芳闪闪烁烁的表情，一下子都涌了上来······

电光石火之间，无数看似纷乱的信息，在叶晋明的脑子里迅速关联，大脑高速运转，喉咙却被什么扼住，大口呼吸都不能缓解那轻轻的几个词汇给他的震撼。

他几步跑过去，一下抓住了杜若茗的胳膊："杜若茗，杜若茗，你说你生下来的孩子是死的？"

杜若茗眼睛通红，鼻子里像是呛了水，又酸又痛。她发着狠使劲儿一推他，高声大骂："浑蛋，你再说，我杀了你！"

叶晋明不管不顾，粗暴又急切，手劲儿大得几乎要把她的肩膀掰断："不是你故意把孩子丢了的对不对？你以为自己生了一个死孩子，对不对？"

他懊恼到想死！他早该想到这里面的问题！只怪看见保温箱里孤零零的孩子时，被愤怒和心疼冲坏了脑子。恨意遮盖住了眼睛，也迷糊了心智。那时候的他，选择了对那么多蛛丝马迹的无视。

杜若茗的胃揪成了一个硬邦邦的团儿，疼痛让她烦躁，回忆让她愤怒，她本想去推开他，却扬手打在了他的脸上。

叶晋明抓住她的手狠狠地往自己脸上打："茗茗，是我错了，我误会你了，你打我，你打我……"

手一下一下地打在他的脸上，手疼心也疼。杜若茗泪眼模糊的同时，看见大颗的眼泪从叶晋明的眼睛里滑落。

她不知道男人哭泣时是不是都没有声音。他难过的时候比平时要安静，薄唇抿得紧，腮边肌肉也绷得紧，眼泪大颗滑落的时候眼睛都不会眨一下。像是在勉力忍着，又像这眼泪根本不是他自己的。

她被吓到，她只在叶叔叶婶去世时见过他这样。

而今天，她把这山一样的男人打哭了！

杜若茗用力把手抽回，心里一痛，胃也跟着痛，弯腰又要呕。

叶晋明连忙蹲下来帮她拍背，等她吐完，递水给她漱口，手摸进衣袋，才发现没带纸巾，牵起自己的衣袖给她擦嘴，擦完再用力一抱，就像抱住了全世界。

从八岁开始到现在，一起生活了近二十年，他早该知道，他认准的女人绝对不可能是大难来时独自跑的浑蛋。

"松开！叶晋明你发什么神经？松开，我喘不过气儿来……"

他在她耳边又亲又蹭，湿湿热热的，她不舒服。

"茗茗，我知道了……"

"杜老师，杜老师……"

郑祥安的叫声把两个人打断，杜若茗推开了叶晋明。

郑祥安有些尴尬："不好意思。杜老师，我的课讲完了，是想请你给大家介绍一下你的鹿角角小学。"

杜若茗红着脸就往展厅里跑，叶晋明来拉，郑祥安拦住："叶先生，里面有老师想去鹿角角小学帮助杜老师。若茗她一个人很累，有人想去帮忙是好事。"

叶晋明松开手，看着杜若茗跑进去，再看一眼郑祥安，捏了捏拳头，扭头走向路边买烟。

路边小店的烟，抽第一口时就觉出是假烟。往常挑剔的叶晋明却不嫌，大口吞吐，呛辣烟气里，脑子里的头绪却越捋越乱。

抽完一支烟，他拿出手机，拨了一个电话。

"陈志，是我，叶晋明。"

"哟，叶总，日理万机的大忙人啊，怎么有空给我打电话了？"

"上次你找我了解的那个什么贩婴案，有结果了吗？"

一个月之前，叶晋明的高中同学，在裕兴派出所做警察的陈志找过他，向他问起过当年叶天意出生时的一些细节，涉及当时接生的医生、助产士等等。好像是为一个什么跨省贩婴案搜集线索。叶晋明是个失职的父亲，当时没在杜若茗身边，能提供的有用信息少之又少。现在，他想，他应该可以提供关键信息。

叶晋明这么一问，陈志连忙说："还没呢，正在查。你有线索提供？"

"你什么时候有空？见面细谈。"

"我现在派出所开会，十分钟后就有时间。"

叶晋明看看时间，裕兴派出所离这儿很近，开车过去都用不了十分钟。他说："我十分钟到。"

从裕兴派出所回来，时间也才过去一个小时。

叶晋明停下车，拿着半瓶矿泉水边走边喝，走到展厅门口，从玻璃门望进去，里面的谈话还在继续。

杜若茗站在台前，正给在座的几个人介绍她那所什么角角小学。从建校之初，到目前发展，再到未来展望，水笔画的完完整整、条清缕析的一张规划图展现在白板上。灯光映着杜若茗踌躇满志的脸，竟然让叶晋明感觉有些陌生，却也让他的微笑不觉挂上嘴角。

他的捣蛋小媳妇儿，跟以前是真的不一样了啊！

他正站在门边傻笑，杜若茗一抬头，目光撞上，竟然羞涩地一侧头，避开了。

那就不打扰她了！

叶晋明走到台阶边坐下。前面广场正中巨大的灯塔亮了起来，白得像银的灯光铺了一地。

他举起矿泉水一饮而尽，拧上盖子，举起空瓶，略一瞄准，扬手一丢，瓶子冲着垃圾箱飞去，"咚"的一声，完美命中。

小茗茗果然是她的幸运星，她一回来，端倪尽显。

想起前几天在派出所得的那个见义勇为奖，他咧开大嘴一笑，这一次，他想捞个更大的。

不，叫见义勇为不合适，应该叫君子报仇十年不晚。咱一桩桩来，一笔笔算，哪个也甭想跑！

04

里面的谈话终于结束，一群人一起往外走。

叶晋明站在门口，目光越过人群，望着走在后面的杜若茗，目光格外温柔。

几位年轻的女老师一认出叶晋明，脚步立刻顿住，一时间，一个个小脸绯红，眸带水光。其中有个胆子大的，鼓鼓勇气，打开笔记本，就要过去要签名。刚跑了几步，小脸更红，看看叶晋明，再回头看看杜若茗，笑着退回来，把杜若茗往前推。

杜若茗却只当没看见，微微一笑，低头向前走。小姑娘们诧异地看着叶晋明，叶晋明则冲她们比个"胜利"的手势，跟上去，"茗茗""茗茗"地叫。

郑祥安刚才就说了要请客吃饭，答谢今天所有帮忙的人，却只字未提叶晋明这个最应感谢的人。

不提就不提，咱明哥脸大，自告奋勇接送大家，顺便也蹭顿饭吃。

郑祥安却说不敢劳驾叶总，还是打车比较方便，于是不顾几个小姑娘失望的眼神，带领大家去路边等车。

叶晋明一点儿不觉尴尬，笑一下就去停车场取车了。

左等右等，终于等来两辆出租车。人多坐不下，两辆车走后，只剩下郑祥安和杜若茗。

也是奇怪，平时不是太难打车的地段，自从拦下那两辆车后，路过的空车也不少，却再没车肯停。先走的人都已经到了，请客的人却还没打上车。

这时候，那辆昌河小面包就晃晃悠悠地登场了。

小面包行到他们面前，窗玻璃一落，叶晋明叼着一支烟探出头："哟，还没打上车呢？大画家今天收获不小，不能逃单吧？"

杜若茗一看见他那张嘚瑟的脸，突然想起，江城最大的出租车公司，是张宇家的。

算了，也别等了，再等也不会有车过来了。

杜若茗对郑祥安说："郑老师，让叶总送我们吧。"

都这个时间点了，再不去，就要被误会逃单了。郑祥安只好随着杜若茗上了车。

"麻烦叶总了。"

叶晋明很愉快："说哪里话，茗茗的朋友，能帮上忙，求之不得！"

这一路，杜若茗和郑祥安都各怀心事，看着车窗外的街景一句话不说。叶晋明却有一搭没一搭地找话跟郑祥安扯。

"开这车送您，实在委屈大画家了。其实这车也就是外观破点儿，发动机还是凑合的，听这声儿……这要搁早几年，估计跑起来都能拉出声浪来……大画家老家真是鲁源市的？我怎么听着你的口音倒有点儿南平味儿呢？"

杜若茗听出叶晋明话里的意思，看了一眼郑祥安，忍不住要出言帮忙。她说："叶晋明，不说话能憋死啊？没看见郑老师已经很累了吗？"

郑祥安连忙说："没事没事，我就是对车不太了解，所以不大明白叶总的话。"

叶晋明故作惊讶："不对啊，大画家不是有个会修车的父亲吗？怎么能对车不了解呢？"

郑祥安脸色发白："哦，叶总估计是记错了，我爸爸并不会修车。"

"是吗？难道我记错了？我可是听说您父亲是有名的改装高手，多破的车，到了他手里，都能改出跑车血统来。"

叶晋明这种宁可错杀一千不肯放过一个的试探，让杜若茗有些恼火。

她不由得说道："叶晋明，不就是坐你趟车吗？东打听西打听的，还得祖宗八辈都在你这里报个备啊？"

叶晋明侧头看着杜若茗温暖一笑："茗茗不高兴了，那我闭嘴。"果然，剩下的路程，叶晋明很安静。杜若茗从后视镜里看见他的眼睛，深沉的，专注的，带着寒意……

叶晋明突然抬头，挺了挺腰，往后一靠，确保偷窥他的那个小东西能在后视镜里看见他的脸，然后夸张地一瞪眼，两边嘴角往上一翘……

好一个憨豆笑！

杜若茗没忍住，连忙低下头，"噗"地一下笑出声。

郑祥安看看前面沉着脸驾驶的叶晋明，再看看忍俊不禁的杜若茗，突然感觉自己体积庞大，大到影响到车里的暧昧空气。

一场筵席，觥筹交错，推杯换盏，言语试探间，宾主不欢。其他人看不出两人间的较量，只当是客气，杜若茗却食不甘味地看了一出戏，憋了一肚子气。

宴席结束，郑祥安喝得不多，却醉得厉害，叶晋明滴酒没沾，十分清醒。

那几位老师也醉得厉害，杜若茗拦了车，先送他们上车。一转身，就看见车灯刺眼，叶晋明驾驶着那辆昌河小面包从酒店门口出来，冲着迷迷糊糊站在路边的郑祥安驶了过去。杜若茗一下子便想起了他之前跟她说过的话。顾不上许多，她两步跑过去，伸开手臂把郑祥安护在了身后。

车子一下停住，刹车急促，车身随着惯性向前耸动了一下。

叶晋明气急败坏，从车上一跳下来就骂："你个傻瓜！又要干吗？"

杜若茗咄咄逼视："你要干吗？"

叶晋明指着醉得迷糊的郑祥安说："你以为我要撞他？"

杜若茗反问："不是吗？"

叶晋明牙疼般抽了一下嘴角，这女人如果疑神疑鬼起来，一根头发丝都能在脑子里上演一出谋杀大戏。

他说："你觉得，我如果真想撞他，会在这里动手吗？"

他冷冰冰一转身："上车吧，我送他。"

杜若茗扶着郑祥安上了车。

郑祥安醉得厉害，眉头紧皱，脸色也极差。她照顾着郑祥安，一会儿递水、一会儿拿纸巾的样子早惹毛了叶晋明。

老爷车，车况差，加上前面那位司机不怀好意，几个加速急刹，郑祥安的脸色就更加难看了。

路口等红灯时，车子一停，郑祥安立刻拉开车门，跌跌撞撞地冲下去，跑到路边就开始吐。

杜若茗刚要下车，却被叶晋明一句吼回去："车里待着！"

他没喝酒，却两眼充血，凶得像是要杀人。

杜若茗知道刚才误会了他，理亏在先，此时再看他这样就没敢下车，由着他摔车门下去。

两个男人在路边说话，车子停在路口，堵了后车的路，杜若茗钻进驾驶室，把车子开到路边停下，又等了一会儿，才看见叶晋明搀着郑祥安过来。

她连忙下来拉开了后车门，叶晋明粗手粗脚地把郑祥安往车座上一掼，"哐"的一声就关了车门。

他看她一眼："前面去！"

这家伙气儿不顺，杜若茗没吱声，乖乖坐进副驾驶座。到达朗悦酒店门口，车子太旧，车锁锁不上，叶晋明让杜若茗看车，他自己把郑祥安送上去。

他上去很久了，车里没空调，车皮又薄，发动机一停，车里温度更低。杜若茗缩了缩脖子，把下巴埋进毛衣领子里，冷得心神不定。

叶晋明终于下来，不知道他们都说了什么，看得出他的心情更加差，比在饭店吃饭时还糟。他站在车边吸烟，背对着她，背影深得压人。

杜若茗看了看郑祥安房间的窗口，问："他，没事吧？"

叶晋明缓缓吐出一口烟："死不了！"

"你动手了？"

叶晋明冷笑："他应该感谢我没直接送他去派出所。"

杜若茗趁机进言："你这不是挺明白吗？他如果真是坏人，惩罚他有警察呢。你动手，你就得担责任。"

叶晋明突然笑了："我听明白了，刚才你冒死拦车是关心我，怕我惹麻烦。"

杜若茗白了他一眼："你是不是已经确定他跟叶叔叶婶的事儿有关了？"

男人脸色一暗，眼睛也跟着阴沉："他装醉，什么都不说。"

杜若茗有些急眼："没确定你就打人？"

男人理直气壮道："不为我爸妈的事他也该揍，他凭什么把你骗去那个鬼地方？"

杜若茗往车座上一靠，说："叶晋明，不是他，我早就死了，还轮得到你来骂？"

叶晋明心口一疼，看向她的眸光立刻柔软，满眼的欲言又止和缠绵纠结。

杜若茗受不了他这样的眼神，推车门要下车："我去看看他……"

叶晋明气极，往后一推，杜若茗没防备，后脑一下撞在了硬邦邦的车座上。不是很疼，情绪却立刻炸了，她大吼道："叶晋明，你发什么神经？"

叶晋明把烟头在垃圾桶上一捻，说："你跟那样的人住一间酒店，我不放心。"

杜若茗不屑道："我还跟他同事四年呢，这不也没死？"

她又要下车，他又推回她："说了别住酒店，没听见吗？"

男人力气大，杜若茗拗不过。她靠在车座上稳了一会儿，一个眼风淡淡地飞过去，说："怎么？带我去你家过夜啊？孩子在家，就不怕少儿不宜？"

叶晋明盯着她那一双阴沉沉的大眼睛看了一会儿，话说得无限风情，眼睛里却冷漠无边，哪里是他俏皮可爱的小茗茗？

他按着她的小脑袋往车里一推，哼道："老子今晚有大事要做，没时间弄你。"

他绕过来刚坐进驾驶室，那边杜若茗推车门又要逃。

推，再推，竟然锁死了。

叶晋明淡淡一笑，说："这破车就这点好，外面锁死了，里面打不开！"

杜若茗立刻换了一副笑脸，语气软了许多："你以前不是经常说朋友之间义气第一吗？你看人郑老师是为了我才出来的，他那些画也是为了我的学校才卖掉的，于情于理我都不能把他一个人丢在这里不管，你说对不对？"

"不对！"叶晋明语气肯定，"跟他那样的人没必要讲义气。"

他低头插上钥匙去打火。破车，打了几次都没打着，不耐烦都凝在他的眉间。

杜若茗继续说："你还没查清呢，别这么早下定论。再说，如果他就那么醉死在酒店里，是你送他上去的，警察第一个找的人一定会是你。到时候你就更说不清了。"

车子终于打着了，叶晋明不理杜若茗，驾车就要出发。车速还没提起来，杜若茗一侧的车门突然打开，叶晋明"唰"地出了一身冷汗，下意识就伸手拉她，同时狠狠一脚刹车，车子钉在了原地。

"你个白痴！不要命了？"

吓死了，他以为她要跳车。

杜若茗被他捏得小臂疼，又被他一吼，一下就噙了一汪泪："我，没碰……"

第十二章 你家孩子真黏人

01

叶晋明下车跑了过来，先看了看她，再拉住车门看了一下，锁坏了，确实不是她开的车门。

完了，吼错了！

刚才太吓人，他没看清。

"茗茗……"

杜若茗把脸扭向一侧不理他，一汪眼泪欲落未落，看着真让人心疼。

他赔着笑脸拉她的小手："茗茗，茗茗，我错了，没看清。"

他不说话还好，这样软着声音一道歉，杜若茗那汪泪，立刻兜底倒了出来。

叶晋明彻底慌了，大手托住她的脑袋，又是抹又是擦："别哭，别哭，怪我，怪我，没看清，真没看清……"

"闪开，我要下车。"

"都道歉了！还不行？要不，给你磕一个？"

"磕啊！"

"磕就磕。"

他作势要跪，杜若茗却抬脚一踢，他躲过，她趁机跳下车："我可受不起！"

杜若茗头也不回地就往酒店走。媳妇儿不跟明哥回家，又不敢强迫，

215

除了耍赖，明哥好像也暂时没别的办法。

"茗茗，茗茗，要不你吼我两句？我真错了！咱不住这里好不好？你喜欢住酒店，我陪你去别处住。"

杜若茗一句不理，冷着脸继续往酒店走，刚到酒店门口，手往衣袋里一插，心里突然一紧："U盘呢？"

一定是刚才拉拉扯扯的弄丢了。杜若茗转身又往回跑。

叶晋明一阵惊喜："茗茗，你想通了？"

杜若茗没空搭理他，跑到车前，弯腰钻进去就是一通乱找。

叶晋明看她找得着急，在一旁问她："什么丢了？"

她还是不理，埋头乱翻，里里外外翻了个遍，一无所获。

"到底丢什么了？"

杜若茗懊恼地直起腰来，脸皱成小苦瓜："一只U盘。"

闻言，叶晋明弯腰进车里，帮着又翻了几遍，终于在脚踏下面的缝隙里发现了那只黑色的小玩意儿。

叶晋明拿着那只小U盘看："什么宝贝？"

杜若茗连忙抢过来，一看已经被踩变形的插口，脸一下又垮了。姐夫费那么大力气才帮她弄到的，竟然这么不小心就弄坏了。

"我看看，"叶晋明接过去，"哟，伤得不轻啊！"

杜若茗很着急："还能修好吗？"

机会来了！叶晋明煞有介事地觑着那只U盘，叹了口气，说："这种破损度，技术差的师傅你可千万别找，弄不好就全报废了。"

杜若茗想哭，不会这么倒霉吧！

"不过，我看电路板没有坏，换根电线接上电脑，应该还可以凑合着把里面的东西拷出来。"

杜若茗眼睛一亮，一下抓住他的手："你会弄？"

"你忘记你老公是干什么出身的了？"

哦，对！他是卖电脑起家的。现在的景程电子商场，就是从他那间销售加维修的小铺子做起来的。这类的小东西到了他手里，那就跟玩儿一样。

杜若茗认真想了一会儿，眨巴眨巴大眼睛，总觉得有哪里不对。

她把U盘又拿回来："还是不麻烦你了。我自己找师傅修吧。"

叶晋明一笑，倒是不忘好心提醒："尽快去电脑城找个技术靠得住的师傅吧！今晚你一定要小心保管，芯片都露出来了，不要用手指捏，手上汗液可能会腐蚀芯片，不要压着也不要碰着，更不能扑上灰，沾上潮，否则，你就是请来微软顶尖技术师，恐怕也恢复不了里面的数据。好了，我走了，你自己多注意。"

叶晋明交代完注意事项，上车打火，火还没打着，旁边车门一开，杜若茗已经上了车。

"看什么看？赶紧开车去给我修 U 盘。"

"好咧！"

车子一路向南，驶向水岸名居别墅区。远离闹市的别墅区里，树影幽幽，灯光寂寂，一派静谧。

车子噪声有些大，行驶在这样安静的林荫路上，更觉刺耳。

杜若茗问："你明天会不会也开这辆车上班？"

叶晋明说："不会。这车已经到了年限，等完成了它的任务，就该报废了。"

杜若茗自然明白这辆车在叶晋明心中所担负的任务。她又问："你眼角这伤是怎么来的？"

"嗯？不是你挠的？"

"哪个女人挠的，赖到我头上？"

叶晋明微笑着把车开进别墅院子。车子停下，他却不下车，扭头看着她，声线带几分慵懒："你一回来，我身上的伤就特别多，都不记得是哪一处了。你指给我看！"

她淡淡扫他一眼，开车门就要下车。

"茗茗……"他拉住他，语气喃喃，是在撒娇，"亲一下。"

杜若茗抵住他："你儿子没在家？"

他捉住她的小手揉捏着，低着头，一颗一颗地数她手掌上小珍珠一般的骨节，声音有些闷："就因为臭小子在，所以，在这里给亲亲吧！"

"天天，天天你爸爸回来了。"杜若茗降下车窗就冲房间里喊。

叶晋明垂头丧气地下了车："好吧，我去给你修 U 盘。"

不情愿，却又无可奈何，叶晋明悻悻地下了车往家走，好像回的不是自己的家，家里等着的不是自己的亲儿子一样。

相反，杜若茗心中竟然有些小期待。进门时，她先一步就去开门。叶天意早从二楼飞下来了，一看见杜若茗，惊喜到大叫。杜若茗还没看清他是跑的还是滚的，腿上一软，小团子已经挂在了腿上。

"妈妈，妈妈，妈妈……"

小团子抱大腿这招不知跟谁学的，杀伤力太大，再加上软嘟嘟的小嘴不停地叫"妈妈"，虽然她连他后妈都不算，可是杜若茗的一颗心啊，早化成糖汁了。

心里甜成一片，她却弯腰把团子摘下来递给他爹，故意冷着脸说："你家孩子真黏人！"

有了妈谁还要爹？小团子挣扎着从他爹怀里下来，滚过来又牵杜若茗的手："妈妈，妈妈，天天今晚要跟妈妈睡，天天带妈妈去看天天的房间……"

刚说到这里，某爹在后面很大声地咳嗽了一声。

团子回头看看他爹，虽然他爹已经这儿看看那儿瞧瞧，做出一副不在意的样子，小团子还是记起了他爹之前交代的事情。于是，他小眉头一皱，咬着嘴唇想了一下，一仰头，决定把这个问题交给妈妈："妈妈，咱们要不要和爸爸一起睡？"

"不要！"

"嗯嗯，不要爸爸，只要天天和妈妈。"

某爹直接抓狂，小崽子啊，我可是又当爹又当妈地养了你四年啊，你这不靠谱的妈没回来时，还不是我一把屎一把尿带大你，喂你吃饭教你说话，怎么她一回来，就立刻把我踹一边了呢？

天天没空顾及他爹的感受，拧着小身子就把杜若茗往楼上带："天天带妈妈去看天天的房间。"

杜若茗抱着团子上楼，看见楼梯墙上满满一面都是照片，从小团子刚会喝奶那会儿开始，一直到他背起小书包上幼儿园，由一个粉嫩小奶娃渐渐长成一位乖萌小帅哥。她一张张看着，竟然舍不得挪动脚步。

天天从她身上滑下来，踮起脚，小胖手指着那些照片一张张给她介绍："这是天天刚出生，爸爸说我力气好小好小，都吸不动奶嘴……这张是天天满月，爸爸说天天胖了，不再丑得像猴子……这张是天天一百天，爸爸抱着我，爸爸好大，天天好小……"

呃，这一张，就不要挂出来了吧！

照片上，古铜色皮肤的男人，裸着上身，只一条牛仔裤，好羞羞，人鱼线都露出来了。他低头望着怀里的小团子，小心而又温柔，如同望着这世上最珍贵的宝贝。小团子则全裸，肉嘟嘟，粉白一团，撅着小屁股趴在男人的手臂上，闭着眼睛在睡觉。

一黑一白，一大一小，对比太强烈。杜若茗看得脸热，却又忍不住不看。说实话，这些照片，她每一张都喜欢，这一张，尤其喜欢。

她指了指照片中小团子的光屁股，说："哥们儿，这张，挂在这里不太好吧？"

其实吧，小孩子怎么样都可爱。她指的，其实是团子那个肌肉爹。真是不像话！那样让人流口水的胸肌，不知道会引多少女人想入非非呢？不好好收着，竟然敢这样明目张胆地展出来！

小团子脸一红："那妈妈帮天天收起来。"

"好咧！"

杜若茗愉快地答应着，摘下照片，回头看到这家家长不在，立刻就把照片装进了自己的口袋。呵呵，小孩子就是好骗。这美照，肌肉男，小团子，真养眼！

杜若茗刚把照片收起来，就听小团子又说："这张是爸爸今天才挂上的，说只给妈妈看，不给别人看的。"

呃……杜若茗摸摸口袋里的照片，感觉自己忽忽悠悠就瘫了！

"妈妈，你怎么了？妈妈……"小团子又来牵杜若茗的手。

杜若茗回过神来，牵着小东西往楼上走："没事。走吧，带我去参观你的房间了。"

天天仰着小脸，看着杜若茗，说："妈妈，你能抱着天天拍一张照片吗？"

"哦，这个……"杜若茗低头看着大眼睛忽闪忽闪、满脸羞涩的小团子，狠了狠心，说，"不好意思哥们儿，不能。"

本来是没有关系的两个人，她没必要为了满足小孩子错付的感情而让两个人分开后都难过。

天天咬咬嘴唇，大眼睛里突然就亮晶晶蓄满了金豆豆。杜若茗假装没看见。

"哥们儿，不是说要带我去参观你的房间吗？"

小孩子的情绪来得快，转移得也快，很快，两个人已经在楼上儿童房嘻嘻哈哈闹成一片了。叶晋明先回书房帮杜若茗修 U 盘，小问题，找了一根漆包铜线连接上，很快修好。修复完毕，再检验一下里面的文件是否完好。插上电脑打开，里面却只有一个视频。

视频很大，他以为会是下载的电影电视剧之类，点开一看，却像是某处的监控视频……

02

叶晋明刚把视频点开，房门突然被敲了两下，一颗脑袋从门后探了进来，杜若茗笑着说："我找不到你家保姆了。"

叶晋明不慌不忙，移动鼠标关掉视频，说："于姐晚上不在这里住，已经下班回家了。"

"那你去吧，你家娃要洗澡。"

"他是希望你帮他洗。"

"那可抱歉了。我很累，没心情。"

"那好，我去。"

"U 盘给我。修不好也没事儿，我明天带去电脑城找个师傅看看。"

叶晋明一笑："你想找哪位师傅，我帮你约。"

杜若茗连忙摆手："不用不用，不用麻烦了。"

叶晋明把 U 盘拔下递给她。

"这么快就修好了？"

"插口还有些松，小心点儿，别再弄坏。"

"嗯嗯。"

杜若茗连忙答应着，看看他："那个，你没看吧？"

"有什么秘密？小黄片？"

杜若茗白他一眼，转身要走，看见他桌上的电脑，想一想，问："你电脑，能不能借我用一下？"

"随便用。"

叶晋明要走，脚步突又一顿："稍等一下。"

他又回来，手撑着书桌台面，弯着腰操作了一下，然后做了个"请"

的手势："用吧。"

"有什么秘密？小黄片啊？"

"嗯。"

杜若茗脸微红，"喊"了一声，抱起笔记本电脑就走，突然又停下："哦，我睡哪儿？"

他向她走过来："你不陪天天？"

"我没保姆义务。"

"也不陪我？"

她把笔记本电脑往胸前一抱，明显的隔离状，仰脸看着他："开什么玩笑？"

"那就客房吧。"

"谢了！"

杜若茗出去，叶晋明回头看着她的背影，盈盈小腰，饱满翘臀……

他捋一下短发，口干舌燥心更燥。再没什么能比放一杯清凉甘甜的饮料在一个饥渴难耐的人面前却只许看不许喝更折磨人了。

杜若茗一到客房，立刻锁上门，插上U盘就开始看。

监控视频是一秒一秒滚进的，如果不想落下什么，就得一秒秒看，这是个艰巨的任务。

小团子洗了澡之后来敲过她的房门，"妈妈""妈妈"叫得她心软，幸好被叶晋明哄着抱走了。

一个小时后，杜若茗眼睛已经又干又涩，却一无所获。她实在坚持不住了，却又不想放弃。就要回大寒山了，她不想带着一肚子的疑问回去。杜若茗揉揉眼睛起身，从包里翻出自己的水杯，想去楼下倒杯水喝。

下了楼才发现厨房里有灯光。大半夜，叶晋明立在灶前，正在煮什么。她本来只是想接一杯水就回去的，空气中弥漫的香味却让她鼻子一吸，脚步便迈不动了。晚饭时只顾生气来着，本来就没吃多少，现在又值半夜，肚子早已经空了。再被这样的香味一勾引……

完了，这是缴械的前奏！

杜若茗揉着肚子凑过去，看见叶晋明正拿着小勺把打好的山药糜一勺一勺往锅里舀。

"山药丸子？"

"嗯。"

"你儿子的夜宵？"

"嗯。"

叶晋明头都没回，把她往前凑的脑袋往回一按："别看，没你的份儿！"

"谁说要吃了？"

她立在饮水机前接着水，眼睛瞟向厨房，丸子已入锅，满室清香，不油不腻，是最本真的香。

这道汤，除了叶晋明会做，她没在别处吃到过。别处的山药丸子都是加了肉馅的，入油锅炸，或者进滚水氽，山药的清香被油腻遮盖，吃着也香，却总觉得那香是借了肉味。而叶晋明的这道山药小丸子，却是纯山药，略加了调味料。山药丸为主，好汤为辅。相辅相成，相得益彰。

山药丸子入锅即熟，一杯水慢慢悠悠接满，那边美食已经出锅。叶晋明理都不理她，自顾盛了一小碗端上了楼。杜若茗溜进厨房看了看锅里，还剩不少。一个小孩子哪里吃得了这么多？真浪费！

她往楼上看看，不见他出来，忍不住舀了一只小丸子放进嘴里。只吃了一颗，就再也刹不住了。还是记忆里的味道，光滑清香，又饱腹又暖胃。跟叶晋明刚结婚那会儿，杜若茗长肉迅速。闻晓说，她这样的身材，一旦胖起来将会成为灾难。她受了刺激，减了一段时间肥，晚饭少吃甚至是不吃。半夜饿极了，睡梦中逮住叶晋明的胳膊就啃，边啃边咂嘴："好吃，好吃，酱大骨……"

叶晋明被她啃醒，看着胳膊上还带着她口水的紫红牙印，边骂她自作自受边爬起来给她做夜宵。赶巧那天家里没什么菜，就剩两根铁杆麻山药了，于是叶晋明就自创了这道山药丸子汤。谁知道杜若茗自此吃上瘾，隔一段时间就得缠着他做一次。

等杜若茗突然意识到自己是在偷吃，锅里的丸子已经所剩不多了。她心里一慌，抬头向楼上望去。那人还没下来。

三十六计，走为上计。

杜若茗抹抹嘴巴，端起水杯就溜，突然听到一声轻咳，客厅沙发角落那里，一盏暖色落地台灯下，叶晋明正坐在那里捧着一本书在看。

他修长的手指抚在书上，轻轻翻过一页，问："好吃吗？"

呃，敢情她站在那里偷吃，他就躲在这里偷看啊！

反正都被抓现行了，爱咋咋吧！

"难吃死了！我现在就得去吐。"

杜若茗抱起水杯，"噔噔噔"地跑回客房，随手就锁了门。

叶晋明摇头一笑，他是了解她的，杜氏理论一向理直气壮到惨绝人寰：吃都吃了，如果嘴巴再软，岂不是白吃了？

一页书还没有看完，楼梯上一阵脚步响，杜若茗又急急忙忙地冲了下来："叶晋明，叶晋明，你快帮我看看……"

刚说到这里，她突然想起自己刚才偷吃还骂人饭难吃来着，觉得自己应该有点儿不好意思才显得诚恳一些。于是她先把理直气壮收一收，笑着慢慢蹭过来："那个，我盘又坏了……"

"哦，那可不好修了。"

杜若茗摇着他的胳膊央求："你不是高手吗？再帮忙看看吧！"

叶晋明懒洋洋打个哈欠："困了。明天再说好不好？"

明天可不行，明天她就要回大寒山了。

"叶晋明……"她声音软糯，一双无辜的大眼楚楚可怜地望着他，小手牵住他的衣角，轻轻地牵一下，再一下，"就一下，求你了……"

尽管心里已经软得像春天新翻的泥土，叶晋明却故意冷着脸说："我笨，做的东西都难吃到要吐，你还敢让我……"

"我错了！"

叶晋明的话还没说完，那边已经领会精神，立刻改口："刚才我说错了，我重说。你做的山药丸子是这个世界上我吃过的最最好吃的东西，好吃得我都要飞起来了。这次行了吧？"

叶晋明鼻子里哼了一声，脸却还是冷的，仰起下巴连看都不看她，傲娇得跟他家大白似的。

杜若茗想揍他，这货什么时候这样小气了？不就说了一句他做的山药丸子难吃吗？

"哼，小气！"杜若茗嘟囔一声，松开他的衣角就要走，没提防，他大手一拉，一下把她拉进怀里来。

"既然是道歉，总得有点儿诚意吧？"说着，他低头亲上来。

转换有点儿快，杜若茗没防备，一口气被他堵住。像被丢进热水里的螃蟹，她手脚并用，胡踢乱打，却渐渐红了脸，软了腰。

这个吻时间不长，杜若茗却差点儿溺死，等他终于意犹未尽地放开，她头昏脑涨，四肢发软，靠着楼梯喘气儿。

他坏坏一笑："有没有飞起来的感觉？"

杜若茗捡起落在楼梯上的拖鞋直接就砸。

叶晋明侧身躲开那只拖鞋："好了！你砸了我，我可以不用帮你修U盘了。"

"别走！"杜若茗赤着一只脚扑了上去。亲了还想走？没门。

"你敢走？"老娘的油岂是随便揩的？"去给我修盘！"

杜若茗一面拉住他，一面踮着脚去够拖鞋。眼看就要够到，却被叶晋明一踢，那拖鞋沿着光洁的地板，刺溜又滑远了。

杜若茗怒不可遏："叶晋明！你找死！"

男人一笑："哪那么麻烦？"他弯腰抱起她，"有我在，还要鞋子干什么？"

03

叶晋明一直把她抱进客房才放下，拔下了那只U盘开始检查。

杜若茗在一旁说："我刚才还看得好好的，就接了杯水，回来就成这样了。"

叶晋明长指敲在电脑键盘上，问："没备份？"

"正在备份到空间。可能是因为文件太大，还没完全传上去，盘就坏了。"

"哦，那我也没办法了。"

"你再帮忙看看嘛，我很着急的。"

"里面是什么东西？"

"一段视频。"

"什么视频？"

杜若茗咬咬唇："医院的监控视频。"

"你为什么要看这个？"

"你给我吃的药里面有不好的东西。"

"什么不好的东西？"

"可致人抑郁的药。"

"那药你都喝了？"

"没有。就你喂我喝了那一小杯。那天晚上我梦见奶奶，半夜突然醒过来，就感觉床底下有人。第二天你带我回医院，我总觉得那药被人动过，所以就没敢再喝。"

叶晋明越听越怕，掌心都出了一层薄汗。那天晚上他只不过是离开了几个小时，她竟然经历了这些。

他握住她的肩，看着她："茗茗，这件事我去查。"

杜若茗一嘟嘴："你的嫌疑都还没完全排除呢。"

叶晋明立刻生气："你觉得可能是我吗？"

杜若茗说："监控视频我只看了一半，盘如果修好了，也许就能知道是谁了。"

杜若茗拿过自己的包想把 U 盘放进去，一看包的拉链，突然怔住，有人动过她的包。她猛地一转身："叶晋明，你进来过？你趁我在厨房吃东西时进来过！"

叶晋明一脸无辜："没有。"

"不对，你就是进来过。这拉链刚才是拉住的，现在开了。"

叶晋明来牵她的手："茗茗，你都快成女福尔摩斯了。不要疑神疑鬼了，那件事，你不要管了，我去查。"

杜若茗一下甩开他的手："你毁了我的盘，还删了我的视频？"

"茗茗，我没有。"

"没有？这里总共只有三个人，不是你，还能是你家小崽子吗？"

"妈妈……"

刚说到这里，一声细细软软的"妈妈"传来，那个穿着小熊睡衣的小崽子就揉着眼睛赤着小脚站在了房门口。

叶晋明连忙把天天抱起，杜若茗狠心扭头不看。小团子看看叶晋明再看看杜若茗，大眼睛里一下就水汪汪了："爸爸妈妈，你们不要吵架……"

叶晋明给天天擦着眼泪安慰："天天不哭，爸爸妈妈没有吵架，是在说事情。"

杜若茗只当没看见也没听见，把手机、水杯一股脑地往包里塞，眼泪却不受控制地"吧嗒吧嗒"往下掉。

"茗茗,你先冷静一下,我真的不清楚到底是怎么回事。"

杜若茗擦擦眼泪,直接把几乎已经折断的 U 盘丢进了垃圾桶。

"怪我傻!"

叶晋明就是她天生的克星。这才几天的时间,已经让她放松了对他的警惕。结果就是,姐夫好不容易帮她弄到的视频,还没来得及看,U盘就在他的车里被踩坏,他假模假样地帮她修好,却再次莫名其妙地坏掉了。

在同一个地方跌倒两次,相信同一个渣男两次,她到底是傻还是贱?

她提起包就走,天天哭得更凶,在爸爸怀里使劲儿拧着小身子要她抱:"妈妈别走,妈妈抱天天。"

杜若茗狠心不理天天,红着眼睛往楼梯下跑。

叶天意一下从爸爸怀里下来,撒开小脚丫子追:"妈妈,妈妈……"

小孩子腿短,一步踩空就要从楼梯上滚下来。

"天天!"

叶晋明还没跑过去,杜若茗条件反射一转身,已经一把捞起了天天。

"妈妈……"小团子抱着她的脖子,哭得很委屈,眼泪蹭了她一脸。杜若茗的心里又疼又乱,狠狠心把小团子往楼梯上一放,凶巴巴地说:"不许哭!"

天天连忙点头,伸小手就去抹眼泪,小嘴抿得紧紧的,使劲儿把眼泪憋回去:"天天不哭,天天已经不哭了。"

叶晋明站在一旁看着心疼:"茗茗,你能不能小点儿声?"

小团子连忙冲他爹摆摆小胖手:"爸爸,这是我和妈妈的事情,你不要管。"

杜若茗瞟了一眼叶晋明,再看小团子,严肃地说:"你听好了,我不管你爸爸之前是怎么跟你说的,你现在必须记住了,我不是你妈妈,也没打算给你做后妈,所以以后别再叫我妈妈。"

"妈妈……"小团子嘴巴一撇,又要哭。

"不许哭!再哭以后我连抱都不抱你。"说完,她红着眼睛就往外跑。

小团子站在楼梯上,眼睁睁看着香香暖暖的妈妈就这么消失,回头看看他爹,再憋不住,"哇"的一声哭出来。

随着房门"嘭"的一声关闭，冰冷的门扇隔开了孩子的哭闹，也隔开了一团乱糟糟。

抬头看看黑沉沉的夜空，杜若茗在心里劝着自己："一个小破孩儿而已，犯不着。再说，爹都那样了，孩儿能好到哪里去？"

她低下头来，那孩子的哭声却好像还在耳边绕。

眼看着好不容易回来的妈妈就这么消失了，叶天意哭得直打嗝，边哭边推爸爸的肩膀："爸爸跑得快，爸爸去追，爸爸跑得快，追妈妈回来啊……"

小家伙从来没有这样闹过，叶晋明心里很乱。尤其刚才杜若茗含着眼泪跟天天说的那些话，让他差点儿就忍不住把真相告诉她。

"爸爸，你去追妈妈啊，外面那么黑，妈妈会害怕……

"天天不哭，妈妈会回来的，会回来的。

"都怪天天，天天不该弄坏妈妈的东西，哇……"

"什么？儿子你说什么？"

叶晋明一问，叶天意哭得更凶，小手都快把眼睛揉肿了。

"爸爸，天天不小心碰到了妈妈的东西，然后，电脑就黑了，然后妈妈就生气了……"

叶晋明心里叫苦，儿子哟，你可真是把你爸爸害苦了！

"不好好睡觉，你怎么跑去客房了？"

天天说："我想妈妈，哇……"

叶晋明连忙又哄："天天不哭，不哭，爸爸不怪你，爸爸知道天天不是故意的……"

正哄着，天天睡衣口袋里的一个硬东西硌了叶晋明一下。

"儿子，你口袋里是什么？"

天天连忙去捂口袋："不给不给，是妈妈，是妈妈……"

"什么妈妈这么硬？会把小肚皮硌破的，给爸爸看看。"

天天捂得更紧："是天天在妈妈包包里拿的，妈妈忙，不能陪天天，照片陪天天。"

"照片？什么照片？"叶晋明连哄带骗终于把"照片"从天天口袋里骗出来。

什么照片？是杜若茗的身份证。

那年他和杜若茗一起去办身份证，拍照时，她说什么也不肯把刘海撩上去，因为当时她脑门上顶着一颗新鲜饱满的青春痘。后来是他把她按住了，用发卡给她卡上去，才拍成了这张她头顶一颗大痘子、怒目而视的照片。

这应该是她生平拍过的最丑的照片，可怜天天是怎么认出这是他妈来的？

一看到这张身份证，叶晋明两眼都放光，真是打仗亲兄弟，上阵父子兵啊！

孩儿爹使劲儿在孩儿小脸上亲了一口："儿啊，你简直是老爸的神助攻。有了你妈的身份证在手，我看她明天还怎么走。"

天天没太明白他爹的话，但是有一点是明白的，那就是妈妈今晚不能陪他睡觉了。他更不懂他爸爸接下来说的什么长线什么大鱼，他只知道，妈妈不能陪他睡觉才是关键。

所以，他还得哭会儿。

"啊……爸爸，天天不要，天天要妈妈现在就回来……"

叶晋明握住小家伙的肩膀，严肃地问："叶天意，看着我！你还是不是男孩子？这样哭哭啼啼以后还怎么保护妈妈？"

小家伙被问住，顿了一下，打了个嗝，再吸吸鼻涕泡，泪眼汪汪地看着爸爸，小嘴撇撇再抿抿，忍了半天，还是"哇"的一声哭出来："天天是男孩子，天天是男孩子，可是天天忍不住……"

叶晋明也想哭："你忍不住？你起码还有个爸爸陪着。可是你爹我只有这么一个媳妇儿啊！儿啊，你可知道这四年我是怎么忍住的？我比你更想你妈啊，哇……"

叶天意抬起头来，跟他爹拉开点儿距离，就那么安静地看了他爹一会儿，拿小手抹了抹眼泪，说："好了，我不哭了。爸爸你再哭会儿吧。"

04

小孩子终于睡着，脑袋靠在叶晋明身上，口水流了他一肩膀。

叶晋明肩上搭着孩子，手里修着从垃圾桶里捡回来的那个 U 盘，耳朵边还夹着手机跟迟鹏讲电话。

"跟上了吗？"

"明哥放心，嫂子一出门我们就跟上了。"

"这几天必须跟紧点儿。你一个人怕是不行……"

刚说到这里，叶天意哼哼唧唧，小嘴一撇又要哭，叶晋明连忙放下手里的活儿，拍着他的小屁股哄。

哄着了他才又说："明天再多派两个人过去，一定要盯紧了。还有那个郑祥安，不要让他离开江城。"

"是，明哥。"

……

刚挂了迟鹏的电话，陈志的电话就打过来了。

"晋明，我发给你的那些资料你看了吗？"

"只看了部分，不小心删除了。麻烦你再给我发一次。"

叶晋明把陈志给他的资料都下载到笔记本上了，后来杜若茗想用笔记本，为了不让她看见，他只好先删掉了。

陈志说："我这就再发给你。看完咱们再聊。"

叶晋明边拍着天天的背，边说："一会儿我去找你，我这里也有份东西需要你帮忙看看。"

"好，我等你，反正今晚已经打算通宵了。"

挂了陈志的电话，叶晋明一刻不停又拨给莫晓蕾。

那边声音很吵，显然又是在瞎嗨。

"叶晋明，干吗啊？才几点啊？我不回去。过几天就要开学了，趁我老妈不在，你还不让我痛快玩几天……你说什么？天天啊？天天要找我？好好好，我立刻马上瞬间就到啊。"

时间不长，莫晓蕾一阵风般卷进来，一进屋就楼上楼下地找天天。

叶晋明从楼上下来："小声点儿，刚睡着。"

"先把脸洗干净，这个样子怎么带小孩子？"

莫晓蕾就要去洗脸，忍不住问："叶晋明，你这次怎么就放心把天天给我带了？"

叶晋明沉着脸，说："天天心情不好，也就只有你这个大活宝才能哄住他。"

"哎哟，你终于发现我的价值了！嗯？这么晚了你还要去哪里？"

叶晋明穿好外套，拿起钥匙要走："我去派出所找一下陈志。明天早上保姆会过来，你乖点儿，别欺负于姐。"

"哪能呢？我会全力配合那位老嬷嬷，陪好您的小公子的，您就放心地去忙您的大事业吧，叶会长。"

叶晋明一笑，钥匙一指她的鼻子："就你聪明！"

莫晓蕾得意一笑："那当然！我可是你的铁杆儿粉丝，叶会长。"

叶晋明的车子刚离开别墅，莫晓蕾这边也才刚有点儿困意，就被急促的敲门声打断了。

莫晓蕾打着哈欠，不耐烦地去开门："叶晋明你没带钥匙啊……"

门一开，门里门外两个人都是一怔。

"你？"

"你？"

杜若茗看着眼前这女孩，睡衣、睡裤、拖鞋，看起来像是这家的常客。

哼，她才离开不到一个小时，叶晋明的小女朋友就已经来他家睡觉了，简直神速！

杜若茗寒意森森的眼神让莫晓蕾不由得发抖："你，你干吗？"

杜若茗一言不发，伸手拨开她，径直就往楼上走。

"喂，你要干吗？"

杜若茗先去了她刚才住的客房，里里外外翻遍，没有找到。

一出来，她才看见儿童房门开着，叶天意小脸向外乖乖地躺在床上，粉色的小嘴巴被枕头挤成了一朵胖嘟嘟的小花，脸上犹有泪痕，手里还握着她送给他的那匹石头小马。

心口莫名疼了一下，杜若茗转身下了楼。她冷冷地问莫晓蕾："叶晋明呢？"

"他，出门了。"

"去哪儿了？"

"好像是去找什么，哦，陈志。"

"警察陈志？"

"对对对，他说是去派出所。"

陈志，杜若茗认识，她和叶晋明的高中同学，警校毕业回江城做了警察。杜若茗左右看看，在叶晋明装饰豪华的别墅客厅里转了转，选了客厅博古架上的一只花瓶抱着就走："你告诉叶晋明，让他明天拿身份证来换他的古董。"

她抱着花瓶就往外走,莫晓蕾刚反应过来:"什么身份证?谁的身份证?你抱花瓶干吗?"

莫晓蕾追出来,杜若茗猛地一转身,举起那只花瓶冲着她的脑袋扬了扬。莫晓蕾吓得一抱头,杜若茗笑笑:"把孩子手里的石头小马拿下来,硌手。"

说完她转身就走,直接上了等在门外的一辆出租车。

"师傅,麻烦去裕兴派出所。"

杜若茗在裕兴派出所门口守到快天亮,才看见叶晋明和陈志从里面出来。两个人站在门口吸了支烟,又说了一会儿话,才分开。

派出所门口大花坛里的冬青丛又高又密,杜若茗身量小,钻进去的时候还好,出来的时候,呸呸,拱了一脑袋灰。北方初春就这点不好,雾霾锁城未散,树上落的都是煤灰。

杜若茗拍拍身上的土,打了一辆车回到酒店,简单洗个澡,只睡了一会儿,乱七八糟的一堆梦,搞得人感觉像是过了一年。

手机定时闹钟响了,她艰难地爬了起来,看看时间,才睡了不到两个小时。

洗漱完毕,她拉开窗帘一看,外面竟然下起了雨,淅淅沥沥缠绵不绝,心情就尤其糟。

敲门声响起,杜若茗起身开门,是郑祥安。他明显也没睡好,眼底一片青黑:"若茗,你今天是要去青山墓园吗?"

杜若茗奇怪地看着他:"嗯。有事吗?"

她之前说过,画展结束,她给奶奶烧烧纸就跟他一起回大寒山。

"能带我一起去吗?"

杜若茗认真看了看他:"行。"

湾儿里巷改造之前,政府就给湾儿里巷和其周边的那些涉及拆迁改造的村落规划了一处公共墓地,就是阳江边上的青山墓园。

叶叔叶婶的坟早迁过去了,杜奶奶去世后也埋在了那里,叶杜两姓祖坟相邻。杜若茗准备了三份祭品,一份烧给奶奶,一份烧给叶晋明奶奶,一份烧给叶叔叶婶。

本来是打算烧了纸就回南平见见爸爸,再从南平出发回大寒山,可是现在身份证莫名其妙不见了，回了南平也不好买票。

杜若茗和郑祥安各怀心事地吃过早餐，问了一下酒店的服务员，打听到附近卖丧葬用品的店的位置所在。杜若茗陪着郑祥安过去，郑祥安不问规格，只拣着店里最贵最好的东西买。

这种店，氛围本就阴沉肃穆，再加上这样阴雨连绵的天气，杜若茗看着那些黑色的白色的东西，还有花花绿绿的纸花，就觉胸口压得慌，喘不过气儿来。

留郑祥安一个人在里面挑拣，她去店门口透口气。

小雨淅沥不止，温度直降五六摄氏度，好像又回到了冬天的阴寒里。

她裹紧肩上的衣服，听见里面店主问了一句："买这样规格的，您是孝子吧？"

"嗯。"

清淡的一声回答，是郑祥安。雨气森森扑到脸上，灌进脖子里，杜若茗呼出一口气，不由得竖起了衣领。

01

小雨未歇，杜若茗驾着她的小跑驶出市区。道路渐渐难行，地面泥泞，遥遥看见青山墓园笼罩在一片春雨的青湿寒气里。

她掀起眼皮，从后视镜里看见后排座的郑祥安坐得很端正，那一束白菊抱在怀里，衬得他的脸色肃穆得紧，倒真像是孝子来缅怀亡父亡母。

"郑老师，我记得您说过您的老家是鲁源。怎么，江城有您亡故的亲戚吗？"

"是。"

"谁？"

前面路窄，一辆渣土车好像出了故障，正好挡在了路中央。杜若茗踩下刹车，雨线拂在前挡风玻璃上，凝成雨滴，雨滴慢慢滑落，汇集，终致车窗模糊一片。

郑祥安没说话，杜若茗有好耐性等着他开口。前车司机来敲车窗，杜若茗降下半边窗子。

"麻烦，扳子可以借我一下吗？"

这人戴着帽子，帽檐压得很低，眼睛都盖住了，杜若茗只看见他鬓角森森的白霜。莫名地就感觉糟糕，像是雨天里黑色的长毛大狗靠近，湿湿热热的皮毛气息，再加上动物咻咻的喘气声，让人浑身不舒服。

杜若茗的语气不觉就生硬："没有。你去问后车。"

233

说着，杜若茗就要升起车窗，那人却莫名往车后座看了一眼，走了。
满腹疑惑中，杜若茗又回头看了那人一眼，再看郑祥安，就感觉他像是
有些冷，脸白得没了血色。

又等了一会儿，前车终于启动，杜若茗也跟着发动车。

离墓园越来越近，气温好像也越来越低。杜若茗把车子停在墓园外
的停车场，而一直走在前面的那辆渣土车则直接驶进了墓园。

来的时候，杜若茗考虑到车子后备厢里只有一把雨伞，想着去商店
再买一把，没想到雨伞脱销，只好随便买了一件雨披。

下了车，她把雨伞递给郑祥安，自己抖开那件雨披穿了，透明的，
带点淡淡的绿，雨滴噼里啪啦打在雨披上，水珠滑下去，感觉自己像是
被装进了一只刚清洗干净的玻璃瓶子。

两人走进墓地，停在他们车子不远处的一辆黑色商务车的车窗降下，
有相机镜头悄悄地伸了出来……

奶奶的墓地跟叶叔叶婶的墓地比邻，得了叶晋明的照料，坟前翠柏
茂盛，斜枝都斩去，挺拔整肃，坟头上也没有杂草。

郑祥安打着雨伞遮住烧纸槽，以免雨把火苗浇灭。

杜若茗拿一根树枝轻轻挑起一沓纸钱，让纸钱蓬松起来，更容易
燃尽。

火的热伴着雨的湿气扑到脸上来，雨披的帽檐处结了一层蒙蒙的雾
气，像氤氲在眼睛里的泪。

杜若茗看着那一团火，语调安静又清冷："我奶奶身体一直都很好，
有算命的算她八十五高寿，可是她去世时才七十五岁。她是被我气死的。
奶奶从来没想过老辈子里关系那么好的叶杜两家，到我们这一代，会成
这个样子。那位算命先生后来又说，奶奶折了十年的寿换我一生平安幸
福。我却让她失望了。"

郑祥安盯住那团火苗，阴湿暗淡的环境里，徒生出一朵温暖鲜艳
的花，是黑色忘川河边开出的曼珠沙华。

纸钱燃尽，杜若茗站起来，问："郑老师，您相信这世上有鬼魂吗？"

"相信！"郑祥安没有犹豫。

"那您相信鬼魂会记得生前的付出和回报吗？"

杜若茗看着他，瞳仁干净却寒冷。

郑祥安嘴角紧抿，过了许久才从喉咙里挤出一句："相信！"

他应该是真的相信，去叶叔叶婶的墓地时，杜若茗把她买的那一大束红色玫瑰花递给他，说："叶婶不喜欢白菊，她最喜欢红色的玫瑰花。"郑祥安接过来，许是红色刺眼，他眼睛一闭，眼泪落下来，滴在那束花上。所有真相，所有隐瞒，随着那一滴眼泪慢慢洇开，水壳破碎，一切都渐至清薄明了。

杜若茗的心里说不出的难受，相处四年，亦师亦友，他过错再大，应该千刀万剐，这会儿，她也看不得他这样。

"走吧。叶叔叶婶要等急了。"

郑祥安把那花还回来："若茗，帮我说一声，对不起……"

最后三个字，堵在他的喉咙里，像是拉着嗓子硬挤出来的，尤其干哑难听，尤其割人心弦。

他扭头就走，杜若茗丢开那束花，捡起一根烧火的棍子，撵上去就打。

"懦夫！懦夫！敢做不敢面对吗？你自己去看看啊，那一堆黄土里埋着什么人？我的亲人，你的恩人，把你从烂泥里拉出来的人，你不应该当面说一句对不起吗？你不应该磕个头认个错吗？你个懦夫，你就要这样逃避一辈子吗？好啊，你倒是逃得远远的啊，谁让你又回来了？还没脸没皮地再去勾引我姐姐？你们这对狗男女，不要脸，欺负我傻，把我当幌子……你害了叶叔叶婶，也毁了我姐姐。还要逃？有本事你逃出银河系去啊？"

杜若茗边打边骂，累得气喘吁吁，郑祥安却始终一动不动，就那么忍着。等她打完骂完，把棍子扔到一边蹲下来"呼哧呼哧"喘气时，郑祥安却还是走了。他说："我在路边等你。"

杜若茗抓起棍子就扔了过去："滚，你根本不配站在这里，脏了叶叔叶婶的地。"

刚才给奶奶烧纸时她都没这么伤心，等把那束花一放，看见雨滴从墓碑上"叶建设晋文娟"两个名字上滑下来，眼泪再不可遏制，汹涌而下。

"叔，婶儿，对不起了。我也是刚知道……"

郑祥安买的东西很多，杜若茗一股脑儿都丢进坟前烧火槽里，打火机点燃，火苗腾腾而起，连雨都浇不熄。等那些东西慢慢烧完，她站起来，扯起衣袖擦了擦墓碑上的字，再擦擦眼泪，转身去找郑祥安。

郑祥安没走远，就在下面等她。两个人并肩往外面走。这一路是个长坡，他们由上而下。

郑祥安拿出三张银行卡给她，一一向她交代："这是昨天卖画的钱，这么多年，我一直在等这一天。画卖完了，钱也终于攒够了。这一百万，麻烦帮我还给叶晋明。这八十万，帮我给薇薇，我终于攒够了跟她一起私奔的钱，可惜，有些晚。这一张里是二十万，答应帮你的修桥款。对不起，如果不是我，叔叔阿姨不会死，叶杜两家不会这样，你和叶晋明也不会这样，若茗，对不起了……"

杜若茗只拿了一张："这一百万我会帮忙还给叶晋明。修桥款我自己已经筹到了。至于给我姐的，你们之间的烂事儿，我没义务代劳。"

郑祥安还是把那两张卡片一起塞进她的手里来："我没有机会了。"

听他这样说，杜若茗心里没太多意外，只是纠结着，有点儿疼。

她吸吸鼻子，问："打算什么时候去？"

"一会儿就去。"

"为什么突然做了决定？"

郑祥安苦涩一笑："刚才停在我们后面的那辆车，已经跟了我三天了……"

杜若茗一惊："什么车？"

"一辆黑色商务。"

杜若茗下意识地就往身后看："是叶晋明？"

"已经不重要了。即便我不去自首，叶晋明也不会让我走出江城。我来江城前，就没想过还能回去。十年了，我很累，想找个地方能够没有噩梦地一夜睡到天亮。"

杜若茗眼睛更热："能告诉我经过吗？"

道路前方正在施工，刚才在外面看见的那辆渣土车从他们身边驶过，爬坡而上，隆隆的车声像雷鸣。

郑祥安看了看那辆车，犹豫了片刻："能。"

十年前，叶建设和晋文娟去南平做抵押贷款的那一天，他们一起去南平美院看过樊顺。告诉他已经在江城帮他找到了一份中学美术老师的工作。樊顺很高兴，当即就答应跟着他们去江城看看那份新工作。

半路上，车子出了车祸，车头撞碎了阳江大桥护栏，半个车身探到了桥外，车子摇摇欲坠。樊顺坐在后面，伤得也很重。他从车里爬了出来，看见后备厢被撞开，就顺手拿下了里面的一只箱子，后来才知道里面装着一百万。他一下来，车子失去平衡，跌入了阳江。

杜若茗的指甲几乎掐进肉里，她问郑祥安："我姐姐知道吗？"

郑祥安望着前面迷蒙的雨雾，语气悲冷："不知道。"

"为什么要这样？"

"害怕担责，也因为急需一笔钱跟薇薇远走高飞。"

"钱呢？"

郑祥安撩起自己右边脸的头发："我的脸受伤严重，右耳几乎磨掉，那些钱我拿去做了修复整容，整完还是这副鬼样子。这么多年，我其实就是一只鬼，隐姓埋名，不见天日。"

杜若茗后背森森，寒意不是从四围聚起，而是从心底生出。

蒲松龄的《聊斋志异》里写道："太原王生，早行，遇一女郎，爱其美色，纳于室内，一日于窗窥视，见一狞鬼，面翠色，齿如锯。铺人皮于榻上，执彩笔而绘之；已而掷笔，举皮，如振衣状，披于身，遂化为女子。"

她敬重了四年的师友，她原以为是这人间最无私最纯洁的人，原来只是把这无私纯洁做了人皮，内里却有着如此的不堪。

经历过情劫婚变之后，杜若茗一直不太相信自己的眼睛，总怀疑自己眼浊，看不清世事。现在看来，无须怀疑，自己确实眼浊。她竟然跟这个害死她至亲之人的凶手共处了四年。

身后渣土车的声音吵死人，杜若茗很烦躁："车祸现场曾出现过一辆改装过的面包车，你知道吗？"

隆隆车声里，郑祥安的声音有些模糊："知道，过路司机。我给了他十万块，他带我离开了现场，并把我送去医院。"

"你的意思是，这件事自始至终，是你一个人谋划，一个人参与？"

郑祥安握住伞柄的大手骨节苍白，眼眸凝定："是的，都是我一个人的错。"

"为什么不报警？为什么不施救？如果你那样做了，叶叔叶婶也许就不会死！为什么？"

郑祥安猛地一扭头，盯住了他们身后疾驰而来的那辆渣土车，面如死灰，嘴唇机械般一开一合："是，我没报警，没施救，我是罪人，我该死……"

杜若茗被愤怒和痛苦扼住，大声地骂着："你见死不救，还趁火打劫，你这个畜生……"

身后的马达声更近，像是食肉动物发起最后攻击时，利爪与地面的摩擦，尖厉刺耳，可穿透头颅。

杜若茗没有骂完，那辆沉重的渣土车呼啸而来，只看见郑祥安的脸最后在她眼前一闪，一股巨大的力量一下把她推了出去。

她跌倒在路边，顺着坡势向下滚出好远，滚了满身泥浆。

等她爬起来，身上的泥浆汇成泥线往下流，一条条，蜿蜒曲折，像是玻璃瓶被打碎，玻璃片陆离分割。

肇事的渣土车，丝毫没有刹车减速的迹象，轰隆隆冲下坡去。

杜若茗一瞬失聪失明，好多穿黑衣服的人不知道从哪里突然冒了出来，围住她急切地在说话，她一概听不清，眼睛恍恍惚惚，无法聚焦。

不远处，郑祥安躺在那里，雨伞丢在一旁，身下湿漉漉的一片暗色，到底是雨水还是血色？

02

叶晋明赶到医院时，郑祥安还没有被推出手术室，杜若茗和迟鹏守在手术室门口。

杜若茗额头有伤，包了一块纱布。伤得不重，只是那纱布白花花的，有些吓人。本来是几片创可贴就能解决的问题，都是迟鹏，拉着医生哭叫着救救他的茗茗姐，医生一着急，直接给包了一块大纱布，才算安慰住了情绪几乎失控的病人家属。

叶晋明一看见她头上那块白花花的纱布，就暴躁得想打人。

"怎么伤成这样？还有哪里受伤了？"

他跑过来拉住她，上下左右地看，恨不得立刻给她做个全身 X 光。

"伤成这样了怎么还在这里？医生呢，护士呢？迟鹏，你怎么让她跑出来了？"

伤了他的茗茗姐，迟鹏已经懊恼到不行了。那辆渣土车是墓园里的施工车辆，当时在正常施工，谁也没想到车辆会突然失控。等他们发现情况不对冲过去时，杜若茗已经被推开，郑祥安则直接被那辆失控的车撞飞十几米，滚到了坡底下。当时他们都只顾着杜若茗和郑祥安了，等想到去抓那个肇事司机，毛都没有一根了。

"回病房！"

叶晋明弯腰来抱她，杜若茗心烦，使劲儿一推他，伸手就去扯头上的纱布。叶晋明还没来得及伸手阻止，她已经把纱布扯掉，直接丢在了地上，露出额角一块新鲜的擦伤。

叶晋明疼得心都抽搐："杜若茗，你能不能不发神经？"

他下意识伸手去捡那团纱布，捡起来才想起已经脏了，没有用了。

看着她那处伤口，叶晋明的脸色铁青。他敛敛怒气，牵起她的手道歉："我语气急，我不对，咱去找医生……"

"找什么医生？我不过是蹭破了一点儿皮，你就这样？而他呢，他快死了！"

她的眼泪一下又涌了出来。她一哭叶晋明就更急，凶也不行，哄也不是，真是左右为难。

"不哭不哭，是我太心急。你放心，我一定找最好的医生救活他。"

"别在这儿猫哭耗子了。你救活他？你恨不得撞死他，你会救活他？"

"茗茗，不是我。"

"不是你？那辆黑色的商务车跟了他三天，你敢说不是你派去的人？"

"什么黑色商务车？我不知道。"

谁也说不过一个铁了心要说谎的人，左右一句"不是我"就把一切质问都挡回去了。

杜若茗不想再跟叶晋明废话，掏出一张银行卡直接丢给他："这是他当年拿走的那一百万。这几年他过得像个苦行僧，就是为了这一天，凑够一百万还你。他都已经悔过了，也在想办法弥补，为什么就不能给他一个主动自首、改过自新的机会？他就是有罪也还有警察呢，你算老几？凭什么直接判他死刑？"

杜若茗声嘶力竭，使劲儿攥住了胸口的衣服。如果不是郑祥安那拼命一推，今天躺在手术室里的，应该还会有她。加上这次，郑祥安总共救了她两次。无论他曾经做错过什么，她都已经失去了挞伐谴责的资格了。

"茗茗……"叶晋明低声下气，软语温存，"茗茗，那些事咱们以后再说，先回病房，你也受伤了，需要休养……"

"别碰我！"

正在这时，手术室的门突然打开，一位医生急匆匆走出来："谁是病人家属？"

杜若茗擦擦眼泪跑过去："我，我是，他的同事。"

"病人家属呢？"

"他，没家属。"

"没家属？"医生疑惑地看了她一眼，"这是手术风险告知书，你能担起这个责任吗？"

"我……"

"我是病人的家属。"

杜若茗正在为难，一个女声响起，在场所有人都向电梯方向望过去。

杜若薇急急忙忙地跑过来，对医生说："我是病人的家属，我可以签字。"

"你跟病人什么关系？"

"夫妻。"

"那好，请在这里写上你的名字和身份证号码。"

"好的。"

杜若薇接过笔，"唰唰唰"，利落写完，递到医生手里。

医生转身要走，杜若薇一下又拉住医生，眼睛里都是泪水，声音也在发抖："医生，我求求您，求求您一定要救救他。"

"放心，我们会尽力的。"

医生走了，杜若薇脚步虚浮，趔趄了一下，差点儿摔倒，杜若茗上前扶住了她。

"茗茗。"

杜若薇脸色苍白，一路超速从南平赶过来，浑身几近虚脱。

"我有话问你。"

杜若茗说着，也不给杜若薇休息的时间，拉着她就往楼下走。

杜若薇脚步酸软，被妹妹这么拉着，跌跌撞撞，走到下一层的楼梯间，她手扶住楼梯扶手站住，喘息着说："茗茗，你想知道什么，问吧，我实在没有力气了。"

杜若茗脸色很差，问："郑祥安跟叶叔叶婶的死有关系，你知道吗？"

杜若薇早有心理准备，她点了点头。

杜若茗的声调一下就变了："郑祥安说你不知道。"

她真的希望她不知道。

杜若薇支撑不住，一下坐在楼梯台阶上，眼泪决堤："我知道，我知道，是我把叶叔带着一百万现金回江城的消息告诉樊顺的，是我。如果我不说，樊顺也不会那样做，叶叔叶婶也不会死，都是我的错……"

杜若茗一听杜若薇的话，刚才已经哭到干涩的眼睛里，眼泪一下子又涌了出来，只觉两眼热辣辣地疼。

她颤着声音问："爸爸知道吗？"

杜若薇顿了一下，眼泪流得更急，她无力地点点头："知道。"

像是被一拳打在太阳穴上，杜若茗的脑子一阵眩晕，脚一软，一下坐在了冰凉的楼梯上。

"茗茗，茗茗……"杜若薇哭着来扶她，"茗茗，你别怪爸爸，他是为了我。当时我刚大学毕业，爸爸把一切希望都寄托在我身上，他不希望我刚毕业就跟这样的事情牵扯在一起。所以才在警察找他调查时，说了谎。"

杜若茗甩开杜若薇的手，烦躁不安地抓着头发，极力忍着，终于忍不住，一下子哭出来："你们都知道！你们都知道！就瞒着我？就瞒着我？我还像个傻子一样对害死叶叔叶婶的凶手那么敬重？那么感激？我就是个浑蛋……"

"茗茗，茗茗你别这样。虽然警方很快就结案了，可是爸爸并没打算就这么放过这件事。他请了私家侦探，各方搜集证据，找了樊顺十年。茗茗，我求你，别把祥安的真实身份告诉爸爸，爸爸比你更恨他，他会直接杀了他的……"

"你只想着你的郑祥安，你有没有想过叶叔和叶婶？有没有想过我和叶晋明？"

杜若薇拉住杜若茗，哭到失声："茗茗，对不起，对不起，都是我的错，都是我的错，你打我，我是个罪人……"

杜若茗厌恶地推开她，眼泪长流不止，眼睛却一眨不眨："对不起有个屁用？对不起能让叶叔叶婶复活吗？对不起能把叶晋明这么多年吃过的苦一笔勾销吗？对不起就能让我和叶晋明和好如初吗？"

"茗茗，祥安已经这样了，也算受到了惩罚……"

"你闭嘴！别跟我提你那个见不得光的情人。亏你还是我姐，亏你还是诺诺的妈妈，你背着姐夫，打着去看我的幌子，却是去跟他鬼混。我没你这样的姐，你让我感到恶心！"

"茗茗！"

杜若茗推开门就跑出了楼梯间，不顾路人的目光，痛哭流涕，像个找不到家的孩子。她不知道自己要往哪里去，这个世界充满欺骗，她无处倚靠。

外面还在下雨，坐在医院后门的一块石头台阶上，风卷着雨扑进来，她抱着臂膀看那台阶被打湿，雨淋到自己的身上却没有任何感觉。

如果没有杜若薇的泄密，叶叔叶婶不会死，叶晋明也不会那样误会爸爸，她和叶晋明也许就不会是这样的结局……

可是，一切以"如果"来开头的，注定了只能是个假设。假的，不存在的。就像现在，误会已经解除，她和叶晋明还能回到从前吗？事情并不是一步就走到这里的，中间还穿插了那么多不堪的过程。比如梁馨梅。

雨突然停住，杜若茗怔怔地抬头，看见浅灰色的天空，变成了纯粹的黑。

一把黑色的大伞，像一双宽厚的翅膀，帮她挡住了满世界的风雨。

他说："走吧，这里冷。"

杜若茗抱住叶晋明的腿，把脸埋在他的裤管上，哭着说："叶晋明，对不起……"

她没想到会是这样。过去她也怀疑怨恨过爸爸，疑的只是那一百万的真相，怨的只是他的薄情寡义，从来没想过他会为了保护自己女儿的名誉不受损，掩盖了两条人命的死亡真相。现在又加上了她的姐姐，为了自己的所谓爱情，竟然成了害死叶叔叶婶的第一个源头。

"茗茗，跟你没关系。"

会跟她没关系吗？她是杜方平的女儿，杜若薇的妹妹。

杜若茗转过身来，对面玻璃墙上映出自己的影子，她的衣服上都是深色的泥水印子，头发蓬乱，两眼红肿，邋遢，落魄，一个愚蠢的丑女人。

这个男人到底在图她的什么？

她不想走，叶晋明就挨着她坐下，把她的头按在他的肩上，手指轻轻梳理着她的头发。他身上的烟草气混着雨的清凉一起钻进鼻子里，烟气淡了，雨气却暖了。

"叶晋明，我累了，想休息一会儿。"

"好，但必须去我家休息。"

03

水岸名居别墅里没有第三个人，叶晋明已经安排莫晓蕾和保姆带着天天出去旅游了。

房门刚一打开，叶晋明就将她一把抱起，她的腿直接缠在了他的腰上。

房门钥匙"啪"的一声掉在地板上，叶晋明抱着她转身，用她的背去顶门扇。在她的脊骨撞上门板之前，大手垫上去，房门"嘭"的一声关闭……

第二天早晨，叶晋明醒来时，杜若茗却不见了。书房保险柜里没了她的身份证，却多了一沓钱，买手机的钱、住院的钱、买运动鞋的钱，一分不少。

他心里突然感觉不好。

也怪他，这么多年，他习惯用的密码数字组合一直是她的生日，才让她轻易地从保险柜拿走了她的身份证。

她的手机提示已关机，叶晋明气得把手机摔到床上。

"这个女人！"

开车赶到医院，杜若薇说杜若茗没来过，再赶到朗悦酒店，前台说她已经退房。追去火车站，售票厅、候车厅，里里外外都没有找到人。

长龙一般的列车鸣笛离站，车身上无数个小窗口，一闪一闪，星星一般隐没进清晨阳光里。叶晋明在车站门口的台阶上坐下来，看着旅客

进进出出，行色匆匆，世界却仿佛一下子又都安静下来。昨天还热火朝
天地安排、谋划、憧憬，她一走，一切就都没了继续下去的理由。再去
做什么，都是一只没头的苍蝇，嗡嗡嗡嗡嗡嗡，自己都能把自己烦死。

有电话进来，他连忙接起，却不是她。

"叶总，您好，我是水岸名居的保安小张。"

"嗯，你好，有事？"

"有位女士在这里呢，她说是您朋友。可是她又说手机没电没法跟
您联系，所以我才给您打个电话确认一下……喂，喂，叶总。"

叶晋明把车子开得要飞起来。赶到水岸名居，他还没到门口，远远
就看见门口坐着一个小人儿，怀里抱着一只大花瓶，大眼睛迷迷茫茫望
向前方，跟她以前等他的时候一样，像是没有焦距，却在看见他的一瞬
间突然流光溢彩，明眸善睐。

车子停下，叶晋明跳下来，本来想抱抱她的，一开口却又是火气。

"去哪里了？"

"去，去退房。"

"怎么不说一声？"

"你还没醒。"

他开门，她像个犯错的孩子跟在他身后。

她嗫嚅着："那个，跟你说件事儿……"

"说。"

"你家花瓶，被我弄坏了，喏，掉了一块。"

杜若茗把手心里一直握着的那一小片瓷块给他看："就瓶口这儿。"

她是打算把被她丢在酒店的花瓶拿回来还给他，然后就回大寒山的，
没想到会在出门时不小心把花瓶磕在门边上，磕掉了一块瓷，所以，她
没走成。

叶晋明拿过她手里的瓷块，接过花瓶随手丢回车上："就这么握着，
划到手怎么办？"

她急得直叫："哎，你轻点儿，修补费挺贵的。"

"你去修了？"

她点头："去了古玩城，那位老专家说，花瓶不贵，修补费却不低，
时间也会很长，所以，他问我还修不修。"

叶晋明一皱眉："那专家说什么？"

"他说修补费很贵，问我修不修。"

"不是，上一句。"

杜若茗想一下："他说花瓶不贵。"

叶晋明立刻又把那只花瓶拿了起来，仔细看着。

杜若茗说："那就修吧，我出钱，就是时间会长一些。"

叶晋明突然问："茗茗，你还记得我家那只花瓶吗？"

"嗯？就是被叶叔拿去做抵押的那只吗？"

叶晋明点头。

那只花瓶，杜若茗只记得在叶叔拿出来擦拭欣赏时偶尔看过几眼，并没有太往心里去。现在想来，博古架上那么多古董，她单单抱了这只花瓶，可能真是看着眼熟吧。

杜若茗也凑过来看："看着真是有点儿像，不过，我也记不太清了。"

"再跟我去趟古玩城。"

他们去古玩城转了几家店，给出的结果大同小异，民窑精品，存世量大，价格并不高，别说十年前，就是现在，也远远值不了一百万。

从古玩城一出来，杜若茗说："应该是我们都记错了，这只跟叶叔那只也许是不一样的。毕竟叶叔那我们也没见过几次。"

这话也没什么不对，听起来却颇多安慰的成分在里面。

叶晋明还没说话，手机却突然响起，是陈志。问他是不是跟杜若茗在一起，青山墓园肇事司机去投案自首了，请她过去指认一下。

他们暂且收起疑惑，赶往裕兴派出所。

在派出所，隔着玻璃，杜若茗看见了那个自称肇事者的男人，长得很高很胖，明显不是在墓园路上跟她借扳手的那个人。那个人，个高，微驼，鬓角染霜，颧骨好像有道疤……

叶晋明和陈志站在门口台阶那里抽烟说话。

"个高，微驼，鬓角染霜，颧骨有一道疤……"这几个词被杜若茗在心里反复念叨，她突然一惊，"叶晋明！你那个二手车店里，有个修车师傅，五十多岁，瘦高个，你知道吗？他叫什么？"

"张运达。"

"是他，是他，我想起来了。"

在通往墓园的路上时，她心里有事，烦乱无比，又加上当时那人帽檐压得低，她才没认出来，现在仔细一想，特征基本能对上，开渣土车的男人就是那次她无意间在汇成看见的那个。

"你是说，张运达是肇事司机？"

"是，就是他。"

叶晋明神色突然紧张，他问陈志："有案底的人，改了名字，只有照片，可以在你们内网上查到吗？"

"可以。"陈志很是肯定地回答道。

叶晋明立刻让汇成那边的文员把张运达入职时登录的照片发了过来。陈志即刻去查。

等待结果的时间有些煎熬，叶晋明指了指不远处的天桥，说："茗茗，你还记得那里吗？"

杜若茗望过去，天桥底下就是那个地下通道了。当年叶晋明落魄时，在那里摆摊修手机、贴手机膜。为了陪他，她批了一堆袜子去卖。邻摊的女人想勾引叶晋明，被杜若茗抓花了脸。女人的朋友要揍她，被叶晋明糊了一脸烤地瓜。他拉起她就跑，她还咯咯笑。摊子就那样丢了，叶晋明贴手机膜的工作也就那样结束了。

怎么会忘记呢？那么狼狈又甜蜜。

叶晋明提议："要不要一起走走？"

进入那个阴暗的地下通道前，叶晋明买了两个烤地瓜。他拣了一个烤得比较软的剥了皮，递给杜若茗，两个人边走边吃。许是饿了，一个烤地瓜，吃起来分外香甜。

杜若茗看见一个摆摊卖袜子的年轻姑娘，立刻就把吃了一半的烤地瓜递给叶晋明拿着，拍拍手，挑了一沓女士袜子，看见织着萌萌的小恐龙的童袜，也拿了一沓，刚要付钱，叶晋明却先把钞票递了过去。

杜若茗想想不好，就又选了一沓男士袜子。

她说："送你的！"

叶晋明微笑，付款。

出口处有贴手机膜的，杜若茗站在那里看了一会儿，叶晋明牵她的手示意要走了："走吧，没我帅！"

出了地下通道，烤地瓜也吃完了。踏上天桥的铁台阶，感觉风从四面吹来。虽然风有些凉，可是这里高，看得远，两个人不约而同停下了脚步。

她问他："有烟吗？"

"有。"叶晋明摸向衣袋。

杜若茗抽出一支烟，摸出打火机点上，叶晋明衔了一支烟也凑过来，大手握住她的小手，就着那火苗点燃。

两个人趴在天桥栏杆上看风景，抽烟。

叶晋明望着桥下来来往往的车辆，说："茗茗，看这些车，急急忙忙的，你说车主人们都忙着去干什么？"

杜若茗淡淡地说："讨生活。"

叶晋明沉吟："讨生活……讨，乞讨，讨饭，这个字很好。"

"你还喜欢这个字？这个字跟你距离太远了吧？"

"不远，很近。"他说，"以前，我向命运讨出路，现在，我向上天讨公道，以后……"

"以后怎么样？"

他低头看着她一笑，右腮边露出一个酒窝："以后，我还得讨你做媳妇儿。"

杜若茗低头，沉默了一会儿，说："事情都已经查清楚了，你会不会起诉郑祥安？"

叶晋明淡淡一笑，呼出一口烟气："查清楚？谁说查清楚了？"

"郑祥安不是都已经说了吗？钱是他拿走的，也是因为他的下车才使得车子失去平衡掉下去的。"

"我的话你怀疑过来怀疑过去，别的男人的话你倒是肯信！"

"你还怀疑什么？"

叶晋明呼出一口烟："别忘了那辆车。郑祥安说只是路过的，我怎么就一点儿都不信呢？路过？能从南平酒店到江城一直路过？还有我爸的车被损毁的刹车系统，告诉我是车辆自身故障，我也不信。郑祥安，充其量就是一只替罪羊。"

杜若茗心中悚然："你怀疑谁？"

"你那天跟我说有辆黑色汽车一直跟着郑祥安，我去查了。车上总共有三个人，他们在画展那天开始在江城出现，也住在朗悦酒店，就在郑祥安房间的对面，都是南平口音。"

　　杜若茗的心往下一沉，没再说话，低头看着天桥下面，车如过江之鲫，熙熙攘攘，让人眼花心烦。

　　许久，她才说："你是在怀疑我爸。"

　　叶晋明呼出一口烟，看着那烟被风吹散，说："这事儿，等抓到那个肇事司机问清楚，再说也不晚。你别有其他想法，是不是你爸我都得再娶你回来。我说过一句特浑的话，得用这一生来证明我当时的有口无心。"

　　"哪句话？"

04

　　叶晋明手搭着天桥栏杆，烟灰被风吹着簌簌落下，他说："我跟杜方平说，我要利用你报复他。"

　　杜若茗知道他说的就是被杜方平录音的那一句。关于当时的气氛和语境，杜方平和叶晋明自然都有自己的一套说辞，断章取义也好，感情所致脱口而出也罢，说过了就是说过了，别巴望着她能这么轻易饶过他！

　　哼，她杜若茗对叶大明，什么时候轻饶过？

　　杜若茗叹气，语气幽幽："你不是已经做到了？"

　　叶晋明用力一揽她的肩，把她搂进怀里，咬着牙说："杜若茗，我对你百般好，抵不过那一次夯是不是？"

　　"那你告诉我，我生孩子那几天，你到底去了哪里？"

　　"不是已经说过了？"

　　杜若茗看他，有些惊讶："你说的那些都是真的？"

　　叶晋明尴尬地点点头，说："那几年多亏了你爸爸照顾，我的生意做得很不顺利。那次到货，又是你爸爸托他的老同学扣了我的货。我连夜赶去南平找你爸爸，因为在家刚跟你吵了嘴，本来心情就不爽，一见面便起了冲突。我打了你爸爸，他报警抓了我。"

　　叶晋明深吸一口烟，接着说："打老丈人这事儿，不光彩。大姐赶到南平后，我跟她说千万别告诉你，让她编个其他理由骗你几天。没想到我一回去，你就跟我闹离婚。"

杜若茗低头看着天桥下的车流，说："大姐跟我说你跟梁馨梅在一起。"

"等大姐回来，我让她跟你解释。"

"解释什么？她是你亲姐，还不是你让她怎么说她就怎么说。"

"先不提这事儿。茗茗，你就不纳闷我是怎么收到那辆老爷车的？"

杜若茗一转身，靠着栏杆一滑，蹲在了地上。

叶晋明也连忙蹲下，又拿出一支烟递到她唇边，手捂住打火机给她点，殷勤备至。杜若茗撩撩眼皮看他一眼，略一低头，对着火苗点燃烟。

叶晋明看看周围，跑去一旁垃圾箱里捡来一只纸杯，先把她刚才丢掉的那只烟头捡起来放进纸杯里，再把纸杯放在两个人脚边，也挨着她蹲了下来。

"烟头丢里面，清洁工刚打扫完。"

杜若茗看了看那个穿着橘色工作服的清洁工，正提着一把扫帚蹒跚地走下天桥。她从小就知道他不是个坏人，哪怕他后来抽烟喝酒打架，为了生活也钩心斗角频频算计卖力拼杀，她也一直知道，他不是个坏人。

可是，男女感情里，没有好坏，只有对错。他们之间，到底是谁做错了呢？

"说吧，那辆老面包，你是怎么收到的？"

"这事儿，跟你刚才说的那个张运达还有点儿关系。"

就在叶晋明跟杜若茗带着天天一起吃早餐那天，汇成店员突然打电话给他，说收了一辆老爷车，跟他想找的那辆外形很像，所以他才急急忙忙赶了过去。

当他赶到时，却发现平时老实巴交、沉默不语的张运达擅自拖了切割机过去，想把车上的保险杠切下来。

叶晋明心急，上前制止，夺下切割机时，被蹦起的铁屑伤到了眼角。

他很生气，本想直接开除张运达，却又突然想起了杜若茗之前跟他说过的那些话。那晚在朗悦，有个男人从郑祥安的房间出来，杜若茗说那人的样子很熟悉，像她在郑祥安的书里见过的一张全家福照片里的人，还说，她在汇成店里好像也见过那个人。

只要跟郑祥安有关的人和事，叶晋明都感兴趣，何况，这个人还对这辆老爷车也这么感兴趣，恨不得给它来个大改造，以掩饰其本来面目。

所以，叶晋明没有开除他，而是不动声色地留他在店里继续工作。事实证明，这女人，就是看不清他，看别人，那是一看一个准！

听到这里，杜若茗突然问："你怀疑张运达跟郑祥安有关系？"

叶晋明说："樊顺的爸爸，曾经因为偷盗机动车被判刑，那人之前是个技术高超的修车工。"

"你是说，那辆改装车，有可能是他的？"

"应该很快就能知道了。走吧，去看看陈志那边进行得怎么样了。"

两个人刚要起身，只听面前的纸杯里"哐啷"一响，过路的行人往里面投了一枚硬币。

杜若茗看看那位深藏功与名的路人顶着慷慨施舍的光环走下天桥，再扭头看看叶晋明，那人脸色铁青，都快憋疯了。

杜若茗伸手扳过他的脸，左右扭一扭："这小白脸，也不像乞丐啊。"

"人家是给你的，"他说着，拿起那一枚硬币，"可以给你夹只娃娃。"

叶晋明把硬币收进口袋，却从钱夹里抽出一张钞票，放进旁边那个独腿老乞丐的铁盒子里。那脏黑的乞丐连忙拿起，一迭声地说谢谢。

杜若茗好笑："你蹲半天就讨一块，却给人一百？"

"大冷天，他没媳妇儿陪着，我有。"

杜若茗不理他，拿出烟就要点，他伸手拿走，连烟盒一起丢进垃圾箱里："从今往后，再让我看见你吸烟，小嘴给你封了！"

杜若茗刚要抗议，他低头过来真要封嘴。

杜若茗一推，抬脚就要踢："要你管？"

他气儿壮得很："我不管谁管？备孕半年，烟酒都不能再沾。"

陈志根据叶晋明提供的照片进行比对，调出了几张五官最为接近的照片。其中一张被杜若茗一眼认出，就是那个在郑祥安书里见过的全家福照片里的人。陈志调出了那人的信息，名字叫樊根槐，南平人，曾经因为盗窃机动车伤人被判刑十年，入狱前是一家汽车修理厂的修理工。他老婆在他入狱后不久就带着小女儿改嫁，他还有个儿子叫樊顺。

警察立刻就去了张运达租住的房子，人去屋空，不知所终。那个冒充肇事司机来自首的司机说他也不知道张运达去了哪里。他跟张运达是牌桌上认识的，那天他溜班出去打牌，张运达主动要求帮他运送那几车渣土。出事后，就再也联系不上了。公司给每辆车都上了保险，他不怕赔偿，主要是担心溜班的事被领导知道会被开除，所以才主动来承担责任。

从派出所出来，叶晋明和杜若茗都很久没有说话。樊顺是樊根槐的儿子，现在，樊根槐却是涉嫌谋杀樊顺的嫌疑人。父子之间，可以如此吗？

两人闷闷地走出派出所，街角转弯处，一家小商店门口，几个小学生正围着一台娃娃机，抓娃娃。

叶晋明看了看杜若茗，笑得春风得意。他说："还说再不跟我一起生娃娃了，你看看，说给你抓娃娃，就看见娃娃机了。"

杜若茗也觉得巧，这种一元抓一次的娃娃机并不多见。

叶晋明看着那台娃娃机，说："茗茗，敢不敢跟我打个赌？"

"跟你在一起，时刻觉得自己就是个赌徒，有什么不敢？"

叶晋明从裤兜里摸出那枚硬币，说："你猜我能不能只用这一枚硬币就抓到一只娃娃？"

"难。"

"如果抓到，今晚你跟我夜游江城。"

杜若茗想了一下，郑重地说："如果抓不到，逮捕郑祥安时，请不要追究我姐姐的责任。"

"你下的注太大了。"

"你开始没说不可以。"

"好，愿赌服输，都不许反悔。"

"不反悔。"

附近小学刚放学，一群小学生正围在娃娃机前。一个小男孩已经试了几次，都是一无所获，跟在他身边的那个大眼睛的小女生却还是一脸期许加崇拜地看着他。

杜若茗不觉就笑了，曾经，她也是这样，迷妹一般，一看他，眼睛里就升起星星。

叶晋明不跟小孩子抢，就跟杜若茗蹲在一边看，等那几个小学生一无所获就要离开时，他跑进小商店找老板换了一堆游戏币，分给了那几个小学生。

"继续玩，继续玩，叔叔请客！"

很快，游戏币又玩完了，还是一无所获。

在那几个孩子再次向叶晋明投去期待的目光时，他却开始撵人了："走走走，还不回家？作业都写完了吗？"

撵走了那些孩子，叶晋明把最后一枚游戏币在杜若茗眼前一晃，"咔啦"一下喂进投币口，灯光一闪，机器开始运作。他控着操作杆，找到合适的娃娃的位置，一按，爪子缓缓下降，"啪"地一下再一按，爪子抓住一只公仔摇摇晃晃地升了起来。

杜若茗直接看傻，这也太简单了吧！

刚才她仔细看了，那些孩子并不是都乱抓一气，有两个小男孩很老到的样子。他们抓了半天一根毛都没捞到，怎么到他这里就成了手到擒来？

她跑过去，用肩膀向着吐娃娃洞口的反方向使劲儿拱了一下，想把娃娃给他震落。

娃娃晃了晃，却像是生了根，还是牢牢地抓在爪子里。为防她再次捣乱，叶晋明伸手挡开她，随即"咚"地一下，娃娃顺利落进了洞口。

叶晋明把那只流氓兔递给她："明年兔年，给我生只小兔子吧。"

杜若茗看了看那只眯眯眼的兔子，没接："你作弊！"

他拉过她，一拉她外套，直接把那只流氓兔塞进她的怀里。

杜若茗捞出来就砸他："坏蛋！"

"小茗茗，你哪只眼睛看见我作弊了？"

"别人都抓不到，你怎么就能抓到？"

"我一向运气好。"

"喊！脸皮厚！"

他笑，低头就"啵"了她一口："脸皮薄，吃不着！"

01

杜若茗和叶晋明还在街上没有回家，杜若薇突然打电话过来，说郑祥安醒了，要见叶晋明。

顾不上其他，两个人急急忙忙赶去医院。郑祥安已经被推出重症监护室，安排到了病房里。叶晋明在病房跟郑祥安说话，杜若茗和杜若薇出来守在病房门口。

这三天，杜若薇受尽煎熬，身心俱疲，仿佛一夜间老了十几岁。

杜若薇说："茗茗，我和郑祥安，不是婚内出轨。我们结婚了。"

"你和郑祥安结婚了？"

那天签字时，杜若薇说是郑祥安的妻子，她还以为姐姐是为了签字才故意那样说的。

"四年前，我们就结婚了。就在你和晋明闹婚变那段时间。"

杜若茗缓了好一会儿，才又问："那姐夫呢？"

"我和施以行是和平分手，诺诺给了他。"

"爸爸知道吗？"

杜若薇摇头："以行说会帮我瞒下去，在他准备再婚之前，都会帮我瞒下去。"

这个消息太突然，杜若茗有点儿接受困难："十年前你突然答应跟姐夫结婚，是不是也是因为他？"

杜若薇含着眼泪点头："十年前的那个晚上，我突然接到一个匿名电话，告诉我樊顺在南平医院。我赶过去，才知道他受了很重的伤，被人丢在医院里，奄奄一息。为了防止我和樊顺私奔出国，当时爸爸冻结了我所有的银行卡，我没有钱去给他交手术费。我去求爸爸，求他救樊顺，他不答应，还要报警抓他。我没办法，只能告诉爸爸那件事我也有参与，是我向樊顺通风报信的，如果爸爸不救他，我就去向警察自首。爸爸只好答应，条件是我必须跟樊顺分手，踏踏实实地去相亲结婚。我答应了。我知道爸爸不会就这么放过樊顺，所以我和施以行订婚后，偷偷给了樊顺一笔钱，让他去国外做整容修复，再也不要回国。从那以后，我就和他断了一切联系。直到你和叶晋明离婚那年，他突然在江城出现，我才知道，这么多年他其实一直在国内，也一直在关注着我的生活。因为你和叶晋明的事，我很愧疚。他答应我试着帮你走出阴影，所以才有了后来你和他在阳江大桥上的相遇。其实，当时我就在不远处看着你们。"

杜若茗冷笑："你们倒真是配合默契啊！"

"茗茗，祥安当时也不是有意的，这么多年，他也一直在努力赎罪。"

"行了，别说那些没用的。你们呢，以后打算怎么办？"

"医生说他可能这辈子都要坐在轮椅上了。如果叶晋明要他承担责任，我就陪他去坐牢，照顾他。如果叶晋明能放过他，我陪他回大寒山，伺候他一辈子。"

"诺诺呢？诺诺怎么办？"

杜若薇低下头，她注定不会是个好母亲了。

"我不是一个好妈妈，她跟着施以行，比跟着我好。"

"自私！"

杜若薇眼泪流得更凶："是，我是这个世上最自私的人，我不配做诺诺的妈妈。"

"姐夫呢？你骗了他这么多年，到现在他为了爸爸为了诺诺还在帮你瞒着，你就不觉得愧疚？"

"茗茗，我没有办法了，这辈子都没有办法了，如果有来世……"

杜若茗嗤笑："来世？骗鬼去吧！"

多少人多少事，这辈子还没整明白呢，还来世，自欺欺人。

叶晋明出来了，脸色很不好。

病房里没有其他人，杜若薇跑进去照顾郑祥安。

日将西沉，阳光斜斜地从走廊西面窗户打进来，在地上铺了一个橙黄色的半扇面。

杜若茗站在一株高大的凤尾竹旁边，凤尾森森，影子落在地上，支离斑驳，像小孩子乱涂乱画的一个故事，没头没尾的。

说实话，她很紧张，手局促地握紧在衣兜里，她不知道自己等待的会是一个什么样的消息。

叶晋明向她走过来，许是看出了她的紧张，他嘴角一扬，像是笑了，走近了，才看见他眼睛深沉潮湿，像下雨的深夜。

杜若茗走过去抱住了他："大明……"

叶晋明的下巴抵在她的头顶，忍了一会儿，终于忍不住，抱紧她吞声哭泣……

郑祥安说话还不利索，磕磕绊绊说了一个多小时才把话说完。

之所以一醒过来就把叶晋明叫来，是因为他了解樊根槐，穷途末路，捞上一个是一个，亲儿子都可以拉下去做垫背，何况别人？

郑祥安这次说了实话。十年前，他大学快毕业那几天，因为跟杜若薇的恋情遭到杜方平的反对，两个人想出国，被杜方平提前发觉，冻结了杜若薇所有的银行卡。两个人一筹莫展，聊天时，杜若薇无意说起叶建设拿花瓶抵押一百万贷款的事，不禁感叹："叶叔也真是仁义。资金链都那么紧张了，还特意取了现金给职工发工资。唉，如果咱们有一百万，就能出国了。"

当天晚上，樊顺打电话给父亲樊根槐，想跟他借点儿钱。他大学四年，作为父亲的樊根槐一分钱没出过，现在他有一份收入挺高的汽车维修工的工作，钱拿去赌牌，也还是不肯帮儿子。

樊根槐，钱不给，话还说得很难听："你不是有个姓叶的亲爹吗？平时说得他那么好，找他去啊！"

樊顺也生了气："是，叶叔就是比你好。人家来南平谈生意，一谈就是一百万的大单，明天就能提着一百万块回家了。你看人家，有本事还没架子，今天下午他还来看我了呢。不像你，没出息还没责任。"

这些话，被当时正被高利贷逼到走投无路的樊根槐听进了心里。当天晚上，樊根槐破天荒地第一次出现在郑祥安的宿舍楼下，很快就套出叶建设的车牌号和入住的酒店。他当晚就去了那家酒店，半夜潜进停车场，对叶建设那辆车的刹车系统做了手脚。能保证上路，但是遇到高速紧急刹车时，一定会崩溃。

第二天，叶建设跟杜方平去银行提钱时，樊根槐也悄悄跟着，直到确认一百万现金就放在了那辆车的后备厢里。

一切准备就绪，让他没有想到的是，叶建设夫妇临走时去了一趟南平美院，捎上了樊顺。

那晚，樊根槐开着他那辆改装后马力强劲的昌河面包一直不远不近地跟在车的后面。这一路，叶建设的车行驶得一直很平稳，没有要出事的迹象。眼看到了阳江大桥就要进入市区，樊根槐再没耐心，一不做二不休，油门一踩到底，一头撞了上去。

前车在高速度紧急刹车的情况下，刹车系统崩溃，高速撞向了阳江大桥的护栏，护栏破裂，半个车身悬在桥外。樊顺被甩出车外，右脸着地，巨大的惯性，让他的右耳几乎被磨掉。

樊根槐下车，撬开后备厢，拿走了那只箱子。

他又去车前看了看叶家夫妇，驾驶位一侧悬在桥外，看不清司机的情况，副驾驶座一侧的女人，好像还活着。

他回来，上车，后退，就要把车撞下桥。那个血人一样的人突然滚到了他的车前，拼力地摇着胳膊，求他不要。

他下车，把樊顺提起来丢进面包车里。往后一退，油门踩下，车子吼叫着，就把卡在桥栏上的黑色轿车撞下了阳江……

樊根槐以为樊顺会死，没想到到了南平，他还有气息。人性中残存的最后一丝血脉亲情，让他把樊顺送到了南平医院，只给他交了五千块钱的住院押金，再给杜若薇打了个电话，就走了。

樊顺还清晰记得他爸爸临走时跟他说的那句话："消息是那位杜家千金透露出来的，警察如果查到我，我就拉你们俩垫背。"

他知道樊根槐说到做到，犯了这样的错，他可以一死一百了，可是，他不想害了薇薇。于是，他选择了逃避。

是的，他逃避了，眼睁睁看着自己的恩人被推下水，为了自己和薇薇不被牵连，他选择了逃避，也就选择了这条永远都走不完的赎罪之路。

人这辈子，不过几十年的光景，如果用时间来丈量，确实很短，可是，如果把它换算成苦难，那么多噩梦连连的夜晚，把时间无限延长，度日如年这句话真的很贴切。才十年而已，他的心其实已经一百岁了。

犯错只在一念间，赎罪却需要一生。

……

叶晋明揉揉杜若茗的头发："走吧，愿赌服输，陪我夜游江城！"

他手插衣兜就往前走，杜若茗望着他颀长的背影，压在心口的石头终于落地，樊顺不是爸爸派去的，爸爸不是杀害叶叔叶婶的凶手。

叶晋明回头看她没有跟上，手肘一弯，站在那里等她来挽。

杜若茗大步而来，却跟他擦肩而过。

叶晋明一笑，两步追上，杜若茗手臂一弯，却等着他来挽。

叶晋明一挽，几乎把她提起："小矮子！"

02

医院门口，迟鹏提前把叶晋明的摩托车送过来了。漆光锃亮的大黑鸟，停在阳光里，还是那么帅气。

迟鹏走过来，递给叶晋明一只纸盒，叶晋明接过来挂在了车前。他长腿一跨，上了车，系着头盔的扣子，看见杜若茗还在那里痴迷地看着大黑鸟，没上车。

他头一侧："上车！"

杜若茗走过来，叶晋明给她戴上头盔。

"媳妇儿，坐好了！咱们走！"浑厚好听的发动机声一起，杜若茗突然热泪盈眶，仿佛那些热血澎湃、青春无敌的日子又回来了。

风从耳边呼呼而过，街景变换只在瞬息。

杜若茗腰往后挺着，寸许前方，肩膀宽厚，稳重如山……

"吱——"

叶晋明一个急刹，她一下子就向他撞了过去，不仅是前胸，还有脸，像个烧饼贴在了他的背上。

有些疼！

不等她骂，速度又起，起来没几秒，又是一刹，又是一撞。杜若茗气急，一巴掌拍在他后背上，宽厚的背脊，又兼穿着挡风的皮质夹克，这一下震得她手都疼。

他却极受用。头盔护着，看不见他的脸，只听那声音，隔着头盔都透着贱兮兮："这邀请还算隆重吗？别拘着了，想抱就抱吧！Come on Baby！"

杜若茗微微一笑，手攀上他的腰，自下而上，沿着椎骨处的凹陷，慢慢摸到他的肩胛骨，这男人浑身肌肉紧实，后背尤其坚硬如石头。

"杜若茗！别动老子这儿！"

话音刚落，她的小手抚上去，找准位置按了按，脖子一挺，头盔直接顶了上去。

"嗯……"男人闷哼一声，爆了一句粗口，驾着车，没法把她拎下来打屁股，闷着声不敢再挑衅她。

杜若茗却一笑，手臂一环，抱住了他的腰。

每个人都有软肋，小时候一起搬小板凳看《葫芦娃》，每当看到三娃被蛇精发现软肋是怕打屁股那段时，她就会贱兮兮地去摸叶大明的肩胛窝，那厮总会像被踩了尾巴的狗一样一跳而起："杜若茗，别摸我这儿！"

这话说的，摸哪儿了啊？不就一块骨头吗？那时候他个子疯长，却瘦得跟只猴子似的，肩胛骨也尤其突出，硌手，谁爱摸？就是想看他气得跳脚的样子嘛！

就连后来两个人亲热时，他也不怎么喜欢她摸他的肩胛窝位置。有时候两个人吵着架，她就故意去掐他那里，无论怄着什么气，他都会立刻求饶。

这也奇怪，一般人的脖子、腋下才是最怕痒的，他的肩胛骨窝却是不能碰。

那一次亲热后，他背靠着床坐在地板上，拉过她的脚扛在肩上，给她剪脚指甲。刚才她挠他来着，用那涂了蔻丹的脚指甲。

她躺着，看着他宽厚的背，故意拿脚踢他的肩胛。

他晃晃肩膀："别闹啊！再敢碰我这儿，脚趾头给你剪下一根来。"

"大明，你这里是不是生过一对翅膀？后来被砍掉了，伤口还疼，所以才不准碰？"

"嗯，"一只脚剪好，他又拉过她另一只，"本来好好地做我的天使来着，都是被你这小妖精勾的，豁出翅膀不要也得下凡来娶你。"

大黑鸟载着两个人一路往南，夕阳飞金，两个人身上都洒了一层金粉。就连大黑鸟，亮晶晶的、深沉的黑色都隐了去，像是变成透明的了。

阳江沿岸开发得好，有一座阳江湿地公园，四年前她离开时刚刚动工，现在已经成型了，是江城人平时休闲健身的好去处。

继续往南，离城渐远，一个个农家乐、烧烤小院一溜排在江边，门口摆着小桌、板凳。有已经开始营业的，也有锁着门，静待天气转热，招待撸串儿大军的。虽然都不属于正规小店，看着那规模，就可以想象天气一热，阳江水面上的凉风一吹，这里将会是一个多么惬意热闹的所在。

过了阳江大桥，一个弯转到西面，就是阳江支流小阳河了。叶晋明以前经常带她来这里下渔网捉小白鲢。

行驶到一条偏僻小路上，两面都是果园，果园外面围着阴森森的铁丝网，铁丝网上都是锋利的倒茬。

路面是水泥的，灰白色，窄窄的一条，很平展，被落日余晖映着，像是一条金色的丝带，而他们就行驶在这金色的路上，像是一直要驶进太阳里去。

油门放缓，一声刹车，车子停下。

这一路，耳边俱是风声，头盔一摘，那风声还在，好像已经灌进耳朵里，一时绕不出来了。

杜若茗迈步就要往前走，叶晋明伸手一拉，一把抱住。她探着头往前看，才发现这里原来是一条断头路，路面到此而尽。下面就是虽然河面不宽，但是水深波静的小阳河。河对岸一片衰草离披，荒草很厚，像一块灰扑扑的羊毛毡子。再过几天，也许里面会开出黄色的蒲公英来。

杜若茗问："这路怎么就断了呢？"

叶晋明低头点烟，手捂着打火机，挡着晚风，嘴上衔着烟，声音有些模糊："本来是要修座桥架到对面的，"烟点燃，吸一口，他拿下来夹在手里，一说话，烟气被风卷着四散，"后来听说小阳河里的龙王爷不允许在他家打桩，所以就停工了。"

杜若茗淡淡一笑，他惯会讲这类冷笑话，她爱听。

叶晋明手撑着地面坐下来，腿垂在路头的断面下，脚下就是小阳河，对岸是一片夕阳下苍金色的果园。

杜若茗没有跟过来，正手插衣兜望着对岸。叶晋明回头看她，笑着把烟衔到嘴里，冲她一伸手："傻子，过来啊，这里好玩。"

她其实没那么矫情，并不是因为他才不想过去，而是，她有些晕水。以前没这毛病，在大寒山索桥过多了，摇来晃去，一看见深水就感觉天地在晃。

"别怕，我抱着你。"

杜若茗终于走过去，被他牵着就要挨着坐下来，他却一只手搂着她的肩膀，一只手托起她的膝后，直接把她抱进了怀里。

"啊——"

身体一悬空，身下就是河水，像悬在万丈深渊边。杜若茗被吓到，伸手抱住了他的脖子。

"你也有害怕的时候？"

叶晋明把她安放在自己的腿上，一只手环住她的腰，一只手摘下嘴上的烟，手伸向旁边磕了磕烟灰。他的脸就在她的耳侧，下巴上的胡楂蹭到她的耳尖，一阵凉凉的酥麻直抵心灵，她不由得往旁边躲了躲。

"别乱动，掉下去还得捞你。"

她就不敢再动。

他说："有时候周末没事，我带根钓竿就能在这里坐上一下午。"

"能钓到鱼？"

"能。拃长的小白鲢居多。也有大家伙，一尺多长的鲤鱼，肚皮都是金色的，钓上来两次，八成是看上我了。"

"后来呢？把鱼公主炖了？"

"哪能啊！难得有个傻了吧唧对我这穷小子痴心不悔的，我得当神仙供着。"

"再后来呢，有没有再钓到过？"

"没了。"

"看来那鱼没傻到无可救药，知道躲着你走了。"

叶晋明吸一口烟，许久才又说话："你呢？"

他低头看她，像是怕自己的话被风吹去，低了头，声音钻进她的耳朵眼里。她抬手要揉耳朵，指甲却一下触到他的下巴。

"抱歉。"她说。

一抬头，看见他正低头看她，眼睛眯着，烟还衔在唇边，灰白烟灰里一粒红色的火星子，一闪一灭，像是活的。

杜若茗伸手把他的半截烟摘下，手指夹着放在自己的唇边，吸了一口，烟气呼出，瞬间不见。

她望向远处："其实咱们现在这样也挺好，不吵不闹，不爱不恨的，还可以互相帮忙解决生理需要……"

她没说完，腰上一凉，是风；又一热，是他的手。

他的大手探进她的衣服里，指尖沿着胸衣的下弧线划了一下，娴熟地一撑，一探，大掌进入，覆住她的柔软，那心跳就像被他覆在手心的鸟，扑棱着翅膀，啄他的掌心。巨大的橙红色太阳已经一半没入了对面果园，半截烟灰被风吹着掉下去，打个旋儿，落在深绿色的小阳河水面上。

杜若茗扭着头仰着脸，迎他的唇，姿势别扭，随时怕自己的脖子被他拗断，亲吻就越发深、疼、拼命，像是知道下一刻就是世界末日，豁出命什么都不管不顾了，就要这一分一秒的爱和疼。

一个吻，真的到世界末日，太阳都没了。在太阳"扑通"坠落的那一瞬间，好像是跌得挺惨，"噗"地一下，浑身的金粉都震飞了，飞了满天满地，连路过的鸟身上都是，连悬在小阳河上，抱着啃在一起的两个人身上都是，金色的，红色的太阳的血。

叶晋明的粗重呼吸伴着风声，扑在杜若茗的脸上是热和疼，像知道自己犯错而被甩的耳光，疼却不能怒。他咬她的耳珠："杜若茗，你如果敢再回大寒山，我就把你绑回来……"

03

天黑透前，他们到了小武叔叔开的农家小院饭店。饭店就在路边，被果树簇拥着，那个大门口就显得尤其小，一不小心便会错过。

摩托车速度慢下来，杜若茗远远地就看见前面路边立着一只灯箱，上面白底红笔五个大字：炭火烤全羊。

叶晋明说小武叔叔的饭店特色菜就是炭烤全羊，羊是自家养的，果园也是自家的，平时羊就在果园里吃杂草、落叶。也有羊会啃果树皮，小武叔叔就雇了个老羊倌儿看着，只是老羊倌儿老眼昏花的，也看管不过来。

车子停下，杜若茗才看见门口挂着歇业的牌子。

发动机一熄火，木制仿古栅栏门里就探出一颗小脑袋，小麻雀般叫了一声："来了！"

很快，又探出一颗小脑袋："来了！"

于是两个小人儿就又都同时转身叫着往院里跑去，活像两只彩色羽毛的小鸟。

这两颗小脑袋扎着一样的羊角辫，长着一样的五官，穿一样的花裙子，一样七八岁，连声音都是一样的。杜若茗一时有些眼花，以为是自己看错，这一前一后本该是同一个人吧。

叶晋明说，这两个孩子，一个叫小金子，一个叫小银子。是小武叔叔夫妇前几年才在福利院收养的一对双胞胎女儿。怪不得杜若茗不认识。

叶晋明拿下车前的那只盒子，说："走吧，为了你，小武叔叔现杀了一只羊。"说到这里，他体贴地揽揽她的肩，"没事，如果不能吃，都给我，我给你烤土豆、蘑菇。"

他们走进去，是一个收拾得很干净的小院子，几套木桌木椅，没有客人。

"大明，茗茗！"

小武叔叔笑呵呵地迎出来，杜若茗差点儿没认出来。小武叔叔胖了许多，肚子腴起来，扎在腰间的那条被肚子顶起来的白色围裙就尤其显眼。

"茗茗啊，多少年没见了！快屋里坐，屋里坐。"

他们往屋里走，坐在门口剥花生吃的一个老头儿也站起来，核桃皮似的脸，昏黄的眼珠，看见他们咧开嘴直笑，嘴角边都是白色的花生渣子。

杜若茗突然觉得这个老头儿有些眼熟。

叶晋明手扶着老头儿的背，说："三才爷爷，一起吧，我请您喝酒。"

老头儿连忙摆手："可使不得，可使不得。"

小武叔叔也来劝："三才叔，走吧，晋明请客，专请您！"

262 🌀

杜若茗记起来了，这位老人，别看现在其貌不扬的，以前可是湾儿里巷有名的人物。叶三才，他家祖上出过三位秀才和一位进士，他爷爷，还是清末江城一带有名的大财主。后来家产被他爹败光。大树枯死，架子还在，扫扫墙角，挖挖地窖也许就能倒腾点儿老东西出来。比如他送给叶建设的那只花瓶，据说是老年间的贡品呢。

　　小时候孩子们都喜欢围着叶三才听他讲他家老年间那些事，什么他爷爷娶了三房姨太太，什么他爹一夜就输掉一车银圆。

　　祖上的风光就像过年时挂起来的祖先敬布，恭恭敬敬地去磕头膜拜，瞻仰追思，一转身，鸡飞狗跳忙的还是那点儿柴米油盐，一日三餐。

　　这不，祖上荣耀的叶三才，现在给小武叔叔放羊。

　　今天上午，叶晋明就给小武叔叔打了电话，请他安排了今晚的这顿饭。

　　小武叔叔关门谢客，专门招待他们这一桌。大家喝酒吃肉，很是热闹。一开始，叶晋明怕杜若茗吃不下，把小武叔叔两口子好心切给她的肉都夹到了自己盘子里。后来叶三才喝了几口酒，又开始讲起他祖上的那些事，杜若茗突然就来了兴致，好像又回到了小时候那一个个蝉鸣阵阵，银河璀璨的夜晚，不知不觉，蘸着孜然盐粉竟然吃了两块羊腿肉。

　　吃完饭，杜若茗陪着两个小女孩在院子里玩，小武婶婶去煮明天早上要用的羊骨头汤。三个男人在房间里说事情。

　　当年叶三才的儿子叶超害大病，没钱送医院，是叶建设给了一笔钱，才救了叶超的命。叶三才知道救命恩情无价，况且那一大笔钱也还不起，就把那只花瓶硬送给了叶建设。说是硬送，是因为叶建设本来就不想要。这事儿湾儿里巷的人都知道，都称赞叶建设仁义，也都称赞叶三才知恩图报。两个人都不愧是湾儿里巷的好爷儿们。

　　今天叶晋明请叶三才的这顿饭，就是为了那只花瓶。

　　叶家那只花瓶值钱，这是湾儿里巷祖上传下来的老话。可是，今天杜若茗抱着花瓶去找那位老专家修补，正在专心致志地修补一只瓷碗的老人家，抬起小圆眼镜片后的小眼睛，从镜片上方瞟了那花瓶一眼，就说："伤得不大，又不值钱，修它干吗？拿回家插插鸡毛掸子得了。"

　　杜若茗不相信，故意说："老师，这可是你们江城叶晋明叶总的收藏，会不值钱？"

老头儿不屑，鼻子里哼了一声："什么叶总？就是花总的收藏，我说不值钱就不值钱。"

叶晋明的这只花瓶，不是他买的，是生意上的朋友送的。具体这只花瓶值多少钱，他没去做过鉴定。而且，到底这只花瓶跟爸爸那只是不是一样的，他也有点儿模糊。毕竟时间太久，而且爸爸那只花瓶一直被珍藏，很少拿出来，他也没见过几次。被古玩城的专家一说，叶晋明倒是真想把他爸爸那只花瓶的来龙去脉摸一摸了。

酒酣面热，叶三才的话尤其多。当叶晋明把带来的那只盒子一打开，叶三才昏黄的老眼立刻一亮，粗糙的老手摸上花瓶那细腻的胎质，就有些颤抖。

叶三才说："这，这是我家那瓶子啊！"

叶晋明说："不是那只。这是朋友送我的。"

三才爷爷一听，觑着眼睛又看了一遍，嘴里嘟囔着："怎么这么像？连这块小瑕都一模一样啊！"

小武叔叔一喜，看向叶晋明，叶晋明没动声色，问："三才爷爷，您老再仔细看看，真是这只吗？"

叶三才哆哆嗦嗦地从怀里摸出一副镜片都裂开的老花镜，戴上了仔细看。里里外外看了几遍，摸了几遍，摘下眼镜，抹一把老泪。

"是了，就是它，准没错。"

小武叔叔惊讶："咋这么巧？怎么又回到晋明手里了？"

叶晋明脸色却更加凝重："三才爷爷，这花瓶真那么值钱吗？"

杜若茗小时候橡皮筋跳得特别好，由脚腕开始，从第一级到最后一级，撑橡皮筋的小伙伴需要把橡皮筋高举到头顶。小伙伴们一级级淘汰，到那个级别，就剩不下几个人了。而杜若茗，每次是跳完最后一级的那个。

虽然她现在也没发胖，因为经常带着学生们上体育课，身体灵活度也还可以，可是她还是没玩过两个小丫头。才跳到屁股蛋这一级，她就说什么也跳不动了。于是就拉了两个小丫头教她们玩东南西北中。

她小时候会在八个面写上什么郭靖、黄蓉，老顽童，郭芙、杨过、小龙女，然后要一个方向，报一个数，开到哪儿算哪个。没想到她小时候玩的游戏，现在的孩子照样喜欢，只不过对应的人物变成什么美琪、美雪、小月、小蓝、小龙、游乐、魔仙女王。

杜若茗对到一个女王，两个小丫头就手往腰边一扶一起喊："参见女王陛下"。

正玩得高兴，房门一开，叶晋明点着烟出来，出来时脸色很差，一看见杜若茗跟两个小丫头在玩这个，不由得又笑了。

他也凑过来，烟夹在手里，手臂往后伸直，尽量把烟气往别处赶。

"南，7下。"

他也报了个方向和数字，杜若茗看他一眼，手指一开一合，最后按照他的方位去对应，是小龙。

两个小女孩一起笑起来，小龙就是《巴啦啦小魔仙》里那个贪吃的胖男孩。

杜若茗倒没什么，两个小丫头先开始兴奋。

"不对不对，大明哥哥才不是小龙，大明哥哥应该是游乐王子。"

"不对不对，茗茗姐姐是女王陛下，那大明哥哥不就成茗茗姐姐的儿子了？"

杜若茗"噗"地一笑，瞅他一眼，这个便宜，她占得有些意外。

她说："行了，你们两个小鬼头，继续玩游戏了。"

"那就再来一次，姐姐开个小蓝姐姐，大明哥哥开个游乐王子不就好了？"

叶晋明也瞅了杜若茗一眼，她刚才少开了一下，别以为他没看见。不过两个叽叽喳喳小丫头的话很对，他们俩就得是一对才行。

"你们玩，我出去抽支烟。"

说完，他已经大步流星推开栅栏门走出去，站在路边吸烟。杜若茗抬眼看他，他的背影在夜色里更显宽厚。

过了一会儿忍不住再看，却不见他人影了。

房间里三才爷爷念念叨叨在哭，小武叔叔在劝。

小金子先说："三才爷爷又哭了，他一喝酒就爱哭。"

小银子附和："就是就是，怪不得他儿子老骂他还不让他回家。"

三才爷爷就一个儿子，就是那个得重病被叶叔救了的。倾家荡产救活的儿子，到头来却是这样对待自己。

杜若茗又望向门外，想着外面不远处就是小阳河，叶晋明该不会是去河堤上了吧。

正想着，门外汽车引擎响起，由远及近，很急很猛，不像是平时过路车辆的声音，倒像是憋足了马力在追逐什么。

杜若茗侧耳再听，站起来就往外跑。

04

"姐姐，姐姐，你干什么去？"

小金子和小银子一起跟了出来。

刚出了栅栏门，一道车灯耀眼，小阳河的方向，一辆车子追着叶晋明疾驰而来。叶晋明脚步很快，本来是向着小院来的，可是一看见她和两个小丫头，就立刻放弃，继续往前跑。

杜若茗举起一旁的那只大灯箱，冲着近到眼前的那车的挡风玻璃拼力砸了过去。电线被扯断，"噼里啪啦"一溜火花。灯箱不重，被那车一顶，就飞到了一旁，摔在地上稀碎。那车也仅仅是减了一下速，随后更加疯狂地加速，向着前面的叶晋明撞去。

这一路，旁边都是果园，为了防贼，外围都拉起了高高的带倒茬的铁丝网，任凭叶晋明身手再好，要想越过铁丝网跳进一旁果园里逃命也都不是太容易的事，何况后车咬得极凶，誓要把他撞飞。

"你大爷！"

杜若茗飞奔回来，抬腿跨上大黑鸟，一拧油门，大黑鸟后轮翘起，前轮一扫，咆哮一声，掉个头，就向着那车飞去。

关键时刻大黑鸟也真是给力，杜若茗一拧油门，很快越过那车。

"叶晋明！"

她一喊，叶晋明脚步都没停，抓住车座，长腿一跃就上了车。

叶晋明在她耳边说："掉头，迎过去！"

杜若茗会意，一拧油门，一个九十度扫摆，前轮翘起，又一个掉头，冲着那车就迎面撞去。车里的人显然一惊，愣神间速度明显下降，就在两车几乎要撞上时，杜若茗一打方向，大黑鸟擦着那车的车身而过，脚蹬剐到了车门，一道花火一闪即灭。

这一套动作下来，杜若茗的衣服都湿透了，手心里都是汗，打滑，几乎握不住车把。

叶晋明说："你下来,我开!"

没有给他们交换的时间,后车一个漂移掉头,一串尖厉的轮胎摩擦地面的声音挠心刺耳,又追了上来。

哟,也是位高手嘛!

杜若茗把油门拧到底,经过炭烤全羊灯箱时,方向稍一打,车身猛烈晃了一下,叶晋明伸臂扶住了她的手。

他的大手覆在她的小手上,耳边都是风,眼前恍惚是小阳河对岸的灯火。

"叶晋明,抱紧了。"

杜若茗喊了一声,车把一打,车子拐进一条小路,就是那条断头路,刚不久他们还在那里抱着激吻。

他知道她想干吗,把她细腰一抱,这一次,无论空中动作如何,落地时,她得在上面。

大黑鸟急速前进,快要到达起跳点时,杜若茗一下把油门拧到底,两个人膝盖同时夹紧车身,臀部离座,大黑鸟像一条黑色的大龙,咆哮着,轰鸣着,腾空而起,鳞片闪着粼粼的光,一下把夜幕划破了一个大口子,黑夜的浓浆喷薄而出,瞬间把世界掩埋……

大黑鸟落地时是后轮先着地,接着前轮往前一戳,杜若茗全身向前一扑,车把被叶晋明紧紧攥住。他圈她在怀里,大黑鸟载着他们又往前奔了一段距离,就一头冲下了那个荒草如毡的土坡。

身后"扑通"一声,小阳河里的波浪被砸起,那辆紧咬在他们身后的汽车被杜若茗带下了水。

大黑鸟扑向一边,叶晋明抱着杜若茗往下滚了几下才滚到坡底,她上他下,他护住了她的头和腰,却被她砸得腔子里都是血味儿。

杜若茗脑袋还在晕,叶晋明已经一翻身,一下把她推在草地上,拔腿往坡上跑。

她呛了一嘴枯草叶子,又被他这么一推,一下扑在了地上。

她一边吐着草叶一边骂:"这么粗暴!"

等杜若茗爬上草坡,看见那辆车的半个车身已经没入水中。叶晋明跳进水里,向着那个不停"扑通""扑通"挣扎的人游过去。

叶晋明揪住那人,先是按着脑袋灌了一通水,眼看对方被灌得快没气儿时，才拽着那人往岸上拖。

杜若茗现在才发现自己的短见。江城水多，当年一跟叶晋明吵架，她就吵吵着要跳河跳江跳池塘。为了这个可以挟叶晋明的"一技之长"，死活不肯学游泳。这下好了，男人在水里挣命，她却只能站岸上，干瞪眼地瞧热闹。

就在那辆车快要没顶时，叶晋明拖着湿淋淋一条落水狗爬上了岸。他狠狠地把那人往旁边一丢，那人趴在地上一口一口地往外咳水。

叶晋明体力明显到了极限，坐在地上，喘着气说不上话来。杜若茗又急又疼，谁让他昨晚不要命地在她身上发泄，早知道应该留点儿力气揍这个浑蛋的！

杜若茗踢了一脚那条水狗，没死，却连出个声儿的力气都没有了。

她走到叶晋明面前，抽了他的腰带，这次回来才知道他已经换这种扳扣的腰带了，还是以前那种卡扣的好，解了几年，顺手了，这一种，才解了几次，一时没习惯。

他喘着气问："干吗？"

杜若茗也不说话，又鼓捣了几下，终于把男人皮带抽下。

她拿起皮带走过去，用脚把那人踢到仰面朝天，咬牙拽着他的后脖领拖到一棵树旁边，胳膊一扭，扭到树后，就给绑上了。

在江城混了这么久，连江城边边角角的地形都没摸清，活该这水狗被她带下河。

她回来又扯扯叶晋明的裤腰，还行，不太松，裤子掉不下来。

叶晋明走过来，拿了她的手机，点开手机的手电筒，捏住那浑蛋的脸扳正了，就去照。这水狗一脸的土和草叶子，闭着眼睛，只有出气没有进气，惨白光照下，颧骨处一道伤疤明显。

"是他！"杜若茗非常确定地看向叶晋明。

叶晋明已经忍不住了，抬腿就是一脚，踹得那浑蛋往前一弯腰，再一脚，已经缩成了一团。几脚下去，那浑蛋已经快被踢飞半条命了。

叶晋明还要踹，被杜若茗拉开了："别这样打，打死了就问不出事儿了。你等着。"

叶晋明走到一边去打电话："陈志，我在小阳河边上，鱼底村附近……"

杜若茗折了一根树枝回来，新鲜的那种，枝枝杈杈，枝条柔韧，打起来疼，却不会致命。

她问叶晋明："你先我先？"

"你先。"

"好。"

杜若茗走过去，劈头盖脸，抡起就打，专拣头脸使劲儿地抽。越打越气，越打越难过，不一会儿就满脸湿，不知道是汗还是泪。

那孙子也够狠，自始至终没吭一声。

等杜若茗打完，把树枝一扔，血腥气扑面而来，只觉有些硌硬，是对某种披着人皮却长着兽心的异类的硌硬。

她回来，跟叶晋明挨着坐在一起。

天上薄云流走，一弯新月乍现，小阳河波声很浅。

叶叔叶婶的魂在阳江，这孙子落水的地儿在阳江支流小阳河，冥冥之中的缘由交错、暗中注定，谁又说得清。

她靠在叶晋明身上，感觉想说的话很多，可是喉咙一哽一哽的，什么也说不出。

"叶晋明……叶晋明？"

杜若茗猛地一转身，看见叶晋明低着头，像是睡着了。

"叶晋明？叶晋明？说话啊，叶晋明？"

杜若茗一下跪倒，拍他的脸，没反应，再掐他的人中，还是没反应。

她心里立刻就起了毛，使劲儿地摇他："你别死啊，叶晋明，别死啊，你死了我怎么办？"

她一哭，他反而直接躺倒了。

她吓坏了，边哭边使劲儿按压他的心脏部位，一定是昨晚太累，刚才又经历了这些危险。

"都怪我，都怪我，大明你别死……"杜若茗眼泪鼻涕一大把，一下一下地给他做着心脏复苏。

下面那个终于忍不住，说："盼你给老子做个人工呼吸，咋这么难？磨叽！"

男人骂了一声，她脖子一紧，"扑通"一声趴他怀里了，两片嘴唇刚贴上，他抱着她翻个身，直接压在了身下。

他低头就啃，两个人，一个一身土，一个满身泥，滚作一块儿，不知天高地厚，真想就这么把彼此揉进泥土里。其实也是因为吓坏了，急切需要这种身体上的触感证明彼此还活着。

"茗茗，其实我刚才就是低头想个事儿……"

她大哭："浑蛋，嗯……"

正在激情就要燃着枯草时，头顶上方黑影一闪，杜若茗大叫一声"大明"，抱住他的脖子一歪，身后那根粗粗的木棍就擦着叶晋明的后脑勺落在了他的背上。

叶晋明弹起，一个后飞腿，直接把偷袭者踢倒在地上。

他摸了摸自己的后脑勺，那里也被砸到，还挺疼。

他吸了一口凉气，骂杜若茗："你绑猪蹄扣的本事呢？就绑你老公行！"

01

从派出所回来天都快亮了。大黑鸟不能骑了，陈志派人送他们到水岸名居。

一下车，杜若茗看着黑漆漆的窗户问了一句："你儿子什么时候回来？"

"怎么，想他了？"

"嗯，他比你可爱。"

"下周回来。"

"就保姆陪着他吗？"

"还有蕾蕾。"

"蕾蕾？莫晓蕾？"

"嗯。"

杜若茗想起那个又黑又瘦的小丫头。那是个戴着厚底近视镜、亮闪闪银牙箍，长着八字眉、小塌鼻，总爱跟在她屁股后面"小舅妈小舅妈"叫魂儿似的的小苦瓜。那丫头很聪明，鬼主意多，就是不爱学习，成绩不好，天天被她妈妈逼着去这个辅导班那个辅导班，所以成天一副苦大仇深的样子。

杜若茗说："她大一了吧？好几年没见她了。"

叶晋明看她："前几天不是还见到了？"

"什么?"

叶晋明惊讶:"敢情酒吧打架那回,你不知道跟谁打的啊?"

酒吧里那个化着浓重大眼影的小太妹;火车站台上那个穿白上衣的小清新;凌晨出现在叶晋明别墅里的那个睡衣小女友;还有那个苦大仇深的小苦瓜……

不怪杜若茗眼浊,要怪只能怪大学这座整容院技术太强大,这才不到两年时间,一只小苦瓜已经妥妥蜕变成一枚小清新了。

唉,自己眼瞎,就别怪那丫头心大,竟然骗杜若茗说叶晋明是她男朋友。

杜若茗暗暗咬咬牙:"她回来记得告诉我。"

叶晋明问:"谁?天天?"

杜若茗笑着看他,她今晚心情本来就不错,又突然听说"叶晋明小女朋友"是莫晓蕾,心情就更好了。她抱住叶晋明的脖子,往他身上一跳:"当然是你那个小女友啊!"

叶晋明一捏她的屁股,笑得暧昧:"除了你,还哪里来的小女友?"

……

洗澡时,杜若茗才发现叶晋明后背的伤很严重。从脖子到右肩,斜着,青紫一片。

她非要带他去医院,他不肯:"连血珠儿都没掉一个,也好意思去医院?过几天就好了。"

她踮脚就要摸他的头:"没打到脑袋吧?"

"打到了怎么办?"

"怎么办?会傻的。"

"放心,傻了也忘不了你……"

洗澡像打仗,洗完满地狼藉水渍。她很累,为了防他图谋不轨,执意要去她上次睡过的客房睡,被叶晋明沉着脸一把抱进卧室。

"再跟我矫情,信不信让你明天起不来床?"

杜若茗拼死拉紧了衣服,再不让碰:"不要命了?"

"就抱抱。"

谁信?

第二天上午,叶晋明就去公司上班了,杜若茗睡到快中午才起来。

听说景程周年庆快到了，湾儿里巷那边又到施工关键期，叶晋明还要抽空往派出所跑，忙到不可开交，又担心她出门乱吃东西，就给她叫了外卖。

刚吃过午饭，杜若薇打来电话，说施以行已经帮忙联系了南平的医院，她今天就陪着郑祥安转院去南平了。

杜若茗问："那些警察撤了？"

郑祥安出事后，警察既为了防止他再受伤害，也为了防止他逃跑，就一直在医院里守着。

杜若薇说："已经撤走了，晋明说，不追究他的责任了。"

杜若薇的声音一低，应该是哭了。

"那好，我这就过去帮你办手续。"

"谢谢你，茗茗。"

"别说这个，怎么着也是亲姊妹……"

杜若茗鼻子也是一酸，话没说完，立刻挂了电话。打车去医院的路上，她给叶晋明发了一条短信："谢谢。"

没多说，他明白。

医院救护车送郑祥安转院，杜若薇陪着。刚上了车，杜若薇又下来叫她："茗茗，祥安有话跟你说。"

杜若茗上了车，郑祥安说话很慢，真不知道那天他是怎么把整件事的来龙去脉跟叶晋明说清楚的。

"杜……老师。"

"我在。"

"学……学生，帮我去看看。"

杜若茗再支撑不住，眼泪一下子就流了下来。郑祥安，在大寒山五所小学里免费代教美术课。一周十节课，每天步行走在崎岖山路上，平均一个月就磨破一双运动鞋。除此之外，他在更偏远的山坳里，捐建了一所小学，还在镇上开了一个公益性质的美术培训班，不管大人孩子，只要对美术感兴趣的，都可以免费去学习。

这样的人，也犯过错。也许就因为他犯过错，所以才成为这样的人。

"放心，我今天下午就回去了，赶在雨季之前把桥建起来。你安心养伤，你的学生我会去看的。"

明明
赖上你

他轻轻点头，又突然摇头："再……回来，叶……叶晋明……"

杜若茗忍住眼泪，挤出一丝笑："你和我姐，要好好的。"

望着救护车驶出医院，杜若茗笑着挥手再见。一个人走在外面的街上，路边的悬铃木树皮显出微微的青色。

手机突然响起。

"在哪里？"

"医院门口这条街上。"

"等着别动，我去找你。"

叶晋明很快赶过来，他们在医院附近找到一家甜点店。他点了一桌子，吃的喝的全了。

杜若茗说："我吃过饭了。"

"我也吃过了，但是一直想着你，没吃饱。"

他拿起一只柠果味的蛋挞，剥开锡纸递到她唇边，她咬了一口，剩下的大半被他一口吞下。

杜若茗搅着杯子里的奶茶，说："我昨晚听到三才爷爷哭了。"

叶晋明说："那只花瓶在送给我爸爸之前，他找人做过鉴定。他明知道花瓶并不值钱，却对外那样宣说……所以心里愧疚。"

"那他还敢说一只花瓶能抵叶叔给他的三倍钱？弄得整个湾儿里巷都觉得好像是叶叔占了他的便宜似的。"

叶三才家虽然后来破落了，却因为顶着一个清末大财主的名号，他家的咸菜缸估计都能被人传为乾隆御用咸菜缸，何况一只被珍重保存，连亲儿子都不舍得给看一眼的花瓶。所以，那只花瓶的价值是被叶三才包装起来的。他用那个虚名还了叶建设的人情，也享受了这么多年知恩图报的好名声。可是，心里呢？应该是经常半夜打鼓吧？

叶晋明说："爸爸本来也没要他还。再说，他拿出了家里最值钱的东西，这份心意，足够了。"

他咽下一口咖啡，说："我把花瓶还给他了。值不值钱都是他家祖传的，物归原主。"

"确定那是他家的？"

他点头："确定。"

杜若茗疑惑："怎么会又跑到江城来了？还恰巧被你收到？"

274 ⬡

叶晋明脸色淡淡："应该是缘分吧。"

叶晋明又叉起一块菠萝千层饼，担心馅料里的菠萝块掉落，一只手在下面虚虚地托着，递给杜若茗。她张嘴衔了，细细地嚼着。

杜若茗又问："你那位送你花瓶的朋友是做什么的？"

"建材批发。"

"哪里的人？"

"南平。"

吃完东西，叶晋明擦擦手，捏捏她的鼻子，匆匆又要走："我回公司了。你早点儿回家。"

说完要走，他又不放心，站定了，说："逛完就找个地儿歇着，我让迟鹏去接你。"

杜若茗望着他一笑："我知道了。"

叶晋明刚出门，迎面碰见梁馨梅。店里的门开着，他们在门口的对话她听得清楚。

"晋明，好巧啊！"

叶晋明对她相当客气："梁大夫，好巧。"

"来买甜点？"

"嗯，吃点儿东西。"

叶晋明说完就走了，梁馨梅站在街边，愣了好一会儿的神才继续走路。

窗边阔大的绿叶植物挡住了杜若茗，梁馨梅看不见她，她却把梁馨梅望着叶晋明背影的怅然若失看了个一清二楚。

叶晋明没跟梁馨梅说是在陪她吃东西，或者说他没敢说。杜若茗又起一块千层饼慢慢地嚼着，甜糯绵软的味道萦绕在唇齿间。她又想起了那只 U 盘，以及那天偷听到的叶晋明和陈志的那几句模糊的对话。

开始检票的广播不断重复着同样的话，等着检票的乘客弯弯曲曲排了两条长龙，杜若茗拖着行李箱站起来，随着队伍慢慢向前移动。

叶晋明发消息过来。

明："晚上有个朋友之间的聚会，你陪我一起参加。"

茗："我有点儿累。"

明："那我晚上不能回家陪你吃饭了。"

茗："没事，我能照顾自己。"

队伍渐渐变短，看得见前面穿制服的检票员了。装在衣袋里的手机突然振动起来，贴着皮肉，很清晰。

她拿出手机，李士侠？

杜若茗接起来，还没开口，李士侠就说："老杜，几个老同学想见见你，过来呗！"

"不好意思，我没空。"

"没空腾点儿空呗！都是老同学，好多年没……"

杜若茗直接挂断了电话。车票递过去，"咔嗒"一声轻响，她拖着行李箱进入地下通道。

无数的行李箱拖在地上发出"咚咚咚"的声响，震着穿隆形的通道墙壁，声音都闷在里面。伴着这声音，她像是一步步走进地心里。

站台上，杜若茗找到自己的车厢号。人多，她又排在了后面。

手机振动又起，她拿出再挂断，刚要装进衣袋，突然瞥见一条短信躺在那里，想着是姐姐给她报平安，点开一看，还是李士侠。

"杜若茗，老同学都不给面子？跟你那前夫一个德行了？真不想知道叶晋明他儿子的秘密？"

杜若茗微微一笑，关掉手机，直接上车。

02

汽笛响起，火车离站。

杜若茗拖着那箱子出站时，恨得咬牙切齿。这一箱子，全部是她给孩子们买的书和画笔，好沉好沉，就为李士侠一句话，她愣是咬牙又从行李架上搬了下来，差点儿闪到老腰。

问清了地址，她打车直奔过去。

到了那个会所，一进包房的门，杜若茗就忍不住皱眉，这样乌烟瘴气的地方，她真的是喜欢不上来。

"哟，大美女来了！"

说话的是刘超，也是中学同学，李士侠的死党。

杜若茗不理他的油腔滑调，问："李士侠呢？"

李士侠正坐在角落里抱着一个穿着暴露的女孩子唱歌，一看见她，就堆了一脸的笑："老同学来了，赶紧找地儿坐啊，可惜我这腿上坐着一位美女呢，坐不开了。是不是啊宝贝儿？"

李士侠低头就在那个女孩子脸上亲了一口。

杜若茗绕过地上躺着的几只酒瓶，走到李士侠跟前，伸手把那女孩子拉开，对李士侠说："李士侠，这里太吵，我们外面说话。"

杜若茗脸色不好，语气也不好，李士侠的那条短信，让她想起那天在冬青丛里听到的叶晋明跟陈志的对话，她心里不稳。

李士侠看看杜若茗，突然就笑了，往沙发上一靠，跷着二郎腿，抬着下巴说："别着急嘛！来都来了，就一起喝点儿！"

杜若茗听着李士侠比他的头发还油腻的话，心里一阵恶心。但是，她来之前心里就有过估量，这种场合，李士侠这样的人，事情不可能太顺当。

"好。李士侠，五瓶啤的，一口气干完，谁先倒地，谁是孙子！"

李士侠一拍手，说："好！就喜欢老杜的爽利！服务员，上酒！"

"等会儿，我话还没说完。"杜若茗拦住李士侠，说，"我输了，你们今天的单算我的。你输了，把你短信里没说完的那些话，原原本本给我吐出来！"

李士侠打了个响指："没问题！"

赌局达成，杜若茗把十瓶啤酒平均分成两份，她和李士侠面前各放五瓶。

看热闹的绝对都是不嫌事儿大的，一旁的人围在四周，两个人每干一瓶，就招来一阵叫好声。喝到第四瓶，李士侠明显已经不行了。他只听说杜若茗酒量好，却从没在一起较量过。他本来预期是在四瓶之内把她喝倒的，没想到都第四瓶了，杜若茗却面色平静，目光凶狠，一点儿醉的意思都没有。

半喝半洒，第四瓶勉强灌完一半，李士侠已经彻底不行了："我没输，你没来之前，我已经，已经喝多了……"

李士侠烂泥一般歪倒在沙发上，杜若茗干脆利落地喝完第五瓶酒，把酒瓶往茶几上一放："愿赌服输，滚出去，把你该说的话都说了！"

李士侠开始耍赖："什么，什么话，没话，骗你玩的……"

杜若茗拎过一只酒瓶，"啪"地在茶几角上一磕，玻璃碴儿四下溅开，几个女孩吓得尖叫着跑了出去。

她举着余下的部分，上来抵住了李士侠的脖子，直接就见了红。

李士侠脓包一个，吓得直叫："老杜，你别激动，别激动……"

面对红了眼的杜若茗，李士侠的几个朋友除了隔靴搔痒地劝上一句，竟然没有一个敢上前。

脖子上一凉，李士侠的酒已经醒了一半，他担心杜若茗会再使劲儿，结结巴巴地对她说："老杜，老杜，你别生气！叶晋明逼得我一个活儿都接不着，我的装修队要解散了。我，我就是想，想骗你来埋单，出，出出气。"

"骗我？你废了我一张火车票！"

人都怕横的，横的都怕疯的，疯子杀人都不偿命的。眼前这个女人明显是疯了，酒疯耍起来，伤几个也跟闹着玩似的。

有人跑去叫保安，其他几个也躲得远远地劝："老杜，别激动，都是同学……"

"同学？同学里就没有个把人渣吗？我扎的是人渣。说，你到底知道什么？"

李士侠都快瘫了："老杜，老杜，你别激动，我说，我说。"

比起杜若茗，李士侠更怕叶晋明，可是好汉不吃眼前亏，眼前这位母夜叉也不好打发。

李士侠结结巴巴地说："叶晋明那个儿子，那天晚上，梁馨梅抱了个孩子出来，就你生孩子那晚上，我看见了，那小孩，应该是你的……"

杜若茗眼睛都红了，玻璃碴儿又往前一顶："李士侠，你敢骗我？"

李士侠疼得杀猪一般号叫："没没没，我没骗你……"

保安赶过来，李士侠一看见，立刻扯着脖子喊："救我，救我啊，这女人疯了……"

……

杜若茗没让陈志给叶晋明打电话，痛痛快快地给李士侠道了歉赔了医药费，警察也就不管了。

杜若茗先出来，站在派出所门口那个大花坛那里等李士侠。李士侠和刘超一出来，一眼看见，不由得脚步一顿。

杜若茗走过去，给每人分了一支烟，招招手，把李士侠叫到一旁，开门见山："我一万块买你知道的所有消息。"

"梁馨梅！"

一袭白大褂，正领着一群实习医生走过来的梁馨梅听见有人叫她，停下脚步望过去，就看见墙那边站着一个人，短发，皮肤很白，背靠墙站着，吸一口烟，缓缓吐出，慢慢抬起头来，波澜不兴的眸子透过烟雾就盯住了她。

梁馨梅心头一寒，牙齿不由得磕了一下："若茗。"

"怎么回事啊？怎么在医院里吸烟啊？还有没有一点儿公德心啊？"一名小医生叫着走过来，伸手就要夺杜若茗手里的烟。

杜若茗手往后一退，淡淡一笑："你去问问你们梁大夫让不让我抽。"

"小刘，没事，这是我同学。你们先去病房，我一会儿就过去。"

几名小医生看看杜若茗，就都进了病房。

杜若茗左右看看："找个方便的地方说话吧。"

说着，她把烟往垃圾桶上一捻，径直往楼梯间那边走。

梁馨梅心中有鬼，这个时候，越是有鬼的人就越应该坦荡，她抿一抿耳边的头发，大大方方地跟过去。

杜若茗手插在衣兜里，晃晃悠悠走在前面，梁馨梅看看她的衣袋，莫名有些害怕。

杜若茗发觉，把两只衣袋往外一拉，一笑："放心！没凶器。"。

一进楼梯间，杜若茗转身就把门关上了。梁馨梅往墙角一退："若茗，你要，要干什么？"

杜若茗站住："不干什么。就一句话，四年前我生的那个孩子呢？"

杜若茗语气轻却冷，梁馨梅只觉一阵冷风扑到脸上，呛得她差点儿站不住。

她再抿抿耳后的头发，想笑，可是脸上的表情先被冻住："什么，什么孩子，你不是，不是都看见了……"

"我看见什么？"

"孩子，死孩子，你生了一个死孩子。"

杜若茗眼窝发青，却双目炯炯，染着血色，让人不寒而栗。她拉起梁馨梅就往窗边拖，一下把她按在了窗户边。

这是在二十一层，窗户矮，梁馨梅的头探在窗外，风呼呼吹过，二十一层高度给她的感觉特别危险。

"再问你最后一句，我的孩子呢？"

"啊，啊，若茗，你别杀我，你别杀我，孩子，孩子没死……"

刚说到这里，楼梯间的门突然被猛力撞开，叶晋明闯进来，冲上来就抱住了杜若茗。

"杜若茗，你干什么？"

梁馨梅的头从窗外缩回来，如同虎口脱险，腿脚酸软，一屁股坐在了地上。

"叶晋明！你个浑蛋！"杜若茗劈头盖脸就去打叶晋明。

"杜若茗，你闹什么？当年是你跟我怄气把孩子丢在医院不肯救治的，现在却来找梁大夫的麻烦？如果不是她看着孩子可怜抱去进行了抢救，天天早就没了。"

这几句话重新给了梁馨梅勇气，孩子正儿八经的监护人还不怀疑呢，她杜若茗算个屁？

她扶着墙站起来，说："若茗，孩子生下来缺氧，是你说不治了，你都签字了。我看着孩子还有希望才自作主张送去抢救的，真没想瞒你，孩子救活后，你已经回南平了。"

杜若茗气得撕挠叶晋明的手："你们这两个骗子！我要杀了你们……"

叶晋明连忙对梁馨梅说："梁大夫，你快走，她疯了，不要跟她一般见识。"

梁馨梅连滚带爬地逃了出去，杜若茗的眼角几乎睁裂，一口咬在叶晋明的手上，使了全身力气，拼死也要咬下一块肉来。

03

叶晋明抱紧不放，从楼上二十一层到楼下停车场，这一路，引无数人指指点点，杜若茗不管不顾，连哭带骂再打，等把她弄到车里，叶晋明手上脸上，已经惨不忍睹。

"别再闹了！"

叶晋明把她按在车里，声音都打战，心里痛得厉害。

刘超为了卖好，给叶晋明打电话说李士侠拿了杜若茗一万块钱，他当时就感觉不好，等开车赶过来，正看见杜若茗要把梁馨梅从窗口推下去。

气力耗尽，杜若茗眼睛又红又肿，直愣愣地看着他："叶晋明，你就是个浑蛋！"

叶晋明脸色极冷，语气也重："好过你把孩子丢在医院自己跑路。"

"我没有。"

"那么多医生都能做证。"

她轻轻一笑，因着嗓子哑了，笑声很低，压得他心口疼："叶晋明，你把天天还给我。"

"不可能。"

"我要见天天，你把他藏到哪里去了？"

"你见过，他也喊过你妈妈，是你自己没答应。"

杜若茗的眼泪汹涌，她真傻，那种来自血缘的亲近感她怎么就一点儿没怀疑？如果那时候就猜到，她一定早把小团子抱走了，还等到现在，让他把孩子藏起来？

杜若茗擦擦眼泪，喉咙却还是堵得厉害，她说："离婚时我不知道孩子活着，我被你们骗了，所以根本没想过孩子抚养权的问题。我现在就去法院告你，申请重新判决孩子的抚养权。"

叶晋明语气淡淡："过几天吧，这几天我没空跟你打官司。"

……

闻晓接到叶晋明的电话就出发了，一路堵车，刚刚到。

杜若茗从叶晋明的车里下来，闻晓一看两个人这样子，不敢说也不敢问，一目了然的事，心知肚明就好了。

杜若茗斜靠在闻晓的车座上，刚才上车时还喊着要去法院、公安局告叶晋明，一上车反而安静了，脸靠在车座上，手缩在身侧，大眼睛肿得惨不忍睹。

她觉得冷，浑身都冷。

闻晓调了调空调温度："已经是最高了啊，再高我就烤死了。"

杜若茗问闻晓："你是什么时候知道天天是我儿子的？"

闻晓叹气:"你离开后不久。天天起湿疹,叶晋明去我爸那儿开擦洗的中药。他和他姐一起抱孩子去的。我当时就觉得那孩子的眼睛特别像你。他们走的时候,我问了叶晋明,他直接就承认了,说孩子就是你生的。后来我还想再问,他姐把他叫走了。然后我就满世界地找你,你倒好,羽化成仙儿似的,跟江城所有人都断了联系。"

"我回来了你为什么不早点儿告诉我?"

"告诉你什么?你当时什么都不肯跟我说就玩失踪去了,后来我又听说孩子是被你丢在医院的,鄙视你还来不及呢。"

杜若茗又要炸:"谁说我把孩子丢了?叶晋明?"

闻晓说:"人叶晋明可没这么说,是梁馨梅,同学聚会时梁馨梅说的。"

"你就信她?"

"我不信她,可我了解你啊。就你那火暴脾气,怎么能容忍生孩子的时候叶晋明不在你身边?一气之下把他的孩子丢医院不管,这事儿,你做得出来啊!"

闻晓说完,杜若茗就沉默了。

沉默了一会儿,她把当年她在医院生产时的经过都跟闻晓说了。

闻晓听完,骂了一句脏话,立刻就要掉头:"回医院,削死姓梁的!"

"今天不行,等哪天再去,我一定叫你。你有莫晓蕾电话吗?"

"哦,你自己找,"闻晓把手机递给她,"联系人名字是大眼影。你找那小孩干吗?"

杜若茗把莫晓蕾的号码输进自己的手机:"她是叶晋蕙的女儿。"

自从在医院里闹过那一次,叶晋明和陈志就时刻提防着杜若茗再去找梁馨梅的麻烦。陈志更过分,竟然在医院门口和梁馨梅的家附近都派了便衣,力争把杜若茗的冲动扼杀在半路上。可是,自那次以后,杜若茗十分安静,每天不是去闻晓的中医瑜伽馆练瑜伽,就是去庞宁宁的美容院做香薰 SPA。好像已经把弄死小三儿梁馨梅,跟叶晋明争孩子抚养权这些事儿都忘了。

叶晋明极其忐忑,本来是做好了应对杜若茗放大招的一切准备的,她却一反常态地安静,他突然很慌。

282 ⑥

已经两天没见到她了，天天又不在家，每天下班一回家，冷冷清清的大房子，空虚寂寞冷到骨子里。

这晚应酬回来，已到午夜，叶晋明冲了澡就更加睡不着。往床上一躺，满心满脑都是她的影子。浑身血液聚到一点，憋屈得要爆炸，起身又进了洗手间。

杜若茗侧耳听了听，不见卧室里再有动静，轻轻推开衣柜门往外瞅了瞅，床上没有人。等了一会儿也不见有人回来，她轻手轻脚地出来，刚走到门口，突然看见洗手间的门开着。里面，身材高大的男人，只着一条短裤，裸着精壮的上身……

杜若茗脑袋"嗡"的一声，血液上涌，连耳尖都是热的。她扭头又跑了回去，"刺溜"钻进衣柜里。在衣柜门闭合的那一刻，还是听到他低哑性感的嗓音，叫着"茗茗"。

杜若茗贴着衣柜坐着，脸上热得不行，心里已经把洗手间里那人骂了一万遍。

洗手间里的水声起来，然后又停了，紧接着脚步声出了门，却没有进卧室，而是直接下了楼。杜若茗又等了一会儿，还不见他进来。总不能困在这里一夜，她大着胆子又推开了衣柜门。

卧室没人，浴室也没人，是不是去了书房？

赶紧啊，此时不溜更待何时？

她把那个大包往肩上一背就蹑手蹑脚地往楼下走。刚下了楼，还没辨清耳边"砰砰"的声音来自何方，一眼就对上了转过头来的男人。

健身房的门开着，明亮的灯光照着披了一身薄汗的男人，也照着还在晃动的沙袋。沙袋微薄的影子就在地板上晃来晃去，晃得杜若茗眼都花了。

叶晋明转过身来，汗湿的身体在灯下裹了一层水光，及膝短裤的裤腰低低地挂在腰胯之上，人鱼线没入裤腰，穿过肚脐的一线茂盛毛发也没进裤腰……

杜若茗耳热脸烧，错开眼睛尴尬笑笑："不好意思哈，我走错门了，打扰，打扰，您继续，继续……"

她转身就往门口跑，叶晋明连拳套都没来得及摘，扑过来把她拖了进去。

挣扎中她的包掉在了地上，刚刚从他家偷到的那些东西撒了一地，有天天的相册，天天的小恐龙，天天的小衣服，还有天天小时候用过的一只小奶瓶……

健身房的门被锁住，她被推搡到跑步机上。

叶晋明淡淡地扫了一眼那一地的凌乱，低头咬着拳套的粘扣，"刺啦"一声撕开，杜若茗不由得也跟着一哆嗦。

他摘下拳套，拿了一块大毛巾擦着头上、身上的汗，看了一眼那个乖乖坐在跑步机上垂着头的小东西。

"说吧，怎么回事？"

"我，我，我这不是偷，我有钥匙的……"

说着，杜若茗从口袋里掏出一把钥匙，举到了他的眼前，这可是他亲手交给她的。

爬窗户进来的才是小偷呢，她是拿钥匙开门进来的，所以，不能算是偷。杜氏逻辑就是如此有道理。

"哦……"叶晋明沉吟着擦着汗走过来，在她面前蹲下。

刚刚激烈运动过后的强壮男人的身体，带着薄薄一层汗味，刺鼻撩心，杜若茗心口似有只兔子乱撞，手撑着跑步机，不由得往后退了退。

叶晋明低头看她的脚，刚才挣扎中蹬掉了一只鞋，脚上的棉袜也褪到了脚踝，贝壳般白皙圆润的脚踝骨落在外面。他禁不住伸手沿着那圆骨头的弧度滑了一圈，杜若茗触电般往后又一退。

"叶晋明……"

他喉结滚了滚，眼眸里光芒越发深沉："什么时候来的？"

"你，你到家前，其实我也才刚到……"

"哦，躲在哪儿了？"

杜若茗低头："卧室，衣柜里……美娜说，说你和徐海去陪客户打通宵麻将……"

"哦，所以我回来得不是时候？"

杜若茗连忙摆手："不是，不是，是我来得不是时候。"

"你偷这些干什么？"

杜若茗急了："说过了，不是偷，我又没爬窗户。再说，我是来拿我儿子的东西。"

明明
赖上你

她一抬头，对上那双狼一般的眼睛，立刻又矮了半截，嘿嘿笑笑："我都不要了，还给你，我这就帮你收起来……"

她刚要起，却被他一下抱住。大毛巾被他摔在跑步机上，她就直接被他按倒在上面。

杜若茗拼力推他："不行，不行，我危险期。"

"那就生只小老虎。"

"咱们去卧室，这儿太硬了，我不喜欢。"

叶晋明嗓音干哑："好。"

他抱起她就要上楼，杜若茗说了句"天天的东西"，从他怀里跳下来，穿上鞋，去收地上的那些东西。

男人哪里还耐得住，直接从她身后抱住。

杜若茗反手去打他："你等会儿啊。"

真是自作孽不可活，谁让她大半夜想孩子想得发疯，跑他家来拿孩子东西的？小羊自动往狼窝里跑，还敢恳求饿狼嘴下留情？矫情不矫情？

等杜若茗把那些零碎都塞进包里，两手撑着包给他看："你看，一样不少啊，都给你了，别再说我偷……"

说着，她笑盈盈地走过来，趁他不备，把包往他头上使劲儿一套，扭头就跑。

叶晋明眼前一黑，等他扯掉套在脑袋上的那只背包追到门外，小羊已经跑得无影无踪了。

"花非花，雾非雾。夜半来，天明去。来如春梦不多时，去似朝云无觅处。"

叶晋明捋一把头发，感觉像是做了一场梦。刚才抱进怀里的那个温软的小东西，到底是不是真的？

不管是不是梦，第二天叶晋明还是叫来了换锁公司，把家门锁芯换了。捣蛋媳妇儿还没哄回来，再让她半夜把孩子抱走了，那就真的亏大了。

04

莫晓蕾给叶晋明打电话时，他正在开会。为防意外，叶晋明一挂电话就立刻出发去了机场。

叶天意睡着了，叶晋明接上他们，抱着叶天意走在前面，莫晓蕾默不作声拖着行李跟保姆走在后面。

之前两个人手机对话如下：

叶晋明："不是说让你们后天再回来吗？"

"可是，小舅妈给我打电话了，她说，我如果不立刻马上把天天带回来，她就拧断我脖子。"

"你就不怕我拧断你零花钱？"

"怕呀。可是，小舅妈还说，如果我不把天天尽快带回来，她就把我喝酒抽烟泡吧打架，还有，还有把小舅舅当我男朋友这事，都告诉我妈。小舅舅，你想啊，前面的还好说，后面的，那可是乱伦啊！我妈能把我打死再打活了。"

"莫晓蕾，别说我没提醒你，你说你小舅舅是你男朋友这件事，估计你小舅妈比你妈更想把你打死！"

莫晓蕾突然醒悟，可惜为时已晚："呀！叶晋明，你得救我啊，就你老婆那脾气……我不想死啊！"

一上车，叶天意就醒了。懵懂着大眼睛，看看这儿看看那儿，上飞机时还是阳光沙滩，一睁眼又是春寒料峭了。

小家伙一瞬兴奋："我就能见到妈妈了吗？"

唉，这几天，这孩子跟魔怔了似的，睁眼闭眼都是他什么时候才能见到他妈妈。

莫晓蕾连忙剥了一颗糖递给他："别说话，堵小嘴。"

叶天意刚要把糖放进嘴里，只听叶晋明沉着声音叫了声"天天"，天天立刻又把糖还了回去。像是做了什么英勇的事情，可不是嘛，作为一名意志坚定的小孩子，叶天意小朋友刚刚拒绝了糖的诱惑呢，所以小朋友需要奖赏。

"爸爸，我今天可以见到妈妈吗？"

"明天，明天应该就可以了。"

叶晋明眉头皱得紧，也不知道陈志这家伙的消息准不准。

小东西有些失望，耷拉着脑袋坐在儿童座椅里，嘟着小嘴不高兴："那天天今天做什么？"

"哦，"莫晓蕾略一思考，回头看着小家伙说，"你可以先想想你妈妈。"

　　天天摆了摆小手："不要，天天太想妈妈了，会得相思病的……"

　　莫晓蕾："叶天意，你知道什么是相思病吗？"

　　"姐姐都不知道相思病吗？"

　　叶天意点着短胖小手指，回答得一本正经："相思病，就是想妈妈想到要死的病。"

　　哦，原来这就是相思病啊！不行，不行，你蕾蕾姐姐我也得了相思病了。

　　车子快要到达水岸名居大门口时，叶天意突然兴奋地叫起来："小恐龙！小恐龙！爸爸你快看，是天天喜欢的小恐龙！"

　　叶晋明也发现了路边的那只小恐龙，长尾巴，白肚皮，绿色的背脊，小眼如豆，鼻孔圆圆，是天天喜欢的小恐龙的样子。

　　不知道是哪个儿童机构正在做宣传，那只恐龙抱着一只写字板，一边发气球，一边做着记录。留一个电话号码就可以领到一只气球。

　　"爸爸，天天想要气球，天天还想跟小恐龙抱抱。"

　　眼看就要到家，小家伙又是刚回来，叶晋明不忍拒绝，靠边停了车，观察一下四周情况，确认没有敌情，才抱天天下来。

　　天天一下车，就冲着那只小恐龙跑过去："小恐龙，小恐龙……"

　　小孩子兴奋地喊叫着，跑到小恐龙身边却又停住，仰起小脑袋礼貌地询问："小恐龙我可以抱抱你吗？"

　　这么可爱的娃，别说抱抱我，我抱抱都行啊！

　　可是，小恐龙先没有答应，把写字板递给叶晋明，示意他留下个电话和姓名。

　　叶晋明看了那恐龙一眼，只看见它的一对大鼻孔，莫名感觉有些异样，这恐龙是个哑巴？

　　他拿着写字板填写了虚假信息，小恐龙走过去，弯腰抱起天天，天天兴奋地一搂小恐龙的脖子，低头在小恐龙耳边说了一句什么。

　　小恐龙一下抱紧了天天，撒丫子就跑。

　　叶晋明迅速反应过来，扔了写字板，拔腿就追。

周围一下就炸了："抢孩子了！抢孩子了！"

"抓人贩子啊！"

遇到这事，没人不慌，带孩子领气球的那些家长，下意识地抱紧了自己的孩子。

小恐龙抱着叶天意，叶天意一点儿不害怕，紧紧抱住了小恐龙的短脖子，兴奋地叫："爸爸快追，爸爸快追……"

毕竟是恐龙，短爪子不太能适应现今大陆的环境，尤其是，身后追着的是一个，个高腿长的男人。

没跑多远，叶晋明就追了上来，抱住天天一提，然后一脚踹在了恐龙的屁股上，恐龙直接扑倒在地。

叶晋明把天天递给跟上来的莫晓蕾，上前又是一脚，直接踢在人贩子的胸侧，那个人贩子弯着腰就缩在了地上。

激愤的群众都围了上来。

"打死他！"

"打死这个人贩子！"

"打死他，让他抢孩子！"

刚才还以为是爸爸妈妈跟他做游戏的叶天意，"哇"的一声哭了起来："别打小恐龙，别打小恐龙，小恐龙是妈妈，小恐龙是妈妈……"

叶晋明头皮一炸，一下子就慌了。他抱起缩在地上的小恐龙，扒开它的头套，就看到被汗水浸得水淋淋的一颗小脑袋，因为疼痛，脸都皱在了一起。

"茗茗？茗茗！"

杜若茗疼得几乎说不出话来："我，我没想抢……"

四周愤怒的声音突然安静，只剩下孩子撕心裂肺的哭声："妈妈，妈妈，爸爸不要打妈妈。"

莫晓蕾被吓傻，她早知道小舅妈出牌不按常理，却怎么也没想到她会扮人贩子来抢孩子。

叶晋明几乎要疯，吼着围观人群："滚开！都滚开！"

人群自动让开一条通道，他抱着杜若茗就往车上跑，那条恐龙的大尾巴拖着地，甩啊甩的，莫晓蕾下意识地捂住了叶天意的眼睛。

"妈妈，妈妈……"叶天意伸着小胳膊要妈妈，"蕾蕾姐姐，我妈妈会不会死？"

莫晓蕾的眼睛莫名有些热："希望没事，要不然你爸爸也得死，你可就成孤儿喽！"

"哇——"

……

杜若茗左侧第六根肋骨骨折，屁股瘀青，躺着趴着都疼。

也幸好是那套人偶服肚子那里塞的海绵比较厚，帮她挡了一下，要不然就叶晋明那一脚的力度，她不死也得残废。

拿打人贩子的力气打老婆，没死就是万幸了，还想完整无缺？

不过，这事儿必须得载入家史。太暴力太血腥了，光天化日众目睽睽之下，某男子当街暴打老婆！

自从被叶晋明抱上车到送进医院，杜若茗就没说一句话。在车上疼得厉害时，就一味咬牙忍着，忍到额头冒汗，也不肯哼哼一声，更别说骂叶晋明了。他在她眼里，就是一片空气，还是 PM2.5 严重超标的。

做了固定，医生让躺着，不能趴着，也尽量不要侧卧。

叶晋明拿了一只枕头给她垫在腰后，好让她受伤的屁股抬起来，不被压。

他在她床边忙来忙去，她却始终连一个眼神都没给他。

叶晋明也不敢说话，现在那只踢过她的脚好像已经不是他的了，木木的，没了感觉一般，走路都觉得发飘。

医生给开了活血散瘀的外敷药，需要抹到屁股瘀青处。

"茗茗，我得脱你裤子……"

哼！这会儿知道先通知一声了，以前他只要想扒就直接扒，可从没跟她这么客气过。

话说得小心翼翼，好像早预料到会被骂回来，又不得不例行公事一般。

"茗茗，我给你抹药，你裤子得脱下来。"

杜若茗被他问得烦了，自己伸手就要去脱，他连忙按住："我自己来，我自己来就好。"

一看见她屁股蛋上那一大块瘀青，叶晋明的眼泪立刻下来了，一边抹药膏，一边忍得吭哧吭哧的。

杜若茗一脚踢在他腰上："滚外面哭去。大老爷们儿，不嫌丢人？"

"茗茗，我不知道是你……"

她冷哼："幸好不知道，如果知道更得往死里踹了。"

"茗茗，我真不知道是你……"

杜若茗白他一眼："你都不如天天。"

天天一抱小恐龙的腿时就认出来了，这只小恐龙就是妈妈，因为小恐龙是妈妈味儿的。他仰起小脸想喊来着，被小恐龙一竖手指嘘住了，于是他也一竖手指，小嘴一嘟："嘘——"

其实，杜若茗就是想见见孩子，没想抢，后来天天在她耳边小声叫了一声妈妈，她实在没忍住，才想把天天抱走好好亲亲的。谁知道这亲爹下脚也是真狠，疼死她了。

叶晋明小心地帮她把药膏揉开："茗茗，再等一天，就一天，好不好？"

杜若茗没好气："等不及，咱俩今天就去复婚。"

叶晋明不由得摸上她的额头，许是发烧烧糊涂了吧？

杜若茗推他："别摸我！"

黏糊糊的，摸了她一脑门子药膏。

叶晋明还是不敢相信："茗茗，你说要跟我去复婚？"

杜若茗抹着脑门上的药，心情烦躁得不行："给句痛快话，行就行，不行我再想想办法。"

叶晋明连忙点头："行！行！行！"

"那还废什么话？走吧！"

杜若茗就要下床，一动牵扯到伤口，疼得又是一皱眉。

叶晋明连忙来扶，又心疼又自责："茗茗，不急在这一时。"

"你不急，我急。"

"那，我给你找副担架。"

民政局，办理手续的那位大姐头都伸到窗户外面了。她望着担架上的杜若茗，几次确认："你真的是自愿跟他复婚的？"

杜若茗说："自愿。"

大姐看看叶晋明，又看看她，又问："那你这是怎么了？"

290

杜若茗抬下巴一指："他打的。"

某人站在一边，又想哭。

临走，大姐悄悄塞给杜若茗一张小字条，上面是市妇联的求助电话。

回到车上，杜若茗扬起字条给他看了看："看见了吗？这就是一生的罪证，你的。"

某人把结婚证揣进怀里，心里还是七上八下地不踏实。

他小心地又问："茗茗，你为什么又想跟我复婚了？"

杜若茗把那本大红烫金的结婚证仔细收起来："不复，怎么再离？"

你能耐住不想我？

第十六章

01

闻晓说得对，论经济实力，杜若茗一穷二白、居无定所一支教老师，叶晋明却是财大气粗、江城数一数二的大企业家；论众人口碑，有梁馨梅等人证明，杜若茗当年抛弃孩子、不负责任，叶晋明当爹当妈，慈爱有加。所以，强攻不行，那就得智取。给他来个曲线救国，先复了婚，好好树立起自己好妈妈的形象，到时候再离，才能把抚养权的问题摆在一个相对公平的层面上好好谈一谈。

这主意出得，简直世纪好闺密！

一听说还得再离，叶晋明眼神十分委屈："茗茗……"

"我也不多问了，你就告诉我一声，你前天那态度，昨天那态度，今天又这态度，跟个娘们儿似的人前一套背后一套，是不是有事瞒着我？"

某人点头，又连忙摇头。

"行了，我也看出来了，你有难言之隐。我不问了，但是，到时候如果你给不了我一个满意答复，这辈子你就甭想安生。送我回医院。"

"茗茗，今晚咱不住医院。"

"不行，必须住医院。而且你们谁都别来给我陪床，我想静静。"

晚上十一点后，病房区渐渐安静，楼道里夜班护士的软底鞋踩在瓷砖上的声音，显得尤为清晰。

这间病房就杜若茗一个，连闻晓都被她撵回家了。

她一只手上还输着液，另一只手还不老实，翻着手机里叶晋明发给她的那些天天的照片，真是怎么看都看不够。输到最后一袋药液，杜若茗实在熬不住，打个哈欠翻个身，脸一挨枕头，眼睛就睁不开了。

门把手窸窸窣窣的拧动声，像老鼠爬米缸，爪子挠在红陶胎上的抓挠声，细碎，却抓心挠肺。

杜若茗翻个身，床板一响，门外声音就停了。

不久，声音又起。

房门开了一条缝，楼道的灯光泻进来，照着床上熟睡的人。戴着大口罩的医生走来，从袖口里抽出一支针管，银色的针头在门外映进来的微弱灯光里闪着寒冷的光。

那支针管刚要往床头挂着的药袋里推，医生的脸上忽地一辣，眼睛瞬间失明。一声惨厉尖叫，医生一下丢了手里的针管，转身就往外跑，却被杜若茗一把拉回，脸上捂的大口罩也直接被扯下。杜若茗一看清那人面目，挤着手里的喷雾又是狠劲一喷，医生的整张脸就立刻火烧火燎刀割针刺般疼了起来。

病房门被推开，迟鹏冲了进来，上去就按住了疼得躺在地上打滚的人。

杜若茗开了灯，迟鹏扯起那个脸肿得像猪头的人的头发，只见她五官挤在一起，都看不清本来的模样了。

迟鹏问："嫂子你没事吧？"

杜若茗"嗯"了一声，捡起被丢在地上的那支针管，里面满满一管透明药液。杜若茗心想，这里面会是什么呢？想必跟她四年前生孩子住院时被注入的不一样吧？那一次，药性慢，让她慢慢抑郁，直到自杀；这一次，应该是一针就能把她解决掉吧！

迟鹏问杜若茗："嫂子，这人是谁啊？"

杜若茗把针管仔细收起，冷冷地说："让警察去问吧！"

等警察把猪头脸和那管药液一起带走，迟鹏问杜若茗："嫂子，你那防狼喷雾真厉害，哪儿买的？"

杜若茗淡淡一笑："大寒山特产鬼子椒泡的。"

这管东西带在身上半年多了，第一次派上用场，效果还不错。

那一天，杜若茗在裕兴派出所门口的冬青丛里趴了半宿，才等到叶晋明出来，听见陈志说，视频里拍到的，那个凌晨时分溜进杜若茗病房的人头脸遮得很严实，又是一闪而过，根本辨认不出是谁，怕是没有什么举证价值。

冻了半宿，又拱了一头灰，却听到这个结果……

其实也不算是一无所获。起码让她知道了，叶晋明并不是在销毁证据，而是在避免她跟那个人起正面冲突。她当时就原谅了叶晋明，对于那个给她下药的人，她却没打算放过。

是狐狸，就总会有尾巴给人捉。这次她又住院，不信某些人能安生。果然，这一次，狐狸尾巴终于被她揪住了。

叶晋明一接到陈志的电话，欣喜异常。多一刻也等不及，大清早就把睡得迷迷糊糊的叶天意提溜了起来。自己一边套着衣服，一边把孩子的小衣服一股脑儿都扔给他："麻利点儿，带你去见你妈。"

叶天意眼睛都还没完全睁开，抓起衣服就往头上套："爸爸，你也快点儿穿。"

"爸爸，不要忘记天天给妈妈的礼物。"

"爸爸，蕾蕾姐姐给买的果果，好吃，给妈妈。"

"爸爸，还有这个，甜甜……"

"叶天意！你再磨叽不带你了！"

"嗯嗯，来了，来了。"

叶天意拖着一只大塑料袋，跟着叶晋明就往外跑，袋子太大，人太矮，大袋子拖在地上，小家伙"嗯嗯"地使劲儿。

叶晋明一只手抱孩子，一只手提袋子，"砰"地关上门，车钥匙已经遥控开启了外面的车子。

……

杜若茗靠在床头，眉头微蹙，眼睛望向窗外，手机捏在指间，一下一下地转着。转眼间她已经回江城快一个月，春天脚步快，来时还是一片春寒沁骨，此时窗外枝头已是嫩芽萌动，春光初绽。大寒山的报春花，已经漫山遍野了吧。

病房门突然被推开，一声娇嫩清亮的"妈妈"传来，让杜若茗瞬间模糊了双眼。

她丢开手机就要下床，叶晋明先一步跑过来，伸手抱住了她："着什么急？身上有伤！"她被放回床上，门口那个小团子拉着一只大袋子吭哧吭哧地往房里拖，累得额头上鼻尖上亮晶晶的都是汗。

"爸爸，快来帮帮天天，天天拖不动了……"

往常什么事情都喜欢亲力亲为的小家伙，这次终于在见到他妈时耐不住了，恨不得立刻飞到妈妈怀里。

杜若茗也生了气："叶晋明，抱抱天天啊！"

叶总有了亲媳妇儿，儿子在他心里的地位立马下降。他安顿好杜若茗，才猛然记起自己好像还有个儿子跟在屁股后面。

他走过去帮小团子提起了那只大袋子："跟你说了不要带这么多！"

天天双手得到解放，球一般就往这边滚："妈妈，妈妈……"

还没到床边，就被叶晋明一拨："你轻点儿啊，你妈身上有伤！"

天天连忙点头："嗯嗯嗯，天天会轻，轻轻，不碰到妈妈……"

说着，小短腿就往床上抬，"嗯嗯"地使劲儿，左腿抬，右腿抬，右腿抬完左腿抬，一抬，再抬，哎哟喂，上不去！

叶晋明干脆挡住："行了，给你把小椅子，坐着跟你妈说话就行了。你太淘，别碰到她。"

天天瞬间就蒙了，咋这么凶？这不是他爸吧？一定是半路上谁给换了。

杜若茗直接骂人："你就不能把天天抱上来啊？"

叶晋明扭头一面对杜若茗，立刻就变了一副模样，眼睛都眯成一条缝了："茗茗，我这不是担心你吗？"

"你抱不抱？不抱我自己抱。"

杜若茗就要自己下床抱天天，叶晋明连忙拦住："别别别，我抱，我抱还不行吗？"

叶天意终于被妈妈抱进了怀里，小脸轻轻地贴一贴，小鼻子再轻轻地闻一闻，又紧张又激动，小手都不知道该往哪里放。

杜若茗低头看着自己的孩子，是真的，不是梦里那一团冰冷的小肉肉。

"妈妈，不哭，不哭……"

天天抬起软软的小手给杜若茗擦着眼泪，他自己的大眼睛里却也蓄满了眼泪。

叶晋明在一旁也是一阵激动一阵心酸，别说劝媳妇儿和儿子了，自己都快撑不住了。

杜若茗擦擦眼睛，握住天天的小手："没事，妈妈就是太高兴了。"

杜若茗抱着天天，叶晋明往床边一坐，就来抱他们娘俩。杜若茗还生着他的气，肩膀挣一挣，没挣动，算了，当着孩子的面呢，给他个面子。

叶晋明把媳妇儿和孩子一起抱进怀里，梦里想过多少次的场景，终于实现，真实得连自己都不敢相信，却还是感觉跟做梦一般。

02

杜若茗陪着天天在床上玩，叶晋明在一旁又是倒水又是削水果地伺候着。

叶天意把他带来的那些宝贝一样一样往外拿："送给妈妈的，送给妈妈的，这个是送给妈妈的，这个也是送给妈妈的……"

吃的，玩的，还有杜若茗送他的那匹石头小马，满满摆了一床。

杜若茗握着那匹小马，手心的温度渐渐把石头焐热。半个月前她还不知道，随便送出去的这匹小马会握在自己孩子的小手里。

她想，她是不应该再恨叶晋明的。她离开四年，叶晋明却在彼此误会那么深，她又缺席的情况下，在孩子心目中为她树立了那么温暖高大的妈妈形象。换作是她，绝对做不到。

小家伙玩累了，终于睡着，杜若茗舍不得让叶晋明把小家伙抱去隔壁床，坚持把天天留在自己身边睡。

杜若茗手支着头，躺在一边看着睡梦中的天天，唇边挂着笑，怎么看也看不够。

叶晋明搬了把椅子坐在床边，弯下身子可怜兮兮地叫她："茗茗，茗茗，你倒是也看看我呀，茗茗——"

杜若茗看他一眼，挨着天天轻轻躺下，小声说："该你了，老实交代吧！我憋了这么久，就是等你一个合理的解释，说，为什么把天天的事瞒了我这么久？"

叶晋明一听，提着椅子绕了过来，挨着床边坐下，牵住媳妇儿的小手握在掌心里揉着，这还真是说来话长了。

杜若茗刚回江城时，他确实没打算把孩子还活着的事儿告诉她。他以为当年她真的是把孩子丢医院不管的，既然她对孩子没感情，告诉不告诉，有什么区别？

在文体广场那次，他才知道她是被梁馨梅骗了。梁馨梅用一个死胎骗过了她，她以为自己的孩子死了，才心灰意冷离开江城。看着她难过的样子，他当时就想把孩子还活着的事告诉她，没想到中途突然被郑祥安打断。

她给人讲课时，他就去找了陈志，把陈志之前找他了解过的贩婴团伙的案子，深入了解了一下。听完陈志的介绍，再联想杜若茗的遭遇，叶晋明只能用"后怕"来形容自己当时的心情。从来不知道自己竟然也跟"亲生骨肉被拐卖"这样的事情离得这么近！

那种恐惧和愤怒，让他直接冲到医院弄死梁馨梅的心都有。

是陈志劝住了他。陈志的话很对，为了大家，先委屈一下小家。有那么多被拐卖的孩子需要拯救，有那么多跟他们一样的父母盼着孩子回家，不能为了自己一时的冲动，就打乱了整盘计划。

劝住了他，陈志又着重提到了杜若茗，他说："老杜脾气火暴，暂时不要告诉她，以免她直接单挑梁馨梅打草惊蛇，对以后的侦破工作不利。"

叶晋明答应了。比起那些失去孩子的家长，他们再多等个两三天，又算得了什么？

陈志先是根据叶晋明提供的线索秘密逮捕了关芳芳。关芳芳正是当年协助梁馨梅给杜若茗接生的护士。因为梁馨梅的威逼利诱，她全程参与了梁馨梅利用死胎骗过杜若茗，抱走天天的过程。后来梁馨梅越陷越深，关芳芳担心会牵连到自己，才从一院辞职躲到一个偏僻的乡卫生院工作。

根据关芳芳的供述，警方掌握了很多有力证据，就要对梁馨梅实施抓捕时，却突然接到线报，有一个贩婴团伙的头目近期要来江城接洽梁馨梅。这个人正是陈志他们追了好几年的一个大头目，几次抓捕都被他狡猾逃脱。为了能抓住他，陈志暂缓了对梁馨梅的抓捕，想对他们来个一网打尽。所以就又多瞒了杜若茗几天。

昨晚，那个大头目终于落网，陈志下令逮捕梁馨梅时，才发现她已经先一步被杜若茗喷成了胖猪头，报警抓了。

听叶晋明说完事情的来龙去脉，杜若茗的眼泪流了一脸，她轻轻抱住天天，失而复得的感觉真是太幸福了。

叶晋明拿纸巾给她擦眼泪："茗茗，别哭了，都过去了。"

杜若茗还有些生他的气，拿过纸巾自己擦着，说："陈志不了解我，你也不了解我吗？如果你把实情都告诉了我，我还不顾大局地去跟梁馨梅闹，我还能算是个人吗？还能算是个当妈的吗？"

叶晋明连忙哄："媳妇儿，媳妇儿，别哭，身上有伤呢。我错了，我错了，再不那样了。"

杜若茗拿擦过眼泪的纸巾丢他："哼，告诉你吧，我没再去找梁馨梅，不是你们多高明，而是，隔墙有耳。"

叶晋明没听明白："茗茗，你说什么？什么隔墙有耳？"

"你一直赞助着江城一个寻子志愿团体，而且你还是那个团体的名誉会长。"

"茗茗，你是怎么知道的？这可是我的小秘密小骄傲呀！"

"叶会长，告诉陈志一声，他们派出所门口的冬青丛里可是能藏人的。"

那天清晨，杜若茗是听见陈志叫叶晋明叶会长的，当时没怎么往心里去。后来她去医院揍梁馨梅，被叶晋明拦下，他那天反常的态度让她很疑心，总觉得他应该是有事瞒着她。于是就给莫晓蕾打电话，没怎么费劲，小丫头就全招了。从叶晋明有没有谈女朋友开始说起，直到叶晋明每天早起跑几个小时的步，把他这几年的生活摸了个一清二楚，自然也没落下他当会长这件事。

两下联系起来，杜若茗就隐约感觉事情应该不是她想象中的那么简单。基于多年以来形成的对他的盲目信任，她没敢再轻举妄动，安静下来，静待他的消息。

盲目信任？这话说的，叶晋明就有些不服气了。

他趴在床边的护栏上看着杜若茗，右腮边那个酒窝渐渐显出来，他说："怎么能是盲目信任呢？我没有让你完全信任的资本吗？"

杜若茗看他，媚眼如丝："看你以后表现吧。我渴了，给我倒杯水。"

"遵命！媳妇儿！"

叶晋明跳起来去给媳妇儿倒水，才发现饮水机里没水了，他提了保温杯去外面打水。杜若茗看着那大个子脚步欢快地走出病房门，扭过头来，再看着怀里熟睡的小团子，心里热热的满满的，这就是幸福的感觉了吧。

天天醒了，叶晋明还没有回来，娘俩在床上玩。

玩着玩着，天天觉得有些口渴，想起了那瓶椰子罐头，探着身子就去床头小柜上拿："妈妈吃，好甜。"

杜若茗帮他拿过来："爸爸回来再吃，妈妈打不开。"

天天点点头，小手抱着罐头："嗯嗯，等爸爸一起吃。"

说话间，小手一滑，玻璃瓶滚下了床，"啪"的一声，玻璃和白嫩嫩的椰果摔了一地。

"啊，坏了。"

小家伙翻个身，就要下床去捡。

"天天，别动……"

杜若茗正输着液，一只手没拉住，扯了输液管再去拉，天天已经滚到了床边。眼看他的小脚就要触到玻璃碴儿，心急之下，杜若茗探下身体，伸手就去托。单手没力气，胸口又疼，天天的小脚丫被她托起来，她的手背却触到了玻璃碴儿。

"妈妈！"天天脚一落地，立刻就去抓妈妈的手，"妈妈，扎！"

"天天别动！"

结果是，叶晋明打杯热水的时间，娘俩同时受伤，一个在手背，一个在指肚。

杜若茗顾不得疼，立刻拉过天天的小手查看伤情。两个人手上的血混在了一起，模糊一片，杜若茗只以为都是天天流的，心里扑通扑通的，吓得要死。

伤在儿身疼在娘心，她这次是真的体会到了。

杜若茗抱起天天就往护士站跑。等叶晋明回来，正看见娘俩一人一手血，正在护士站做包扎。

叶晋明被吓到："怎么了这是？"

杜若茗抱歉："玻璃划了天天的手。"

"我问你怎么了。"

呃——

"玻璃也划了我的手。"

叶晋明从杜若茗怀里接过天天抱着，一只手护儿，一只手牵妻，心疼得不行。

就在这时，一阵脚步声从楼梯口传来，护士站紧邻楼梯口，杜若茗听得真切，抬眼望去，只见陈志和另外两个人正带着梁馨梅经过。梁馨梅的手握在前面，上面搭了一件衣服。

有一份重要证据，被梁馨梅锁在她办公室的指纹密码箱里。为防再出意外，陈志立刻带她来取。

叶晋明跟陈志交换了一下眼神，没有说话。

杜若茗的目光淡淡地落在梁馨梅的脸上，梁馨梅没有躲，阴毒的目光射过来。

一看到这一家三口，梁馨梅瞬间都明白了。什么杜若茗抢孩子时被叶晋明打到骨折，什么夫妻不和，什么叶晋明没有怀疑她……都是骗人的。她早该想到的，可是偏偏就存了这么一丝侥幸。也就是这一丝，足够勒死她了。

"走！"后面的便衣推了梁馨梅一下。

梁馨梅没动，看着杜若茗和叶天意的手，突然一笑，因为脸还肿着，那笑就显得很诡异。

"杜若茗，你还记得三年前大寒山的那个夜晚吗？你被一名艾滋病人强奸了。"

"哐啷"，正在拿碘伏给杜若茗擦着血渍的护士，手一抖，一瓶碘伏就砸在了托盘里，再看看自己指尖沾上的那点儿血，吓得赶紧跑进里间去洗手。

梁馨梅哈哈大笑："所以，叶晋明，过段时间你还是好好地给你儿子查个血吧。"

梁馨梅跟着警察走了，她的话却留在了这里，如一根毒刺留在了所有人的心里。

下意识地，叶晋明抱着天天的手就紧了紧。

杜若茗瞟了他一眼，若无其事地自己拿起棉签蘸了碘伏给自己擦伤口。擦完，她又想来牵天天受伤的小手，叶晋明抱着天天往后一退。

杜若茗的手一下就顿在那里，想起一首歌里唱的：你退半步的动作认真的吗？小小的动作却伤害那么大。

叶晋明问她："有那回事吗？"

杜若茗把棉签丢回垃圾箱，抬头："有。"

叶晋明的脑子"嗡"的一声，看着一脸淡漠的杜若茗，再低头看看懵懂地睁着大眼睛看着他们的天天，心里难受得不知道该怎么办。

杜若茗伸手来抱天天："来，天天，妈妈抱。"

"妈妈……"

天天伸开小胳膊就要找妈妈。叶晋明没松手，她怎么对他都行，绝对不能这么对天天。

他抱紧了天天，声音都在抖："我先带天天回家。"

天天看看爸爸，再看看妈妈，小声说："爸爸，天天想跟妈妈在一起。"

叶晋明不答应，抱着天天就走，杜若茗淡淡一笑，转身回了病房。

03

两千多公里的路程，四天的时间，叶晋明喝光了两箱红牛，一盒咖啡。

到达那个拐了十八弯的山路口时，实在找不到方向了。这破地儿，别说上网了，打个电话都拨半天。他烦躁地把手机摔进车里。望一望这路（如果这还能被称为路的话）的两头，前不见来者，后不见去者，除了呼呼的山风，帮忙抬车的人都不见一个。

军工铲"咔嚓咔嚓"铲进去，半天也挖不到一点儿土。破路，除了石头就是石头，如果都是石头也就好了，谁在这里挖了这么大一坑等着我呢？

好不容易铲了点儿碎石，一点一点垫进去，上车，打火，车子吼叫，飞了一轮子的泥浆，左侧前轮胎还是卡在那里出不来。

眼看太阳被大山挡住，渐渐地光线也暗下去，叶晋明坐在车顶上喝完最后一瓶红牛，翻身下车，继续他愚公移山的大工程。

没想到山里的夜会这么冷，尤其是红牛的劲儿已过，困意一阵阵涌上来，又困又冷的感觉真不好。

叶晋明拧了一瓶矿泉水浇在毛巾上，捂在脸上想提提神。困得厉害，竟然就这么睡着了。

不知道睡了多久，突然听到车窗被敲响。

"笃笃……"

像是半夜雨点打在玻璃上，这几天他听过太多。

"笃笃……"

声音又起。

一把扯下毛巾，叶晋明费力地睁开眼，窗外有人！

他定定神，再看，那人个子不高，黑乎乎一团，看不清脸，好像正在往里看。他降下了窗子，先只降下了一条缝，等那人的小半张脸露出来，他使劲儿揉一下眼，直接把窗子全部降下。

"茗茗？"

窗外的影子显然被这一声吓了一跳，下意识地往后退了一步。叶晋明开车门，跳下来，伸臂就要来抱，那影子又往后退了一步。

叶晋明两手向里指着自己极力表白："茗茗，茗茗，是我，我是大明……"

"杜老师，怎么了？"

一听到这边的动静，三个学生一起跑了过来，其中一个男生一下子挡在了前面："杜老师别怕，我来保护你！"

听这话就让人烦，我媳妇儿，什么时候轮到你这毛都没长齐的小孩子来保护了。

叶晋明抬手把那男孩一拨："茗茗，我是叶晋明，你不能不认识我吧？"

杜若茗伸手把被他拨个趔趄的男孩扶住，用土语跟学生们说了几句什么，他们点点头，转身跑了。

"茗茗……"

"你是叶晋明？"

杜若茗终于开口，借着清亮的月光，那声音听到耳朵里都是沁人心脾的甜，真解渴。叶晋明那车牌，被泥浆糊得面目全非，杜若茗刚才根本没认出这是他的车。只当是过路的车被陷了，好心来问一下是否需要帮忙，没想到司机还拿毛巾盖着脸，所以没认出是他。

叶晋明很着急："是我，是我，你仔细看看，我，叶晋明啊……"

"叶晋明是谁？"

"叶晋明是你男人啊！"

杜若茗一吸鼻子："我男人嫌我有病，不要我了。"

叶晋明的心都要碎了："茗茗，不提这事儿，不提这事儿了，好不好？"说着伸臂又要来抱。

"嘘！"

杜若茗抵住他的肩，侧耳听着什么。叶晋明也去听，除了山谷里的风声，什么都听不见。

正在疑惑，下巴上一软，杜若茗的小手贴在了他的下巴上，掌心不动，却拿指腹轻轻地刮他的胡楂……

叶晋明忍无可忍，刚要行动，"嘘"，又是一声，杜若茗两臂伸直用力抵住他的胸腔。就这样在月光下，山风里，天地之中，隔了不到一米的距离四目相望，她的风衣帽子还盖在头顶，帽檐挡住半片月光，只看见她的鼻尖，在月光下像是透明的。

叶晋明喉结滚了几滚，被她撩的，进不敢退不愿，只听见一颗心，扑通，扑通，一下又一下，一下比一下快。

时间不过分把钟，心情历经千年。

就在叶晋明觉得再这么安静下去，自己可能会发生自燃爆炸时，好像是树影一晃，月光也跟着一晃，一团力量劈头盖脸扑将过来，他下意识地往前一抱，脚步已经踉踉跄跄向后直退出去两步，后腰直接撞到车门上。杜若茗这一跳，手一勾，腿一夹，一下子挂在了他的腰上。

"快点儿，学生们走远了。"

"你的肋骨……"

"已经好了……"

圣旨已下，唯全力以赴，何况，他本来就是个逆臣，没有圣旨，照样会抗旨而上。

他低头吮住她的唇瓣，抱着她一转身，反被动为主动，直接就压在车上。说如饥似渴一点儿都不对，是真饥真渴，安静的山间夜色中，风都息了……车外山岚渐起，车窗上细雾一片。被卡在石坑里的车轮一震一震，像是耐不住，不等来抬，直接就要自己跳出来。

关键时刻，撩事儿的又撩事儿："别碰我，我有病。"

叶晋明把她挡在那里的小手一捏，直接咬进嘴里，声音含混不清："下次再想骗老子，换个新鲜点儿的借口。"

身下的小调皮泥鳅般扭动："那天在医院吓到半死的人是谁啊？"男人咬着牙不说话，解释道歉都先等会儿，再忍下去他就得爆了，爆了解释道歉还有个屁用？

帮忙抬车的人到来之前，叶晋明捧住杜若茗的脸，郑重道歉："茗茗，我向你道歉，很郑重地道歉。那天因为天天，我反应过激。其实刚回到家就想明白了，你对我怎么样都可以理解，但是绝对不会那样对天天，因为你是亲妈啊，哪有亲妈不心疼孩子的？"

说着，他手指一压她红润的唇："以后有事说事，有话说话，咱不兴这样了，一个道歉的机会都不给，又跑得没了影儿。"

杜若茗趴在他胸前，手指绕着他衬衫上的一颗扣子，声音又软又慢："这我可不敢保证，哪天兴致来了，跑外太空打小怪兽不回来了也说不准。"

叶晋明抱着她，挺腰一顶，咬牙切齿："去外太空？你能耐住不想我？嗯？"

她笑着推他："别闹，人真的都来了。"

前面山路上，有七七八八的手电筒光闪了起来，帮忙抬车的人到了。叶晋明的这辆越野一路风尘，停在鹿角角小学门口的小河边时真是惨不忍睹。杜若茗一盆水泼上去，溅落了一层泥，太阳底下的水花都是褐色的。

"四天没洗？"

叶晋明拿抹布擦车："没空。"

杜若茗拿手抹一下车身，一抹一个泥道子："行，这车配这路，这次开爽了吧？"

叶晋明洗了澡，刮了胡子，清清爽爽一个好男人，不是昨晚那样的胡子拉碴野人样了。

他抬头看她："没爽。"说完低头又去擦车。

杜若茗脸颊一红，回学校按响了下课铃。孩子们像小鸟一样从各个教室里飞出来。眨眼工夫，已经里三层外三层地把叶晋明的这辆大家伙围了个严严实实。

叶晋明大大方方，打开车门，里里外外，随便参观。

他擦着手走过来，挨着杜若茗站着，不远处那座崭新的钢筋水泥大桥，已经竣工投入使用。小徐秘书的办事能力还是可以的，回去给他加薪水。

再看，桥身上还有两个字。

"谁起的名字？"

"我啊！"

叶晋明一竖大拇指："起得好，起得好，果然是做老师的，真有学问。"

杜若茗淡淡一笑："这桥原来就叫叶桥。"

"那你是因为这桥上带个叶字，所以才决定留在这里支教的？"

随他怎么想，杜若茗笑笑没说话，又跑回学校去按铃。孩子们又像小鸟归巢，瞬间四周一片安静。

杜若茗去上课了，叶晋明继续擦他的车。

杜若茗从教室窗户望出去，可以看见挽起袖子的高大男人，小麦色的手臂筋肉尽显。他提了一桶清澈的泉水，冲着车身一泼，水花溅起在空中，落了一车水晶。

一下午都是杜若茗的课，等她疲惫地抱着课本走进自己那间简陋的宿舍时，正看见叶晋明脱了鞋踩在那张单人硬板床上，猫着腰，贴着耳朵，这里敲敲，那里捶捶。

"你干吗？"

他再敲敲，再听听："我试试这墙隔音好不好。"

杜若茗脸颊微烫："你就为这事儿来的？"

他一本正经："是。"

"低俗！"

04

一张单人床，睡一个叶晋明已经紧张，虽然他侧了身子把大半床板留给她，她还是决定不睡了，大半夜就折腾着收拾东西。

叶晋明看了一会儿，渐渐眼皮发涩，趴在床上，裸着膀子，迷迷糊糊地问她："你又要出差？"

昨天晚上之所以在山路上遇上，是因为杜若茗带着那三个郑祥安画室的学生去外地领奖。孩子们第一次坐火车去大城市，很是兴奋，下了车也不困，几个人就直接边走边聊，步行回学校了。

杜若茗是真没想到半路会有那样的艳遇。

她把一捆书打包捆扎好，拍一拍，说："出差结束，回家。"

"哦，回家……"

叶晋明一骨碌坐了起来，动作太大，压得那床板"吱呀"一声："回家？哪个家？"

"你小点儿声。"

隔壁睡着为孩子们烧午饭的老阿婆和新来的老师。墙板又薄，为这她刚才都没让他碰。

"茗茗，你说回哪个家？"

杜若茗蹲在地上拉出床底一只行李箱："咱家。"

哎呀！这事儿，好事儿啊！这哪里还睡得着啊？

叶晋明将一把短发，抬腿就下了床："媳妇儿，你歇着！我来帮你收……这个放哪儿？这个呢？"

杜若茗坐在床边，两腿伸直，晃着脚丫看叶晋明光着膀子，在这狭小的房间里被她支使得团团转。山一样的男人，又高又宽，晃来晃去，几次碰到头顶的灯绳，那灯光晃啊晃的，影子落下来，摇啊摇，却始终罩在她的身上。

杜若茗是回来以后才知道门口的大桥都快要竣工了。她无大事可做，就先把小事都一一处理了。接替她工作的老师已经找好；郑祥安画室那边也招聘了新老师；山居雇了人帮忙打扫，钥匙已经交出去。又翻了一天山路去了一趟派出所，找到了当年来调查竹林强奸案的那位老民警，复印了当年那起案件的调查档案。

梁馨梅这辈子都甭想从监狱里出来了，杜若茗绝对不能让她那些话绊硬她和叶晋明一辈子。

这样马不停蹄一忙乎就是十天，早已经归心似箭了。最难熬的是每天晚上想天天想到哭，一看见寨子里的小娃娃都忍不住去抱。

本想着带孩子们领了奖回来就出发回江城了，没想到有人更心急，直接找了来。

看着没什么可收拾的，一仔细整理起来，也忙到半夜。毕竟是生活了四年的地方，零零碎碎不少。其实想带走的也没多少，多数是需要送人的。自己用可以凑合，既然是要送人了，就都得收拾得干干净净，整理得整整齐齐的。

忙到下半夜，终于忙完，却半点儿睡意都没有。两个人躺在床上，杜若茗在外，闭眼平躺，双手交叠放在腹部。叶晋明在里，背紧贴着墙，手肘支着头，眼眸如星，星辉里只映着一个人。

窗外有甜丝丝的花香，伴着夜凉的空气溜进来。

叶晋明问："什么香？"

杜若茗闭着眼答："报春。"

叶晋明记起，来的路上，漫山遍野都是，一片花海。

杜若茗问："还不困？"

"太兴奋睡不着。你又不让我如意。"

她抿嘴一笑，侧过身去背对着他，双手合在枕边，枕着脸："我困了。"

"你睡，我看着你睡。"

杜若茗伸手把毯子扯过来盖在他身上："不冷啊？"

刚才他就一直光着膀子。

他又把毯子拉过去，严严实实地把她盖上，低声在她耳边说："我快热死了。"

叶晋明的呼吸扑得杜若茗耳朵痒，她缩着脖子笑："再憋一天。"

某人不乐意："你看我这白头发，医生说这是血热，都是你的错。"

"活该。"

"嗯，我活该，我认……"

他的大手伸过去，摸到杜若茗那根受伤肋骨的位置，来来回回轻轻地摩挲："茗茗，恨我不？"

她声音懒懒："当时恨，后来想想，你是对人贩子的，不是对我，虽然疼的是我……"

叶晋明的脸贴在她的脖子上："你知道我有多疼……"

"好了，别没出息了。我只希望你真遇到人贩子时一定要往死里打。

不过，我希望我们永远不会遇到。"

"嗯。"

他抱住了她，渐渐不满足只在她肋骨处摩挲，大手上移。

杜若茗一激灵，伸手推他："别闹！"说着，一下坐起，"嘘！"

看她神秘，叶晋明也压低声音："怎么了？"

杜若茗跪着爬到窗户边，轻轻地掀开窗帘的一角："你来。"

叶晋明也凑过去，掀起窗帘往外看，窗户上都嵌着手指粗的铁条，把外面的夜色割成一长条一长条的。

皎洁月光下，一只毛皮泛着水光，体形细长的四足动物跳进院子里来，熟门熟路地走到院子大树下面，低头就吃起来。

"它在吃什么？"

"剩菜，骨头。"

"你养的？"

"小点儿声，别让它听到。山里的灵物，很骄傲的，不能被人养。"

"是什么动物？"

"我没有在白天见过它，看不清它的特征，当地山民叫它山猫。"

那动物吃完，在院子里转了一圈，又走到院子角落靠近山体的一侧，一跃，遁入林木之中。

披着月光而来，踏着月光而去，怎么看怎么感觉像是梦中所见。叶晋明揽着杜若茗的肩，眸光里映着月影："怕吗？"

杜若茗点点头："一开始很怕，后来就不怕了。而且，它救过我……"

他声音一紧："你遇到危险了？"

"嗯，"她点点头，"三年前了。"

说完，她披衣下床，把复印的那份案件调查拿给他。

三年前的那天晚上，当院子里传来"腾"的一声响时，杜若茗刚熄灯上床，她想着山猫已经吃过东西走了，怎么会又回来？

她爬起来往窗外看，就看见一个黑影进了院子，不是四足动物，是两足走路的，更可怕。那个黑影先是来拉了她的门，闩死的，没拉动。

她屏息，听见脚步移向隔壁，更加害怕起来。有两个学生，因为离家路远，一周回家取一次干粮，晚上就睡在隔壁的宿舍。

刚才还听见两个女孩子搭伴起夜去厕所，不知道有没有闩好门。

　　杜若茗最担心的事果然发生，孩子们没闩门。里面的惊叫已经响起，她拎起一把菜刀，拉开门就跑了出去。

　　"住手！"她提着菜刀站在了门口，"欺负小孩子算什么男人？"

　　那个男人站了起来，个子不高，很瘦，蒙着脸。杜若茗手里有刀，不怎么惧他。

　　没想到那人把一个女生一拉，一把刀就逼在了女生的脖子上："你把刀放下，不然我先弄死她。"

　　杜若茗"哐啷"一声就把刀丢了，冲着两个学生说："你们都低头，不要看他。"

　　杜若茗也移开视线："我们看不见你的脸，也不会报警。我有五百块钱，都给你，你别伤害我们。"

　　那人哼了一声："我不要钱，只想玩玩。"

　　杜若茗冷冷一笑："你把我的学生放了，我陪你去外面玩，敢吗？"

　　那人上下打量了杜若茗一眼，挟持着那学生过来，一脚把杜若茗脚边的刀踢远，然后把学生一推，一下又抵住了她的脖子。

　　"走！"

　　那人不傻，在学校外面的那片竹林里，他先是把杜若茗摔在地上，然后又用石块砸了她的头。

　　杜若茗没有被砸蒙，相反，她当时很清醒。她躺在地上装晕，摸到了一段枯死的竹子紧紧握在手里。

　　当那个人脱了裤子扑过来时，她举起那截枯竹，冲着他的下体使劲儿捅了过去。

　　一声惨叫，那人捂着下面就跪下了。杜若茗喊着救命拼命往外跑，慌不择路，脚下一绊，直接扑倒在地，膝盖磕在石头上，一时爬不起来。

　　"臭娘们儿，我弄死你！"

　　那个人被疼痛折磨疯了，举着刀就要扑过来，正在这时，竹林顶上突然一阵沙啦沙啦响，一道披着月光的黑影猛地蹿下来，一爪子抓在男人的脸上，一下子把他扑倒在地上。

　　其实也就这一下，那道黑影又一跃，蹿上竹林，油亮的毛皮在竹叶间洒下的月光里一闪，就不见了。

没等那个人再爬起来，村民就赶到了。

事后才知道那个男人是个瘾君子，还染有艾滋。杜若茗当时捅破了他，自己也害怕，特意去做过检查，几次都是阴性。

从那以后，学校里再没留过学生住宿。帮学生做午饭的老阿婆听说后就搬来跟她做伴了。

在当地，山猫这种动物本来就是神出鬼没的，再加上当地山民的渲染，那天晚上突然出现抓了那个坏蛋的山猫更是被披上了一层神秘的色彩，简直就是鹿角角小学保护神的化身了。

这件事，在附近寨子里流传很广，有心的人只要稍加打听就能听到不同版本的故事。但是主角总少不了"支教女教师""山猫"这两个字眼。所以，梁馨梅如果想知道，也不是什么难事。只不过她把故事进行了改编，想利用她的版本给杜若茗和叶晋明添堵。只可惜，她再不是从前那个稍有风吹草动就什么都不管不顾的杜若茗了，梁馨梅再伤不到他们。

都是过去的事，幸好只是有惊无险，尤其现在叶晋明又在身边，杜若茗叙说的时候语气很平静，心里也一样平静。

叶晋明却听得一点儿都不平静，他心潮涌动，几乎难以自持，紧紧抱住她，低头亲她的额头、眼睛、脸颊、嘴唇、耳垂……

很虔诚地，不带一点儿情欲。

杜若茗被他吻得痒，笑着去推她："干吗？安慰吗？"

"心疼，还有敬佩！"

第十七章 复婚仪式

01

天还没亮，孩子们自然也还没到校，杜若茗和叶晋明就出发了。离别过，就更不喜离别，不如这样干脆利索地走掉，留给彼此一点儿稀释这份离别之痛的时间。

老阿婆一直泪眼汪汪的，拉着杜若茗的手说着叶晋明听不懂的土语。老阿婆万分舍不得杜若茗离开，就更希望她能多带点儿东西回去，于是什么菜干，什么菌干，临了又塞了一棵大头菜。

叶晋明看着那棵还带着新鲜泥土的大头菜道："四天，会不会烂掉？"

杜若茗牵过安全带扣上，回他一句："会，但是我拒绝不了……"

她的脸扭向窗外，山坳里的那所小学校，在她模糊的视线里渐去渐远，而晨雾里、山路上整齐站在两边举臂向她行着队礼的孩子，让她再次泣不成声……

叶晋明开车，杜若茗拿他的手机刷新闻。这几天，关于江城医院医务人员拐卖婴儿的事件已经发酵成一场对医德良心的大讨论。谁人没有父母？谁人没有子女？这是触及每一个家庭底线的事件，没有人可以置身事外。

放下手机，她轻轻地按摩着眼睛，做着眼保健操，问叶晋明："你觉得梁馨梅会被判多少年？"

叶晋明说："轻不了。她的职务在那里，对社会的影响更坏。再加上对你的那两次未遂的谋杀。"

"如果不是樊根槐，她是不是不会变成这样？"

"郑祥安不也是被樊根槐害的吗？兄妹两个的结局却完全不一样。人变坏不完全取决于是被谁带大的，主要还有他自己的选择。"

杜若茗看着车窗外闪过的山影，想起离开江城回大寒山那天，她去见了梁馨梅。

一般人遇到这种事都会很憔悴，甚至一夜白头，审讯室里的梁馨梅却没有，她精神好得很，像刚刚吸食过毒品的人，尽管内里已经千疮百孔，表面却能保持病态的亢奋。

灯光一打开，梁馨梅闭了一下眼睛，眉头皱了皱，看起来只是有点儿烦。再睁开眼睛，就已经很平静了。

杜若茗直接发问："梁馨梅，你跟李士侠谈过恋爱吧？"

李士侠拿了杜若茗的一万块钱后，跟她说得很详细。

那时候李士侠正在跟梁馨梅谈恋爱，后来突然有一天，她说要跟他分手。李士侠不同意，当晚便跑去医院，打算找正在值夜班的梁馨梅问清楚。

梁馨梅躲着不见他，他就在医院门口等。后来他看见到杜若茗被出租车送进了医院。他当时想，看样子杜若茗是来生孩子的，她和梁馨梅关系那么好，梁馨梅一定会亲自给她接生。

他跟着杜若茗进了妇产科，果然看到了急急忙忙从办公室跑出来的梁馨梅。李士侠拦住了她，梁馨梅没办法，编了个理由先安抚住他，便去给杜若茗接生了。

李士侠等到后半夜，突然看见梁馨梅鬼鬼祟祟地抱着一个小褪褓出来。梁馨梅被躲在角落里的李士侠吓了一跳："你怎么还没走？"

李士侠伸手去掀褪褓："谁家的孩子？怎么被你抱出来了？"

"你管不着。"

应该是怕李士侠疑心，梁馨梅转身又把孩子抱了回去。可是第二天，李士侠便听说杜若茗的孩子生下来就夭折了。紧接着，杜若茗跟叶晋明闹婚变，离开了江城。然后又听说是杜若茗把孩子丢在医院不管，梁馨梅救了孩子。他越想越怀疑，总觉得叶晋明应该是为了免除离婚时孩子抚养权的争夺，联合梁馨梅，悄悄抱走了孩子，并用一个死胎骗过了杜若茗。

梁馨梅懒懒地往椅子上一靠，歪着头看杜若茗，意态懒散，满不在乎："没错，谈过。所以叶晋明才看不上我。"

杜若茗淡淡一笑："你就是没跟任何人谈过恋爱，叶晋明依然看不上你。"

梁馨梅呵呵笑起来，笑声从喉咙里细细地压出来，让人不舒服。

她说："杜若茗，你哪点比我强？你长得不如我，学习不如我，更没我刻苦努力，你不过是有个好爸爸，又比我早认识叶晋明几年。说到底我就是比你运气差点儿，如果公平竞争，我不信会输给你。"

杜若茗冷冷看着梁馨梅，说："错。你运气一向很好。高二时，你妈逼着你嫁人断了你的学费生活费时，有个傻大姐儿似的杜若茗帮你解决了所有问题；大学毕业，你揣着毕业证却找不到工作时，有个仗义豪爽的叶晋明帮你疏通了关系；工作以后，当你披上白色的医生服时，有那么多的家庭把你当作送子观音，亲切地称呼你为梁大夫。你再看看你都做了什么？你搅了你好朋友的婚姻，差点儿害她自杀；你毁了你大恩人的家庭，害他妻离子散；你断送了那么多家庭的幸福，害他们骨肉分离。你好好想想，你缺的是运气吗？你缺的不过是一颗良心。"

杜若茗一说完，梁馨梅突然焦躁，"啪啪"地拍着桌子喊："警察，警察，我要回去，我要回去，我不要听这个女人说话。"

杜若茗冷冷一笑，突然又问："梁馨梅，你应该认识樊顺吧？"

梁馨梅一怔，看向她的目光里多了丝惊讶，却再一扭头，冷冷地说："不认识。"

"樊顺给你留了一张十万元的银行卡。我想你是没机会花了，我帮你捐给慈善事业吧。"

"凭什么？我的钱，你给我。"

杜若茗不屑道："你不是不认识樊顺吗？"

梁馨梅急了，身体向前探着，急切地说："我认识樊顺，他是我哥，你快把钱给我。"

杜若茗笑得极轻蔑："你哥？他还真是你哥？当时他就躺在你任职

313

的医院里生死未卜，连个给手术签字的家属都没有时，你怎么没去告诉大家他是你哥？"

"杜若茗，你想怎么样？你想吞了他留给我的钱？"

杜若茗手臂抱在胸前："抱歉，根本就没那么回事，我逗你玩呢。"

"杜若茗！"梁馨梅气得要发疯，手铐在椅子上碰得啪啪响。

杜若茗又说："所以，樊根槐是你父亲吧？这几年樊根槐来往几省之间，是帮你卖孩子吧？李士侠说那晚跟踪你看见你把我儿子抱出来，交给了一个开着面包车的中年男人，就是樊根槐吧？"

梁馨梅淡淡一笑："是又怎么样？不过是在他的罪名上再加一条拐卖婴儿，能怎么样？"

杜若茗霍地站了起来："你们当时把我的孩子抱到哪里去了？为什么一天后才给叶晋蕙？"

梁馨梅笑了，哈哈大笑，能看见杜若茗这样着急，真过瘾。

她笑够了，手一撑桌子，阴森森地看着杜若茗说："杜若茗，你运气确实好，那天晚上如果不是叶晋蕙，你的儿子早就被我卖了。一万八千元，价格都谈好了。没想到买主来抱孩子时，却被突然赶到的叶晋蕙撞见。她给我开出了条件：我假装自己是叶晋明的情人骗你离开叶晋明，她则不会追究我偷偷抱走孩子的责任。所以，你和叶晋明都是大傻瓜，大傻瓜，都是！"

杜若茗心里凉意陡生，侵入骨缝："你和叶晋明的那段聊天记录，也是你和叶晋蕙合伙造出来的？"

"没错。当时叶晋明被关在拘留所，他的手机在叶晋蕙那里。那些聊天记录就是我们俩特意编来骗你的。我用死胎骗你这件事，叶晋蕙也知道。你是不是特别恨叶晋蕙？她是叶晋明的亲姐姐，你那么能打，去打她啊！我倒是想看看叶晋明会帮谁。哈哈，想想就是一出好戏。"

杜若茗起身："可惜，你看不见了。"

……

车子一路向北，北方已经春暖花开。叶晋明去大寒山时几乎不眠不休地开了四天，现在两个人轮换着开，就轻松了许多。车子快到阳江大桥，就要进入市区，杜若茗饱饱睡了一觉，换下叶晋明，她来开进市区。

才两周的工夫，春色渐浓，路边大片的田野已经返青，油菜都已经微微泛出一点儿黄色，柳树也已经吐芽，鲜嫩的黄绿色，像抹了一层油。

一切都像水洗过，新鲜地在阳光下闪着光。

阳光有些耀眼，杜若茗放下了遮阳板。

叶晋明低头看了一眼手机，说："茗茗，大姐回来了。"

"哦。"

"昨晚我已经发信息给她了，她说做好了菜等我们回家。"

当年，叶晋明被杜方平报警抓了以后，叶晋蕙赶到南平，在见叶晋明之前，先见到了杜方平。杜方平态度恳切。他说，因为他们父母的事，叶晋明一直对他怀恨在心。所以，叶晋明跟杜若茗结婚后，他一直提心吊胆，寝食难安。那天两人发生冲突时，他曾以此质问过叶晋明。叶晋明气极，向他叫嚷，就是要利用杜若茗报复他。

所以，杜方平向叶晋蕙开出条件：叶晋蕙想办法让他们两个分手，他则去派出所撤案，从此以后也再不为难叶晋明。

叶晋蕙答应了，几经思索，她想到了梁馨梅。她知道梁馨梅以前追求过叶晋明，并且一直没有完全死心。回到江城当晚，她立刻赶去了梁馨梅的住所，却意外撞见了梁馨梅的肮脏交易。

当时梁馨梅跪在地上痛哭流涕地求叶晋蕙，说她是一时嫉妒才犯下这样的大错，求叶晋蕙原谅她。叶晋蕙心惊肉跳，才知道她意外救下的竟然是自己的亲侄子。

叶晋蕙把孩子抱进怀里，一不做二不休，以此要挟梁馨梅，让她帮忙扮演叶晋明的情人，生生拆散了叶晋明和杜若茗。

这是大姐心中的痛，佛说：宁毁十座庙，不拆一门亲。她却生生拆散了自己亲弟弟的婚姻。

杜若茗看着外面生机盎然的田野，微微一笑，说："又可以挖荠菜了。你有没有告诉大姐，我想吃她包的荠菜馅饺子？"

叶晋明看着她，会心一笑："一会儿我们去接天天，你自己跟大姐说。"

"好的。你先睡会儿吧，到家我叫你。"

叶晋明靠在车座上休息，外面阳光依然晃眼，叶晋明睡着前嘱咐她："茗茗，你开慢点儿，天黑了……"

"嗯。嗯？"

天黑了？杜若茗看着外面灿烂的阳光，心里忽地一紧，扭头看向叶晋明，他已经睡着了。

02

杜若茗上午出席了湾儿里巷回迁户交房仪式，茶话会上，她踩着五厘米高的黑色工作高跟鞋，被那些热情的老街坊围着拉家常。她始终热情周到，体贴入微，尽量照顾到每一位老街坊的情绪。

下午，新楼盘规划图出了点儿问题，杜若茗把那一处错误重重圈出，直接摔到地上："重做！这么大的问题再出现，直接找财务领工资走人！"

杜总一般不发脾气，一旦发起来，可是能让整栋景程大厦都发抖的。一下午，只要一有高跟鞋声在楼道里响起，所到之处，立刻噤声屏气。景程公司的人终于念叨起杜总的好来，唉，只怪当时不知珍惜啊，那时候还总觉得叶总雷厉风行、不苟言笑的样子很吓人，现在，那叶总跟这位狠辣锐利、风风火火的杜总比起来，简直是上帝一般的存在啊！

终于到晚上下班时间，还有一个晚宴等着。

晚上九点半，晚宴结束，安排了徐副总陪着客户继续开启多彩夜生活，杜若茗终于可以回家抱她的大小两个宝贝了。

车子已经等在门口，迟鹏帮她拉开车门，刚要上车，突听一句："你还管不管我？"

杜若茗猛地回头，就看见酒店台阶上坐着一个人，长腿跨过两级台阶，脚边丢了几个啤酒易拉罐。

杜若茗走过去："不是说烟害命，酒误事吗？你怎么也喝上酒了？"

闻大夫一扭身，抱住杜若茗，放开了嗓子就哭："老杜，我又被拒绝了，这个月第二次了，本年度第十五次了，我不活了……"

杜若茗拍着闻大夫的背安慰："不哭不哭，你还有我呢。"

"我不喜欢女人，我喜欢施以行啊，哇……"

这就是近段时间的闻晓了，自从决定追求施以行以来，她就在"怨女"这条不归路上一去不回头了。施以行也是心狠，连施金诺都被闻晓的一道淮山排骨汤收入麾下了，那块石头，到现在都还没焐热。

杜若茗叹气，当年那个理智冷静，遇事总能一针见血给出独到见解的闻晓闻大夫是彻底不见了。闻大夫现在，整个一哀怨火药桶，只要一听到"施以行"这个名字，什么观点、立场、理智，统统可以炸飞。

于是，终于熬到可以回家陪宝宝，杜若茗却要先送这个女酒鬼回家。

终于回到家，房门一开，叶天意叫着"妈妈"跑了过来，一边打开鞋柜给她拿拖鞋，一边嘘寒问暖："妈妈累不累？渴不渴？要不要让于阿姨给你煮碗甜汤？"

小孩子的变化总是很大，一年的时间，叶天意已经由那个说话有点儿翘舌的小团子，变成一枚口齿伶俐、体贴心细的小暖男了。每次幼儿园有活动，看着他白衬衫黑西裤，打着小领结一本正经主持节目的样子，杜若茗就禁不住感叹时间的魔力。

杜若茗摸摸小家伙柔软的头发，那些苦和累，在看见她的小暖男的一瞬间，都抛到九霄云外去了。

叶天意捂着小嘴悄悄凑到妈妈耳边，低声说："妈妈，你今天回来得有些晚哦，爸爸都快等着急了。"

杜若茗看看书房门口，换好拖鞋站起来，小声说："妈妈去送你晓晓阿姨回家，她喝多了。"

小家伙跟着她还问："妈妈，晓晓阿姨是不是又被施伯伯拒绝了？"

杜若茗温柔一笑："小孩子，别打听大人的事！作业写完了吗？"

天天上了学前班，老师每天会留一些拼音算数的作业。

小家伙连忙点头："嗯嗯，写完了。爸爸的鱼我也喂了，花也浇了。"

"爸爸呢？"

天天低下声音："在书房，好久没出来了。"

"好儿子！来，妈妈亲一个！你去看会儿动画片吧，我去陪爸爸。"

"天天不看动画片了，天天要去睡觉，你们可以好好说说悄悄话哦，天天不会去打扰的。答应送我的礼物，一定不能说话不算数哦！"

说完，小家伙"噔噔噔"地往楼上跑。

杜若茗苦笑，他爸爸曾经答应送他个妹妹的，可是，这事儿，她想再等等。

杜若茗看了看书房，里面没开着灯。她轻轻走进去，叶晋明坐在窗前，背对着她，只留下一个暗色的椅背轮廓。他自从失明，就总是很安静。喜欢这样一个人坐着，不声不响，让人心疼得不行。

杜若茗伸手想开灯，想了一下，又没有。

她走过去，从后面抱住他的脖子，脸偎在他耳边："大明……"

叶晋明伸手握住了她的小手，牵着把她拉到怀里来。杜若茗撒着娇，把脸埋进他的怀里，轻轻地蹭着，满心满脑都是他的气息。

杜若茗一抬头，借着窗外的月光，发现他今天穿了一件白色的衬衫，在月光下泛点儿淡淡的青，是月色。

她摸着他胸前口袋的绣标看了看，是她很早之前给他买的那件，以前没有穿过。

叶晋明不喜欢她给他穿浅色的衬衫，因为不能适应失明后的生活，经常会碰翻茶杯，虽然自己看不见，但他也不喜欢自己的袖口都是地图一样的茶渍。那是在向人提示：看，他是个瞎子，需要别人的照顾。

虽然杜若茗一直安慰他："没事的，脏了就换掉，我给你洗。"

他还是让她把所有浅颜色的衬衫都收了起来。

杜若茗没敢说话，想着是他自己不知道，拿错了衣服。

她嘟起嘴凑上去："大明，要亲亲，要亲亲……"

叶晋明低头亲她，吮吸她的味道。

"喝酒了？"

"就一点儿，干红。"

叶晋明低头又亲："以后不要喝了。"

"嗯嗯，以后都喝饮料。"

"累不累？"

"嗯，好累……"

叶晋明弯腰脱了她的鞋，把她的小脚握在手心，轻轻地揉捏。两只脚都捏了一遍，他问："好点儿没有？"

杜若茗早已不能自持，软在他的怀里，呢喃："大明……"

叶晋明抱起她走向卧室。

她撒娇咬了一下他的耳垂，轻声说："今晚我想要……嗯，那样……"

他回吻："怎么样都可以，愿为您效劳，女王陛下！"

闻晓第十六次被拒绝之后，决定去文身。

杜若茗问她："你真想好了啊？"

"想好了。"

闻晓想在左侧锁骨上文一个"行"字。

杜若茗想想不妥："那万一真的一直追不到呢？"

闻晓咬咬牙："那就在右侧文一个'不'字。"

杜若茗摇头："你可以再多文几个字，左边文：行万里路，右边文：读万卷书，脖子上再来一横批：好好学习。这样你爸也许会少骂你几天。"

哪知道闻晓是这么个胆子小的，刚踏进店里，就嚷着不文了。不就一个"行"字吗？笔画比"明"字不少多了？

她在心里描着那个字，八画，那如果文六个字呢？一二三四五六……

不数了，那么多笔画，得挨多少针？不行，她也胆子小，想想都受不了。

莫晓蕾放假了，晚上，天天被姑姑接走，杜若茗给保姆于姐也放了假。

好不容易提前下班，先去菜市场买排骨，她问过叶晋明，他说今晚想吃排骨冬瓜汤。杜若茗做饭的手艺还是不如叶晋明，可是经过这一年的练习，也有几道拿得出手的菜了。比如这道排骨冬瓜汤，已经被叶晋明评点为经典之作了。

回到家，就听见厨房叮叮响，杜若茗纳闷，不是已经让于姐放假回家了吗？

想到这里，她心里忽地一颤，正在拿拖鞋的手就一下顿住。她换好鞋走过来，厨房里，叶晋明正站在那里切菜，旁边的盘子里放着已经切好的黄瓜丝和冬瓜块。

杜若茗靠在门口看了一会儿，眼睛一热，走过去，从后面抱住他。叶晋明转过身来，杜若茗盯着他的眼睛看，他却闭上眼，把一切情绪都藏起来。

孩子不在家，还吃了一顿老公亲手煮的饭菜，本是温柔浪漫的一个夜晚，却在进行最好的室内运动时，男人被惹得发了狠。

叶晋明发着狠问："能洗掉吗？"

杜若茗喘不上气来："不，不能，这么多字，疼……"

她叫他就更狠，这个小东西，这半年膨胀得厉害，越来越蹬鼻子上脸了，真把自己当王了，真以为自己无所不能了，真要咬牙扛起这个家了，真要为他挡下所有风雨了……不给她点儿厉害尝尝，她都快不知道叶晋明是谁了。

他的大手用力揉捏，恨不得把那六个字给她揉下来。

"大明，你轻点儿，疼……"

"疼还文？"

她颤着声儿故意问："我，文的是什么？"

叶晋明在她屁股上拍了一下："你自己不知道？"

她咬着牙骂："叶晋明，王八蛋！"

就六个字，左边：叶晋明，右边：王八蛋。

他命令："明天去洗掉！"

"洗，洗不掉，"她的声音软成一块麦芽糖，甜得发腻，"可以，用酒精擦掉。"

于是，大半夜的，叶晋明蹲在床边拿药棉蘸了酒精，一点一点地给她擦屁股蛋上的那两行字。

她抬抬手臂赶他："困死了，还要上班。"

"明天你不用去上班了。

"为什么？"

"你被解雇了？"

"为什么？"

"骂老板。"

"以后不骂了还不行吗？"

"不行，晚了。"

她抬脚踢他："我如果不骂你，你打算瞒我一辈子？"

"是你自己笨，我上周就能看见了。"

"你装瞎装了一周？"

杜若茗是前天才发觉他有点儿不大对劲的，所以那天陪闻晓去文身店时才突发奇想试试他，没想到真的被她猜中。

此可谓是大惊喜。

叶晋明亲了杜若茗一口，温温软软地一抱，细细地跟她说话。

"茗茗，在这之前，我有过三次能看见东西的经历，都只是一瞬间，最长的一次维持了不到一个小时。这一次，我以为还会跟以前一样的，所以没告诉你，想等等看这一次能维持多久。放心，我已经去过医生，他说我脑子里的那块血块已经完全吸收了，我的视力恢复正常了，你男人可以看见你了。"

杜若茗抱住他，哭声埋进被子里，眼泪湿了他的胸膛，下死劲儿地抠他的肩胛窝。

"又发疯！"

叶晋明翻身把她压住，单手就把她两只不老实的小手按在了头顶，点着她的脑门开始训："杜若茗，你给我听好了，这一年你也嘚瑟够了，以后给老子收敛点儿，做点儿女人该做的事，发发脾气啦，要要小性子啦，撒撒娇啦，购购物啦，就是别整天跟个女超人似的，你老爷们儿都没地儿放了，你知道吗？"

说着说着，他的声音先开始发抖。

杜若茗鲤鱼打挺拿肚子顶他："不知道！你个浑蛋！"

男人又被惹恼："又欠收拾了是不？"

杜若茗还是不放心叶晋明的话，特意押着他去了一趟南平二院。施以行帮忙联系了脑科最好的大夫。老大夫以他的人品和医品做保证，血块已经完全吸收了，视力也已经完全恢复正常了。

杜若茗很纳闷，这个不肯做开颅手术取出血块的执拗病人，脑中的血块到底是怎么被吸收的？

那位幽默的老大夫笑着一摊手，看着他们说："你们要相信爱情的力量嘛！"

杜若茗跟叶晋明相视一笑，是的，爱情的力量是伟大的！

施以行把他们送到医院大楼门口，正是隆冬，外面一层薄雪，很冷。叶晋明请他留步，三个人站在门口又说了几句话，就此道别。

施以行转身刚要走，突然听到一声呼唤："施以行，你等等！"

三个人同时回头，就看见闻晓脸颊鼻尖都冻得通红，携裹着一身寒气跑了进来。

施以行转身就跑，闻晓撒丫子就追。她刚从外面进来，脚底带了一层雪，地面光滑，只听"扑通"一声，直接摔倒在地。

杜若茗和叶晋明还没跑过去，施以行已经把她扶起来。

施以行生气地责备："跑什么啊？不知道地滑？"

闻晓手捂着脚踝，疼得直皱眉："疼，脚疼，脚疼……"

施以行心里一急，直接把她抱起来："别怕，骨科在三楼……"

也来不及等电梯，他抱着闻晓就去走步行梯。

叶晋明拦住了杜若茗，笑着说："媳妇儿，咱们走吧。"

外面风很凉，难为闻晓为了见到施以行，这么冷的天追过来。

叶晋明帮杜若茗竖起大衣的领子，揽着她的肩往停车场走。

刚到停车场，杜若茗像是被北风呛到，鼻子一酸，喉间一哽，胃里也跟着难受起来，不由得蹲下身，一下一下地呕起来。

叶晋明一边给杜若茗拍背，一边心疼地责备："是不是胃疼？早饭都不肯好好吃。"

杜若茗终于缓过来，接过叶晋明拿来的纸巾，擦了擦嘴，问他："今天几号？"

叶晋明一怔，看着媳妇儿，两眼都在放光。像是抱起一件稀世珍品，他弯腰小心地把杜若茗抱起来："媳妇儿，妇产科在二楼。"

03

昨晚除夕一场大雪，大年初一清晨，满世界银装素裹。

都说瑞雪兆丰年，明年一定是个好年景。

杜方平起得早，昨晚一人守岁到新年钟声敲响，电视里《难忘今宵》都唱完了，他还舍不得睡。自己老小孩一般跑到院子里放了一串炮仗，才感觉有那么一丝丝年味儿。

红碎的炮仗屑撒在白雪地上，想起他的小女儿，那是个胆子大的，还很小的时候，一听到外面放鞭炮，就兴奋地往外面跑。后来再长大些，就敢举着一截香去点炮仗了。

杜方平摇头叹气往屋里走，又想起自己小时候在湾儿里巷，他和叶建设一起在别人家放完的炮仗屑里捡瞎炮，捡回来剥开，把火药倒在牛皮纸上，"刺啦"一下都点着，火药噼啪燃着，照亮了两张小脸。文娟害怕，躲得远远的，提着一只纸糊的红色小灯笼看着他们笑……

转眼几十年了，岁月年复一年常新，人却一年一月渐老。

保姆、厨师都放假回家过年了，吴姐临走时包了很多饺子冻在冰箱里，嘱咐他记得自己煮着吃，可是，他总不记得，他宁愿冲一杯无糖麦片做早餐。

　　一个人过年，一个人吃饺子，是这世界上最没意思的两件事。

　　杜方平看完一份报纸，喝完一壶茶，看看时间，司机快要到了。新年第一天，与其待在家里这般寂寞，不如去大安寺里烧烧香。

　　敲门声一响，杜方平起身去穿大衣，整一整领带，走到门边，一开门，吃了一惊。

　　"姥爷过年好！"

　　一个身穿绣金大红马褂，唇红齿白头发乌黑，圆圆小胖脸的小娃娃站在门口，简直像是画里走下来的小金童。

　　看见他发愣，小金童向他又是一作揖："姥爷过年好！"

　　杜方平也答应着："过年好，过年好！可是，小朋友，你走错门了吧？"

　　"没有，妈妈说就是这里，您就是我姥爷。姥爷过年好！"

　　杜方平心中一喜，为防只是空欢喜，又确认道："你说你是谁家的小娃娃？"

　　"叶晋明和杜若茗家的。"

　　"哦，哦……那你爸爸妈妈呢？"

　　"爸爸妈妈说他们惹姥爷生气了，不敢进来，让我先来问问姥爷您还生气吗？您要是还生气，我就留下来陪您下围棋消消气。您要是不生气了呢，我爸和我妈带了鱼和肉，来给您做顿饭陪您老喝喝酒。"

　　这小嘴甜的，有气也生不起来了。

　　"生气，生气，生什么气？快喊你妈进来，大冷的天，别冻着。"

　　"好咧！"

　　叶天意接旨，扭头冲着门外就是一嗓子："爸爸妈妈，赶快进来吧，我姥爷不生气了。"

　　话音儿未落，别墅门口立刻闪进来两个人，就等叶天意这一嗓子了，外面可是真冷！

　　叶天意听妈妈说他姥爷围棋下得好，早就手痒痒了，这次一定要好好跟姥爷切磋切磋。叶晋明在厨房里忙，杜若茗被派去看电视，却总忍不住往厨房晃荡。

鱼刚入锅，叶晋明背着身子伸手挡住她："媳妇儿媳妇儿，这里油烟大，赶紧出去，别熏着我闺女！"

杜若茗拍他，伸手塞他嘴里一颗蜜橘："要再是儿子呢？"

叶晋明嚼着蜜糖般的橘瓣："也行，我们爷仨儿保护你一个。"

杜若茗伸手戳了一下他的腮："嘴甜！"

"甜！那必须甜，吃了媳妇儿给剥的橘子能不甜吗？"

杜若茗笑着，扭头看看房门紧闭的书房，里面隐隐传来祖孙俩的说笑，可是自从叶晋明进屋，杜方平连一句话都没跟他说过。

她环住叶晋明的腰，小脸蹭了蹭他："大明，委屈你了！"叶晋明也把她一抱，捏一下她的鼻子："哪里话？答应过你的，必须做到。"

一会儿工夫，叶晋明已经鼓捣出九菜一汤，十全十美，团团圆圆。

吴姐之前包的饺子也煮了，热气腾腾端上了桌。

开饭前，叶晋明恭恭敬敬地请杜方平上首座，叶天意还黏在姥爷身边念叨着刚才的输赢。

叶晋明把叶天意拉过来："天意，今年初一，要给姥爷拜年，咱湾儿里巷的老规矩拜年就得真磕头，来，随着爸爸给你姥爷拜个年。"

话毕，叶晋明左膝一弯，右膝随后，推金山，倒玉柱，真就跪下了。

"爸，您女婿叶晋明给您老拜年了。祝您身体健康，万事如意。叶晋明给您磕头，感谢您把这么好的闺女给我做媳妇儿。也请您大人大量，大人不计小孩儿过，原谅您女婿以前做过的那些混账事。"

说实话，杜方平心头始终是憋着一口气的，可是，此时叶晋明这头一磕，话一说，再看看女儿和外孙那殷切的小眼神，再硬的心也硬不下去，再大的气也烟消云散了。

叶天意多机灵通透的一小孩，一看这阵势，立刻也学着爸爸的样子，给杜方平拜了个年："姥爷，您外孙叶天意也给您拜年了。祝您，祝您……"小家伙搔搔脑袋，一时想不起好词，杜方平来了兴致："祝我什么？"

"祝您天天娃哈哈！"

杜方平开怀一笑："好了好了，都起来吧！天意，赶紧把你爸爸也拉起来，菜都要凉了。"

一家团圆，各个入座，叶天意小眼珠一转："姥爷，我还有件事要跟您说。"

杜方平把叶天意往怀里一揽："快说，姥爷都听着。"

"我爸我妈说，他们明年可能没那么多时间照顾我，所以呢，想请您收留我一段时间。"

"好啊，我的乖外孙，姥爷欢迎你！"

"姥爷姥爷，我还没说完呢，因为我妈妈肚子里有小宝宝了！"

杜方平一听又是一喜："茗茗，真的？怎么刚才还在外面冻着？"

杜若茗一撇嘴，撒着娇说："那还不是怕您不让进门啊？"

"胡说！我闺女，我女婿，我不让你们进门还让谁进？"

一旁叶天意连忙插嘴："还有我，还有我，姥爷，别忘了我啊！"

杜方平朗声大笑："忘不了，忘不了，我的乖乖外孙……"

饭桌上一片笑声，其乐融融，这是个完满的新年。

饭后，叶晋明把带给杜方平的礼物拿进了书房，是一只花瓶，真正的宋官窑青釉瓶，是他在拍卖会上花三百万拍得的。

杜方平有收藏爱好，对古玩鉴赏造诣很高，这一类的古董到底值不值钱，值多少钱，他自然是一看就知道。

果然，叶晋明把包装一打开，杜方平的眼睛就一亮，连忙拿出老花镜戴上，边欣赏边赞不绝口。

叶晋明在一旁小心伺候："爸，您喝口茶再接着看。"

杜方平摘下老花镜坐下喝茶，看看花瓶再看看叶晋明，问："为什么要送我花瓶？"

叶晋明说："请您原谅女婿愚钝，现在才明白您的良苦用心。"

杜方平喝口茶，会心一笑："孺子可教也！"

叶晋明连忙顺杆往上爬："是您教导有方。"

叶晋明把那只花瓶还给叶三才以后，就去找过送他花瓶的那位朋友，终于问出，花瓶就是他朋友的朋友受了杜方平的托付，特意送给他的。

仔细想过，杜方平的用意他终于明白：你叶晋明不是不相信我吗？我就是说什么你都会觉得是在为当年的事推脱。那好，我把花瓶再送

回你身边，你自己去琢磨，你自己去发现，看看你家花瓶到底值不值
一百万。

当年叶建设资金链遇到问题，杜方平是几次想出手帮助的。叶建设
却是个极爱面子的人，又加上杜方平和晋文娟当年有过那么一段感情，
男人的自尊心，让叶建设放不开去借他的钱渡过难关。所以杜方平才找
了一位做抵押贷款的朋友，帮忙演了一出戏，其实那一百万是杜方平的
钱，那位朋友不过是从中帮忙。叶建设出事后，那位朋友怕有什么牵连，
不肯出面帮忙解释，所以才造成了叶晋明对杜方平那么大的误会。

当时杜方平本想着等叶建设渡过难关，再来赎回花瓶，难关也过了，
老朋友面子也照顾到了，皆大欢喜。谁也没想到他好心办了坏事，那
一百万现金，害了叶建设和晋文娟。

后来叶家出事，卖场被盘，他不是不想帮，而是那段时间他的公司
运转也突然紧张，短期内是真拿不出钱去帮忙了。

叶晋明听杜方平说完，又问："您是不是早就知道这件事跟樊顺
有关？"

杜方平微微颔首："我知道，却也怀疑仅凭樊顺一个人不可能完成
那件事，我猜他一定有帮手。当时樊顺伤得很重，昏迷在医院，什么也
问不出。等我在江城调查了一圈一无所获再想去问他时，他已经从医院
逃走了。都怪我，当时顾忌薇薇的名声，犹犹豫豫，出手晚了，才让他
们逍遥法外这么多年。"

叶晋明沉默一下，又问："那辆面包车，也是您给我送去的吧？"

"你比我聪明，比我先想到了那辆面包车。你在江城一开始收购二
手昌河小面，我也才突然想起。虽然当时我并不知道你对这条线索把握
有多大，为了你爸你妈，我愿意帮你。偶然发现那辆车后，就派人送到
你的店里去了。"

叶晋明诚恳道谢："我替我爸妈谢谢您。不是这辆车，不是您，我
给他们报不了仇。"

杜方平端起茶杯踱步到窗前，看着花园里怒放的一树老梅，无限感
叹："也是你爸妈在天有灵一直在帮你，这么多年，你一个人打拼，成
绩和能力都有目共睹。"说着，他转过身来，看着叶晋明，"把茗茗交
给你，我放心！"

刚说到这里,叶天意从门外闯了进来:"姥爷,姥爷,我大姨的视频。"

如果是别人送过来,杜方平保准是连看都不看,直接挂断。现在是叶天意送过来的,看着小孩子满脸的兴高采烈,他不忍心拒绝。

杜方平把手机接了过来,脸色却还是沉着。

杜若薇先说:"爸,我和祥安祝您新年快乐,身体健康。"

视频里,郑祥安坐在轮椅上,气色很好,看样子恢复得不错。杜若薇站在他身边,略弯着腰,扶着他的肩。

杜若薇穿了一条红色的棉布长裙,很喜庆,能看出小腹微隆。

郑祥安接着说:"爸,祝您万事如意,新年大吉!"

杜方平只淡淡"嗯"了一声,就把手机递给了叶天意:"给你妈去。"

叶天意看看爸爸,接过手机又跑了出去。

杜方平想起上一次悄悄去大寒山的那一次,那个地方,空气倒是很好。郑祥安那个山居他也见了,清幽雅致,很安静。那时候想着总归是落后地区,薇薇怕是要吃苦。可是看目前的状况,小两口在一起,苦日子也甘之如饴。

04

这年的春天,比往年来得要早一些。所以野生荠菜也比往年冒头更早一些,被吃得也更惨一些。

杜若茗从怀孕第五周开始,就吐得天昏地暗。一时间,整个世界都没她能吃的东西了。

叶晋明急坏了,天上地下,河里树上,只要是媳妇儿稍稍想吃的,他都鼓捣回来做给她吃。

最后实在不行,杜若茗还去医院挂了水。即便如此,孕吐还是没有减轻。

看着杜若茗一天天瘦下去的小脸,叶晋明心疼得不行。真是恨不能替她生了这个孩子。后来实在忍不住,竟然悄悄向闻晓打听终止妊娠的事(嘘,这事儿压住,千万不能让老杜知道)。

也是那孩子命不该绝,就在某天中午,杜若茗一觉醒来,突然就想起自己想吃什么了,她想吃荠菜饺子,还得是野生荠菜。

当时叶晋明正在公司开例会,挂了媳妇儿的电话,他眉头舒展,神

327

采奕奕，如获新生，大手一挥："走，跟我去挖荠菜。"

于是，上班时间，景程公司浩浩荡荡几辆班车全体出动。老板带领大家冲向春天的原野，每人一只小篮子，一把小锄头，挖荠菜啊，挖荠菜。

春暖花开，熏风醉人，挖着荠菜踏着青，还有老板给发小钱钱，多么惬意的一件事情！

当天，叶晋明收获了两大筐纯绿色无公害野生荠菜，选了最嫩的留着做馅，其余的就找了家专业冷库保存起来，以备媳妇儿随时想吃随时有货。

说也奇怪，自从吃了叶晋明亲手包的荠菜馅饺子以后，杜若茗头也不晕了，腰也不疼了，上楼都有劲儿。孕吐？当然是消失不见了。

如同暗夜破晓，叶晋明的生活突然光芒四射。他不禁感激涕零，感谢上天，感谢四季，感谢雨水，感谢空气，竟然孕育出荠菜这种神奇植物，治好了他媳妇儿的孕吐。

神奇的荠菜饺子，杜若茗是吃了这次想下次，一个孕早期，她差点儿把江城的荠菜吃断了代。

恢复了好胃口，杜若茗开始向美娜取经：怎样生一个文静优雅的小淑女。

美娜说多吃水果宝宝皮肤好，她就多吃水果；美娜说多读优美散文宝宝气质好，她就买了一堆古今中外优美散文书，让叶晋明读给她听，不过每次都是叶晋明读得津津有味，她歪在一边睡得又香又甜；美娜说绣十字绣宝宝脾气好，她就买了针线图案，真的绣起花来。

杜若茗胎气稳定，小脸跟小腹一起，一天天圆润起来，叶晋明看着心里欢喜，也想趁着春暖花开补一场复婚仪式。

那时从老宅移来的那棵老枣树正抽芽，鲜嫩的叶子闪着光。杜若茗坐在树荫下的摇椅上，正跟一幅大苹果图案的十字绣较着劲，听叶晋明这么说，她头都没抬，说了句"事儿多"。

叶晋明提着水管给大黑鸟冲了个澡，水珠溅到花园草地上，新萌出的草叶上就顶了一层晶莹的水珠。

他收着水管，说："我以前就说过，结婚这事就得老爷们儿来，你看上次，被你整砸了吧？这次我娶你，咱浩浩荡荡再办一场，冲冲晦气。"

杜若茗学十字绣已经一个多月了，技术还停留在绣绣大苹果的初级水平上。叶晋明一跟她说话，她一针戳错，只得剪了线重来。线好不容易穿上，打结时却又揪成了一个大疙瘩。

她笑着把针线递过去："大明，又乱了。"

叶晋明把手擦干了，接过她的针线，几下捋顺了，轻轻松打个漂亮的结，再递给她。

"手酸了，你来。"

叶晋明就提了一把椅子坐在她身边，真的绣起花来。

她要多吃水果，他学会了切漂亮的水果盘；她想听散文，十几本读下来，他自己提笔都能写了；她想学十字绣，鼓捣了一个月，大苹果还没学会，他已经可以跟十字绣店主谈论那幅《花开富贵》牡丹图的针法了……

唉，这个男人，除了生孩子，好像就没有他不会的了。

杜若茗靠着他的肩膀看他穿针引线，说："你真想再办一场？"

他回答肯定："嗯。"

"我知道你是怎么想的，总觉得咱俩结婚时是我娶的你，没面子。那这样吧，你骑着大黑鸟载着我，咱俩把当年结婚时走的路再走一遍，就算你娶的我了，怎么样？"

叶晋明还在犹豫，杜若茗抱住他的胳膊摇："答应，答应，答应……"

"好好好，我答应，媳妇儿你别乱动，小心摔着。"

杜若茗嘟起嘴在他脸上亲了一口，光影里看他的侧脸，突然发现他额前那缕白发不见了。

她探身拨着他的头发找："咦，那缕白头发怎么不见了？"

叶晋明拿起手机打开摄像头，上下左右地看了看，昨天刚理的发，都没注意，额前那缕白头发什么时候变黑了？

他望着手机镜头，自恋地捋一下短发，左右侧侧脸，摆了两个造型，低头来贴杜若茗的脸："来媳妇儿，跟返老还童大帅哥拍张照片。"

照片拍出来，杜若茗几乎笑死，叶天意他爹手机镜头设置了萌拍，拍出来的照片都是自带兔耳朵和小胡子的。

看着大男人脑袋上顶着的一对粉色兔耳朵，杜若茗兴奋得不行："来来来，这张必须给你做屏保。"

　　春暖花开，江城外环路上，一片桃林夹路而开，花瓣纷纭，半边天色都是粉嘟嘟的。

　　拆装大修以后的大黑鸟，霸气不减当年，黑亮的车身，流线型的曲线，清脆有力的发动机声。

　　叶晋明在前，杜若茗在后环住他的腰，两人俱是一身黑色机车服，一顶晶亮头盔帽。所过之处，卷起一层花瓣，引来路旁骑单车的小年轻们一阵欢呼。

　　穿过阳江，绕过小阳河，春天的风又暖又香。

　　兜了一圈到家，大黑鸟的车灯，脚蹬，角角落落，缝缝隙隙里藏了好多粉色的桃瓣。杜若茗拿吹风机一吹，"噗"地一下，飞起无数只粉色的小蝴蝶。

　　就这样了，这就是她的婚礼，她的幸福。

　　年少时鲜衣怒马，想一日看尽长安花，朋友圈里，QQ 空间里，只要能炫耀能分享的地方，统统踩上脚印，就这么耀武扬威地昭告天下，看，这是我的男人，这是我的生活，这是我的幸福。

　　年岁渐长，却突然小气起来，总觉得自己这份俗世的幸福是趁着老天爷打盹时偷来的。所以就幸福得越发珍惜，越发小心翼翼，唯恐惊动了天地，再被收了去。

　　一双温暖有力的手臂从杜若茗腰侧环了上来，手掌轻轻地抚摸她的大肚子，温柔的吻就落在她耳边。

　　"茗茗，想什么呢？"

　　"大明，你看！"

　　叶晋明抬起头，随着她的目光望过去，一片花瓣被风吹着悠悠飘起，融进远处粉色的桃林底色里，此时此地，整个江城都是盛开的桃花。

　　"大明，我给闺女想了一个特好听的名字。"

　　"是吗？太好了！叫啥？"

　　"叶桃花。"